U0126233

清代賦論研究

詹杭倫著

臺灣 學生書局 印行

序

鄺健行

　　我在九十年代初訪問成都時認識詹杭倫君，那時他不過三十二、三歲，按照香港人的習慣說法，仍屬青年。第一次見面，詹君的學問和論議，以及一股求進的銳氣，給我至深的印象。自此以後，我們保持著聯繫。一九九六年，我有一項研究計畫獲得當局資助，需要一位有素養的學者幫忙。恰好詹君當時有到外地進修的念頭，於是邀請他到香港浸會大學中文系來，一面預備寫博士論文，一面跟我一起做研究計畫的工作。研究計畫去年十月間完成，博士學位今年九月底取得；大功已成，詹君回去四川，旋即又赴北京任教。他九七年十月來香港，一幌眼在香港居留了三個年頭。香港的生活，包括朋輩之間賦詠酬答、論聲覓字諸般雅事，想來他忘不了的。

　　本書是詹君論文的修訂版。商議論文題目時，我提過不妨也考慮律賦研究的方向。這是因為：唐代及唐代以後的律賦和律賦有關資料，數量不少，值得學者們整理探究；卻偏偏這方面是一個極少人甚至沒有人涉足的區域。詹君認同我的提議，經過仔細考慮，最後收窄範圍到清代賦話和賦論，同時專注於清代的律賦。三年來的資料搜集、整理和分析，詹君下了很大工夫，成績因此很突出。其間我雖然也參與討論過一些問題，然而絕大部份的結論都是詹君的

自得之見。應該說：這是一本有開創性的專著，其價值肯定會受到學術界的重視；而詹君研究學問不逐眾流，俯仰審察之餘，決意蹊徑另闢，勇氣和識見，也是極可稱許和欽佩的。書現在要出版了，我一則替詹君高興，再則也希望律賦研究的風氣能藉本書稍稍帶起。

　　是爲序。

二千年十月
香港浸會大學中文系

內容提要

　　本書以中國清代賦論賦作爲研究對象，其中又以清代律賦及其理論作爲主要研究對象；雖然題爲「清代賦論研究」，實則所涉及的範圍已是清代賦學，而非僅僅賦論而已。

　　全書規劃爲十章，採用點面結合的方式，每章集中討論一個問題，讓每一章既是全書相互關照的一個側面，同時又具有相對的獨立性，力求既照顧全面又重點突出地探討清代賦論的有關學術問題。

　　正文分爲「總體論」和「律賦論」兩個部份。

　　第一章至第五章，主要討論有關清代賦論賦作總體的問題。首先，討論清代賦論的背景因素，包括清代之前賦論賦格著作的發展概要和清代社會政治文化環境與賦家的創作心態。其次，把清代賦學發展分爲四期，並把清代賦論分成八類，盡可能全面地展示清代賦論的材料。第三，按照時間順序，探討清初、乾嘉、道咸、同光四個時期賦選本的狀況及其編排方法。第四，對當前學術界有關清代「八股文賦」的爭議提出了一種持平的意見。第五，採用夾敘夾議的形式，對清代「以賦論賦」作品作了探討。

　　第六章至第十章，主要討論清代律賦及其理論的有關問題。首先，闡述清代律賦與科舉之關係及其偏離科舉的文學表現。其次，從審題與結構方面探討清代律賦超越唐代律賦的特色。第三，總結

清人寫作律賦一般遵循的平仄聲律格式。第四，敘述清代律賦的用韻情形。第五，考察清人注解和評點律賦的經驗。

結論部份，分八點對本書取得的研究成果作出總結，對論文撰寫中發現的幾個帶規律性的理論現象，作了進一步的歸納和分析。

此項研究處於本專業學術研究前沿領域，是一項極其富有挑戰性和開拓性的研究計劃。

Abstract

The present dissertation is a study of Qing criticism on *fu* (metrical and rhymed prose), with emphasis on critical theories of *lüfu* (*fu* with a special rhyme scheme and other prosodic features). There are 10 chapters. Although being relatively independent and concentrating on different aspects of the subject under study, the 10 chapters endeavor to highlight some noteworthy themes in a comprehensive discussion of scholarly issues concerning criticism on *fu* in the Qing dynasty

The dissertation is divided into two parts: "General Discussion" and "Criticism on *lüfu*".

Chapters One to Five deal with *fu* essays in general. Chapter One considers the background of *fu* criticism in the Qing dynasty. It surveys pre-Qing works on the criticism and the prosodic patterns of *fu*, and analyzes the relationship between the sociopolitical and cultural environment and the creative psyche of Qing writers of *fu*. Chapter Two suggests by stages of *fu'* learning in the Qing dynasty and an eight-part classification of critical works on *fu*, thereby showing as comprehensively as possible the materials under study. Adopting a chronological order, Chapter Three reviews *fu* anthologies in four periods of the Qing dynasty: (a) early Qing and the reigns of (b)

Qianlong and Jiajing, (c) Daoguang and Xianfeng, and (d) Tongzhi and Guangxu emperors. The selection of *fu* essays and their ordering in these anthologies are examined. Chapter Four puts forward an objective view on controversies concerning *baguwen-fu* that are currently debated among scholars. Chapter Five describes and discusses Qing critical works on *fu* written in the genre of *fu*.

Chapters Six to Ten take up issues on *lüfu* in the Qing dynasty. Chapter Six demonstrates the relationship between *lüfu* and the system of national examinations for joining the civil service, and points out literary phenomena that deviate from the system in question. Chapter Seven shows the superiority of *lüfu* in the Qing dynasty over those in the Tang dynasty on two features: (a) the way of relating to the *fu* title and (b) the structure of the whole *fu*. Chapters Eight and Nine respectively summarize the two prosodic features of *pingze* (pattern of tones) and rhyming as used by *lüfu* writers. Chapter Ten illustrates the lessons that can be drawn from Qing scholars' efforts to annotate and comment on *lüfu*.

The final section offers an eight-point summary of the findings of the present research and further generalization based on the regularity of several theoretical phenomena.

The present study is at the cutting edge of the relevant research area worldwide. It is a challenging and groundbreaking piece of work.

清代賦論研究

目　錄

緒　論

一、研究的對象和範圍

　　本研究計劃以中國清代賦論賦作為研究對象，其中又以清代律賦及其理論作為主要研究對象；雖然題為「清代賦論研究」，實則所涉及的範圍已屬於清代賦學，而非僅僅賦論而已。

　　這裏首先需要對本文使用較多的「賦話」、「賦論」、「賦學」三個概念加以界定和說明。按照我的理解，這三個概念都有廣義和狹義之分。「賦話」廣義的概念，包括所有論賦話賦的資料。比如吳文治教授主編《明詩話全編》、《宋詩話全編》那樣，把所有與詩歌有關的資料列於各人名下，統稱為「某某人詩話」。「賦話」狹義的概念，專指歷史上存在的一種賦學批評專著的文本形式。本文使用「賦話」一詞採用狹義的概念，主要指清人的賦話賦格專書，也包括其他著作中成卷的賦話資料。「賦論」就廣義而言，等同於有關賦的理論批評，可以涵蓋「賦話」；就狹義而言，「賦論」也可以與「賦話」並列，指「賦話」專書以外的其他賦學批評形式，如單篇論文以及評點等等。本文使用「賦論」一詞，廣義、狹義並用，所以有時單用「賦論」一詞，有時「賦論賦話」連稱。至於「賦學」一詞，顧名思義，它是有關賦的學問，所以範圍要更大一些，至少可以包括賦的作品和賦的理論批評兩個方面，是批評

和創作兩個方面的統稱,既包括賦作家有關賦之修養與作品,也包括賦論家對賦家賦作的批評。當然,「賦學」一詞也可以有狹義的用法,就是「賦學」與「賦作」對立,單指有關賦的理論批評。西方亞里士多德的《詩學》,就是有關詩歌的理論批評。吳宏一教授的博士論文《清代詩學初探》,也是這樣用法。其書開宗明義就講:「詩是指詩創作本身,詩學則是指對詩的理解和欣賞,或對詩的原理的看法。」❶不過,我所理解的「賦學」,更多傾向於廣義的概念,即包括賦作與賦論兩個方面。我之所以不用「清代賦學研究」作為論文題目,一是覺得這個範圍太大,難以全面掌握;二是知道學術界已經有幾部賦史類著作,我沒有必要作重複勞動。所以,經過反覆權衡,確定一個中等範圍的論文題目「清代賦論研究」,這樣可以上掛下連,一方面著重作清代賦論賦話研究,另一方面也涉及到清代賦學方面的一些問題。總之,對歷史上賦論賦作批評之批評,即我們今天所謂的研究。

其次,需要說明時間範圍。清代的時間斷限是天命元年(1616)至宣統三年(1911),大約有三百年的歷史。但是能夠稱為清代文學活動的時代,一般從順治元年(1644)起算,至光緒末年(1908)結束,大約有二百六十年的文學史。本文討論的材料有在此時間斷限之前的,那是為了說明其對清代賦論之影響;也有在此時間斷限之後遲至民國時期的,那是因為其觀點和材料都與清代賦論相關的緣故。

簡宗梧教授在《賦與駢文》一書中曾說:「賦從漢到唐一直展

---

❶ 吳宏一:《清代詩學初探》(臺北:臺灣學生書局,1986年),頁1。

現風華，雄居文學主流地位。」❷這個說法肯定了賦在唐以前文學
發展中的地位。其實，由唐至清，賦的文學地位也未見衰落。尤其
是到了清代，賦繼唐宋之後，重新成爲科舉考試文體，成爲士子進
身之階，更刺激清賦製作的極度繁榮。我們可以爲簡教授的論斷更
進一義：比較中國文學詩、詞、曲、賦等主要的韻文體裁，詩、賦
二者由於其與科舉制度的密切聯繫，其地位一直雄居詞、曲之上，
這是從漢至清的文學史所展現的客觀歷史事實。有清一代，是一個
賦學昌盛的朝代，辭賦創作與批評兩方面都產生了大量總結性的成
果。晚清學者黃人《國朝文彙·序》說：「吾朝文治，軼邁前古，
撰著之盛，尤奄有眾長。……集周秦漢魏唐宋元明之大成，合性理
訓詁考據詞章而同化。」❸這種集大成而復興的情形同樣體現在賦
學領域。康熙四十五年（1706），朝廷組織編纂大型賦總集《歷代
賦彙》，收入先秦至明代的賦三千八百餘篇，彙集了前代賦作的主
要成果。清代本身辭賦創作也非常興盛，賦作家擅長各種體裁，正
如清代賦論家侯心齋所言：「今之作者，遇大典禮或用古賦（指散
體大賦或駢賦），言情適志之作或雜用騷賦、文賦，考試所用皆律賦
也。」❹可謂各種賦體齊備，各有各的用處。筆者所掌握的清賦總
集（含選集）在三十種以上❺。根據清光緒年間鴻寶齋主人所輯《賦

---

❷　簡宗梧：《賦與駢文》（臺北：臺灣書店，1998 年），頁 225。

❸　黃人：《國朝文彙·序》，見沈粹芳等編《清文彙》（北京：北京出版
　　社，1996 年）卷首。

❹　侯心齋：《律賦約言》，載程祥棟編《東湖草堂賦鈔初集》（清同治六年
　　[1867]刻本）卷首。

❺　詳見本書後章：〈清代賦總集的編排方法〉。

海大觀》統計，清賦的總數當在一萬五千篇以上，大致是明代以前現存賦總和的三倍（據馬積高先生主編《歷代辭賦總彙》統計，明以前存賦約五千篇）。隨著辭賦創作的發展，有關辭賦的評論也活躍起來。根據筆者的分類，清代賦論的存在方式大約有八種❻，尤其值得重視的是，清代產生了一大批賦話賦格專書，如李調元《雨村賦話》、浦銑《歷代賦話》、《復小齋賦話》、王芑孫《讀賦卮言》、余丙照《賦學指南》、魏謙升《賦品》、孫奎《春暉園賦苑卮言》、林聯桂《見星廬賦話》、劉熙載《藝概·賦概》等等，林林總總，蔚為大觀。據筆者的初步統計，傳世的清代賦話賦格著作（含詩話文話中成卷的賦話）總數大約有三十來種。考慮到清代賦論以賦話賦格著作最有特色，同時以律賦理論最為豐富完備，因此，本書之研究，即以清代勒成專書的賦話賦格著作為主要資料，以清代律賦理論為研究重點。

二、研究的價值和預期的目標

清代賦論是中國文學理論批評的門類之一，它總結了漢代以來的賦學遺產，同時反映出清代的賦學觀點，既是前人精心研究賦學的成果總彙，又是後人研治賦學的門徑指南，自然具有十分重要的學術研究價值；本課題之研究對於清代文學批評史具有填補空白、拾遺補缺的理論意義。

期望達到五個主要的目標：

---

❻　詳見本書後章：〈清代賦學的分期和賦論的分類〉。

　　其一、通過普查大陸和香港庋藏的文獻資料（臺灣收藏的賦論資料已經查過編目，待親自檢書之後，再行補充），盡量搜集清代賦論著作傳世的各種版本，爲後來的研究提供堅實的文獻基礎。

　　其二、探討清代賦論產生的背景因素，展示由歷代賦論之發展脈絡所承傳的清代賦論成長之內在理路，分析由清代政治文化環境所形成的賦論之外緣影響。

　　其三、通過對清代賦論分類和賦總集編排方法之研究，認識清代賦論賦作的總體面貌。

　　其四、根據清代賦論家的提示，結合清代律賦作品，詳細分析清代律賦的內容和形式諸要件，加深對律賦文體的認識。

　　其五、對學術界有關清代賦學論爭觀點進行分析和評判，力求達到一個新的學術高度。

三、前此有關賦論的研究成果回顧

　　在中國文學理論批評的研究之中，唐代以後的賦論研究是一個最薄弱的環節。在已經出版的幾部中國文學批評史中，沒有一部曾對唐代以後的賦論作專章闡述。在《中國大百科全書・中國文學卷》❼中，也只有李調元《賦話》一種榜上有名。在陳去病《辭賦學綱要》❽、鈴木虎雄《賦史大要》❾、張正體、張婷婷《賦學》❿、

---

❼　《中國大百科全書・中國文學卷》（北京：中國大百科全書出版社，1980年）。

❽　陳去病：《辭賦學綱要》（上海：國光書局，1927年；臺北：文海出版社，1971年）。

李日剛《辭賦流變史》⓫、馬積高《賦史》⓬、高光復《賦史述略》⓭、郭維森、許結《中國辭賦發展史》⓮等幾部賦史著作中，對賦論賦話資料的利用都明顯不足。迄今，筆者所見到的對賦論賦話論述較多的專書只有三種，即葉幼明的《辭賦通論》⓯、何新文的《中國賦論史稿》⓰和曹明綱《賦學概論》⓱。這幾部書對本課題研究具有重要的參考價值，但是各書在論及清代賦話時都有不少遺漏和錯誤，需要在後續的研究中加以補充和糾正。對賦話資料作收集校勘整理的專書，迄今已出版的也只有三種，即何沛雄《賦話六種》⓲、徐志嘯《歷代賦論輯要》⓳，以及筆者整理出版的《雨村賦話校證》⓴。就迄今召開的四次國際辭賦學學術研討會會議論文來看，在 1990 年山東第一屆賦會上，沒有對賦話作專題研究的論文發表；在 1992 年香港第二屆賦會上，只有研究《古賦辨體》

---

❾　鈴木虎雄著、殷石臞譯：《賦史大要》（臺北：正中書局，1942 年）。

❿　張正體、張婷婷：《賦學》（臺北：臺灣學生書局，1982 年）。

⓫　李日剛：《辭賦流變史》（臺北：文津出版社，1987 年）。

⓬　馬積高：《賦史》（上海：上海古籍出版社，1987 年）。

⓭　高光復：《賦史述略》（哈爾濱：東北師大出版社，1987 年）。

⓮　郭維森、許結：《中國辭賦發展史》（南京：江蘇教育出版社，1996 年）。

⓯　葉幼明：《辭賦通論》（湖南：湖南教育出版社，1991 年）。

⓰　何新文：《中國賦論史稿》（北京：開明出版社，1993 年）。

⓱　曹明綱：《賦學概論》（上海：上海古籍出版社，1998 年）。

⓲　何沛雄：《賦話六種》（增訂本）（香港：三聯書店，1982 年）。

⓳　徐志嘯：《歷代賦論輯要》（上海：復旦大學出版社，1991 年）。

⓴　詹杭倫、沈時蓉：《雨村賦話校證》（臺北：新文豐出版公司，1993 年）。

和《雨村賦話》的兩篇論文發表；在 1996 年臺北第三屆賦會上，有五篇研究賦論或賦話的論文發表；在 1998 年南京第四屆賦會上，有三篇研究賦論的論文發表。從學報雜誌發表的論文來看，有關清代賦論賦話研究的不到十篇。筆者所見比較重要的論文是許結撰〈清賦概論〉和〈論清代的賦學批評〉**㉑**，但兩文皆偏重於宏觀概括，缺乏對賦論賦話著述作細緻深入的專題研究。值得提到的是，近年江蘇出版《辭賦大辭典》**㉒**，比較全面地彙集了國內辭賦學界的研究成果，但此書所反映的研究成果仍然集中在《楚辭》、漢賦和唐代以前。

　　雖然總的說來，近年賦論賦話的研究呈現出逐漸進步的趨勢，但是無庸諱言，辭賦學研究在整個中國古代文學研究中處於落後的地位，而賦論賦話研究在辭賦學研究中又更顯其落後。與詩話研究和詞話研究的成績相比較，賦話研究之落後就更加明顯。在臺北的賦會上，已有學者大力呼籲改善賦論賦話研究的滯後局面**㉓**；在南京的賦會上，簡宗梧教授更大聲疾呼：「賦學研究雖漸熱絡，但仍無法與詩學、詞學、曲學並駕齊驅。」**㉔**這與賦在文學發展史上的

㉑　許結：〈清賦概論〉（廣州：《學術研究》，1993 年 3 期），頁 111－117；〈論清代的賦學批評〉（北京：《文學評論》，1996 年 4 期），頁 28－38。

㉒　霍松林主編：《辭賦大辭典》（南京：江蘇古籍出版社，1996 年）。

㉓　參見程章燦：〈以六朝賦話爲中心的研究〉，見臺灣政治大學主編《第三屆國際辭賦學學術研討會論文集》（1996 年 12 月）。

㉔　參見簡宗梧：〈1991~1995 年中外賦學研究述評〉，載南京大學中文系主編《第四屆國際辭賦學學術研討會論文集》（南京：江蘇教育出版社，1999 年），頁 769－790。

主流地位與深遠影響是很不相稱的。面臨世紀之交，整個中國古代文學研究都在向縱深推進；在賦學研究中，需要加強對賦論賦話的研究，這是提高賦學研究水準的迫切需要。

這裏要特別指出的是，我的博士論文導師鄺健行教授所著的《詩賦與律調》❷和《科舉考試文體論稿》❷兩部專著和他發表的〈唐代律賦對科舉考試的黏附與偏離〉、〈律賦與八股文〉、〈唐代律賦與律〉、〈唐代律賦用韻敘論〉、〈初唐題下限韻律賦形式的觀察和引論〉等系列論文，在研究思路與方法上，對本課題之研究具有非常重要的指導作用；也可以說，本書中的若干論題，正是在鄺教授唐代律賦研究基礎之上的縱向延伸。我的博士論文副導師陳永明教授的《中國文學散論》等著作，「首先提出一個界定清楚的文學問題，然後指出現有答案的錯誤或不足，最後羅列證據，提出更深刻的觀點或看法來」❷。這在研究方法和論文結構上給我很大的啓示。

四、本書的章節安排

本書除〈緒論〉與〈結論〉之外，規劃爲十章，採用點面結合的方式，每章集中討論一個問題，讓每一章既是全書相互關照的一個側面，同時又具有相對的獨立性，力求既照顧全面又重點突出地

---

❷　鄺健行：《詩賦與律調》（北京：中華書局，1994 年）。

❷　鄺健行：《科舉考試文體論稿》（臺北：臺灣書店，1999 年）。

❷　陳方正：《中國文學散論·序》，見陳永明：《中國文學散論》（香港：廣角鏡出版社，1991 年）卷首。

探討清代賦論的有關學術問題。由於本書立論所依據的主要材料是
清代賦論家的有關論述，因此，對清代賦論家關注較多的問題，必
分章立節展開討論，對他們關注較少的問題（如律賦的對仗之類），
則暫時不予論及。

〈緒論〉部份：

介紹本課題研究的總體構想。

正文分爲「總體論」和「律賦論」上下兩編。上編第一章至第
五章，主要討論有關清賦總體的問題。

第一章〈清代賦論的背景因素〉：

首先闡述清代之前賦論賦格著作的發展概要，以明瞭清代賦論
是對前此賦論之總結和發揚光大；然後論述清代社會政治文化環境
與賦家的創作心態，以彰顯清代賦論正是在清代社會這樣一個特定
時空背景下的產物。

第二章〈清代賦學的分期和賦論的分類〉：

清代賦學是清代學術史的一個組成部份，本章結合清代學術史
把清代賦學的發展分爲四期。賦論的材料比較龐雜，本章嘗試把清
代賦論按照其在文獻中的不同存在方式分成八類，包括單篇賦論文
章，詩話文話中的賦話，類書中的賦論賦話，賦話賦格專書，以賦
論賦的作品，賦選序跋、凡例、作法、評點，書目提要以及其他學
術專書中的賦論等等，盡可能全面地展示清代賦論的材料。

第三章〈清代賦總集及其編排方法〉：

賦作入選的範圍和編排的方法，可以展現出賦論家的眼光，清
代賦論家的賦學觀點，大多數也是通過總集（含選集）的形式體現
出來的，因此，總集的研究也是賦論研究的一個重要方面。本章按

照時間順序，探討清初、乾嘉、道咸、同光四個時期賦選本的狀況及其編排方法。

第四章〈清代「八股文賦」論爭平議〉：

日本學者鈴木虎雄將清賦命名爲「八股文賦時代」，中國學者葉幼明則認爲「八股文賦之說是不能成立的」。本章首先考察清代賦論家的意見，接著舉例將清賦與八股文作一次切實的比較，最後對「八股文賦」的爭議提出了一種持平的意見。

第五章〈清代賦家「以賦論賦」作品探論〉：

繼唐代白居易〈賦賦〉之後，「以賦論賦」在清代蔚成風氣。清代賦家或者擬白居易〈賦賦〉，或者竟自以〈賦賦〉名篇，或者以前賢的論賦名言命題，或者敷衍前賢作賦的文壇佳話，寫出不少作品，林林總總，蔚爲大觀。這種頗有特色的文學批評現象，尚未引起文學批評界、賦學界的足夠重視。本章採用夾敘夾議的形式，對此作初步的探討。

下編第六章至第十章，主要討論清代律賦理論的有關問題，包括律賦與科舉之關係、律賦創作論、律賦闡釋論等方面。

第六章〈清代律賦對科舉考試的黏附與偏離〉：

律賦不僅僅是一種考試文體，同時也是一種文學體裁，所謂律賦與科舉考試的黏附與偏離，即指律賦既有適用科場考試的因素，又有獨立的言志抒情的文學因素。本章受鄺健行教授〈唐代律賦對科舉考試的黏附與偏離〉❷一文啓發，進而以清代律賦爲例，闡述

---

❷　鄺健行：〈唐代律賦對科舉考試的黏附與偏離〉，見《科舉考試文體論稿》，頁 130—170。

清代律賦與科舉之關係及其偏離科舉的文學表現。

第七章〈清代律賦的審題和結構分析〉：

清代律賦繼承唐代律賦而成長起來，二者之間的差別是一種「青出於藍」的差別，主要體現在「意」與「法」兩個方面。律賦之「意」，主要涉及審題與構思問題；律賦之「法」，主要涉及層次結構和押韻等問題。關於「押韻」，擬另章討論，本章主要探討清代律賦的審題與結構特色，先行檢閱清代賦論家對律賦審題與層次有關論述，然後舉出同樣題目的唐賦與清賦進行比較分析，以體現清代律賦超越唐代律賦的特色。

第八章〈清代律賦平仄論——兼論律詩平仄譜式之定型〉：

律賦作爲科舉考試的文體之一，其體裁形式方面的特點，除儷偶句式之講究外，聲律實爲首要的成份，這一點與律詩尤其相似。本章就近體詩平仄譜式之發展，推演律賦的平仄格式，並據清人之賦論尋繹其規律，復舉清人之賦作從事具體的平仄分析，最後總結出清人寫作律賦一般遵循的平仄格式要點，並且對律詩與律賦句式平仄的差異作出辨析。

第九章〈清代賦論家論律賦用韻敘論〉：

唐代律賦的用韻情況,已有鄺健行教授〈唐代律賦用韻敘論〉㉙一文予以闡明。唐代以後,賦論家對律賦押韻有何見解？律賦用韻的情況有何變化？清代律賦用韻有什麼特點？這是需要加以探討的問題。本章列舉大量清代賦論家對律賦押韻有關論述,並舉出清代

㉙　鄺健行：〈唐代律賦用韻敘論〉,見《科舉考試文體論稿》,頁 99－133。

律賦押韻實例進行綜合分析。

第十章〈清代律賦的注解評方法例析〉：

古書的注、解、評三者是有機統一，不可截然分開的。今人把選輯注解古書叫作文獻整理，把評點古書叫作理論分析，這是當代學科分工的產物，卻不一定符合古代研究對象的實際情況。有鑒於此，本章試圖對律賦的注解和評點作綜合的舉例分析。鑒於律賦是清代科舉考試文體之一，具有重要的實用價值，因而清人對於律賦的注解和評點也花費了很大的精力，取得了豐厚的成果。考察和總結清人選輯和評注律賦的經驗，對於今人從事文學古籍的整理和評論，都必定是大有裨益的。

〈結論〉部份：

分八點對本書取得的研究成果作出總結，對書撰寫中得出的幾個結論和發現的幾個帶規律性的理論現象，作出進一步的歸納和分析，並提出下一步深入研究的一些構想。

最後列舉本書的主要參考文獻。

五、研究的方法

本書準備綜合運用如下一些研究方法：

㈠ 文獻學與文藝學相結合的方法

以目錄、版本、校勘等文獻學的方法為基礎，充分掌握經過考證的第一手文本資料；然後運用文藝美學原理作指導，對清代賦學的有關問題作出合情合理的論證分析。

㈡ 文學創作與文學理論相結合的方法

　　通過綜合研讀大量辭賦作品和賦論資料，將古人在其賦話中闡述的理論與當時的作品互相對照印證，論述作品同理論的矛盾運作過程，以收相得益彰之功效。

㈢ 文學、史學、哲學相結合的研究方法

　　賦論家的哲學觀念是其文學觀念產生的基礎，而其所處的社會歷史環境及其個人遭際交遊，對其賦學活動也有深刻的影響。古人的文集之中，文學、史學和哲學的材料往往混雜莫分。今人在研究之中，既要有所分析，又要有所綜合，不能孤立片面地就賦論賦，需要作系統的、綜合的考察。

㈣ 點、面結合的方法

　　清代賦論資料具有兩個突出的特點，一是資料非常豐富，也可以說非常龐雜。如果不能照顧全面，就缺乏對整個清代賦論的總體觀照；二是以有關律賦的資料爲重點，也可以說，清人建立起了一個從創作、編選到評論的律賦理論體系。如果面面俱到，不能突出重點，就不能反映出清代賦論的特色。考慮到這兩個特點，本書採取先面後點、點面結合的方法，既照顧到清代賦論的全局，又盡量突出地以清代律賦作爲重點突破的研究對象。

　　需要加以說明的是，由於此項研究可供借鑒的已有成果不多，需要先行做許多開拓性的工作，因而本書直接引錄第一手原始資料較多，這是由論題的特點所決定的，由此產生行文不能流利暢達的缺憾。這是應該向讀者致歉，並請求多加諒解的。

第一章　清代賦論的背景因素

　　清代賦論的背景，包括「外緣影響」和「內在理路」諸方面的的因素。所謂「外緣影響」，包括社會政治、經濟、學術文化等多方面因素對賦論的影響；所謂「內在理路」，主要是指賦論本身在繼承前代賦論的基礎之上，合符邏輯的內在發展脈絡。本文分爲兩節：考慮到清代賦論是對前代賦論集大成式的繼承和發展，作「清代之前的賦論賦格著作概述」，是爲第一節；考慮到清代賦論產生於清代社會的具體時空環境之下，並且是士人特種心態的產物，故作「清代社會政治文化環境與賦家創作心態」，是爲第二節。當然，影響清代賦論的背景因素是多方面的，並不僅上述兩種，其他因素容後續各章連帶述之。

一、清代之前的賦論賦格著作概述

　　賦學批評伴隨著賦學創作而展開，縱觀清以前各個歷史階段的賦論賦格著作，大致可以分爲漢代、魏晉南北朝、唐代、宋代、元代、明代等六個發展階段。

㈠ 漢代賦論

　　漢代是我國賦論的濫觴期，司馬相如、揚雄、班固等人都發表

了頗有價值的賦論，對後世有很大的影響。其他司馬遷、漢宣帝劉詢、王充等人也有賦論留傳，只是其討論的問題大多不出上述三家討論的範圍，故不擬專門論及。

司馬相如（前179－前117）是漢代首屈一指的賦作家，《西京雜記》載司馬相如答友人問作賦之法云：「和纂組以成文，列錦繡而爲質，一經一緯，一宮一商，此賦之跡也；賦家之心，苞括宇宙，總攬人物，斯乃得之於內，不可得而傳。」❶這裏，司馬相如從「賦跡」與「賦心」兩個方面總結作賦之法。就「賦跡」而言，司馬相如用紡織和音樂作比喻，認爲賦既像一疋用五彩絲線織成的錦緞，又像一曲低昂互節的樂章，充分揭示出賦詞藻華麗和音樂性強的特點。就「賦心」而言，司馬相如認爲賦家應該具有包容古往今來的藝術想像力和把握提煉錯綜繁雜人物事件的能力和胸懷，而這種能力來自先天的秉賦和後天的體悟，雖在父兄也不能直接將這種能力傳授給子弟，學者只能靠自己慧心領悟。

揚雄（前53－後18）的賦論有四個相互聯繫的著名觀點：一是見於桓譚《新論·道賦》的「能讀千賦則善賦」❷。此論本揚雄

---

❶ 葛洪著，向新陽、劉克任校注：《西京雜記》（上海：上海古籍出版社，1991年）卷二。案：《西京雜記》作者眞僞，學術界頗有爭議，但其中的材料或有所本。范文瀾《文心雕龍注》即認爲：「《西京雜記》雖僞託，相如之語或傳之在昔。」

❷ 桓譚：《新論·道賦》，見嚴可均輯《全上古三代秦漢三國六朝文·全漢文》（北京：中華書局，1958年）卷一五。

〈答桓譚書〉：「大諦能讀千賦，則能爲之。」❸指出了學賦的途
徑，常見後人稱引。二是見於《法言‧吾子》❹篇的賦乃「童子雕
蟲篆刻」、「壯夫不爲」之說。此說常常成爲後世文人壯年之後放
棄賦學的藉口，清人賦論則對此有所批判。三是也見於《法言‧吾
子》的「詩人之賦麗以則，辭人之賦麗以淫」之說。此說將賦分爲
「詩人之賦」與「辭人之賦」兩類；所謂「麗以則」和「麗以淫」
的本意，可能是指「麗得有法度」和「麗得過度」的意思，也可以
將「麗」理解爲語言形式方面的要求，將「則」理解爲思想內容方
面的要求；意存諷諫，合於古詩之義的是「麗以則」的作品，反
之，則是「麗以淫」的作品。按照這一標準，宋玉之前的屈原、荀
卿賦作「咸有古詩之義」，是符合「麗以則」標準的；宋玉之後的
賦家賦作「竟爲侈麗閎衍之詞，沒其諷喻之義」，皆屬「麗以淫」
之列。揚雄此說本有矯枉過正的企圖，後世賦家運用揚雄此論，爲
辭賦樹立了美善合一的審美標準，影響極其深遠。四是見於《史
記‧司馬相如列傳》的「靡麗之賦，勸百諷一」之說❺。此說涉及
到揚雄對司馬相如賦的評價，並由此而擴大到對整個漢賦的評價。

　　班固（32－92）的賦論主要有兩個要點：一是見於《漢書‧藝
文志‧詩賦略》的「不歌而誦謂之賦，登高能賦，可以爲大夫」之

---

❸　揚雄：〈答桓譚書〉，見嚴可均輯《全上古三代秦漢三國六朝文‧全漢
　　文》卷五二。嚴氏原注出自楊愼《赤牘清裁》，並且懷疑此篇是楊愼「綴
　　拾成文，唯加『大諦』二字」，然而主張姑且存之，不予刪削。
❹　揚雄：《法言》（成都：巴蜀書社，1988 年）。
❺　此說也見於《漢書‧司馬相如傳》，只是《史記》的「不亦虧乎」，《漢
　　書》作「不亦戲乎」。

說。此說本於《詩經·鄘風·定之方中》毛傳，謂大夫有九能，五曰「升高能賦」。「登高」之義有二：一謂公卿大夫登於廟堂之上，賦詩言志。一謂身登高處而覽物作賦。參見《韓詩外傳》的用法：「孔子遊於景山之上，子路、子貢、顏淵從。孔子曰：『君子登高必賦，小子願者何？』」❻這兩種理解都是可通的。清人常常引用「登高能賦，可以爲大夫」之說，以反駁揚雄「壯夫不爲」之論。二是見於《文選》卷一〈兩都賦序〉的「賦者，古詩之流也」之說。班固立此說有兩個依據：其一，賦的始作者是詩人：「春秋之後，周道浸壞，聘問歌謠不行於列國，學詩之士逸在布衣，而賢人失志之賦作矣。」（見《漢志·詩賦略》）其二，賦的思想內容與詩一脈相承：「或以抒下情而通諷喻，或以宣上德而盡忠孝，雍容揄揚，著於後嗣，抑亦雅頌之亞也。」（見〈兩都賦序〉）此說古人皆深信不疑，或者參以己意，加入論據。今人則往往加以批評，另立新說，實則治絲愈棼的情形往往有之。

漢代賦論對賦之起源（古詩之流）、賦之文體特徵（不歌而誦）、賦之審美標準（麗以則）、賦之社會功用（諷喻揄揚）、賦之創作手法（賦跡賦心）等重大賦學問題，都給出了質樸而簡明的答案，一部中國賦學史正是圍繞著這些基本問題而逐漸深入展開的。

(二) 魏晉南北朝賦論

魏晉南北朝是我國賦論的發展時期，此期的賦論較漢代更有理

---

❻　韓嬰著、屈守元箋疏：《韓詩外傳箋疏》（成都：巴蜀書社，1996 年）卷七。

論色彩和系統性。如果從歷史縱向觀察，魏晉南北朝賦論的發展演變大致經歷了建安、兩晉、南北朝三個發展階段；如果從賦論家理論傾向考察，魏晉南北朝賦論大致可以分為三種思想派別：即體物瀏亮派，以陸機、陸雲、潘岳等人為主力；諷諫徵實派，以左思、皇甫謐、摯虞等人為代表；綜合折衷派，以劉勰、蕭統為代表。❼

　　「體物瀏亮派」以陸機（261－303）〈文賦〉「詩緣情而綺靡，賦體物而瀏亮」一語而得名。「體物」指賦之題材傾向，主張「籠天地於形內，挫萬物於筆端」，大力開拓賦之題材範圍，大至天地宇宙，小至關注身邊的一花一石、一草一木。「瀏亮」是對賦藝術色彩的追求，這是對曹丕《典論·論文》「詩賦欲麗」之說的繼承和發揮，主張賦作詞藻精美明麗，音節流利響亮。這一派的賦論是對東漢後期和魏晉以來抒情詠物小賦創作傾向的理論總結。

　　「諷諫徵實派」的理論主將是左思（約250－約305），左思所作〈三都賦〉為兩漢以來騁辭大賦最後的輝煌，他的賦論也主張堅持「徵實」的原則，以繼承漢大賦「意存諷諫」的傳統。其作〈三都賦序〉立下「美物者貴依其本，贊事者宜本其實」的原則，正是為了實現賦的「諷諫」功能。皇甫謐（215－282）應左思的請求評定〈三都賦〉，其作〈序〉云：「賦也者，所以因物造端，敷弘體理，欲人不能加也。引而申之，故文必極美；觸類而長之，故辭必盡麗：然則美麗之文，賦之作也。昔之為文者，非苟尚辭而已，將

---

❼　關於魏晉南北朝賦論派別的劃分，可參考程章燦：《魏晉南北朝賦史》（南京：江蘇古籍出版社，1992年）第五章。這樣劃分，並非說他們是嚴格意義上的文學流派，其實只是思想觀念相近而已。

以紐之王教，本乎勸戒也。」他在承認賦以「美麗」為藝術特徵的同時，強調賦在思想內涵上必須「本乎勸戒」，仍然不忘賦之「諷諫」功能。摯虞（？－311）「少師皇甫謐」❽，他的賦論觀點也承繼皇甫謐而加以發揮。他在《文章流別論》中批評今之賦「假象過大，則與類相遠；逸辭過壯，則與事相違；辨言過理，則與義相失；麗靡過美，則與情相悖：此四過者，所以背大體而害政教。」❾摯虞所說的「四過」都是不能「徵實」的表現。引而伸之，賦家把握「徵實」的原則，便可以維護政教，實現賦之「諷諫」功能；不能「徵實」，則必然危害政教，甚至出現「欲諷反勸」的結果。

　　「綜合折衷派」的理論特色是博採眾長，取精用弘。劉勰（約465－約532）在其所著《文心雕龍》中，有〈辨騷〉、〈詮賦〉、〈雜文〉諸篇專論賦體文學，其他〈才略〉、〈比興〉、〈通變〉、〈夸飾〉、〈諧隱〉、〈事類〉、〈麗辭〉等篇中，也常常論及賦家賦作。〈詮賦〉一篇，是唐代以前最為重要的賦論文章。劉勰按照「原始以表末，釋名以彰義，選文以定篇，敷理以舉統」的結構方式，首先全面論述了賦之起源和文體特徵，把賦之文體特徵概括為：「賦者，鋪也。鋪採摛文，體物寫志也。」意謂擅長鋪述和詞藻華美都是賦的藝術風格特點，描繪外物和抒發情感都是賦

---

❽　見《晉書》（北京：中華書局，1997年）卷五一〈摯虞傳〉。

❾　摯虞：《文章流別論》，見嚴可均輯《全晉文》卷七七。按：《全晉文》原作《文章流別志論》，鄧國光：《摯虞研究》（香港：學衡，1990年）認為，摯虞著作《文章流別集》是總集；《文章流別志》是作家傳記；《文章流別論》是作品評論。三者相對獨立，可以合作刊行，但不得混淆稱謂。其論甚確。

的寫作目的，這樣說就比陸機「體物」之說要全面一些。正如紀昀所評：「鋪採摛文，盡賦之體；體物寫志，盡賦之旨。」❿然後對漢魏以來的騁辭大賦和詠物抒情小賦二者兼容並蓄，分別展開論述，認為騁辭大賦的題材是以「京殿苑獵，述行序志」為主，風格是「體國經野，義尚光大」；抒情小賦的題材是以「草區禽族，庶品雜類」為主，其風格特徵則是「言務纖密」、「理貴側附」。最後闡述他的論賦標準：「情以物興，故義必明雅；物以情觀，故詞必巧麗。」在情與物、詞與義兩端之間，劉勰堅持文質彬彬中和折衷的審美標準。在詞彩巧麗方面，他更多地接受了「體物瀏亮派」的觀點；在有益勸戒方面，他更多地接受了「諷諫徵實派」的意見，所以他的賦論可以稱為漢魏六朝賦論的集成和總結。清代賦論家對劉勰的理論非常重視，如浦銑《歷代賦話·諸家緒論》採錄《文心雕龍》，除了將〈辨騷〉、〈詮賦〉分別錄出外，還將散見各篇的論賦文字分條錄出，集於一處。又如《賦海大觀》「文學類」載有〈劉彥和撰文心雕龍賦〉、〈雕龍五十篇賦〉等賦作，運用賦體批評的形式，對劉勰的成就作了高度的肯定。

(三) 唐代賦論

唐代賦論，初唐盛唐階段，主要是一些史學家發表對齊梁賦風不滿的看法，如令狐德棻《周書·王褒庾信傳論》、魏徵《隋書·文學傳序》、李百藥《北齊書·文苑傳序》、劉知幾《史通·載

---

❿ 見《紀曉嵐評文心雕龍》（江蘇：廣陵古籍刻印社影印道光刊本，1997年）。

文》、柳冕〈與滑州盧大夫論文書〉之類，大都附和唐太宗批評賦體「文體浮華，無益勸戒」**⓫**之說。至斥庾信爲「辭賦之罪人」**⓬**，「屈宋以降，……淫麗形似之文，皆亡國哀思之音**⓭**」。這些說法基於狹隘功利主義文學觀，自然難以對辭賦之價值作出公正評價。

盛唐之後，杜甫、韓愈、皇甫湜等人，對辭賦家則持論較爲公正。如杜甫〈戲爲六絕句〉爲庾信作翻案文章云：「庾信文章老更成，凌雲健筆意縱橫。今人嗤點流傳賦，不覺前賢畏後生。」**⓮**韓愈〈送孟東野序〉稱：「漢之時，司馬遷、相如、揚雄，最其善鳴者也。」**⓯**皇甫湜〈答李生第二書〉也認爲：秦漢以來辭賦家「其文皆奇，其傳皆遠。」**⓰**。

中晚唐時期，隨著律賦創作之興盛，出現專門討論律賦理論和格法的作品。代表作是白居易〈賦賦〉和近年由日本傳回中國的唐抄本《賦譜》。

白居易〈賦賦〉**⓱**以「賦者古詩之流」爲韻，凡分六段。首段

⓫　劉肅：《大唐新語》（北京：中華書局，1984 年）卷九。

⓬　令狐德棻：《周書·王褒庾信傳論》，載《周書》（北京：中華書局，1997 年）卷四一。

⓭　柳冕：〈與滑州盧大夫論文書〉，載《全唐文》（臺北：華聯出版社，1965 年）卷五二七。

⓮　仇兆鰲：《杜詩詳注》（北京：中華書局，1979 年）卷一一。

⓯　韓愈：《昌黎先生集》（《四部叢刊初編》本）卷一九。

⓰　皇甫湜：《皇甫持正文集》（《四部叢刊初編》本）卷四。

⓱　白居易：〈賦賦〉，載《白居易集》（北京：中華書局校點本，1979 年）卷三八。

論述賦之起源，認爲賦爲古詩之流，「始草創於荀宋，漸恢張於賈馬」。次段謂當時朝廷重視賦學，認爲賦爲「藝文之警策，述作之元龜」。三四段論述律賦的特色和價值，認爲唐代律賦「義類錯綜，詞彩分布。文諧宮律，言中章句。華而不艷，美而有度」，並對其工者妙者作了高度評價，以爲成就不減兩漢魏晉的名賦。第五段論述律賦的寫作要求，主張「立意爲先，能文爲主」，既要有思想，又要有文采，且富於聲律音韻之美。末段頌揚當時皇帝重視文學，認爲士人生逢其時，應該在「潤色鴻業，發揮皇猷」方面有所貢獻。此賦在構段和押韻上也頗有特色，尤其是在三四段之間，設計一聯股對「其工者，究精微❶⑧，窮旨趣，何慚兩京於班固；其妙者，抽秘思，騁妍詞，豈謝三都於左思」，分押上下兩段之韻，承上啓下，鉤連緊密，這種方法似爲白氏的獨特創造。清代賦家在重視白氏此賦的同時，也有對此賦之立意不甚滿意的。施補華❶⑨〈擬白香山賦賦·序〉云：「白樂天作〈賦賦〉，略引前代，而極於唐之體制。其言甚悉，然於古人作賦之旨，或未得焉。古人作賦，莫不有所諷託，言在此意在彼，似美而實刺，似奪而實予，故能爲《三百篇》之苗裔。屈原、宋玉、司馬相如、揚雄之徒，皆識此意。東京以降，競尚詞華而諷託少，齊梁之間，君臣上下，務爲側艷之體，其詞淫以哀，其志弛以肆，爲賦之大衰。才如庾蘭成，無以正之。唐以賦取士，其製日工，而古人諷託之意識之者蓋少。獨

---

⑱　「精微」，《白居易集》作「筆精」，此從《歷代賦彙》本。

⑲　施補華（1835－1890），字均甫，烏程人。同治舉人，官山東補用道。著有《峴傭說詩》、《清雅堂文集》等。見梁廷燦編：《歷代名人生卒年表》（臺北：臺灣商務印書館，1979 年）。

李白〈明堂賦〉，杜甫〈三大禮賦〉，韓愈〈感二鳥賦〉、〈復志賦〉，杜牧〈阿房宮賦〉等篇，爲得諷託之意。樂天尚見未及此焉。」於是入室操戈，寫出摹擬和翻案的作品⓴。

賦格著作唐抄本《賦譜》。見於《新唐書·藝文志》和《宋史·藝文志》著錄的唐五代賦格著作，有張仲素《賦樞》三卷、范傳正《賦訣》一卷、浩虛舟《賦門》一卷、白行簡《賦要》一卷、紇干俞《賦格》一卷、和凝《賦格》一卷。這些著作今皆不存，惟有唐抄本《賦譜》一卷⓴，由入唐求法的僧人帶回日本，保存至今。《賦譜》作於中唐時期，作者佚名。全文大約二千五百字，可分爲三大部份：第一部份討論「賦句」的種類名稱，第二部份討論「賦體」段落結構以及押韻等問題，第三部份討論「賦題」，包括賦篇的審題構思以及用事修辭等問題。全文按照句→段→篇的程序，由小到大，從局部到整體地展開論述，構成一個有機的整體。《賦譜》在當時的主要用途是爲應舉的士子提供寫作律賦的格式和方法；流傳到日本後，不僅爲日本文人寫作漢文辭賦提供指導，而且成爲日本僧人寫作駢文的借鑒；在今天，它則成爲我們解析唐代律賦的最佳鑰匙。

㈣ 宋代賦論

宋代科舉本承唐制實行詩賦考試，其間曾有兩段時間廢棄詩賦

⓴　參見《賦海大觀》卷十下〈文學類〉收錄的「以賦論賦」的作品。

⓴　參見拙撰：〈唐抄本《賦譜》初探〉（成都：《四川師大學報增刊》[1993 年]第七期）。《賦譜》今有校注本，載張伯偉《全唐五代詩格校考》（陝西：人民教育出版社，1996 年）附錄。

考試。根據黃書霖編《二十四史九通政典類要合編》❷一書考證，
自北宋神宗熙寧四年（1071）採納王安石建議，進士科罷除詩賦，
改試經義策論，至哲宗元祐元年（1086）詔復試詩賦，其間廢棄詩
賦凡十五年；自哲宗紹聖元年（1094）詔罷詩賦專用經義，至南宋
高宗建炎二年（1128）詔復試詩賦，其間廢棄詩賦凡三十五年。除
此兩段時間共計五十年不試詩賦之外，兩宋三百年天下，大部份時
間舉行的科舉考試都是要考試詩賦的。試賦的體裁自然是以律賦為
主，因而宋代的賦論也是以律賦論為主。

　　宋初之賦論體現出古賦與律賦的論爭：王禹偁、姚鉉等人是提
倡古賦，反對律賦的；孫何、范仲淹等人則是肯定律賦價值的。王
禹偁（945－1001）在〈答張知白書〉中說：「洎隋唐始以科試取進
士，而賦之名變而為律，則與古戾矣，然拘變聲病以難後學，致使
鴻藻碩儒有不能下筆者。」❸姚鉉在《唐文粹·序》中說：「世傳
唐代之類集者，詩則有《唐詩類選》、《英靈》、《間氣》、《極
玄》、《又玄》等集，賦則有《甲賦》、《賦選》、《桂香》等
集，率多聲律，鮮及古道，蓋資新進後生干名求試者之急用爾。」
❹他們都批評律賦有違古道，提倡古體，反對聲律駢偶。

　　與王、姚等人意見相反，宋太宗淳化三年（992）進士孫何特別
看重律賦的價值，認為律賦可以考察作者的器識才幹：「惟詩賦之
制，非學優才高，不能當也。……觀其命句，可以見學植之淺深；

❷　黃書霖：《二十四史九通政典類要合編》（臺北：大通書局，1979
　　年）。
❸　王禹偁：《小畜集》（《四部叢刊》影宋本）。
❹　《唐文粹》（臺北：臺灣商務印書館，1967年）。

即其構思，可以覘器業之大小。」㉕范仲淹（989－1052）《賦林衡鑒·序》則充分肯定了律體的功用：「律體之興，盛於唐室，貽於代者，雅有存焉。可歌可謠，以條以貫。或主述王道，或褒贊國風，或研究物情，或規戒人事。煥然可警，鏘乎在聞。國家取士之科，緣於此道。」㉖

北宋中葉，「蘇門四學士」之一的秦觀「自少時用意作賦」，李廌《濟南先生師友談記》㉗載其論律賦文字十餘則，主要講律賦作法，涉及破題、押韻、聲調、用事、鍊句、遣辭等等，內容豐富，要言不煩。其後清人吳景旭《歷代詩話》、浦銑《歷代賦話》皆曾予以引錄，可見其頗受重視。

南宋洪邁（1123－1202）《容齋隨筆》㉘中論賦文字不少，最重要的是《容齋續筆》卷十三〈試賦用韻〉條和《容齋四筆》卷六〈乾寧覆試進士〉條，詳述唐代律賦韻例，條理清晰，但仍有小誤。其後，彭叔夏《文苑英華辨證》㉙卷一對洪邁之失誤有所糾正。

朱熹（1130－1200）《楚辭集注》㉚有《楚辭後語》，錄入騷體

㉕ 引自沈作喆《寓簡》，《叢書集成初編》本（北京：中華書局，1985年）。

㉖ 范仲淹：《范文正公集》（上海：商務印書館，1937年）。

㉗ 李廌：《濟南先生師友談記》，《叢書集成初編》本（北京：中華書局，1985年）。

㉘ 洪邁：《容齋隨筆》（上海：上海古籍出版社，1978年版）。

㉙ 彭叔夏：《文苑英華辨證》，《四庫全書》本（臺北：臺灣商務印書館，1986年）。

㉚ 朱熹：《楚辭集注》（上海：上海古籍出版社，1979年）。

賦近二十篇。不僅是研究騷體賦的重要材料，而且其賦論思想對元
代祝堯《古賦辨體》影響甚大。

　　賦格著作《聲律關鍵》❸，南宋鄭起潛撰。起潛字子升，吳縣
（今江蘇蘇州）人。舉進士，曾任吉州州學教授。宋理宗淳祐年間，
官朝奉郎、秘書省著作郎、兼權考功郎官、兼權國子司業、兼史館
檢討官、兼崇政殿說書。官至直學士、權兵部尚書。《聲律關鍵》
一書，爲起潛任職吉州州學教官時所作，後曾經尚書省批准，作爲
國子監教材。鄭起潛在〈上尚書省札子〉中說：「起潛屢嘗備數考
校，獲觀場屋之文，賦體多失其正。起潛初任吉州教官，嘗刊賦
格，自《三元》、《衡鑒》、二李及乾淳以來諸老之作，參以近
體，古今奇正，粹爲一編。總以五訣，分爲八韻，至於一句，亦各
有法，名曰《聲律關鍵》。」❸可見鄭起潛自認爲其書是一部賦格
專書，全書的結構是「總以五訣，分爲八韻」，即首列作賦五訣，
一認題，二命意，三擇事，四琢句，五壓韻；然後分八韻，詳細舉
例說明律賦各段作法。此書是繼唐抄本《賦譜》之後，今存的一部
完整的賦格專書，對於研究唐宋律賦是一部非常重要的著作；只是
未經整理，錯簡缺字情況嚴重；加之所引賦句，未能注明出處，故
難以卒讀。亟須整理研究，重新刊佈。

　　宋末文天祥（1236－1282）有兩篇賦論文章，一篇是《八韻關
鍵·序》，另一篇是〈五言賦記〉❸。《八韻關鍵》本是朱時叟所

---

❸　鄭起潛：《聲律關鍵》，《宛委別藏》本（臺北：臺灣商務印書館，1981
　　年）。
❸　鄭起潛：〈上尚書省札子〉，載《聲律關鍵》卷首。
❸　文天祥：《文文山全集》（臺北：世界書局，1979 年）。

編的一部賦則，文天祥爲之作序，說明直至宋末，律賦仍然是科舉
考試採用的主要文體之一。

(五) 元代賦論

　　元代皇慶二年（1313）十一月，仁宗下詔開科取士。延祐元年
（1314）首科鄉試，二年京師會試。考試文體廢棄律賦，改用古
賦。《元史·選舉志》記載中書省上奏云：「夫取士之法，經學實
修己治人之道，詞賦乃摘章繪句之學。自隋唐以來，取人專尙詞
賦，故士習浮華。今臣所擬，將律賦、省題詩、小義皆不用，專立
德行明經科，以此取士，庶可得人。」仁宗接受建議，規定鄉試、
會試科目相同，漢人、南人試三場：首場明經，包括經疑二問，經
義一道；二場古賦、詔誥、章表內科一道；三場策一道。蒙古、色
目人只試二場，可以不試古賦、詔誥、章表，願試者聽之，中選者
加一等授官。❸❹明人徐師曾在《文體明辨·序說》中慨嘆：律賦考
試「數代之習，乃令元人洗之，豈不痛哉！」❸❺由於元代科舉考試
和賦風變律爲古的變化❸❻，元代賦論也以古賦理論爲主體。

　　元初劉壎（1240－1319）在《隱居通義》卷四古賦「總評」中，
揭示古賦具有「風骨蒼勁，義理深長」的特色，而以北宋李覯（泰
伯）〈長江賦〉和黃庭堅（山谷）〈江西道院賦〉爲古賦典範。可

---

❸❹　《元史·選舉志》（北京：中華書局，1997年）。

❸❺　徐師曾著、羅根澤校點：《文體明辨序說》（北京：人民文學出版社，
　　　1998年）。

❸❻　參見黃仁生：〈論元代科舉與辭賦〉，載《文學評論》（1995年第3
　　　期），頁109－121。

見其心目中的「古賦」並非以時代爲尙，而是以風格古雅爲標準
㊲。劉壎的賦論開創了元代賦論崇尙古賦的先河。

延祐五年（1318）進士祝堯所著《古賦辨體》㊳，爲元代賦論
的代表作。此書十卷，分成兩個部份：前八卷爲「正錄」，編選先
秦荀況、屈原至宋人洪舜俞等三十五人賦作共七十篇，按照時序分
爲楚辭體、兩漢體、三國六朝體、唐體和宋體五大類；每類各繫
「序論」，綜述一代賦體演變之軌跡；並於作者及篇題下附以解
說，評騭優劣，指點寫作關捩。後二卷爲「外錄」，各代三十一人
凡四十七篇「有韻之文」，分別隸屬於後騷、辭、文、操、歌五種
體裁之內，以反映《楚辭》衣披後世之餘響並探討相近體裁作品中
蘊含的賦體因素。

此書既是一部以展示古賦源流爲主旨的辭賦總集，又是一部重
要的賦學理論專書。其賦學理論觀點主要體現在三個方面：其一、
明辨賦體源流。主張古賦應當「祖騷而宗漢」（卷三「兩漢體
上」），指出楚辭吸收了〈鳳兮〉〈滄浪〉等楚地民歌特點（卷一
「楚辭體上」）；認爲漢代散體大賦之問答體「源自〈卜居〉〈漁

㊲ 參見鄧國光：〈劉壎《隱居通義》的賦論〉，載《文原》（澳門：澳門大
學出版中心，1997 年），頁 193－214。

㊳ 祝堯：《古賦辨體》，今存最早者爲明代成化二年（1466）金守信刻本，
有錢溥〈序〉，稱底本爲祝堯家刻本。其後明嘉靖十一年（1532）、十六
年、二十一年續有刻本，皆出自金刻本。嘉靖十六年刻本篇中有旁批圈
點，卷尾有贛州知府康河跋，稱該本首刻者爲顧與新，未及完工，繼成者
爲吳子貞，並得熊子修按蜀時所刻全本參校補正，是爲明刻中較善之本。
《四庫全書》抄本即以嘉靖補刻本爲底本，改正了一些錯字，但刪去旁
批，圈點，已非原本面貌。本書所用爲嘉靖十六年刻本。

父〉」；而散體大賦中間鋪述部份爲後世俳賦之源，首尾議論部份
爲唐末及宋代文賦之源（卷三〈子虛賦〉）。故《四庫提要》稱其於
賦之「正變源流，亦言之最確」。其二、提出「以情爲本，以辭、
理爲輔」的創作原則和評價標準。認爲：「辭者，情之形諸外也；
理者，情之有諸中也。有諸中故見形諸外，形諸外故知有諸中。辭
不從外來，理不由外得，一本於情而已矣。」（卷七「唐體」）此說
遙承摯虞《文章流別論》「古詩之賦，以情義爲主」之說，將尙情
的賦論推進到一個新階段。其三、重新詮釋「六義」，指出「詩之
義六，惟風比興三義，眞是詩之全體，至賦雅頌三義，則已鄰於文
體」，主張「爲賦者固當以詩爲體，而不當以文爲體」（卷九「外
錄上」）。這種重新組合，與孔穎達的「風雅頌、賦比興」二分法
大異其趣，反映了「六義」運用於賦論的特殊性，具有合理的成
分。

　　《古賦辨體》產生於漢朝散體大賦、六朝駢賦、唐代律賦、宋
代文賦各體迭興之後，但受到宋代朱熹理學思想的深刻影響，加之
元代社會科舉考試古賦之需要，因而具有濃厚的「復古」傾向，力
主「由今之體以復古之體」。這種論斷固然有釐辨賦體、正本清源
之功，但也存在著對六朝、唐、宋賦體認識不足之偏頗。

　　本書作爲唐抄本《賦譜》、宋鄭起潛《聲律關鍵》之後的一部
賦學專著，對明清賦論產生了深遠的影響。

㈥ 明代賦論

　　明代王朝製定克制「武功」，提倡「文治」的政策，推行八股
文考試，辭賦與科舉的關係趨向疏離，但明代作賦風氣仍然非常興

盛。僅據陳元龍《歷代賦彙》統計，所收明代（含清初遺民）賦家就有近四百人，賦作近一千篇。明代的賦論主要有「文集中的賦論」、「總集中的賦論」和「詩話中的賦論」等三種類型。

　　「文集中的賦論」可以「前七子」的領袖李夢陽（1472－1529）的〈潛虬山人記〉為代表：「山人商宋梁時，猶學宋人詩。會李子客梁，謂之曰：『宋無詩。』山人於是棄宋而學唐。已，問唐所無，曰：『唐無賦哉。』問漢，曰：『無騷哉。』山人於是則又究心騷賦於唐、漢之上。」❸李夢陽之說是其文學復古主張的產物，殊為偏頗。王文祿《文脈》卷二即針對此說予以反駁：「司馬相如〈長門〉、揚子雲〈反騷〉、賈誼〈鵩鳥〉、班昭〈自悼〉，豈曰無騷？」李太白〈大獵〉、〈明堂〉、楊炯〈渾天儀〉、李庾〈兩都〉、杜甫〈三大禮〉、李華〈含元殿〉、柳宗元〈閔生〉、盧肇〈海潮〉、孫樵〈出蜀〉，豈曰無賦？」❹其實李夢陽本人也是喜歡作賦的，他的《空同集》中存賦三十四篇，其中也有一些是師法唐賦的作品。如其〈省咎賦〉即模仿唐柳宗元〈懲咎賦〉而作，試比較其中的兩段：

　　柳宗元〈懲咎賦〉云：

　　　　哀吾生之孔艱兮，循凱風之悲詩。罪通天而降酷兮，不殛死而生為。逾再歲之寒暑兮，猶貿貿而自持。將沈淵而隕命

---

❸　李夢陽：〈潛虬山人記〉，載《空同先生集》卷四七，《明代論著叢刊》本（臺北：偉文圖書出版社，1976 年）。

❹　王文祿：《文脈》，《叢書集成初編》本（北京：中華書局，1985年）。

兮，詎蔽罪以塞禍。惟滅身而無後兮，顧前志猶未可。進路
呀以劃絕兮，退伏匿又不果。爲孤因以終世兮，長拘攣以轗
軻。

李夢陽〈省咎賦〉云：

惜余年之強壯兮，常坎坷而滯留。憐黌野之漸變兮，恐芳草
爲之先秋。情有感而難忘兮，性有糾而不釋。念昔之周湟
兮，孰堅忍而拋擲。闃紆壹以忳瞀兮，竊陳詩以自抒。懼言
弱而道阻兮，恒潛潛而思慮。

　　兩相比較，可以清晰地看出，二者的精神意趣乃至語言聲調都
何其相似乃爾！這說明李氏在寫作此賦時，柳賦當縈繞在心間。由
此可見，李氏之所謂「唐無賦」，只是一種「講大話」。也許李氏
所不滿者，只是唐代用於科舉考試的律賦，而不是對唐賦一概加以
反對；那麼，他講「唐無賦」的話，就不攻而自破了。
　　明代編選總集的風氣特盛，「總集中的賦論」也非常豐富。茲
選述三種：
　　吳訥《文章辨體序說》。吳訥（1369-1455）編選《文章辨體》
五十五卷，分文章爲五十九體，其中專設「古賦」、「七體」和
「律賦」諸體。吳訥對各朝賦之解說，宋代以前，完全因襲祝堯
《古賦辨體》之說，元、明兩代，則自出心裁。如論元代賦云：
「元主中國百年，國初文學，不過循習金源之故步。迨至元混一，
士習丕變，於是完顏之粗獷既除，而宋末萎苶之氣亦去矣。延祐設

科，以古賦命題，律賦之體，由是而變。然多浮靡華巧，抑揚歸
美，至末年而格調亦弱矣。」又論明代賦學云：「聖明統御，一洗
胡元陋習，以復中國先王之治。當時輔詡興運，以文章名世者，率
推承旨宋公濂爲首。迨若太史胡公翰，則又宋公之所畏服者也。今
採二公之作，著之於編，以昭我國家文運之興，非若漢唐宋歷世之
久而後盛也。」❹吳訥所述元代賦和明初賦之發展，皆能得其大
概。

　　徐師曾《文體明辨序說》。吳訥之後，徐師曾編選《文體明
辨》八十四卷，分文體爲一百二十七類。他繼承祝堯之說，將賦分
爲古賦、文賦、俳賦、律賦四體。其論「律賦」云：「六朝沈約輩
出，有四聲八病之拘，而俳遂入於律。徐（陵）庾（信）繼起，又
復隔句對聯，以爲四六，而律益細焉。隋進士科專用此體，至唐宋
盛行，取士命題，限以八韻。要之以音律諧協、對偶精切爲工。」
❹這段話不盡符合賦史事實，但是名氣很大，後人論律賦常常加以
徵引。

　　陳山毓《賦略·緒言》❹。本文是陳氏所選《賦略》一書的緒
言，分「源流」、「歷代」、「品藻」、「志遺」、「統論」等五
個部份。「源流」部份闡釋賦之名義，賦與騷、頌之關係，以及賦

---

❹　吳訥著、于北山校點：《文章辨體序說》（北京：人民文學出版社，1998
　　年）。

❹　徐師曾著、羅根澤校點：《文體明辨序說》（北京：人民文學出版社，
　　1998 年）。按：此段引文原本不載，由校點者羅根澤自《古今圖書集
　　成》引入。

❹　陳山毓：《賦略·緒言》，載《賦略》（明崇禎七年[1634]刻本）卷首。

之流變等問題。「歷代」部份主要討論戰國至漢代辭賦之發展興盛
狀況。「品藻」部份摘要評述從屈原至明代賦家劉鳳的名篇名作。
「志遺」部份考證從漢至隋賦篇的存遺情況。「統論」部份論述賦
之體裁、諷喻、情文、文氣、比興、夸飾、物色、遲速等理論問
題。全文或引述前人言論，或發表自己見解，在明代賦論中頗有特
色。另外，清人浦銑《歷代賦話》錄有陳山毓《賦選·序》和《靖
質居士集·序》。《賦選·序》也是一篇重要的賦學理論文章。陳
山毓以「裁」（源流）、「軸」（自然）、「氣」（才氣）、「情」
（情感）、「神」（神思）五者論賦。如其論「氣」云：「竊以爲氣
厚故不匱，氣伸故不住，氣旺故不衰，氣貫故無跡，作者之氣正可
引讀者之氣，而使不歇，自然行挾風雲，字灑珠玉。若乃氣一不
至，則使讀之者索然自盡，聲不能高，而氣不能揚。」❹這裏所闡
發的「作者之氣可以引導讀者之氣」觀點，在審美心理學中是一個
值得注意的說法。浦銑在此〈序〉之後加按語云：「山毓，字賁
文。吾邑人幾亭先生之兄也。舉萬歷戊午（四十六年，1618）浙闈第
一人，工騷賦，卒年三十有八。所著有《賦略》五十四卷，《靖質
居士集》六卷。此或即《賦略》之序歟？」按：《賦略》別是一
書，浦氏所疑非是。在《靖質居士集》（序）之後，浦銑加按語
云：「《居士集》六卷，賦居其半，〈撰志〉、〈重離騷〉、〈重
九辯〉、〈悲士不遇〉、〈後悲士不遇〉、〈擬招隱士〉、〈感
逝〉、〈靈擣〉、〈弔五月〉、〈五日〉、〈七夕〉、〈秋日〉、

---

❹　陳山毓：《賦選·序》，載浦銑《歷代賦話續集》（乾隆五十三年[1788]
　　復小齋原刻本）卷一三。

〈北征〉、〈貞婦〉、〈傷夭〉，計十五首。世罕傳其書，余故錄
其目如右，以配《幾亭先生全書》。使邑中子弟知潁川二難，人各
有集，亦如陸氏之平原、清河也。」《明史稿·藝文志》著錄：
「《賦略》五十卷。」通過《明史·藝文志》的著錄，人們知道陳
山毓是一位傑出的賦學家，但是其人其書《四庫全書》沒有著錄，
所以其書罕傳。浦銑在《歷代賦話》中選載他的兩篇長序，並以表
彰鄉賢的熱忱對陳家兩兄弟作了介紹，使讀者得以知其大略，這對
賦史研究是頗有助益的。

　　「詩話中的賦論」可以王世貞《藝苑卮言》、胡應麟《詩藪》
和費經虞《雅倫》中的賦論為代表。

　　王世貞（1526－1590）《藝苑卮言》❹八卷，共四百七十餘則，
其〈自序〉云：「凡論詩者十之七，論文者十之三。」因而有相對
集中的論賦之語。如卷一引及司馬相如、揚雄賦論，並論及騷賦體
例和作賦之法。卷二論及楚騷和漢賦。卷三論及魏晉南北朝賦。卷
四論及唐代賦。卷六論及明代賦。其賦論之特色有三：一是推崇屈
原和司馬相如之賦：「屈氏之騷，騷之聖也；長卿之賦，賦之聖
也。一以風（諷），一以頌，造體極玄。故自作者，毋輕優劣。」
（卷二）此說指出屈原、司馬相如之別，不僅在於體制，而且在於
各自賦作功能不同，後人不當軒輊優劣。二是批評唐代律賦：「律
賦尤為可厭，白樂天集所載〈玄珠〉、〈斬蛇〉，並韓、柳集中存
者，不啻村究學語。」（卷四）王氏的時代流行古賦，廢棄律賦，

---

❹　王世貞：《藝苑卮言》，《歷代詩話續編》本（北京：中華書局，1983
　　年）。

故其不能認識律賦價值，無足怪也。三是對明代賦家有褒有貶：
「賦至何（景明）李（夢陽），差足吐氣，然亦未是當家。」可見王
世貞識力甚高。

胡應麟（1551-1602）《詩藪》❹二十卷，含內編六卷、外編六
卷、雜編六卷、續編二卷，是一部評論先秦至明代詩人詩作的詩話
作品。不過胡氏認為「騷實歌行之祖，賦則比興一端，要皆屬詩」
（內篇卷一），所以此書論賦的內容也相當豐富。胡氏之賦論多祖
述「前後七子」之說，體現出復古主義的傾向。他認為：「騷盛於
楚，衰於漢，而亡於魏；賦盛於漢，衰於魏，而亡於唐。」（內篇
卷一）這種觀點是與李夢陽「唐無賦」之說遙相呼應的。胡氏繼承
王世貞騷、賦分論的觀點，具體比較騷、賦的不同藝術特點：「騷
與賦句語無甚相遠，體裁則大不同：騷復雜無倫，賦整蔚有序；騷
以含蓄深婉為尚，賦以夸張宏巨為工。」（內篇卷一）因而，他贊
同《昭明文選》分騷、賦為二的作法。胡應麟在《詩藪》雜編中，
還對先秦至漢朝辭賦的存佚情況作了考辨，引錄資料豐富，頗有參
考價值。

費經虞（1599-1671）《雅倫》❹二十六卷，洋洋四十餘萬言，
廣論歷代之詩，分源本、體調、格式、製作、合論、工力、時代、
鍼砭、品衡、盛事、題引、瑣語、音韻十三門。卷三論「楚辭」，
卷四至卷六論賦，一共有四卷的篇幅討論辭賦問題。

---

❹ 胡應麟：《詩藪》（上海：上海古籍出版社，1979 年）。
❹ 費經虞：《雅倫》有康熙四十九年（1710）刻本，全書已收入吳文治主編
《明詩話全編》（南京：江蘇古籍出版社，1997 年）第九冊。

　　其賦論體例分總論和選文兩部份：總論部份首先引錄班固至明人論賦之語，然後斷以己意。選文部份選擇宋玉〈風賦〉至元代陳樵〈臥褥香爐賦〉等近五十篇作品，各賦之後，費氏間有簡要的評論。

　　費氏的賦論觀點有相當獨特之處，如其論漢賦入樂云：「《漢書·樂志》云：『漢立樂府，採詩夜誦。多舉司馬相如等，造爲詩賦，略論律呂，以合八音之調。』是相如諸賦，當時皆以入歌者也。觀〈上林〉〈長楊〉，散文多，何以合樂？不得其解者久之。老而始悟，蓋散文誦而不歌，如後世院本之道白也；有音韻乃以瑟箏之類歌，如後世之白畢唱詞也。當是子虛子、亡是公、烏有先生三人登場，互相對難問答。今北方所傳『羅嗹腔』，三弦和之，其明白言之者，謂之『說白』；其微帶歌聲而言之者，謂之『滾白』：或者是賦之遺意也。」這種根據時下留存的民間藝術形式推想漢賦入樂情形的作法，具有相當的科學性，其結論可備一說。費氏之說，對後人研究戲劇的起源也有啓示作用。

　　費氏選賦的特點是各體俱載，不予偏廢。他聲稱：「賦之音節失傳而單論文章，今採賦體之變，使學者悉其本末，體調相似者不載。」如卷六選入唐代李程〈日五色賦〉、裴度〈鑄劍戟爲農器賦〉、白居易〈荷珠賦〉、〈金鏡賦〉、張仲素〈迴文錦賦〉、王起〈蒲輪賦〉、夏方慶〈天晴景星見賦〉、李德裕〈斑竹管賦〉、〈瑞橘賦〉、仲子陵〈清簟賦〉、符子璋〈漏賦〉、韋充〈餘霞散成綺賦〉、高蓋〈花萼樓賦〉、高無際〈漢武帝後庭鞦韆賦〉、王損之〈曙觀秋河賦〉、林滋〈陽冰賦〉、謝觀〈越裳獻白雉賦〉等大批唐人律賦，並加以總評云：「此皆唐人應試賦也。每以八字限

韻，平仄相半。或有限六七字者，作者通那前後，不必定依次也。
存亡以觀應試賦體。凡應試賦要冠裳典則，不可寒儉粗野。」

明代「前後七子」本著「復古」精神，對唐人律賦每每不屑齒
及；費經虞則對此種應試賦體予以高度重視，其眼光比較「七子」
之流，委實宏通開闊得多，也預示出律賦在清代再度興盛的一片絢
麗前景。

二、清代社會政治文化環境
　　與賦家創作心態

清代社會曾經以巍巍「天朝大國」屹立於地球的東方，日本學
者今西龍在為《清代通史》作序時談到：「我們通觀清代史，覺得
它以新興強健的滿州民族為骨子，以有數千年來教養和文化的漢民
族為肌肉，合成一體；對外，則拓展了歷代以來廣大無比的版圖，
把和平給予了諸民族；對內，則整理了人類至寶的文化。假使沒有
這個清代的建設，那麼，亞細亞因西力的東漸，現在該成了個什麼
樣子？清代的文勳武功，豈止是歷史上的一個偉觀？」❽今西龍總
結出清代王朝的三大功勞：一是民族相對團結，二是拓展疆域，三
是整理文化。應該看到，這些都是表面的顯而易見的成績，實際上
清王朝骨子裡也潛伏著深刻的民族矛盾；既有開疆拓土的威風，也
有血腥鎮壓的嚴酷；既有籠絡漢人的懷柔政策，也有鉗制思想的高
壓措施。清朝在整理文化遺產方面固然取得了重大的成績，但同時

---

❽　蕭一山：《清代通史》（臺北：臺灣商務印書館，1963 年）。

也刊除了不少具有「違礙字樣」文化要籍。這種社會狀況是與清王朝採取的恩威兼施、懷柔與高壓並行的政治措施和文化政策分不開的，同時也深刻地影響著清代賦家的創作心態。

(一) 大一統的政局與賦家頌揚德政的創作心態

清王朝如同中國歷史上許多新興的王朝一樣，開初都有一種革故鼎新奮發有為的氣派。入關主政之後，採取了一系列鞏固政權，讓人民休生養息的措施。

清朝統治者知道，普通百姓經歷兵荒馬亂，渴望世道安定，於是審時度勢，利用社會矛盾和人心特點。他們宣稱：清王朝「撫定燕京，乃得之於闖賊，非取之於明朝也」；並申明：「義師為爾復君父讎，非殺爾百姓；今所誅惟闖賊；吏來歸，復其位；民來歸，復其業。」⑭清廷進入北京後，禮葬崇禎，保護明朝祖陵和宗廟；對明朝廷官僚職位「一仍舊封，不加改削」；對歸順的地方官吏，則一律「各升一級」。這些措施，有效地緩解明朝官吏百姓的抵抗情緒。

嚴肅軍紀，減免賦稅，廉潔吏治。

清軍一入山海關，當時的攝政王多爾袞就與主將立下誓約：「今入關西征，勿殺無辜，勿斥財物，勿焚房舍。」對違背軍令的予以嚴懲：「凡強取民間一切細物者，鞭八十，貫耳。」「軍兵之

---

⑭　《清史稿》卷二三二〈范文程傳〉（北京：中華書局，1997 年）。

出入民家者，論以斬律(50)。」避免軍隊燒殺搶掠，是建立新朝統治的必要措施。

清世祖宣佈減免賦稅的措施：「自順治元年爲始，凡正額之外，一切加派，如遼餉、勦餉、練餉及招買米豆，盡行蠲免。」(51)同時也注重減輕城市工商業者的負擔。這些措施，有助於人民休養生息，逐步恢復經濟生產力。

明朝衰敗的原因之一，是官吏的腐敗。清初統治者有鑒於此，決心嚴懲貪污。清世祖規定，以三年爲期考察官吏，獎廉懲貪。對貪污的官吏實施嚴刑峻罰，甚至規定：「此後官員犯贓，審實立斬。」(52)以收阻嚇之效。對爲官清廉者則大肆表彰，如康熙時江寧知府于成龍即被褒獎爲「天下廉吏第一」(53)，康熙親書手卷賜之，並超擢爲安徽按察使，以爲八旗子弟樹立榜樣(54)。

在上述多項措施的共同作用下，清朝統治得以迅速鞏固，國力日益強大。清廷於是大力開疆拓土，擴展版圖。《清史稿·地理志序》稱：「有清崛起東方，歷世五六。太祖、太宗力征經營，奄有東土。首定哈達、輝發、烏拉、葉赫及零古塔諸地，於是舊藩札薩克二十五部五十一旗悉入版圖。世祖入關翦寇，定鼎燕都，悉有中國一十八省，統御九有，以定一尊。聖祖、世宗長驅遠馭，拓土開

---

(50) 《清世祖實錄》卷五。《大清歷朝實錄》本（臺北：華聯書局，1964年）。

(51) 《清世祖實錄》卷六。

(52) 《清世祖實錄》卷六。

(53) 蔣良琪：《東華錄》（北京：中華書局，1980年）卷四。

(54) 《清史稿》卷二七九〈于成龍傳〉。

疆，又有新藩喀爾喀四部八十二旗，青海四部二十九旗，及賀蘭山厄魯特迄於兩藏，四譯之國，同我皇風。逮於高宗，定大小金川，收準葛爾、回部、天山南北二萬餘里，氈裘湩酪之人，樹顱蛾服，倚漢如天。自茲以來，東極三姓所屬庫頁島，西極新疆疏勒至於蔥嶺，北極外興安嶺，南極廣東瓊州之崖山，莫不稽顙內向，誠係本朝。於皇鑠哉！漢唐以來所未有也。」❺

　　除了疆域擴大外，人口增加也是國力強盛的一個指標。據梁仲方《中國歷代戶口田地田賦統計》❺一書統計，順治十八年（1661），全國人口僅 0.1913 億；到了乾隆五十五年（1790），全國人口即增至 3.01 億。商業貿易也十分繁榮，北方的燕京，江浙的蘇州、杭州、揚州，南方的廣州等地都是著名的商業貿易中心。在當時的國際社會中，可算是富庶穩定的東方大國。

　　清代賦作家受到大一統政治局面的感召，發揮大賦的頌揚功能，寫下大量歌頌皇清德業的作品。如高賜禮有〈皇都大一統賦〉，以爲燕京乃「天儲其瑞，地闢其祥。蜿蜒數百載，至我大清而聿發其熾昌。」所以「天呈蓋地之符，人上神州之頌。」❺全祖望有〈皇輿圖賦〉❺，對清朝地貌環境作了全境勾畫。徐松等人有

❺　《清史稿》卷五四〈地理志一〉。

❺　梁方仲：《中國歷代戶口田地田賦統計》（上海：上海人民出版社，1980年）。

❺　見《賦海大觀》（鴻寶齋三次重印本，光緒十九年[1893]）卷三上。

❺　見姚椿編：《國朝文錄》（臺北：大新書局影印清咸豐刊本，1965 年）卷七三。

〈新疆賦〉⑲，和寧有〈西藏賦〉，對邊陲自然風光和人文地理作了精細地描繪。朱筠有〈聖謨廣運平定準葛爾賦〉，記載下乾隆二十二年（1757）平息準葛爾叛亂的戰事。潘耒有〈平蜀賦〉、〈平滇賦〉⑳，紀昀有〈平定西域賦〉㉑高度頌揚了清皇朝統一寰宇的功績。在朝廷的文臣，逢皇上行典禮之時，必定作賦頌揚。如《本朝館閣賦》㉒所載，施閏章有〈南郊賦〉，張英有〈賜宴賞花賦〉，毛奇齡有〈賜宴瀛臺賦〉，錢陳群有〈秋郊大獵賦〉，鄒一桂有〈南掌國貢馴象賦〉等等，都是侍從皇上獻頌的作品。

康熙四十二年、四十四年南巡江浙，召試得吳士玉等七十三人。乾隆六巡江浙，三幸山東，四幸天津，召試得王昶等八十五人，初彭齡等十七人，姚文田等十六人。嘉慶十六年西巡五臺山，召試得龍汝言等九人。召試欽命題目一般是賦一、詩一、論一。許多士人赴行在獻賦，賦論家浦銑、王芑孫㉓均曾經參加乾隆出巡天津的召試，晚年回顧獻賦的經歷，仍然津津樂道。林聯桂也有〈聖

---

⑲　見《新疆四賦》（北京：中央民族學院出版社，1982 年）。

⑳　見姚椿編：《國朝文錄》卷七二。

㉑　見姚椿編：《國朝文錄》卷七四。

㉒　葉方宣、程奐若編：《本朝館閣賦》（困學齋刊本，乾隆二十九年[1764]版）。

㉓　浦銑、王芑孫均曾經參加乾隆出巡天津的召試。乾隆三十八年（1773）巡視天津，浦銑赴行在獻賦，蒙賞賜，從此益加肆力賦學。見《復小齋賦話·自序》（乾隆五十三年[1788]復小齋刊本，附《歷代賦話》之後，有浦銑〈自序〉和王敬禧〈跋〉）。王芑孫於乾隆五十三年[1788]應天津召試，入一等，欽賜舉人，授咸安宮教習。見王鎏撰〈族兄惕甫先生傳〉，載閔爾昌：《碑傳集補》（臺北：明文書局，1985 年版《清代傳記叢刊》本）卷四七。

駕東巡謁陵禮成賦〉**❻❹**，爲皇上尊祖敬宗之心大唱贊歌。

正如葉方宣《本朝館閣賦·凡例》所說：「我朝文運之隆，軼於往古，列聖相承。暨我皇上優禮詞臣，振興儒雅，所以鼓舞之者甚至。故俊彥允升，雲霞蒸蔚。自鴻詞應制之篇、南巡召試之作、以及侍從之賡颺、館閣之課誦，人握隋珠，家懷和璧，洋洋乎成大觀矣。」

㈡ 朝廷科舉試賦與賦家追求功名的創作心態

清王朝建立之初，曾經自稱「後金」**❻❺**，用意在於繼承金朝的正統觀念。中國是個多民族的大家庭，何謂「正統」？歷史上曾經有過長期的爭論。戰國時期的哲學家鄒衍用「五行相勝」的觀點來解釋朝代的興亡更替，認爲人類歷史的發展都是「五德終始」的循環**❻❻**。誰家王朝符合這一更迭規律，誰便繼承了正統。這種觀念在今天看來誠屬荒誕無稽，但在整個中國社會發展史上影響卻非常之大。直到北宋年間，「五德終始」的觀念始向「大一統」的觀念轉化。歐陽修〈正統論〉說：「正統者，所以統天下之不一也。」**❻❼**

---

❻❹　吳道鎔等：《廣東文徵》（香港：香港中文大學圖書館叢書第一集，1973年）卷二二。

❻❺　努爾哈赤（1559－1626），姓愛新覺羅，女眞人。明末與女眞各部平定中國東北部，並屢次打敗明朝軍隊，明神宗萬曆四十四年，建立後金，割據遼東，建元天命。薩爾滸之役後，遷都瀋陽。次年卒於寧遠城之役。清朝建立後，尊爲清太祖。參見蕭一山：《清代通史》卷上〈後金國號考〉。

❻❻　見《史記·孟子荀卿列傳》（北京：中華書局，1997年）。

❻❼　歐陽修：《歐陽文忠公全集》（臺北：臺灣中華書局，1965年）卷一六。

這一新的正統思想爲金朝統治者所樂於接受，金海陵王完顏亮常常說：「自古帝王混一天下，然後可以爲正統。」❻❽「天下一家，然後可以爲正統。」❻❾清王朝也是這種正統思想的繼承者，康熙朝儒臣甘京撰〈正統論〉，起首即曰：「歐陽子始作〈正統論〉，論曰：『正者，正天下之不正；統者，統天下之不一。』大哉，言乎！」❼❶頗能道出清朝統治者的正統心態。明太祖朱元璋曾說：「中國居內以治夷狄，未聞夷狄居中國而治。」這是一種「內諸夏而外夷狄」的正統觀，最爲清朝統治者所反對，清世宗雍正帝即說：「本朝之爲滿州，猶中國之有籍貫，舜爲東夷之人，文王爲西夷之人，曾何損於聖德乎？」❼❶他爲少數民族統治中國找到了出自聖人的依據。

　　憑藉武力得到天下後，並不能單靠武功治理天下，治天下必須有賴於文治。金朝帝王曾經實施此道，金熙宗稱說：「太平之世，當尙文物，自古致治，皆由是也。」❼❷元朝初年入主中原的統治者也明白這個道理：「今日能用士，能行中國之道，則中國之主也。」❼❸清朝與金朝、元朝一樣，是一個少數民族入主中原的朝代，自然十分樂意借鑒金元統治者成功的經驗。庚熙帝說：「致治

❻❽　《金史》（北京：中華書局，1997 年）卷八十四〈耨怨溫敦思忠傳〉。

❻❾　《金史》（北京：中華書局，1997 年）卷一二九〈李通傳〉。

❼❶　見姚椿編：《國朝文錄》卷五。

❼❶　清世宗：《大義覺迷錄》（臺北：文海出版社，1985 年）。

❼❷　見《金史·熙宗紀》（北京：中華書局，1997 年）。

❼❸　郝經：〈與宋國兩淮制置使書〉，見《陵川集》，《四庫全書》本（臺北：臺灣商務印書館，1986 年）。

之道，首重人才。儲養之源，由於學校。必衡鑒得人，釐剔有法，乃能革除積弊，遴拔眞才，以彰文治之盛。」❹推行「文治」制度的核心，就是要能夠任用漢族文士，以便於推行中國之道。要能夠任用漢族文士，就必須推行科舉制度，採用以漢治漢的策略；要行中國之道，就必須弘揚以儒家思想爲代表的中國文化。

　　清朝統治者對漢族文士採用了用科舉網羅控制人才的政策。

　　《清史稿》卷一○八〈選舉志〉記載：「有清以科舉爲掄才大典，雖初制多沿明舊，而愼重科名，嚴防弊竇，立法之周，得人之盛，遠軼前代。」清朝的科舉考試從順治元年（1644）開始立法，順治二年頒布《科場條例》，直到光緒二十七年（1901）廢除八股考試，前後綿延二百五十餘年，科舉與功名利祿緊密結合。而科舉試賦，則是由制科首先開始的。

　　康熙十七年，詔開博學鴻詞科：「自古一代之興，必有博學鴻儒振起文運，闡發經史，潤色辭章，以備顧問著作之選。……我朝定鼎以來，崇儒重道，培養人才。四海之廣，豈無奇才碩彥，學問淵通，文藻瑰麗，可以追蹤前哲者？凡有學行兼優，文詞卓越之人，令在京三品以上及科道官員，在外督撫布按，各舉所知。朕將親試錄用。」❺十八年得以正式實施。《清史稿·選舉志》四「制科」記載，十八年三月「召試體仁閣，凡百四十三人，賜燕，試賦一，詩一」。博學鴻詞科是元明時期廢棄了的選拔特殊人才科目，康熙帝重新推行，顯然有媲美唐宋的考慮。康熙帝在〈御製歷代賦

---

❹　《清聖祖實錄》卷四十四。
❺　《清聖祖實錄》卷七一。

彙序〉中曾歷數辭賦體裁的變遷說:「至於唐宋,變而爲律,又變
而爲文。而唐宋則用以取士,其時名臣偉人往往多出其中。迨及元
而始不列於科目。朕以其不可盡廢也,間嘗以是求天下之才。」這
裏所說的「間嘗以是求天下之才」,便是指制科考試辭賦。可以說
科舉試賦,正是促進清代賦學得以復興的關鍵因素。

　　《清史稿‧選舉志》只談到制科考試用律賦,除此之外,學政
主持的院試❼❻、翰林院翰詹大考、庶吉士月課、散館考試(結業考
試)❼❼、還有皇帝出巡的召試,都有用賦的。正如陶福履《常談》
所云:「國朝專爲翰林供奉文字、庶吉士月課散館、翰詹大考皆試
賦,外如博學鴻詞及召試,亦試賦,而學政試生員亦用詩賦。」❼❽
科舉試賦的體裁雖然不拘一格,但以律賦爲主。侯心齋《律賦約
言》論各種賦體之適用範圍云:「今之作者,遇大典禮或用古賦;
言情適志之作或雜用騷賦、文賦;考試所用皆律賦也。」❼❾清光緒
年間,修鳳樓主人編印《律賦囊括》,自稱「題過七千,賦幾萬
篇」,所採都爲清人律賦。鴻寶齋主人編印《賦海大觀》,自稱
「得賦二萬餘首」,所採也多爲清人律賦。要之,今存世之清人律
賦當在一萬首以上。

---

❼❻　如《童山文集》(《函海》本)卷一載李調元任廣東學政時試〈煙賦〉,
　　即其例。

❼❼　參見林聯桂:《見星廬賦話》(《高涼耆舊遺集》本,光緒十八年[1892]
　　刊)所載清代館閣賦。

❼❽　陶福履:《常談》,清光緒十六年(1890)刻本,《叢書集成初編》本
　　(北京:中華書局,1985年)。

❼❾　載程祥棟編:《東湖草堂賦鈔》(清同治丁卯[1867]刻本)卷首。

　　清廷推行的科舉制度，對士人的人生取向影響很大。除了清初部份前明義士出於政治原因放棄舉業之外，康熙之後，大部份士人都希圖通過科舉求得出身，以改變社會地位和生活境遇。就連黃宗羲的兒子黃百家都自稱頗「注重舉業」，並對萬斯同廢寢忘食觀覽《明朝實錄》不以爲然⑧。乾嘉年間文人朱仕琇曾五次應舉而不第，耗費了畢生的精力，其〈惜陰賦〉自序云：「仕琇五應舉而不遇，媚時廢學，一身將老，春山閒居，作惜陰之賦。」⑧一五次應舉不第仍然不廢賦學。吳敬梓《儒林外史》中記馬二先生言曰：「舉業二字，是從古及今，人人必要做的。」⑧二足見《儒林外史》中「范進中舉」的描寫並非誇張之詞，也可見科舉與清代賦學之興盛眞有不解之緣。

㈢ 恩威兼施的朝廷政策與　賦家遊戲人生的創作心態

　　清初的幾位帝王勵精圖治，並且有鑒於元朝暴力統治、賤儒蔑漢之失策，故不以旗兵爲壓迫之工具，而以利誘爲籠絡的方法。朝廷內閣六部，設滿漢大學士尙書分庭抗禮，俱爲堂官。各省督撫也滿漢兼用。表面上「不分滿漢，一體眷遇」，暗地裏當然保證滿族貴族特權。不過在朝中滿、漢官吏發生矛盾時，皇帝並不一味偏袒滿官，有時也能公平斷事。如四川學者李調元在朝與滿族官吏發生

---

⑧　見黃百家：〈萬季野先生斯同墓誌銘〉，《清碑傳集》（臺北：明文書局，1985 年）卷一三一。

⑧一　見《國朝文錄》卷一三。

⑧二　吳敬梓：《儒林外史》（北京：人民文學出版社，1975 年）。

矛盾時，乾隆帝親自過問，爲其洗白冤屈。李調元因而感謝「皇上
獨斷，無不洞鑒；特達之恩，從來未有」❽。正是在這種內滿外漢
表面合作的氣氛中，清朝逐漸達到「康雍乾盛世」狀態。

　　爲了籠絡漢族士人，表示朝廷「稽古右文，崇儒興學」❾之
意，清廷招羅大批士人，大規模地搜集、整理、編纂古代典籍。儒
家經典四書五經自然最受重視，一大批標明「御纂」、「欽定」的
注經作品相繼出版。順治時有《御注孝經》，康熙時有《御纂周易
折中》、《欽定詩經傳說彙纂》等書，雍正時有《御纂孝經集
注》，乾隆時有《御纂周易述義》、《欽定禮記義疏》等書出版。
又修《明史》，續《三通》，編《方略》等史部書籍。更引人注目
的文化工程是康熙朝欽定編纂《康熙字典》、《歷代賦彙》，康熙
和雍正兩朝編纂大型類書《古今圖書集成》，乾隆朝編成大型叢書
《四庫全書》。參予四庫館工作的有三百六十名高級官吏和學者，
紀昀負責撰定《四庫全書總目提要》二百卷，對著錄的三千四百五
十七種書籍和存目的六千七百六十六種書籍都作了介紹和評論。阮
元評價說：「高宗純皇帝命輯《四庫全書》，公（紀昀）總其成。
凡六經傳注之得失，諸史記載之異同，子集之支分派別，罔不抉要
提綱，溯源徹委。所撰定《總目提要》，多至萬餘種，考古必衷諸
是，持論務得其平。」❿

---

❽　參見詹杭倫：《李調元學譜》（成都：天地出版社，1997 年）上編〈紀
　　年譜〉。

❾　參見《清史稿》卷一四五〈藝文志序〉。

❿　阮元：《紀文達公集·序》，見《揅經室三集》（北京：中華書局，1985
　　年）卷五。

　　乾隆帝倡議編纂《四庫全書》，對於戰亂之後，保存我國古籍，自然其功甚偉；但是他也趁此機會查禁、銷毀和刪改了許多所謂「悖逆」或「違礙」的書籍。乾隆三十九年（1774），在開設四庫館的第二年，即下詔：「明季末造，野史甚多，其間毀譽任意，傳聞異詞，必有詆觸本朝之語。正當及此一番查辦，盡行銷毀，杜遏邪言，以正人心而厚風俗，斷不宜置之不辦。」⑧⑥後來查禁的範圍愈來愈大，章太炎估計，乾隆時銷毀書籍「將近三千餘種，六七萬卷以上，總數幾與四庫現收書相埒」⑧⑦。雷夢辰在《清代各省禁書彙考·序》中甚至認為，乾隆銷毀書籍「同秦始皇相比，有過之而無不及」⑧⑧。

　　清王朝除了銷毀和刪改書籍之外，還大興「文字獄」，以達到消滅異端，箝制士人思想的目的。清朝初年為了鎮壓南明的武裝反抗，戎馬倥傯之中尚顧不上檢查詩文著作的內容，儘管有「通海案」、「奏銷案」、「科場案」等等，也對漢族官吏士人有所打擊，不過文化環境總的說來相對寬鬆。康熙朝以後，清廷覺得統治穩固了，便大興「文字獄」，以加強思想控制。康熙朝最大的「文字獄」是莊廷鑨《明史》案和戴名世《南山集》案。兩案都是書中有眷戀明朝情緒而引發的，莊案受害名士達二百二十一人⑧⑨；戴案

⑧⑥　見《東華錄》（北京：中華書局，1980 年）乾隆三十九年八月條。

⑧⑦　章炳麟：《訄書·哀焚書》（上海：古典文學出版社，1958 年）第五十八。。

⑧⑧　雷夢辰：《清代各省禁書彙考》（北京：北京圖書出版社，1989 年）。

⑧⑨　陳康祺：《郎潛紀聞》卷一一（北京：中華書局，1984 年）。

甚至名士方苞、王源等都受到牽連⑩。雍正朝最重要的文字獄是曾靜、張熙案，雍正藉此案批判呂留良的華夷之辨，對呂氏門生處置極其嚴酷⑪。乾隆一朝，文字獄成了家常便飯，案件比康熙、雍正兩朝合計增加四倍以上。士大夫吟詩作文，很容易觸犯忌諱，莫名其妙地禍從天降，招來殺身滅門之禍。如方芬《濤浣亭詩集》中有「蒹葭欲白露華清，夢裏哀鴻聽轉明」之句，即被指爲有反清復明思想傾向。卓長齡著《憶鳴詩集》，由於「鳴」與「明」諧音，即被指爲懷念明朝，圖謀不軌⑫。社會上無行之人「往往挾持睚眥之怨，假借影響之詞，攻訐詩文，指摘字句；有司見事生風，多方窮鞫，或致波累師生，牽連親故，破家亡命」⑬。

清廷在統治稍穩之後，即推行薙髮蓄辮，改服，強制漢人與滿人同俗，以箝制漢人的民族意識。在嚴密的法網監視之下，文人學士動輒得咎，各級官吏也惶恐不安。這種文化箝制，不僅扼殺了漢人的民族意識和人格精神，而且摧殘了人才，窒息了文學創作反映現實政治的能力。當時就有人說：「今人之文，一涉筆惟恐觸礙於天下國家，……人情望風覘景，畏避太甚。見鱔而以爲蛇，遇鼠而以爲虎，消剛正之氣，長柔媚之風：此於世道人心實有關係。」⑭

---

⑩ 參見〈記桐城方戴兩家書案〉，載昌福公司：《康雍乾間文字之獄》（北京：北京古籍出版社，1999 年）。

⑪ 參見〈曾靜、呂留良之獄〉，載《康雍乾間文字之獄》。

⑫ 參見北京故宮博物院：《清代文字獄檔》（上海：上海書店，1986 年）。

⑬ 王嵩儒：《掌固零拾》（臺北：文海出版社 1967 年）卷二。

⑭ 李祖陶：〈與楊蓉諸明府書〉，載《邁堂文略》（清刻本）卷一。

一部份賦家逃避現實，埋首故紙堆中，尋求僻典奇字，或擬古以消磨歲月，或作賦以展示學問，或搖筆以遊戲人生。擬古之賦如《律賦囊括》「擬古部」所收，即有一百二十三篇，所擬之賦包括漢代至明代名篇名作。擬古之目的固然應該是揣摩學習，但是清人將揚雄〈長楊賦〉之類也改寫成律賦，恐怕只能看成是一種遊戲筆墨而已。清人展示學問的賦作也不少，如全祖望〈國書賦〉，考證國家藏書和圖書分類，吳錫麒〈星象賦〉研究天文之學，張惠言〈鄧石如篆勢賦〉描狀書法(95)，都可見學者博洽修養和徵實的風氣。士人在政治上難有作爲，在仕途上難求進取，在思想上不敢創新，因而產生遊戲人生的心態。他們的注意力轉而關注人情物態，寫出大量雖無「體國經野」之心，但有「隨物賦形」之妙的作品。

清人李重華《貞一齋詩說》云：「賦爲敷陳其事而直言之，尙是淺解。須知化工之妙處，全在隨物賦形。」(96)「隨物賦形」本是蘇軾的文藝觀，蘇軾〈文說〉云：「吾文如萬斛泉涌，不擇地而出，在平地滔滔汩汩，雖一日千里無難；及其與山石曲折，隨物賦形而不可知也。」(97)清人用來說賦，主要是爲了說明清代賦作題材之廣泛，描寫之細緻。黃承吉〈金雪舫文學賦鈔序〉(98)進而指出：

---

(95) 見《國朝文錄》卷七二至卷七五。

(96) 李重華：《貞一齋詩說》，《清詩話》本（上海：上海古籍出版社，1999年）。

(97) 蘇軾：〈文說〉，見《東坡題跋》（上海：上海遠東出版社，1996 年）卷一。

(98) 黃承吉：〈金雪舫文學賦鈔序〉，載《夢陔堂文集》（清咸豐元年[1851]刻本）卷六。

「律賦之則，氣主條達，無象不呈；象屬高華，靡氣弗適。其畛域爲歷代所未備，至我朝而後能事必著，蠻然燦然。」根據黃氏之說，並進而檢驗清代律賦之題材類別，可以看到清代律賦題材表現範圍確實較前代廣闊，幾乎做到了無事不可入，無境不可繪，無意不可通的境地，比較全面地體現了文學反映外部世界，表現內心情感的雙重功能。從《賦海大觀》和《律賦囊括》兩部總集所收賦來觀察，可以說凡文學中一切題材、主題、形象、意境，無不兼收並蓄，上至天文地理，下至一草一木，達到了無一事不可以入賦，無一物不可以作賦的境地。如《賦海大觀》卷二十二「器用類」所收〈眼鏡賦〉、〈洋表賦〉、〈自鳴鐘賦〉等，描寫外國新來的洋玩意兒；卷三十「花卉類」所收〈罌粟花賦〉、〈阿芙蓉賦〉等，則表現鴉片輸入中國的現實；卷三十二「果實類」所收〈哈密瓜賦〉、〈檳榔賦〉等，則欣賞邊疆地區的土特產。用古代名作家如李杜蘇黃詩句作賦，也是清人的一大喜好，據我們初步統計，清人與杜詩有關的律賦即有五十首以上[99]。這些賦作，正如劉熙載《藝概・賦概》所說：「賦家之心其小無內，其大無垠，故能隨其所值，賦象班形。」[100]賦家不僅關注天文地理，有窮高極遠的想像力，而且留意細小的生活情趣，捕捉一事一物、一情一景，或刻意描摹，或任意揮灑，造成清代小賦創作的極度繁榮。

---

[99]　參見詹杭倫：〈清代與杜甫有關律賦十八首論列〉（載《杜甫研究學刊》2001 年 1 期，頁 39-54）。

[100]　劉熙載：《藝概》（上海：上海古籍出版社，1978 年）。

本章小結

清代之前的賦論賦格著作，有著源遠流長的發展歷史和豐富的內涵，形成清代賦論、賦話、賦格著作產生與發展的內在理路。這可以從三個方面加以說明：首先，清代以前的賦論大多借居在詩話、詞話、文話等著述形式之中，這些成熟的文學批評形式為清代賦論賦話的產生和發展提供了豐富的經驗。其次，清代乾嘉年間出現的第一批賦話著作，都自覺地以彙輯歷代論賦話賦資料為己任，在此基礎之上，進而闡發自己的賦論見解。譬如李調元《雨村賦話》十卷，包括〈舊話〉四卷、〈新話〉六卷。〈舊話〉部份主要是採錄歷代賦家軼事、賦作本事、賦壇佳話，〈新話〉部份雖然以自己評論賦作為主，也採錄了不少歷代評賦資料。又如浦銑《歷代賦話》二十八卷，皆是採錄歷代賦家賦作資料；其著《復小齋賦話》，始闡發自己評賦的意見。第三，清代的賦學論著形式，大多數可以在前代找到借鑒。比如賦格著作，唐代有《賦譜》（現有唐抄本傳世），宋代有鄭起潛《聲律關鍵》；清代則有余丙照《賦學指南》、戴綸喆《漢魏六朝賦摘艷譜說》。這些著作在形式上顯然有一種或明或暗的承傳關係。

清代社會政治文化環境與賦家的創作心態有著密切的關係。清朝以少數民族入主中原，對漢族始終存在著警惕之心，清廷在政治上的政策是「武功」與「文治」並舉，在文化上的政策是「懷柔」與「高壓」兼施。由於大一統政局的建立，人民結束了戰亂之苦，疆域的擴大，文化的復興，加之朝廷的利誘，賦家產生了一種感激的心態，寫出不少歌功頌德的作品，這些賦作以漢大賦和唐杜甫

〈三大禮賦〉為範式，具有結構宏偉的散體大賦特色。清代科舉試
賦制度的恢復，使士人產生追求功名、進入仕途的心態，因此寫出
了不少適合考試的律賦作品。這些作品以唐代律賦為範式，而寫意
更為嚴謹，格式更為精密。如同八股文被稱為「時文」一樣，這種
賦也被稱為「時賦」。當然由於律賦文學因素的作用，加之士人熟
能生巧的創造，清代律賦也與唐代律賦一樣，出現與科舉考試疏離
的現象，成為一種獨立的詠物抒情文學樣式。從傳世賦作數量來
看，律賦占據清賦主體的地位。由於康熙中葉之後，文網日趨嚴
密，文字獄迭興，士人在政治上難有作為，在仕途上難求進取，在
思想上不敢創新，因而產生遊戲人生的心態。士人的注意力轉而關
注人情物態，寫出大量雖無「體國經野」之心，但有「隨物賦形」
之妙的作品。這些作品或用騷體，或用文賦體，或用形式上較為自
由的律體，形成了清代小賦創作的繁盛局面。

第二章　清代賦學的分期和賦論的分類

一、清代賦學發展史的分期

　　梁啓超在《清代學術概論》中曾說：「佛說一切流轉相，例分四期，曰：生、住、異、滅。思潮之流轉也正然，例分四期：一、啓蒙期（生），二、全盛期（住），三、蛻分期（異），四、衰落期（滅）。無論何國何時代之思潮，其發展變遷，多循斯軌。」❶梁啓超對清代學術的分期，主要是根據清代考據學的發展狀況作出的，以之概括清代總體學術思潮，雖然大致不錯，但不一定完全符合清代賦學發展的實際情況，比如晚清的賦學頗盛，就不能用「衰落」來加以描狀。根據清代賦學發展的實際狀況，我以爲也可以將其分爲四期：第一期是從清初到康熙、雍正朝，這是清代賦學的萌生期。第二期是乾隆、嘉慶兩朝，這是清代賦學的全盛期。第三期是道光、咸豐兩朝，這是清代賦學的承轉期。第四期是同治、光緒以降，這是清代賦學的總結期。

---

❶　梁啓超：《清代學術概論》（上海：上海古籍出版社，1998 年）一〈論時代思潮〉，頁 2。

(一) 清代賦學的萌生期

清代賦學的發展與清代學術的變遷頗有聯繫。清初是賦學的萌
生期，以顧炎武、黃宗羲、王夫之爲代表的學者提倡經世致用之學
❷，影響深刻地波及賦學理論。朱鶴齡在〈讀文選諸賦〉中，納蘭
性德在〈賦論〉中，康熙帝在《歷代賦彙·序》中都標舉賦學「致
用」的宗旨，強調賦學可以爲政治統治服務。康熙朝出現了三部賦
選：陸葇編《歷朝賦格》十五卷、王修玉編《歷朝賦楷》八卷、陳
元龍奉敕編《御定歷代賦彙》一百八十四卷。如果說陳氏之選，體
現了清人對前代賦作的全面總結，那麼王氏之選並載徐乾學、葉方
藹等人的四篇欽定試賦，則標誌著清人選清賦的開始。清代賦學的
復興，在此期已見端倪。

(二) 清代賦學的全盛期

乾、嘉時期，是賦學的全盛期。義理之學、考據之學、辭章之
學相繼興盛，晚清學者張祥河在《國朝文錄·序》中總結清初至乾
隆末年的學術說：「國初諸老，才大學博，然踵明世餘習，有駁有
醇，文不一律。洎乎康熙中葉，海內治安，士皆誦習經子，精研性
理。望溪方氏出，而文章一軌於中正。自是以後，學者翕然有向，
咸知韓李歐曾之義法。而辨博之家又病其平淡而無所見長也，於是

---

❷　參見馬積高：《清代學術思想的變遷與文學》（長沙：湖南出版社，1996
　　年）第一章〈清初學術思想的變遷與詩文〉。

詞章、訓詁之學起。自乾隆之末，而文體復歧出矣。」❸張氏之
見，儘管局限在桐城古文一派的立場，但他對乾嘉年間性理、詞
章、訓詁三派學術蔚起的分析，則大體是不錯的。據馬積高研究，
清代理學與桐城派古文有關，清代考據學與駢文復興有關❹。至於
詞章一派，則大約是指袁枚的性靈一派。另有章學誠的史學，則是
由宋儒性理之學入手，進而在思想界別樹一幟。就此期賦學發展狀
況來考察，崇尚古賦的理論家，大多是古文家；崇尚律賦的理論
家，則大多是考據學家和駢文作家。古賦理論，以程廷祚〈騷賦
論〉、姚鼐《古文辭類纂·辭賦類序目》和張惠言《七十家賦鈔·
目錄序》為代表。古賦論家有兩個最為集中的理論觀點：一是賦學
應當「祖楚宗漢」，這是程廷祚在〈騷賦論〉中高張的旗幟；二是
賦學斷至《文選》以前。如張惠言在《七十家賦鈔·目錄序》中聲
稱「後之作者，蓋乎其未之或聞也」，對唐宋以後的賦作不屑一
顧。律賦理論，以吳錫麒〈論律賦〉、侯心齋《律賦約言》、陳壽
祺〈律賦選序〉，以及李調元《雨村賦話》、浦銑《復小齋賦
話》、王芑孫《讀賦卮言》、汪廷珍《作賦例言》、朱一飛《律賦
揀金錄·賦譜》等為其代表。律賦論家首先標榜「律賦法唐」的宗
旨。如陳壽祺〈律賦選序〉認為唐律賦「和諧聲偶，穩順機勢，法
變揚馬，格殊徐庾，學者為律賦，必於唐師焉，猶律詩之不能不法
唐也。」其次是建立了相當完備的律賦理論體系。如朱一飛《律賦

---

❸　張祥河：《國朝文錄·序》，見姚椿編《國朝文錄》（上海：掃葉山房，
　　光緒庚子年[1900]刊本）卷首。
❹　參見馬積高：《清代學術思想的變遷與文學》第二章〈清代理學與桐城
　　派〉、第三章〈清代考據學與駢文的復興〉。

揀金錄‧賦譜》即包括四個方面的內容：第一是「律賦之法」，計
有辨源、立格、協韻、遣辭、歸宿等五項法則；第二是「四品」，
指律賦所追求的「清、眞、雅、正」四項審美標準；第三是律賦所
採用的九種技法，並以「傳神」爲其極致；第四是「六戒」，指律
賦應避免的六種弊病。如此完備的體系化論述，在清人的律賦論著
中並非鮮見。

(三) 清代賦學的承轉期

　　道光、咸豐時期，是清代賦學的承轉期。歷史學家一般把道光
二十年（1840）的鴉片戰爭作爲中國近代史的開端，而把清朝分爲
前後兩截。這從社會歷史發展轉折的角度來看，是有其道理的，但
從賦學發展的獨特角度來看，則似乎沒有作此劃分的必要。此期學
術思想發展變化的表徵是由魏源（1794－1851）、龔自珍（1792－
1821）爲代表的今文經學的興起。梁啓超《中國近三百年學術史》
認爲，當時由公羊家（今文經學）與陽湖派（古文學）合二爲一，
「產生出一種新精神，就是想在乾嘉考證學的基礎上建設順康間
『經世致用』之學。」❺考察此期賦學的發展狀況，似乎與社會政
治與學術思想的急劇變化微有不同，道咸賦學以「承轉」爲其特
徵，就「承」而言，主要是承接乾嘉律賦和古賦理論的發展傳統。
如余丙照《賦學指南》在乾嘉侯心齋《律賦約言》和朱一飛〈賦
譜〉的基礎之上，構築了一個更爲完備的律賦學體系。《賦學指
南》十六卷，分爲押韻、詮題、裁對、琢句、賦品、首段、次段、

---

❺　梁啓超：《中國近三百年學術史》（北京：中國書店，1985年）。

諸段、結段、煉局十法。各法下先列一段總論，再分若干細目，各
綴解說，並引唐賦、清賦名篇以示例。又如林聯桂《見星廬賦話》
承接乾嘉的館閣賦選，對館閣試賦作了精湛的研究。姚椿編《國朝
文錄·賦類》四卷，則明確聲明是繼承姚鼐《古文辭類纂》而作，
只收錄古賦。就「轉」而言，是指不少賦論家竭力主張將律賦師法
對象由「唐賦」轉向本朝「時賦」。

(四) 清代賦學的總結期

　　同光以降，是清代賦學的總結期。此期就政治文化上看，先有
康有爲、梁啓超爲代表的改良運動，後有孫中山爲代表的資產階級
革命。在文學上，有黃遵憲、譚嗣同倡導的「詩界革命」，有嚴復
的翻譯文學，「南社」的革命文學等等，形成聲勢強大的文化思
潮，意圖全面摧毀古典文學賴以生存的文化基礎。賦體文學創作，
面對這種大廈將傾的形勢，仍然保持著頑強的生命力，呈現出一派
晚晴暮彩。賦學研究則方興未艾，不少賦論家自覺或不自覺地總結
和整理清代賦學成果，爲後人留下了寶貴的文化遺產。

　　就律賦學的總結而言，戴綸喆《漢魏六朝賦摘艷譜說》具有全
面觀照清朝律賦學的總體眼光。如其論清朝論賦之書云：「國朝著
述則有李雨村之《賦話》，王念豐之《讀賦卮言》，吳穀人之《賦
賦》、《賦論》，浦柳愚之《復小齋賦話》，侯心齋之《律賦約
言》，余紗山之《賦學指南》，不一而足。李書之精華大備，王書
體制悉明，吳、浦、侯諸書尚能明古，惜過略耳。若余書雖句法、
股法言之甚詳，而舍古求今，亦祇於初學是便。」又如其論清朝律
賦創作代表作家云：「國朝賦學，自應以吳穀人、顧耕石爲一時

瑜、亮，然顧固風格遒上，足式浮囂；而吳更洋洋灑灑，一物難
名，矩步繩趨，卻處處不戾於古；其氣象非特蘭修館不可及也，即
唐宋諸公亦應訝後生可畏。」再如其論辭賦選本云：「近時選本以
程祥棟《東湖草堂賦鈔》、李元度《賦學正鵠》爲正宗。程選故更
爲宏博，而初學津梁，又當以李選之批點爲足以引人入勝。鮑桂星
《賦則》，簡要有法。某氏《律賦彙海》，尚見搜羅。」這些論
述，爲我們研究清代律賦學指引了門徑。

就古賦學的總結而言，劉熙載的《藝概·賦概》與清前期程廷
祚〈騷賦論〉後先輝映，值得研究古賦者特別重視。

特別值得提及的是，晚清出現了兩部規模極大的賦總集，一部
是修鳳樓主人編輯《律賦囊括》，另一部是鴻寶齋主人編輯《賦海
大觀》。前者專收清代律賦近一萬篇，後者爲歷代賦總集，各體兼
收，號稱「得賦二萬餘首」。兩書都用西法縮印而成，開創了用時
新科技整理賦集的先河。

二、清代賦論的分類觀察

清代的賦論以多種多樣的形式存在於浩如煙海的清代文獻之
中，其本身的結構形態也多姿多彩，對清代賦論的分類方式及其內
涵作一番清理，是研究清代賦論必須要做的首要功夫之一。清代賦
論的存在方式大約有八種，包括單篇賦論文章，詩話文話中的賦
話，類書中的賦論賦話，賦話賦格專書，以賦論賦的作品，賦選序
跋、凡例、作法、評點，書目提要和其他專書中的賦論。茲分述於
下：

(一) 單篇賦論文章

　　所謂單篇賦論文章，主要是指筆者從清人別集中找到的賦論文章，包括兩種類型：一類是直接以賦論命名者，如納蘭性德〈賦論〉、程廷祚〈騷賦論〉便是這類作品；另一類雖然以賦選序跋題名，但原賦選筆者未見，僅得自別集之中，故只能視爲一單篇文章。至於附載賦選之序跋，與賦選爲一整體，則另列一類以示區別。以單篇文章方式存在的清代賦論應該爲數不少，不過由於條件限制，目前僅找到九篇，它們是：

1.朱鶴齡〈讀文選諸賦〉❻

　　朱鶴齡（1606－1683），字長孺，號愚庵。江南吳江（今屬江蘇）人。明諸生，入清不仕，專力於辭賦和詩文校注之學。所注杜甫、李商隱詩集，名重一時。著有《愚庵小集》、《詩經通義》、《杜工部詩集輯注》、《李義山詩集箋注》等。生平事蹟見《清史稿》卷四八〇、《清史列傳》卷六八、《國朝先正事略》卷三二。

　　這篇文章是一篇有關《文選》賦的讀後感。此文首先闡述「賦爲六義之一，然賦可以兼比興，而比興不可兼賦」的宗旨。這一宗旨，後來康熙帝在《歷代賦彙·序》中也加以強調，可見是清初人的一種共識。然後舉《文選》所載賦爲例，指明漢代班固、張衡等賦作之目的在於「抒下情而通諷喻」，必須有爲而作；批評左思〈三都賦〉「主於稽土風，驗方志」，只是在體制上與張衡〈兩京賦〉相沿，內容則別是一家，因而不當以〈三都〉、〈兩京〉並稱

---

❻　朱鶴齡：〈讀文選諸賦〉，見《愚庵小集》（上海：上海古籍出版社，1979 年）卷一三。

❼。這一論斷提示賦作有「諷諫類」與「非諷諫類」的區別，對後來賦論家寫作「以賦論賦」的作品頗有啓發。

2.納蘭性德〈賦論〉❽

納蘭性德（1655－1685），初名成德，字容若，號楞伽山人。滿州正黃旗人。性德出身貴族，爲武英殿大學士明珠長子。康熙十四年（1675）成進士，入宮，深得康熙帝賞識，由三等侍衛再遷至一等侍衛。性德不以貴胄自居，好讀書，工詩詞，喜接賓客，一時名士多與往還。從徐乾學講習經史，刻《通志堂經解》，頗受士林推崇。文學創作以詞名家，最工小令，被王國維《人間詞話》譽爲「北宋以來，一人而已」。著有《通志堂集》二十卷。生平事蹟見《清史稿》卷四八四、《清史列傳》卷七一、徐乾學〈納蘭君墓志銘〉、陸謙祉《納蘭容若年譜》。

《通志堂集》卷一載賦五篇，可見納蘭性德的賦作成就；卷十四載〈賦論〉一文，可見其賦學思想。〈賦論〉之要義，大致有三端：

其一曰：賦源於《詩》，與《三百篇》相爲表裏。所謂「詩一變而爲騷，騷一變而爲賦，屈原作賦二十五篇，其源皆出於詩，故〈離騷〉以經名，以其所出之本同也」。

其二曰：賦本於經術，經術乃賦家之心。以漢代賦家枚皋與司馬相如比較，枚皋不通經術，故爲賦不如相如，而「相如之賦之所

---

❼　《世說新語·文學》載孫興公云：「〈三都〉、〈二京〉，五經鼓吹。」朱鶴齡係針對此說而作駁論。

❽　納蘭性德：〈賦論〉，見《通志堂集》（上海：上海古籍出版社，影印康熙三十年[1691]原刻本，1979年）卷一四。

以獨工於千古者，以其能本於經術故也」。

其三曰：六經持萬世文章之變，欲正賦之體，則必復之於經；而經術之要，莫過於《三百篇》，因而「本賦之心，正賦之體，吾謂非盡出於《三百篇》不可也」。

總之，納蘭性德的觀點是「經術爲賦學之本」。他的觀點並不是一種迂腐的論調，其所謂「經術」其實包括兩方面含義：一是要求賦家通曉經書的學問，因爲賦學出於經學，經學是賦學的根柢功夫；二是《詩三百》乃經術之要，應當以作詩之法來作賦。納蘭性德在〈原詩〉一文中說：「《書》曰『詩言志』，虞摯曰『發乎情，止乎禮義』，此爲詩之本也。」既然「情志」爲詩學之本，那麼賦學也不例外。觀納蘭性德自撰〈金山賦〉、〈五色蝴蝶賦〉、〈雨霽賦〉等，皆是清新流暢的寫景詠物之作，並無道學先生的迂腐之氣，當知我們對其賦論之剖析不謬。

3.程廷祚〈騷賦論〉三篇❾

程廷祚（1691－1767），原名默，字啓生，號綿莊，晚號清溪居士，上元（今江蘇南京）人。雍正十三年（1735）舉博學宏辭，乾隆十六年（1751）荐舉經明行修之士，皆報罷，遂以著述講學終生。著有《清溪文集》、《清溪詩說》、《程氏易通》、《春秋識小錄》等。生平事蹟見《清史稿》卷四八〇、《清史列傳》卷六六、袁枚〈徵士程綿莊墓誌銘〉。

---

❾　程廷祚：〈騷賦論〉，見《清溪文集》（《金陵叢書》本）卷三。郭紹虞曾將〈騷賦論〉摘出，收入《中國歷代文論選》（上海：中華書局，1962年）第一冊。

　　程廷祚爲乾隆初年著名經學家，亦深於賦學。年十五曾作〈古松賦〉數千言，研治賦學，老而彌篤。所撰〈騷賦論〉載《清溪文集》卷三，分上中下三篇，主要論述四個賦學問題：

　　其一、論述騷與賦之異同。廷祚認爲，就其同者而論，騷與賦皆是古詩之流，即所謂「詩者，騷賦之大源也」；就其異者而論，《詩》總其大要，可以分爲「陳情與志者」和「體事與物者」兩類，而騷與賦各得《詩》之一體，「騷則長於言幽怨之情，而不可以登清廟；賦能體萬物之情狀，而比興之義缺焉」；「騷主於幽深，賦宜於瀏亮」。這就從表達內容和語體風格兩個方面對騷、賦之異作了區分。

　　其二、論定宋玉在賦學上之崇高地位。廷祚認爲，荀子〈禮〉、〈知〉等篇，雖始構賦名，但純用隱語，故君子略之，而「宋玉以瑰麗之才，崛起騷人之後，奮其雄夸，迺與《雅》《頌》抗衡，而分裂其土壤，由是詞人之賦興焉。《漢書·藝文志》稱其所著十六篇，今雖不盡傳，觀其〈高唐〉、〈神女〉等作，可謂窮造化之精神，盡萬類之變態，瑰麗窈冥，無可端倪，其賦家之聖乎」！向來論家多以宋玉附屬屈原，廷祚則慧眼獨具，指出「騷作於屈原」而「賦始於宋玉」，從而肯定宋玉興起詞人之賦的歷史地位，至推爲「賦家之聖」。這一觀點對後來王芑孫推崇宋玉的賦論觀點頗有影響。

　　其三、提出「祖楚而宗漢」的復古主張。廷祚論歷代賦之發展演變，認爲「唐以後無賦，其所謂賦者，非賦也。君子於賦，祖楚而宗漢，盡變與東京，沿流於魏晉，六朝以下無譏焉」。此論與元

代祝堯《古賦辨體》之「祖騷而宗漢」說⑩、明代李夢陽〈潛虯山人記〉之「唐無賦」說⑪、胡應麟《詩藪》之「騷盛於楚，衰於漢，而亡於魏；賦盛於漢，衰於魏，而亡於唐」說⑫一脈相承，具有強烈的復古色彩，而與乾隆年間科舉文章之駢麗化趨勢大異其趣。

其四、堅持先理後詞、麗則相兼的審美要求。賦家作賦，如何處理義理與詞藻、則與麗之間的關係？廷祚主張「先以理而後以詞，取其則而戒其淫」，認爲辭賦「以理勝者，雖則弗麗；以詞勝者，雖麗弗則；不則不麗，作者不爲也」。這種在內容與形式、義理與詞藻之間，既有主從，又有兼顧的觀點，無疑能得到大多數辭賦家的首肯。

4.紀昀〈清豔堂賦序〉⑬

紀昀（1724－1805），字曉嵐，又字春帆，晚號石雲。直隸獻縣（今屬河北）人。乾隆十九年（1754）進士，改庶吉士，授編修。遷右庶子，擢侍讀學士。歷官詹事、內閣學士、禮部侍郎、兵部侍郎，左都御使、禮部尙書、兵部尙書、協辦大學士，加太子太保，卒謚文達。《四庫全書》館開，任總纂官，主持修撰《四庫全書總目提要》，持論簡明，識見甚高。另著有《紀文達公遺集》、《玉溪生詩說》等。生平事蹟見《清史稿》卷三二〇、《清史列傳》卷

⑩　祝堯：《古賦辨體》（明嘉靖十六年[1537]刻本）卷三〈兩漢體〉上。

⑪　李夢陽：〈潛虯山人記〉，載《空同先生集》（臺北：偉文圖書出版社《明代論著叢刊》本，1976 年）卷四七。

⑫　胡應麟：《詩藪》（上海：上海古籍出版社，1979 年）〈雜篇〉卷一。

⑬　紀昀：〈清豔堂賦序〉，見《紀文達公遺集》（清刻本）卷一一。

二八、朱珪〈協辦大學士禮部尚書文達紀公昀墓志銘〉、王蘭蔭
《紀曉嵐先生年譜》。

　　〈清豔堂賦序〉一文是紀昀爲愛新覺羅裕瑞所撰二十六篇賦所
寫的序言。在此文中，紀昀簡要地回顧了賦學源流，力主班固「古
詩之流」之說。首先論述陸機之說法不全面：「建安以前無詠物之
詩，凡詠物者多用賦。如《西京雜記》載枚乘諸人賦，於〈都〉
〈京〉大篇以外，別爲一格。況及魏晉，作者益繁，詞亦漸趨於排
偶。陸機〈文賦〉稱『賦體物而瀏亮』，蓋就一時之體而言之，不
足以盡賦之長也。」紀昀顯然認同賦與詩一樣，既可以詠物，也可
以抒情，所以認爲陸機之說未能盡賦之長。接著闡述詩爲賦之本的
觀點：「詩之與賦，如書之與畫，體格異而運掉之關捩則同，故善
詩者多善畫，而工詩者亦多工賦。理之自然，無足異也。然則世之
求工是技者，反求其本足矣。」以詩爲賦之本之說，強調詩學對賦
學的奠基作用，固然自有其意義；但是到了清代，不僅賦學早已脫
離詩學而獨立，出現了不少以賦爲專業的作者，紀昀對此似乎重視
不夠。

5.吳錫麒〈論律賦〉⓮

　　吳錫麒（1745－1817），字聖徵，號穀人，錢塘（今浙江杭州）
人。乾隆四十年（1775）進士。改庶吉士，散館，授編修。官至國
子監祭酒。擅長駢體文，爲清代「駢文八大家」之一。著有《有正
味齋集》。《清史列傳》卷七十二有傳。

⓮　吳錫麒：〈論律賦〉，載程祥棟編《東湖草堂賦鈔》卷首；亦見潘遵祁編
　　《唐律賦鈔》卷首。

　　本文是一篇唐代律賦專論，涉及唐代律賦之發展演變，以及律
賦創作中之破題、轉韻、平仄、句法、構段等問題。作者本身爲律
賦名家，其論賦亦能結合實例點撥關鍵，要言不煩，頗亦中肯綮。

　　其一、論唐律賦之正變云：「大抵有唐一代，李程、王起，風
氣斯開；蔣防、謝觀，如驂之靳。若王棨之《麟角集》、黃滔之
《御史集》，引商刻羽，含英咀華，實爲賦苑之寶書，學者所當奉
爲圭臬者也。至於樂天之風舉雲搖，清雄遒逸，微之之高冠長劍，
璀璨陸離，洗昔賢之忸怩，破前軌之束縛；然必有氣以舉之，否則
不能學也。又若皇甫之遠情勝致，惝悅迷離，〈閑居〉則蘭成之外
篇，〈採藥〉亦〈離騷〉之支子，然非律賦正宗，以之奏蠻坡、鳴
芸閣，非所宜也。即漢魏之沈博絕麗，六朝之旖旎風流，獵其英華
則可矣，若論體裁，正須分別。」即此可見其辨律賦家數如辨蒼白
之高明識力。

　　其二、論律賦之平仄云：「林滋〈小雪賦〉云：『眇若毫端，
輕霏可觀。』第一句第一字不拘平仄，二字仄，三字平，四字韻。
第二句一二字平，三字仄，四字協。此是一定之調。」律賦之所以
稱爲「律」，除了押韻之外，賦句的平仄聲調應是重要之因素，然
賦論家言及平仄者殊少，本文之後，至《賦學僊丹·律賦秘訣》始
詳論及之。可見本文之論，實有發覆之功。

　　本文所論其他律賦作法，也大都切實可據，故一直得到清代賦
學者之寶重。戴綸喆《漢魏六朝賦摘艷·餘論》將本文列爲「國朝
論賦之書」之一。

6.吳錫麒〈法時帆《同館賦鈔》序〉⑮

乾隆年間，時任國子監祭酒的法式善編成《同館賦鈔》二十二卷，收錄乾隆乙丑（十年，1745）至癸丑（五十八年，1793）共二十二科律賦，冠以御試卷，合成二十四卷。本文是吳錫麒為此書所寫的序。序中首先簡述辭賦興起與唐代用於科舉的歷史，其次頌揚清朝律賦製作之盛況，最後表彰法式善編纂此書「上以鳴聖代休和之盛，下以示藝林則效之程」的功績。此序應為《同館賦鈔》首版之序，法式善後來將其書擴充為《三十科同館賦鈔》⑯，予以再版。

7.侯心齋〈律賦約言〉⑰

侯心齋，生平事蹟不詳。道光七年（1827）刊余丙照《賦學指南》已稱引侯氏此書，則侯氏當為乾、嘉時人。又侯鳳苞，字舜威，室名洗心齋，金匱（今江蘇無錫）人，曾以〈無弦琴賦〉知名於世，或即其人。

本文的性質是一篇簡明扼要的律賦作法教材，全文分十二則：一曰貴取法，二曰貴儲料，三曰貴鍊起手，四曰貴分層次，五曰貴清眉目，六曰貴用筆，七曰貴煉句，八曰貴鍊韻腳。九曰貴按部就班，十曰貴避俗體，十一曰貴明體裁，十二曰貴得法外意。作者在

---

⑮　吳錫麒：〈法時帆《同館賦鈔》序〉，載《有正味齋駢體文箋注》（大達圖書供應社，1935年）卷上。

⑯　法式善：《三十科同館賦鈔》一書，筆者未見，據俞士玲〈論清代科舉與辭賦〉（載南京大學中文系編《第四屆國際辭賦學學術研討會論文集》，頁 665－683）一文所述，該書有嘉慶十七年刊本，收乾隆十年至嘉慶十四年館閣賦作，凡三十二卷，有吳省蘭作序。

⑰　侯心齋：《律賦約言》，載程祥棟編《東湖草堂賦鈔》卷首。

文中表達了一些特別的見解，試舉兩例：

其一、論各種賦體之適用範圍云：「今之作者，遇大典禮或用古賦；言情適志之作或雜用騷賦、文賦；考試所用皆律賦也。」認爲賦體之選擇，是由需要表現的題材內容所決定的。

其二、論貴得法外意云：「今之所言，皆係死法；用法既熟，變化從心，則有法所不能拘者。」「至於天巧所到，或從四面激射，或從題後縈繞，或起手破空而來，或結束悠然不盡，其妙總在筆墨之外，無跡可尋。」此論從有法到無法之辯證關係，通達明快，饒有見地。

本文在清代賦學中頗有影響，道光七年（1827）余丙照《賦學指南·餘論》即引用五條，光緒七年（1881）戴綸喆《漢魏六朝賦摘艷譜說·餘論》將本文列爲「國朝論賦之書」之一。

8.陳壽祺〈律賦選序〉 ⑱

陳壽祺（1771－1834），字恭甫，號左海，福建閩縣（今閩侯）人。嘉慶四年（1799）進士，選庶吉士，授編修。充廣東、河南鄉試副考官及會試同考官，以御使記名。以服喪歸家，遂不再仕。阮元聘入詁經精舍授徒，後主清源、鰲峰諸書院講席。壽祺治漢學，工駢文，亦擅詩賦，駢文法六朝，詩賦則法三唐。著有《左海文集》、《左海駢體文》等。生平事蹟見《清史稿》卷二六九、《清史列傳》卷六九、高澍然〈翰林院編修記名御使陳先生壽祺行狀〉。

〈律賦選序〉一文宣講「律賦法唐」的宗旨。作者認爲唐律賦

---

⑱ 陳壽祺：〈律賦選序〉，載《左海文集》（清三山陳氏刻本）卷六。

「和諧聲偶，穩順機勢，法變揚馬，格殊徐庾，學者為律賦，必於唐師焉，猶律詩之不能不法唐也。」接著闡述唐賦之特點云：「唐人律賦，寧樸毋纖，寧疏毋縟，寧清毋滯，寧約毋繁；步驅必秩，接捩必遒，轉挽必圓，描繪必雅，音節必亮，肌骨必飛；氣清而韻遠，體潔而彩新。」又介紹唐律賦之名家名作云：「白敏中〈息夫人不言賦〉用事遣辭之妙，柳宗元〈披沙揀金賦〉布置運化之靈，可為律賦準繩。其他如燕公之高渾，元白之潔老，黃滔、王棨之聲情，林滋、王損之之刻畫，巧力並臻，聲色具備。後人窮神盡氣，為之不能到，況能出其範圍乎？」又批評今人賦作云：「今操觚家往往誇富鬥靡，以濃密為工，而不知去唐人之法遠矣。」乾嘉時期，清代律賦的創作技法已經非常成熟，不少賦論家已經有「捨唐賦而求清賦」的提法。比如徐斗光《賦學僊丹·賦學秘訣》即云：「唐律法疏意簡，時賦則細密華贍；其古今運會，蓋即與制藝墨裁相似；學賦者固宜去唐律而尚時趨也。」陳壽祺重申「律賦師唐」之說，表明他的賦學觀有一種返本的傾向。

9.黃承吉〈金雪舫文學賦鈔序〉[19]

黃承吉（1771－1842），字謙牧，號春谷。江蘇江都人。嘉慶十年（1805）進士。官興安、岑溪知縣。為同僚忌恨而落職，遂發憤著述，不復出仕。與同里江藩、焦循等切磋學術，文名日盛。著有《夢陔堂文集》、《夢陔堂詩集》、《夢陔堂文說》等。生平事蹟見《清史列傳》卷六九、阮元〈江都春谷黃君墓志銘〉。

---

[19] 黃承吉：〈金雪舫文學賦鈔序〉，載《夢陔堂文集》（清咸豐元年[1851]刻本）卷六。

　　〈金雪舫文學賦鈔序〉一文是黃承吉爲金氏《紅雪吟館賦鈔》
一書所寫的序言。作者首先談他對賦之功能的認識：「古今文章體
制之變遷不一者，惟詩爲綦多；而境地之變遷不一者，則威輔爲至
廣。然如陸士衡謂『賦體物以瀏亮』、劉彥和謂『賦興情而明雅』
❷二語，實爲凡賦之權衡。蓋境地雖殊，而其所以爲賦者不異也。
夫賦有寄託之賦，其義於劉意爲近；有刻鏤之賦，其義於陸思爲
先。要之善爲賦者，則必文質相銜，物我可契，雖會所觸，內足以
發攄綿邈，外足以鼓吹承平。則所謂每觀於才士之用心，可以爲大
夫而能賦者，胥是道矣。」前此紀昀已經論證陸機之說未能盡賦之
長，但其言尚明而未融。黃氏則進而引述和改造劉勰之說，謂賦不
僅有體物的功能，而且有興情的功能；並且將賦劃分爲「寄託之
賦」與「刻鏤之賦」兩大類別。這就將賦的功能概括得更爲全面
了。黃氏還對律賦的描寫範圍表達了看法：「律賦之則，氣主條
達，無象不呈；象屬高華，靡氣弗適。其畛域爲歷代所未備，至我
朝而後能事必著，蔚然燦然。蓋賦必如是，然後乃以中和輯之音，
得揄揚之體。是以上之廓廟黼黻，則多穆誦清風，即下而庠序觀
摩，亦不乏潤色鴻業，嚮風砥礪，有由然已。」根據黃氏之說，並
進而檢驗清代律賦之題材類別，可以看到清代律賦題材表現範圍確
實較前代廣闊，幾乎做到了無事不可入、無境不可繪、無意不可通
的境地，比較全面地體現了文學反映外部世界、表現內心情感的雙
重功能。

---

❷　參見《文心雕龍·詮賦》：「原夫登高之旨，蓋睹物興情。情以物興，故
　　義必明雅；物以情觀，故詞必巧麗。」

㈡ 詩話文話中成卷的賦話

清代詩話文話中有不少零星散見的話賦論賦資料，雖然某些見解重要，但實在難以全面論及；也有幾種詩話文話中的論賦文字相對集中，襃然成卷，茲分述於次。

1.吳景旭《歷代詩話》中〈楚辭〉六卷、〈賦〉九卷㉑

吳景旭（1611－1695）字旦生，一號仁山，浙江歸安（今湖州市）人。生平事蹟可以參考鄧之誠《清詩紀事初編》㉒卷二的有關考訂。據《歷代詩話》卷末劉承幹〈跋〉，知景旭為明諸生，入清後未仕，於元趙孟頫故居築南山堂以居，嘯詠終日，著述以終。著有《南山自訂詩》、《南山樂府》、《南山詞》和《歷代詩話》等。

《歷代詩話》共八十卷，按照天干分為十集，考訂先秦至明代的韻文。其著述的體例仿陳耀文《學林就正》，正如《四庫提要》所說：「每條各立標題，先引舊說於前，後雜採諸書以相考證。或辨其是非，或參其異同，或引申其未竟，或補綴其所遺，皆下一格書之。有舊說所無而景旭自立論者，則惟列本詩於前，而以己意發揮之。雖皆採自詩話說部，不盡根柢於原書，又嗜博貪多，往往借題曼衍，失之芟薙；然取材繁富，能以眾說互相鈎貫，以參考其得失，於雜家之言，亦可謂淹貫者矣。較以古人，固不失《苕溪漁隱叢話》之亞也。」㉓

㉑ 吳景旭：《歷代詩話》（上海：中華書局上海編輯所，1958 年）。

㉒ 鄧之誠：《清詩紀事初編》（香港：中華書局，1976 年）。

㉓ 紀昀等：《四庫全書總目》（北京：中華書局，1965 年）卷四十〈集部詩文評類〉二〈歷代詩話提要〉。

　　《歷代詩話》乙集六卷論楚辭，丙集九卷論賦。論賦的九卷又按上中下合爲三卷：卷上之上，論楚及西漢賦家賦作，包括宋玉、賈誼、司馬相如等；卷上之中，論東漢賦家賦作，包括班彪、班固、揚雄、王褒、杜篤、張衡、馮衍、馬融、王延壽等；卷上之下，主要論建安賦家賦作，包括曹植、劉楨、王粲、何晏等。卷中之上，論西晉賦家賦作，包括左思、潘岳、陸機等；卷中之中，論兩晉賦家賦作，包括張華、嵇康、郭璞、木華、潘尼、孫綽、束晳、成公綏等；卷中之下，論南北朝賦家賦作，包括顏延之、謝惠連、梁簡文帝、江總、沈約、江淹、蕭子雲、庾信等。卷下之上，論唐代賦家賦作，包括王勃、駱賓王、楊炯、宋璟、崔融、杜甫、李華、劉禹錫、白行簡、李德裕、楊敬之、杜牧、陸龜蒙、康僚、楊譽等；卷下之中，論五代和宋代賦家賦作，包括王禹玉、蘇軾、黃庭堅、晁補之、洪邁、陸游等；卷下之下，論明代賦家賦作，包括唐寅、王世貞、屠隆等。

　　以上九卷共涉及賦家五十九人，賦作一百五十餘篇。吳旦生論賦，主要是對歷代賦作中的某些名物、典故、詞語作考釋，吳氏在考釋之中，善於旁徵博引，並加以融會貫通，互相發明，往往得出新穎的結論。例如卷上之中解釋「白閒」一詞云：

　　班固〈西都賦〉：「招白閒，下雙鵠；投文竿，出比目。」
　　吳旦生曰：「《太平御覽》引《風俗通》云：『白閒，古弓
　　名也。』白閒與文竿作對，當是弓弩之屬。《文選》作『白
　　鷳』，劉良注：『白鷳、雙鵠，皆鳥也。』甚誤。潘岳〈射
　　雉賦〉：『捧黃閒以密彀。』注：『黃閒，弩名。』劉勛賦

曰：『器用則六弓四弩，綠沈黃閒。』」

　　按：《後漢書・班彪傳》附載班固〈兩都賦〉作「招白間，下
雙鵠；揄文竿，出比目。」李賢注：「招，猶舉也。弩有黃間之
名，此言白間，蓋弓弩之屬。」古書中「間」與「閒」字通用，吳
旦生的意見與李賢是一致的。「白閒」本是一種射獵的工具，以音
近而誤作「白鷳」。《文選》五臣注望文生義，釋爲鳥名，不足爲
訓，吳旦生批評得有理。雖然在吳氏之前，李賢已有對「白閒」的
正解，釋「白閒」爲弓弩之屬不是吳氏的發明，但是，從此條來
看，吳氏釋詞的方法是非常科學的。他首先引用古書的注解，落實
了「白閒」的古訓；其次用本文的句式作對比，指出「白閒」與
「文竿」相對，自然應該屬於狩獵工具，這就取得了本文的內證；
最後再引出潘岳、劉劭賦的用例，從旁補證。這樣邏輯嚴密的解釋
詞語，不僅爲前此的李賢注作了重要補充，而且在方法上給後人許
多啓示，所以劉承幹在本書跋語中稱其「已開乾、嘉諸儒之風氣」
❷。

　　《歷代詩話》論賦雖然以名物考釋爲主體，但有些條目也涉及
到賦家承襲、試賦制度等理論問題。例如卷下之上「華山」條，指
出杜牧〈阿房宮賦〉句法模仿楊敬之〈華山賦〉和陸參〈長城賦〉
後，又引而申之云：

　　　余觀賦家不嫌相襲。如唐說齋〈中興賦序〉云：「雖詞有工

---

❷　劉承幹：《歷代詩話・跋》，見《歷代詩話》，頁 1225。

拙，學有博陋，氣有強弱，思有淺深，要皆變化馳騖，不失
古人之法度。」乃用班孟堅〈兩都賦序〉「道有夷隆，學有
麤密」之語。司馬相如〈大人賦〉，亦用屈原〈遠遊〉中
語。自李尤有〈德陽殿賦〉，而王延壽之〈靈光殿〉、何
晏、韋誕、夏侯玄之〈景福殿〉、宋武帝、劉義恭、何尚之
之〈華林〉、〈清暑殿〉諸賦出矣。自揚雄有〈蜀都賦〉，
而班固之〈西都〉、〈東都〉、張衡之〈南都〉、〈東
京〉、〈西京〉、左思之〈蜀都〉、〈吳都〉、〈魏都〉、
徐幹之〈齊都〉、劉楨之〈魯都〉、劉劭之〈趙都〉、庾闡
之〈揚都〉、周美成之〈汴都〉諸賦出矣。自馮衍有〈顯志
賦〉，而劉楨之〈遂志〉、丁儀之〈勵志〉、韋誕之〈敘
志〉、棗據之〈表志〉、曹攄之〈述志〉、陸機之〈遂
志〉、梁元帝之〈言志〉諸賦出矣。自宋玉有〈好色賦〉，
而司馬相如〈美人〉、張衡之〈定情〉、蔡邕之〈協初〉、
曹植之〈靜思〉、陳琳、阮瑀之〈止欲〉、王粲之〈閑
邪〉、應瑒之〈正情〉、張華之〈永懷〉、江淹之〈麗
色〉、沈約之〈麗人〉諸賦出矣。

　　這一段話清晰地闡明了在歷代賦創作之中存在著題材承襲的現
象，這一現象對於後人研究賦之題材內容演變規律具有重要的意
義。其他如卷中之上「襲句」條，論庾信〈馬射賦〉「落霞與芝蓋
齊飛，楊柳共春旗一色」一聯前後的同類句式，引例頗為豐富。又
如卷下之中「試賦」條，論唐宋律賦的用韻規律和破題要旨，引及
《瑩雪叢說》論破題和《濟南先生師友談記》所載秦觀論賦等材

料，甚有鑒裁。

總之，《歷代詩話》中的賦話雖然尚未脫離詩話而獨立，但其篇幅相對集中，這對後來獨立賦話的產生自有一定的影響。但是，《歷代詩話》完稿之後兩百餘年沒有刻本，輾轉傳抄，流傳不廣，所以其書在考訂和彙集賦學資料兩方面所取得的成就未能被後來的賦話著作充分利用。直到晚清甲寅年間，吳興劉承幹將其刻入《嘉業堂叢書》，此書流傳遂廣。

2.王之績《鐵立文起》中〈論賦〉三卷〈論騷〉一卷㉕

王之績，字懋公，宣城人，號鐵立。《鐵立文起》一書，《四庫總目提要》列入「存目」。四庫館臣評云：「是書皆論作文之法，鐵立，其齋名也。卷首曰〈文體通論〉，〈前編〉十二卷，自『序』至『七』凡九十三種。〈後編〉十卷，自『王言』至『論判』，凡四十八種。大略採自《文章辨體》、《文體明辨》二書，而以己意參補之。然持意多偏，不能窺見要領；甚至以屠龍〈溟海波恬賦〉爲勝於木華、郭璞，尤倒置矣。」㉖其實此書頗有見地，四庫館臣持論過苛。其原因大概因爲王之績曾評注《金聖嘆批才子古文》，聖嘆因「哭廟案」得罪清廷，王之績當受其連累；加之四庫館臣貴遠賤近，連葉燮《原詩》這樣優秀的著作也被打入「存目」，《鐵立文起》不能選入《四庫全書》，也就不奇怪了。

《鐵立文起》卷九爲賦總論，卷十和卷十一爲歷朝賦論，卷十

㉕ 王之績：《鐵立文起》，《四庫全書存目叢書》影印北京大學圖書館藏清康熙癸未（1703）刻本（臺南：莊嚴文化，1997 年）。

㉖ 見《四庫全書總目》卷一九七〈詩文評類存目〉。

二爲論騷。編排頗有次序。王氏論賦之宗旨云：「大抵辭賦之窮工，皆以詩之風雅頌賦比興爲宗。此如山之祖崑崙，黃河之水天上來也。故論賦者亦必首律之以六義，如得風雅頌賦比興之意爲正，反是則爲變。」這爲賦爲古詩之流說找到了內在的聯繫。王氏又論賦之體裁云：

「賦有古、俳、文、律、大、小諸體之分。」「古賦，如漢司馬相如〈長門〉、班婕妤〈自悼〉、〈搗素〉、張衡〈思玄〉、晉潘岳〈秋興〉、唐柳宗元〈夢歸〉、漢禰衡〈鸚鵡〉、魏王粲〈登樓〉、晉孫綽〈遊天臺山〉、漢揚雄〈甘泉〉，以上正體，而俳體間出其中。宋蘇軾〈屈原廟〉、漢司馬相如〈子虛〉〈上林〉、班固〈兩都〉、晉潘岳〈籍田〉，以上變體而流入文賦之漸。俳賦，如晉陸機〈文賦〉、宋鮑照〈蕪城〉、謝惠連〈雪賦〉、謝莊〈月賦〉、鮑照〈野鵝〉、顏延之〈赭白馬〉、鮑照〈舞鶴〉。文賦，如漢朝揚雄〈長楊〉、唐杜牧〈阿房宮〉、宋蘇軾〈前赤壁〉。律賦，如韓愈〈明水〉、宋王曾〈有物混成〉、秦觀〈郭子儀單騎見虜〉之類是也。」王氏又云：「賦自古俳文律之外，又有大小之名，從何始耶？昔宋玉〈大言賦〉云：『方地爲車，圓天爲蓋。長劍耿介，倚乎天外。』〈小言賦〉云：『館於蠅鬚，宴於毫端。烹蝨腦，切蟻肝。』此特其所言者有大小之分耳。後人分賦大小，蓋分之於其題也。」「大賦如〈子虛〉、〈兩京〉、〈三都〉、郭璞〈江賦〉、盧肇〈海潮賦〉之類是也。學者博及群書，方得選材

豪富；拓開萬古，方得標旨空曠；多設問難，方得變化開闔
之法。」「小賦如賈誼〈弔屈原〉、〈鵬鳥賦〉、庾敳〈意
賦〉、束皙〈風賦〉、王褒〈簫〉、〈笛〉諸賦，晉魏六朝
後學即席就賦是也。機敏才捷，思巧文妍，擅譽席談矣。」

就王氏所論來看，古賦、俳賦、律賦、文賦之分，是文體之
分；而大賦、小賦之分，只是題材內容篇幅大小之分。從邏輯上
看，後兩者實不能與前四者並列。但是，大賦、小賦之分，也是賦
家習慣，如王芑孫《讀賦卮言》即專門列有〈小賦〉一節，並且編
有《古賦識小錄》選本。因此，賦體除了按照體裁分類之外，還有
大小之分，此又不可不知。其他論漢朝至明朝各代之賦，王氏在列
舉前人見解之後，往往斷以己意，其中固然有如四庫館臣所斥言之
過當者，但也不乏真知灼見。總之，本書在清初可算重要賦論作品
之一。

3.彭元瑞《宋四六話》中〈賦話〉一卷㉗

彭元瑞（1731－1803），字輯五，一字掌仍，號芸楣，江西南昌
人。乾隆二十二年（1757）進士。官至工部尚書，協辦大學士。卒
諡文勤。著有《恩餘堂稿》、《宋四六選》、《宋四六話》等。
《清史稿》卷三百二十、《清史列傳》卷二十六有傳。

《宋四六話》是彭元瑞編選《宋四六選》一書之副產品。書前
有作者〈自序〉，目錄後有曹振鏞〈識語〉。彭元瑞〈自序〉云：

㉗　彭元瑞：《宋四六話》（嘉慶八年[1803]刻本，《海山仙館叢書》本，
　　《叢書集成初編》本）。

「予撰《宋四六選》，泛觀宋人書，其中間及駢體，多一時典制。議論流利，屬對精切。愛不能割，則抄付篋。積成巨帙，略以文體詮次，凡十二卷。」全書按照制詔、表、啓、賦、祝文等文體分類編排，所引各種文籍達一百六十九種，共收各種駢文資料七百五十五則。

　　本書所收宋金人話賦資料主要集中在卷十。共輯錄宋人筆記《清箱雜記》、《湘山野錄》、《歸田錄》、《避暑餘話》、《能改齋漫錄》，以及陳振孫《直齋書錄解題》、王銍《四六話》、劉祁《歸潛志》等書中的話賦資料凡四十三則。尤其是據《履齋示兒編》引及宋人林坰《賦文精義》，該書不見著錄，僅賴《示兒編》所引以存其蹤跡，故資料彌足珍貴。《宋四六話》所引資料均注明出處，頗便讀者利用。

4.孫梅《四六叢話》中〈賦話〉五卷[28]

　　孫梅，字松友，號春浦，烏程（今浙江吳興）人。乾隆三十四年（1769）進士，官太平府同知。著有《四六叢話》、《舊言堂集》。生平略見《四六叢話》卷首所載〈自序〉以及阮元、程果、秦潮各家序言。

　　《四六叢話》凡三十三卷，前二十八卷爲「作品類」，後五卷爲「作家類」。其中卷三爲〈騷話〉一卷，卷四、卷五爲〈賦話〉兩卷，卷二十九爲〈楚辭家〉小傳、卷三十爲〈賦家〉小傳，總共

---

[28]　孫梅：《四六叢話》（乾隆五十五年[1790]刊本，嘉慶三年[1798]刊本，光緒七年[1881]刊本，商務印書館《國學基本叢書》本），《清史稿·藝文志》、《販書偶記》有著錄。

有五卷專門討論辭賦的文字。

此書討論辭賦有三項特色：

其一、在小敘中簡述騷、賦之源流、特點。如〈敘騷〉論屈原云：「屈原之詞，其殆詩之流、賦之祖、古文之極致、騈體之先聲乎！」十分推崇屈原的開創賦體之功。又如〈敘賦〉論律賦云：「自唐迄宋，以賦造士，創爲律賦，用便程式。新巧以製題，險難以立韻；課以四聲之切，幅以八韻之凡；栲以重棘之圍，刻以三條之燭。然後銖量寸度，與帖括同科；夏課秋卷，將揣摩共術矣。」論述律賦取便科舉之特點，實乃要言不煩。

其二、彙集零散話賦資料，注明出處並間加考辨。此書彙集辭賦資料相當豐富，〈騷話〉引書四十三種，共八十五條；〈賦話〉引書一百一十五種，共二百二十九條。其考辨亦有精闢之見，如引洪邁《容齋續筆》：「〈逐貧〉一賦，凡五百言，《文選》不收，《初學記》所載才百餘字，今人蓋未之見者，輒錄於此。」孫梅考辨云：「按《野客叢書》：『僕觀〈逐貧賦〉備載於《古文苑》、《藝文類聚》。』洪氏何未之見乎？」指出洪邁失之粗疏。

其三、從正史與雜傳中採集「楚辭家」、「賦家」小傳，爲研究者提供知人論世之助。如〈賦家〉類即採集從楚人宋玉到元人楊維楨小傳凡九十五篇，各篇介紹生平、著述、作賦本事，並附以論斷，頗爲允當。

要之，若將《四六叢話》中之話賦部份摘出單行，實與一般之賦話並無二致。後來孫福清在《復小齋賦話·跋》中認爲：「文之有話，始於劉舍人之《文心雕龍》；詩之有話，始於鍾記室之《詩品》；下至四六話、詞話、曲話，話日出而不窮，從未有話及賦

者；有之，自今人孫梅始。」其實，據秦潮《四六叢話·序》署
「庚戌秋七月」，當乾隆五十五年（1790）。而李調元《雨村賦
話》刊行於乾隆四十三年（1778），浦銑《歷代賦話》刊行於乾隆
五十三年（1788），均早於孫梅之書。不過，話賦資料最早在四六
話著述中相對集中，則是事實。宋人王銍在《四六話·序》中已聲
稱：「其詩話、文話、賦話各別見。」可見在四六話中附集賦話正
是此類著述之傳統作法。李調元、浦銑等人開創賦話之體，曾受到
四六話類著述之啟發，應當是沒有疑義的。

(三) 類書中的賦論賦話

清代類書非常發達，《清史稿·藝文志》著錄的類書就有七十
五部。袁枚在《歷代賦話·序》中曾提到類書、志書與辭賦寫作很
有關係。某些類書中搜採了不少賦論賦話資料，有些資料由於原書
失傳，僅賴類書而得以保存。茲述四種保存賦論賦話較多的類書。

1. 張英、王士禎等《淵鑒類函》卷一九八〈賦〉㉙

張英（1637－1708）、王士禎（1634－1711）等奉康熙帝玄燁之
命，編成《淵鑒類函》四百五十卷，總目四卷。英字敦復，號樂
圃。安徽桐城人。康熙進士，官至文華殿大學士兼禮部尚書。士禎
字子真，一字貽上，號阮亭，又號漁洋山人。山東新城人。順治進
士，官至刑部尚書。卒諡文簡。

㉙　張英等：《淵鑒類函》（康熙四十九年[1710]內府刊本，乾隆四十三年
　　[1748]武英殿刊袖珍本，北京：中國書店影印本，1985 年，臺北：新興書
　　局影印本，1986 年）。

《淵鑒類函》是在明人俞安期《唐類函》基礎上增補而成的。
《唐類函》所收材料至唐代而止，《淵鑒類函》則補入唐至明嘉靖
年間的材料。於康熙四十年（1701）成書。《淵鑒類函》卷一九八
〈賦〉題之下分五節：「賦一」爲釋名、總論。「賦二」爲漢代至
明代賦家作賦本事。「賦三」和「賦四」爲四字句對偶，下注典故
出處。如「蔣凝四韻，劉載萬言」句下，即引《唐摭言》和《宋
史·劉載傳》詳述二人作賦典故。「賦五」爲與賦有關的各類作
品，如詠賦詩、騷、誦、嘆之類。

《淵鑒類函》所輯錄的賦學資料常常被後世賦論家採用，如李
調元《雨村詩話》即採用多條。但類書引書輾轉抄襲，往往有誤；
使用時需要覆核原書，以免以訛傳訛。

2.陳夢雷等《古今圖書集成·理學彙編·文學典·騷賦部》[30]

陳夢雷，字則震，號省齋，福建閩侯人。蔣廷錫（1669－
1732），字揚孫，號酉君，江蘇常熟人。此書初編由陳夢雷完成，
於康熙五十五年（1716）進呈，由康熙帝賜名。其後，陳夢雷得罪
流放。雍正即位後，命戶部尙書蔣廷錫重新增補編校，於雍正三年
（1725）告成，六年印行。

《古今圖書集成》分三個等級排列資料，計六彙編，三十二
典，六千一百零九部。〈騷賦部〉載《古今圖書集成》第一八三卷

---

[30] 陳夢雷等：《古今圖書集成》（清雍正六年[1728]銅活字印本，臺北：文
星書局影印本，1964 年，北京：中華書局與成都：巴蜀書社聯合影印
本，1980 年）。

至一八八卷，分成〈總論〉、〈藝文〉、〈紀事〉、〈雜錄〉等四個部份輯錄資料。〈總論〉部份錄有《史記》、《法言》、《漢書》、《楚辭章句》、《文章流別論》、《文心雕龍》、《事物原始》、《文章辨體》、《文體明辨》、《群書備考》❸等書中有關論賦的資料。〈藝文〉部份分兩節：〈藝文〉之一主要載漢代至明代有關騷賦的贊、序、跋、表等文，白居易〈賦賦〉也列於此節之中；〈藝文〉之二載有關賦的詩詞曲等，錄有多首隱括蘇軾〈赤壁賦〉的作品。〈紀事〉部份分三節：〈紀事〉之一主要摘錄史傳雜記中漢魏六朝賦家作賦的本事逸聞；〈紀事〉之二摘錄史傳雜記中隋朝至五代賦家作賦的本事逸聞；〈紀事〉之三摘錄史傳雜記中宋代至明代賦家作賦的本事逸聞。〈雜錄〉部份主要根據歷代筆記採錄賦家明言雋句及其逸聞趣事，宋人論賦韻例資料亦列入其中。

　　《古今圖書集成》採錄明代以前論賦話賦資料相當豐富，而且編排也基本有序。其採錄資料和編排方法對後來的賦話著作，尤其是李調元《雨村賦話》、浦銑《歷代賦話》，影響頗大。

3.沈祖榮、吳潁炎《策學備纂·賦考》三卷❸

　　沈祖榮，號誦清，蕭山人。吳潁炎，號亮公，浣水人。二人所輯《賦考》三卷，載於《策學備纂》卷三十〈選學〉門。《策學備

---

❸　按：《古今圖書集成》所引《群書備考》，未載撰人姓氏，陳去病《辭賦學綱要》引之，署袁黃作。

❸　沈祖榮、吳潁炎：《賦考》，載《策學備纂》（上海：點石齋光緒十四年[1888]印本，光緒二十年[1894]袖海山房重印本，光緒二十三年[1897]、二十六年[1900]點石齋重印本。臺北：文史哲出版社 1978 年影印本，改題《國學備纂》）卷三〇。

纂》是一部類書，分門彙集文獻資料。計經部、史部、天算、方
輿、帝學、官制、選舉、循吏、儒林、文苑、禮學、禮制、樂律、
兵制、刑法、錢海幣、田賦、徵榷、鹽鐵、農政、荒政、漕運、河
渠、水利、氏族、四裔、金石、選學、子部、集部、藝文、考工等
凡三十二門。書前載李慈銘、俞樾二序，均對此書推崇備至。

　　《賦考》上中下三卷爲〈選學〉門之二至之四，吳穎炎撰〈選
學〉門〈凡例〉云：「李善注《選》，實爲昭明功臣，然尚慮文詞
鐫鑶，字義淑佹，旁引曲證，字櫛句梳，則所謂暉兩儀，藻六籍
者，仍無由得指南之準也。」可見《賦考》主要是針對《文選》賦
篇的考證。其內容包括三個方面：其一、考察《文選》所載賦篇與
史傳賦篇之異同。諸如〈文選羽獵賦與漢書不同考〉、〈兩都賦文
選與漢書不同考〉、〈閑居賦與晉書不同考〉等等條目即是。其
二、考察《文選》李善注與六臣注之異同。諸如「〈子虛賦〉烏有
先生，六臣本『烏』作『焉』」、「〈上林賦〉洶涌彭湃，六臣本
『彭湃』作『滂湃』」之類即是。其三、彙集有關賦話資料。諸如
〈鵩鶘賦評議〉、〈舞賦或云宋玉作〉、〈洛神賦緣起〉之類條目
即是。

　　本書之特點在於彙集資料豐富，尤其是清代的「文選學」專
書，諸如張雲璈《選學膠言》、梁章鉅《文選旁證》、朱珔《文選
集釋》等等均採錄頗多。缺點是編排不成體系，引書或出人名、或
出姓、或出書名，體例不純正。本書可供研究「選學」和賦學者參
考，但引用本書資料時，應該根據其提供之線索盡量做到復核原
書，以免以訛傳訛。

4.沈祖燕、吳潁炎《策學備纂・賦學》一卷㉝

沈祖燕,字翼孫,蕭山人。沈氏曾爲鴻寶齋主人刊印《賦海大觀》寫序,可見其人亦是當時深於賦學的知名學者。《賦學》一卷,載於《策學備纂》卷三十一〈藝文〉之五。吳潁炎撰〈藝文〉門〈凡例〉云:「藝文,明文章之緣起,別體例之異同,存作者之精神,溯諸家之流派。凡碑帖、詩賦、詞曲、字畫,各以類分,靡不詳盡。」《賦學》輯錄歷代賦論資料,別立標目。大約可分三個部份:其一,關於賦學原理。包括「賦總論」、「賦體源流」、「歷代賦體優劣」、「漢有名文人賦數考」、「古今賦分五體」、「賦以氣爲主」、「古人賦類」、「賦中有歌」、「古賦用韻法」、「賦中有亂」、「賦名義」、「賦有各體」、「古人論賦」、「賦有鋪義」、「賦所緣起」、「賦欲壯麗」、「賦體各病」、「賦棄瑣碎」、「賦之變起」、「賦律之細」、「賦解悲愁」、「賦尙宏麗」、「賦有諷喩」等條目。其二,關於作賦本事或賦家逸聞趣事。自「班孟堅九歲作賦」條至「王粲江南春賦」條,共計八十餘條,包括漢朝至明朝賦家賦作,編排隨意,無時間順序。其三,全錄王芑孫《讀賦卮言》十六則,但未注明出處。

《賦學》彙輯了不少賦論賦話資料,有一定文獻價值,但其書編排無序,條目瑣碎,並無獨立的學術見解。

(四) 賦話賦格專書

「賦話」與詩話、詞話、曲話、四六話一樣,是中國文學批評

㉝ 沈祖燕、吳潁炎:《賦學》,載《策學備纂》卷三一。

的獨特樣式之一。「賦話」作為名詞，在宋代已經出現。宋人王銍《四六話·序》云：「銍類次先子所謂詩賦法度與前輩言，附家集之末；又以銍所聞於交遊間四六話事實，私自記焉；其詩話、文話、賦話各別見云。」❸王銍所作賦話，未見傳世。儘管唐代有《賦譜》、宋代有《聲律關鍵》、元代有《古賦辨體》之類賦格、賦選專書傳世，但是以賦話命名的專書正式出現在清代乾隆年間。正如詩話研究的情形那樣，雖然早在梁代已有鍾嶸《詩品》出現，但是人們一般還是以宋代歐陽修的《六一詩話》作為「詩話」正式出現的標誌，欲深入研究賦話，便不得不以清代賦話作為考察的重點對象。此節著重討論以專書形式存在的賦話賦格作品。

1.李調元《雨村賦話》十卷❸

李調元（1734－1802），字羨堂，號雨村，別號童山、鶴洲等。綿州羅江（今屬四川德陽）人。乾隆二十八年（1763）進士，改翰林院庶吉士。散館，任吏部文選司主事。歷官考功司員外郎、廣東學政，官至直隸通永道。乾隆四十七年（1782）因事得罪，落職下獄，發譴伊犁。途中捐銀贖免，遂返回蜀中故居，著述以終。編刻有《函海》和《續函海》叢書，著有《童山詩集》、《童山文集》、《雨村賦話》等五十餘種。《清史列傳》卷七十二有傳。生

---

❸ 王銍：《四六話》，《叢書集成初編》本（北京：中華書局，1985 年）。

❸ 李調元：《雨村賦話》，《清朝續文獻通考》、《書目答問》著錄十二卷，《清史稿·藝文志》、《清史列傳》本傳著錄十卷。但十二卷本迄今尚未發現，今傳《函海》叢書本和光緒八年(1882)渝雅齋刊單行本皆為十卷本。今人整理者有何沛雄校點本（香港：萬有圖書公司，1976 年）；詹杭倫、沈時蓉校證本（臺北：新文豐公司，1993 年）。

平事蹟詳見筆者撰《李調元學譜》**㊱**。

　　《雨村賦話》成於乾隆四十三年（1778），爲李調元在廣東學政任上，歲試月課之餘，與諸生講習賦學之產物。全書凡十卷，分〈新話〉、〈舊話〉兩個部份。〈新話〉六卷，共二百一十五則，採用摘句品評的方法，從漢至明代賦作中「撮其佳語」，加以評騭；其中有四十餘則，係採自湯聘《律賦衡裁・餘論》。〈舊話〉四卷，從歷代正史、筆記、詩話、文話、別集、總集、賦選、類書各類文籍中，採錄賦家逸事、賦作本事、賦壇佳話等資料，按時代編排，並間附考辨。兩個部份互相配合，前者評論賦作，後者敘述本事，共同反映明代以前賦學概況。

　　本書於各代賦中偏重唐賦，於各種賦體中偏重律賦，〈新話〉用近四卷的篇幅評析唐賦。其在賦學理論上之貢獻可以舉出四點：

　　其一、「揭示作賦之法門」（〈自序〉），本書不僅勾劃出唐宋律賦發展演變之輪廓，而且對律賦審題、結構、押韻、對仗、鍊字諸法，結合賦作實例作了細緻探討。

　　其二、在賦作評論中，本書堅持「麗、則」並重之旨。既反對晚唐賦「麗而不則」的偏頗，又反對宋、元賦「則而不麗」之傾向，提倡中唐賦「工麗密致而又不詭於大雅」之理想賦風。

　　其三、對賦品與人品之關係，本書一方面指出賦作可以體現作者之風格與爲人，如評歐陽修〈藏珠於淵賦〉「他日立朝謇諤，斯篇已見一斑」，認爲賦中透露出作者剛正不阿之政治品格。另一方面也指出賦品與人品有時出現分裂狀態，如評許敬宗〈麥秋賦〉

㊱　詹杭倫：《李調元學譜》（成都：天地出版社，1997 年）。

云：「詞章固不足以定人品。」這樣從兩方面立論，是比較全面的看法。

其四、探討律賦對八股文之影響，評白居易〈動靜交相養賦〉時指出：「通篇句陣整齊，兩兩相比。此調自樂天創之，後來制義分股之法，實濫觴於此種。」這一論斷對研究八股文之起源頗有參考價值。

要之，在賦話史上，本書是最早出版的以「賦話」命名的專書。它奠定了賦話這種賦學批評樣式的體制格局，確立了賦話記載本事、考辨疑誤、探溯源流、賞析賦句、講解作法等項主要內容，對後來的賦話著述有很大影響。但本書以事出草創，成書倉促，訛誤頗多，作者曾有修訂增輯計劃㊲，後來因故未果。

2.浦銑《歷代賦話》二十八卷㊳

浦銑，字光卿，號柳愚，室名復小齋，嘉善（今屬浙江）人。生卒年不詳，約與袁枚（1716－1797）、孫士毅（1720－1796）同時㊴。幼習經史，尤工辭賦。乾隆二十三年（1773）巡視天津，浦銑

㊲ 李調元：《雨村詩話》（清嘉慶刻十六卷本）卷十一記載：「仁和姚申甫（成烈），乾隆乙丑進士，由吏部郎歷官廣西中丞。余視學嶺南，公爲方伯。時余方撰《賦話》，公亟稱之，曰：『再得廣搜古今賦事，便成大著作矣。』至今未盡此志，每憶其言，未嘗不以爲恨也。」

㊳ 浦銑：《歷代賦話》（乾隆五十三年[1788]復小齋原刻本），有袁枚、孫士毅、楊宗岱三〈序〉，以及浦銑〈自序〉和〈後序〉。按：此書卷帙浩繁，流傳稀少，不見清人書目著錄。

㊴ 徐世昌：《晚晴簃詩彙》（北京：北京出版社，1996 年）卷五七收浦銑〈代東寄方雪〉詩一首，並謂浦銑爲「康熙乙酉（1705）拔貢」。按：此繫年過早，與浦銑生平行事不合，本文不取。

赴行在獻賦，蒙賞賜，從此益加肆力賦學。曾應孫士毅之聘，主講粤西秀峰書院。門下士多登仕途，而銑終不遇。年八十餘卒。著有《柳愚詩存》、《百一集》、《唐宋律賦箋注》、《歷代賦話》、《復小齋賦話》等。生平略見《嘉善縣志》㊵及《歷代賦話》諸家序跋。

　　《歷代賦話》是現存賦話中規模最大的著作，全書二十八卷。正集十四卷，輯錄《史記》至《明史》等二十二部正史中賦家傳記及賦作本事，按時代先後爲次，編排井然有序，並時加按語予以考證。續集亦十四卷，自歷代雜史、筆記、文集、詩話、類書、目錄書中搜採賦家逸事、賦學評論、試賦制度等賦學史料。本書作爲一部賦學史料集，其性質與李調元《雨村賦話》的〈舊話〉部份相近，而搜採範圍更加廣博，資料更爲豐富，編排更有系統，而考證亦更爲精密。孫士毅〈序〉介紹此書之撰寫經過云：「柳愚嘗再閱《二十二史》，一閱於乙未（乾隆四十年，1775）京師，一閱於乙巳（乾隆五十年，1785）桂林，摘其中作賦之人，爲《賦話》十四卷；又彙平生所錄諸家文集旁及說部之言賦者爲《續賦話》十四卷。其去取之精，蒐羅之廣，蓋五易稿而後成。」可見浦銑撰此書花費了畢生的精力。用功深則收穫大，此書有三大優點：

　　資料豐富。此書無論正史稗官，遺文墜典，凡有涉於賦者，無不網羅而部列之。如《歷代賦話·續集》兩漢卷，輯入明董斯張《吹景集》、《西京雜記》、《容齋三筆》、《容齋四筆》、《西

㊵　顧福仁等纂、江峰清等修：《嘉善縣志》（臺北：成文出版社影印光緒十八年刊本，1970 年）。

溪叢語》、《大唐新語》、《東坡文集》、《野客叢書》、顏師古《漢書·注》（〈上林賦·注〉、〈甘泉賦·注〉、〈河東賦·注〉、〈校獵賦·注〉）、《論衡》、《顏氏家訓》、《避暑錄話》、李賢《後漢書·注》（〈思玄賦·注〉、〈顯志賦·注〉）、《法言》、桓譚《新論》、《許彥周詩話》、《茗溪漁隱叢話》、柳宗元〈辯鶡冠子〉、《欒城先生遺言》、《林下偶談》、《歸田錄》、《宋景文公筆記》、《夢溪筆談》、《黃氏日抄》、《日知錄》、《世說新語》、《冷齋夜話》、《文選·注》、宋李壁〈四十九章經序〉等約三十種書籍中的有關漢賦資料，這對漢賦研究者顯然是極其有用的。

排比細緻。此書在資料的安排對比上用心細密、方法得當，比如採用正史的材料，《唐書》則參取新、舊；《宋》《齊》《梁》《陳》《魏》《周》《隋》各以本書為主，而以《南》《北》二史補其缺；《明史》則間採《明史稿》比較參證。又如資料斷代，以論及對象為準，後人而論前人之文，則仍入前人時代中。例如，唐人尹知章解曹植〈幽思賦〉，入三國而不入唐代；歐陽修讀李翱〈幽懷賦〉，入唐代而不入宋代。凡此之類，皆可見本書排比材料非常講究科學性，這是乾嘉樸學作風在賦學中的體現。

考訂精審。浦銑在所引資料之後，間有考訂，或校定字句，或辯證訛誤，或闡發義理，多為實事求是之論，不作空疏臆必之談，具有「述而兼作」的特色。如《續集》卷六引洪邁《容齋續筆》「論韻」一則之後，浦銑加按語云：「唐人〈花萼樓賦〉凡五首，皆以『花萼樓賦一首並序』為韻，並非三韻也。〈東郊朝日〉有陸宣公賦，以『國家行仲春之令』為韻，七韻非六韻也。〈宣輝門觀

試舉人〉有二賦，非『謹』字乃『精』字。〈幽蘭〉有五首，俱以『遠芳襲人，終古無絕』為韻。《金柅》有孫汝玉賦，乃『貞』字非『直』字也。李昂有〈旗賦〉，『舒』乃『野』字，『容』乃『國』字。豈容齋失考耶？抑今所存非當日容齋所見之賦耶？」這段按語將洪邁論韻與今存唐人律賦作了細緻地比對，既指出差異，又結論審慎，足為今人校訂古籍所取法。

浦銑此書資料豐富，編排得體，加之述而兼作，在當時即得到文壇名流高度評價，袁枚〈序〉稱其為「藝苑之津梁」，楊宗岱〈序〉稱其「精核而博辨」，故後來張之洞《輶軒語·語學》列此書為「學賦之門徑」。

3.浦銑《復小齋賦話》二卷[41]

浦銑《復小齋賦話·自序》云：「歲昭陽大荒落（乾隆三十八年），天子將省耕津淀，僕忝在獻賦。後溫故有得，輒筆數語，積二百六十餘則，不敢以示人也。會正續《賦話》工竣，男榮湍慫恿授梓。予曰：附驥乎？續貂乎？固請，則削而僅存之。」因知本書從乾隆三十八年（1773）開始撰寫，至乾隆五十三年（1788）繼《歷代賦話》正續編工竣之後刊成。

本書分上下兩卷，凡二百六十餘則，以雜記和摘句品評的方式評說明代以前賦家賦作。其性質與李調元《雨村賦話》的新話部份

---

❹ 　浦銑：《復小齋賦話》，乾隆五十三年[1788]復小齋刊本，附《歷代賦話》之後，有浦銑〈自序〉和王敬禧〈跋〉。光緒六年[1880]望雲仙館校刊《檇李遺書》本，有孫福清〈跋〉。香港：三聯書店，1982 年排印何沛雄編《賦話六種》本。後兩本皆有脫漏，以乾隆本為善。《清史稿·藝文志補編》著錄。

相近，然李氏之書有所因襲，而浦氏之書多自得之見。其賦論要旨可舉出以下幾點：

其一、賦以情為貴。浦氏云：「文以有情為貴。」又引明興獻帝之言云：「夫事寓乎情，情溢於言，事之直而情之婉，雖不求其賦之工而自工矣。屈原〈離騷〉，歷千百年無有譏之者，直以事與情兼至耳。下逮相如、子雲之倫，賦〈上林〉、〈甘泉〉等篇，非不宏且麗，然多斷於詞，躓於事，而不足於情焉。此即卜子夏『在心為志，發言為詩』之義也。」此所謂「事」，即賦所描寫的事物；此所謂「情」，即作者所表達的感情。浦氏完全贊同作賦要以情感來推動描寫之觀點，因為這與「詩言志」的要求是一致的，所以他贊美：「王仲宣〈登樓賦〉，情真語至，使人讀之淚下，文之能動人如此！」「黃文江〈送君南浦賦〉、王輔文〈離人怨長夜賦〉，真深於情者！」

其二、賦應具有獨創的風格。浦氏評價各代賦之特點云：「唐人賦好為玄言，宋人賦好著議論，明人賦專尚模仿《文選》，此其異也。丁晉公有言：『司馬相如以賦名漢朝，後之學者多規仿焉，欲其克肖，以致等句逗，襲徵引，言語陳熟，無有己出。』余謂數語切中明人之病。」又云：「雅不喜明人賦，以其模仿而無真味也。」他特別欣賞的則是黃滔賦「奕奕生新」，「楊誠齋賦足當一『別』字，楊廉夫賦足當一『新』字」。這些論述體現了浦氏貴獨創反模仿的文藝觀點。

其三、浦銑此書重在討論律賦作法，諸如律賦之審題構思、破題押韻、引典用筆、煉字琢句等等，皆能結合具體賦例予以評析。如論用典云：「食古而化，乃為善用故實；若堆垛填砌，毫無生

趣，奚取哉？」又舉王棨〈涼風至賦〉爲例云：「『悄絲管於上宮，陳娥翠斂；颭楹檻於華省，潘鬢霜彫。』如此用〈長門〉、〈秋興〉二賦，令人無從下注腳，眞上乘也！」又如其論句法云：「律賦句法，不可但用四六，或六四、或七四、或四七，試取王輔文棨、黃文江滔、吳子華融、陸魯望龜蒙諸家觀之，思過半矣。」凡此之類精審警拔之論，皆作者數十年治賦之心得體會，其價值與輾轉抄襲、急功近利者不可同日而語。

4.王芑孫《讀賦卮言》一卷㊷

王芑孫（1755－1817），字念豐，號鐵夫、惕甫、楞伽山人等，江蘇長洲（今吳縣）人。年二十一即補博士弟子員，但久試不第，客於京師，先後館於董誥、梁詩正、王傑、劉墉、彭元瑞諸大學士家，代諸人起草作文，聲譽鵲起。乾隆五十三年（1788）應天津召試，入一等，欽賜舉人，授咸安宮教習。遂與館閣之士遊，時與法式善、何道生、張問陶、楊芳燦等名士作詩酒高會。後除授華亭縣學教諭，繼任揚州樂儀書院山長。五十以後，閉戶著書以終。著述傳世者有《淵雅堂全集》、《碑版廣例》、《讀賦卮言》、《古賦識小錄》等。《清史列傳》卷七十二有傳，秦瀛撰〈王惕甫墓志銘〉，載《小峴山人文集補遺》。

據王芑孫《讀賦卮言·自序》和汪榮光《淵雅堂全集·總

㊷　王芑孫：《讀賦卮言》（《淵雅堂全集》本，清嘉慶九年[1804]；上海淞隱閣印《國朝名人著述叢編》本，光緒五年[1879]；富順考雋堂刊本，光緒十一年[1885]；何沛雄編《賦話六種》本，香港：三聯書店，1982年），《清史稿·藝文志》著錄，今所傳四種版本，前三種書前有汪榮光〈序〉和作者〈自序〉，後一種只錄有正文。

序》，知《讀賦卮言》撰成於乾隆四十六年（1781），作者時年二十七；刊行於嘉慶九年（1804），作者已五十歲。

本書略仿《文心雕龍》體例，分爲導源、審體、立意、謀篇、造句、小賦、律賦、獻賦、試賦、序例、注例、和賦例、韻例、官韻例、押虛字例、總指等十六篇，對賦之源流、賦之體裁作法、以及試賦獻賦制度等問題，作了廣泛探討。試舉幾個要點：

其一、論賦之源流云：「單行之始，椎輪晚周；別子爲祖，荀況、屈平是也；繼別爲宗，宋玉是也；追其統系，《三百篇》其百世不遷之宗也。下此則兩家歧出，有由屈子分支者，有自荀卿別派者。」「相如之徒，數典摘文，乃從荀法；賈傅以下，湛思妙慮，具有屈心。」此說可以圖示於下：

賦學源流圖示

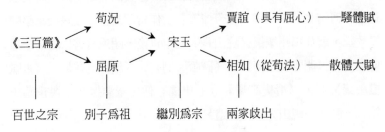

此圖之意義可以從四個方面說明：第一，承認賦出自詩，爲詩之流變。第二，以荀況和屈原同居賦祖地位。第三，以宋玉爲賦宗，居於承上啓下的關鍵地位。第四，爲漢賦兩家理出源頭。這一賦學源流說全面系統，具有正本清源的理論意義。

其二、論唐賦之地位云：「詩莫盛於唐，賦亦莫盛於唐。總魏

晉宋齊梁周陳隋八朝之正軌，啓宋元明三代之支流，踵武姬漢，蔚然翔躍，百體爭開，昌其盈矣。」自明代李夢陽提出「唐無賦」以來，唐賦長期不受重視。作者此論對於重新認識唐賦價值具有重要作用。

　　其三、論學賦之門徑云：「極賦之能事在於長篇，而學賦則可從小賦始。」「讀賦必從《文選》、《唐文粹》始，而作賦則當自律賦始，以此約束其心思，而堅整其筆力。」這一觀點反映了清代乾隆年間律賦復興的現狀，適應了各級考試使用律賦的要求。

　　其四、論賦學之根柢功夫云：賦學「不可以專求」，「有志者必以通經治古文為本，讀三代兩漢之書以尊其體，賅九流七略之用以會其歸」；「經史之歸，以古文為路。由是而賦，不韓歐而韓歐，不揚馬而揚馬」。這一論點揭示出賦學之根柢功夫不在賦內，而在經史古文之中。這不僅有助於提醒當時賦家提高文化修養，而且對後世辭賦研究者也有啓示意義。

　　由上可見，本書闡發了不少新穎獨特的賦論觀點，體現出作者善於獨立思考的治學風格，得到後世學者的高度評價。《清朝續文獻通考》編者認為：「蓋近人之善言賦，無有過於是書者。」❸張之洞《書目答問》❹亦將此書與《雨村賦話》一併列為「詩文評類」推薦書目。

---

❸　劉錦藻：《清朝續文獻通考》（上海：商務印書館，1936 年）。

❹　張之洞：《書目答問》（上海：商務印書館，1929 年）。

5.汪廷珍《作賦例言》一卷⑮

汪廷珍（1757－1827），字玉粲，號瑟庵，山陽（今江蘇淮安）人。乾隆五十四年（1789）進士。歷乾隆、嘉慶、道光三朝，累官至禮部尚書加太子太保。卒諡文端。著有《實事求是齋詩文集》。《清史稿》卷三六三有傳。李元度撰〈汪文端公事略〉，載《續碑傳集》卷三。

汪廷珍爲三朝名臣，學養深厚，《淮安府志》本傳稱其：「於書無所不窺，尤深於經術，《十三經》義疏皆能闇誦。平居講學不祖漢、宋，一本義理爲折衷。」其論賦亦辭氣從容不迫，議論平實切當，頗中肯綮。《作賦例言》凡十一則，首論認題，次論布勢，三論用筆，四論著色，五論破題，六論章法，七論因題制變，八論題材與用語相稱，九論文章生路，十論律賦規矩，十一論讀賦貴精不貴多。試舉其中頗有新見者兩例：

其一、論律賦以眞氣清氣爲貴云：「文章與說話一般，全要有眞氣，有清氣，塡砌雕琢最是試場大忌。每見言賦者上手便說富麗，此平地陷人坑也。」前此的賦論家有「詩賦欲麗」（《典論·論文》）、「先麗而後則」（《古賦辨體》）等等說法，而汪廷珍不以爲然，認爲即使是科場文章，也應該以「眞氣、清氣」爲主，這是很有見地的經驗之談。

其二、論讀賦貴精不貴多云：「貴精不貴多，以語別項學問則謬，以言讀時文與近體詩賦則切當之至。要緊功夫全在讀子史經

---

⑮　汪廷珍：《作賦例言》（《遜敏堂叢書》本），《清史稿·藝文志補編》著錄。

集，講人情物理，以明義理、廣見聞，方得進步。若貪取舊賦舊
文，多收熟讀，不免枉費精神，且滿腔渣滓，久則心源閉塞，不可
救藥。欲通文理，固屬斷港絕潢；以問功名，尤是南轅北轍。」自
桓譚《新論》創「能讀千賦則善賦」之說，後世學者每每引為口
實，鄉村學究更以兔園冊子教人博取功名。汪廷珍有感於此，故發
此振聾發聵之論。此論與王芑孫《讀賦巵言》「根柢功夫在賦外」
之論，有所見略同之妙。

6.魏謙升《賦品》一卷❹❻

魏謙升（1797－？），字雨人，號滋伯，別號無無居士，室名
書三昧齋、翠浮閣等。仁和（今浙江杭州）人。生於嘉慶二年，卒年
不詳。著作今存《賦品》一卷。

本書仿《二十四詩品》體例，分為源流、結構、氣體、聲律、
符采、情韻、造端、事類、應舉、程試、駢麗、散行、比附、諷
喻、感興、研煉、雅贍、瀏亮、宏富、麗則、短峭、纖密、飛動、
古奧等二十四品，每品為四言韻語十二句。全書大致可以分為兩個
部份：從源流至研煉十六品，泛論賦之源流、體裁、創作技法等問
題；從雅贍至古奧九品，採用比喻象徵手法論辭賦風格。試舉兩
例，以見一斑：

「氣體」一品云：「氣以舉詞，詞達理見。水大物浮，其喻最
善。萬竅調勻，噫風斯扇。時會遷遷，江流日轉。崇尚不偏，骨采

---

❹❻　魏謙升：《賦品》（佚名：《詩賦詞曲品》本，何沛雄：《賦話六種》
　　本，香港：三聯書店，1982 年），《清史稿·藝文志補編》、龔嘉儁等
　　修《杭州府志》著錄。

自炫。」此品將「文氣說」引進賦論,其中可以看到曹丕、陸機、劉勰、韓愈諸家論文詞語的影子,《莊子》、《杜詩》亦信手拈來,足見作者組織語言的高妙技巧,立論亦頗為允當。

「麗則」一品云:「若有人兮,勁裝古服。文士之心,詩人之目。絕世彼姝,貯宜金屋。富貴天姿,自然清淑。妖歌曼舞,終嫌不肅。繁華損枝,遺誚霧縠。」用富貴天姿的淑女來比喻既麗且則的辭賦,用妖歌曼舞的蕩女來比喻麗而淫的辭賦,極其形象貼切。

本書是較早以品論賦的著作,大約同時,余丙照之《賦學指南》亦將辭賦風格分為四品,與本書所論可以互相發明。

7.孫奎《春暉園賦苑卮言》二卷㊼

孫奎(?－1806),字敦五,號斗泉,通州(今江蘇南通)人。少工詩賦,以優貢入太學,但久試不第,乾隆中兩次召試均列二等。遂閉戶著書,舌耕養親,布衣終生。著有《春暉園集》、《春暉園賦鈔》、《春暉園賦話》等。生平略見王繼祖等修《直隸通州志·文苑傳》㊽,以及李道南《春暉園賦鈔·序》和胡長齡《春暉園賦苑卮言·序》。

《春暉園賦苑卮言》又名《春暉園賦話》,為作者遺稿,據孫奎弟子胡長齡〈序〉云:「余幼時嘗從先生學為詩賦。先生試輒冠軍,而卒不得一第,以優貢入太學。歲壬戌(1802),予奉諱南

㊼　孫奎:《春暉園賦苑卮言》(嘉慶庚午[1810]廣東刻本,道光丙申[1836]書有堂刊本)。《清史稿·藝文志補編》、《販書偶記》著錄。《販書偶記》稱有「道光丙子孫長紀校刊本」,按道光無「丙子」,當是「丙申」之誤。

㊽　王繼祖等:《直隸通州志》(臺北:臺灣學生書局,1968年版)。

歸，先生已老且病矣，猶朝夕過從，譚藝若往時。乙丑（1805）服闋赴都，明年先生遂下世。予婦爲經紀其喪，復擎其嗣孫來粵，出所著《賦苑卮言》相示。把卷黯然，蓋即向時罇酒論文，口譚而筆錄之者。因付剞劂，以廣流傳。」按此序署嘉慶庚午年（1810），本書初刊當在此時。

本書二卷，上卷一百二十二條，多記述歷代賦事；下卷一百一十三條，多賞析唐宋賦句。經比對，本書約三分之二條目皆摘抄自李調元《雨村賦話》，甚至李書之錯誤亦照樣抄錄。如卷上辨析張衡〈天象賦〉爲僞作條，李氏原書即誤「殷馗」爲「殷堪」，而本書亦照錄爲「殷堪」。又如卷下「許渾詩、李遠賦」條，李氏原書即誤以「求古」爲許渾之號、「丁卯」爲李遠之號，而本書亦照樣張冠李戴。

本書摘抄李書，一律刪去原書出處，字句也有少量的修改。有改對的，如李書卷九〈腐草爲螢賦〉條，誤引俗書《一夕話》以爲是唐時之事；而本書改爲宋人黃致一事。考施德操《北窗炙輠錄》，知本書所改是正確的。也有改錯的，如李書卷一引無名氏〈仁壽鏡賦〉，本書改爲張說賦，乃毫無根據之臆改。

本書作者也偶有所見，如卷上一條云：「孟堅之〈兩都〉、張平子之〈兩京〉及〈南都賦〉，皆原本〈子虛〉、〈上林〉加以充拓，矞皇偉麗，爲一代巨制；又杜篤字季雅，有〈論都賦〉一首，源淵揚、馬，亦見採於范史。」此條指出大賦之間的承接關係，稍有見地。

本書作者矜爲獨得之見的條目，細查之或者亦有所本。如卷下一條云：「黃山谷嘗作〈蘇李畫枯木道士賦〉云：『懼夫子之獨立

而矢來無鄉，乃作女蘿，施於木末，婆娑成陰，與世宴息。』嘗以『矢來無鄉』問人，少有能說之者。因觀《韓非子》有云：『矢來有鄉（鄉，方也，有從來之方），則積鐵以備一鄉（謂積鐵於身，以備一處）；矢來無鄉，則為鐵室以備之，則體無傷。故彼以盡備之不傷，此以盡敵之無姦也。』山谷用事深遠，此點化格也，不知者豈識其工乎？」其實，據《歷代賦話》續集卷九所引《芥隱筆記》，已明言「矢來無鄉，出《韓非子》」，本書作者並無先見之明。

本書所引資料皆不注出處，嚴格說來，不能算是有獨立見解之學術著作。大約在孫奎本人，此書只是為授徒而編寫的教材，其後人不識而刊刻行世。今之賦學研究者不明就裏，往往對此書評價過高。❹筆者建議學者今後使用本書，當小心考查其材料來源，以免以訛傳訛。

8.余丙照《賦學指南》十六卷❺

余丙照，字紗山，號清光山人。少從吳東昱學，後從周豹山遊，日臻宏博，賦學號稱專門。據作者〈自序〉和吳東昱〈序〉，《賦學指南》初成於道光七年（1827），刊成之後，不脛而走，深受學者歡迎。但讀者昧於賦中典故，苦無注解，於是，作者於道光

---

❹　如葉幼明認為，《春暉園賦苑巵言》是一部賞析性的著作，對研究律賦有重要的參考價值。見其著《辭賦通論》，頁 228－229。又如許結將孫奎與李調元、林聯桂相提並論，認為最有價值的是他們撰寫的賦話，建立了律賦鑒賞系統。見其著〈論清代的賦學批評〉（載《文學評論》1996 年第四期），頁 28－38。

❺　余丙照：《賦學指南》（道光七年[1827]初刊本）按：此書道光二十二年（1842）增注重刻本，改名《增注賦學指南》；又有臺北：廣文書局一九七九年影印本，改名《增注賦學入門》，並合為二卷。

二十二年（1842）加以增注，重刊行世。

　　《賦學指南》十六卷，分爲押韻、詮題、裁對、琢句、賦品、首段、次段、諸段、結段、煉局十法。各法下先列一段總論，再分若干細目，各綴解說，並引唐賦、清賦名篇以示例。前九法只引賦中佳聯雋段，屬摘句品評；第十法引全賦三十篇，以便學者總攬全局。末附「賦法緒論」九條，多係摘引賦家名言。全書以字、句、段、篇爲論述次第，詳細剖析律賦作法，是爲繼唐抄本《賦譜》、宋《聲律關鍵》之後，探析律賦作法最爲貼切詳盡的一部專書。吳東昱〈序〉評此書云：「初學之士得此一編，伏而讀之，賦中諸法了若指掌；不待面命耳提，自可抽黃對白。又何法之不可知，何賦之不可學哉？」洵爲知言。

　　本書固然爲指導初學而作，但作者識見頗高，常常表露出引人注目的理論見解。試舉三例，以見一斑：

　　如其在「詮題」法中論「傳神」云：「賦以傳神爲極致。蓋不殆詮題面，祇於無字處攝取題神，空中摹寫；然亦須帶定題意，使語在環中，神遊象外方妙。」又引侯鳳苞〈無弦琴賦〉一聯作例云：「豈欲辨已忘，自餘眞趣；似不求甚解，別有會心。」讀者借助說明，細味賦例，應能體會侯氏賦無弦琴「語在環中，神遊象外」的傳神之妙。

　　又如其論「賦品」云：「今約分爲四品，儘可兼賅：其一、清音嫋嫋，秀骨珊珊，名曰清秀品。此近時風尚者也。其一、靈活無比，圓轉自如，名曰灑脫品。此熟如彈丸者也。其一、端莊流利，蘊藉風流，名曰莊雅品。此骨肉亭勻者也。其一、古調獨彈，自饒豐致，名曰古致品。此不落恒蹊者也。」此四品的分法，較前此魏

謙升《賦品》具有更大的概括性，是研究律賦風格論的重要資料。

再如其論「繪景」云：「繪景，貴乎雅與題稱。如『花草雪月』等題，是實景也。描實景，不可至於堆垛，要有實而虛之之妙；如『春陽秋陰』等題，是虛景也。描虛景，不可陷入空疏，要有虛而實之之妙。」此論題材與描寫的虛實關係，可謂具有可操作性的中肯意見。

自唐抄本《賦譜》，宋鄭起潛《聲律關鍵》之後，賦格著作罕有流傳。余丙照《賦學指南》詳論律賦格法，可以視為賦格著作之嗣響。

9.林聯桂《見星廬賦話》十卷[51]

林聯桂，原名家桂，字道子，號辛山，吳川（今屬廣東）人。由拔貢生中嘉慶九年（1804）鄉試，道光六年（1826）進士。歷官湖南綏寧、新化、邵陽知縣。著有《見星廬詩稿》、《見星廬駢文》、《見星廬古文》、《見星廬賦話》等。生平略見李文泰、吳宣崇〈訪李惟實、林辛山遺集啟〉[52]和《廣東文徵》作者小傳。

作者〈自序〉云：「《見星廬賦話》，道光壬午余買舟遊岱時所輯也。」因知本書成於道光二年（1822）。全書十卷，大致可以分成兩個部份：第一卷，釋賦之義，論賦之體，肯定賦之文學地位。第二卷至第十卷，論清代館閣律賦名家及其律賦作法。

其一、論賦之體。作者首先指出「古賦之名始於唐，所以別乎

---

[51] 林聯桂：《見星廬賦話》，《高涼耆舊遺集》本（光緒十八年[1892]刊），《清史稿·藝文志》、《販書偶記》著錄。

[52] 李文泰、吳宣崇：〈訪李惟實、林辛山遺集啟〉，載《見星廬賦話》卷末。

律也」，接著參照陸葇《歷朝賦格》的分類，區分古賦之體爲三種：

「一曰文賦體。以其句櫛字比，藻飾音諧，而疏古之氣一往而深，有近乎文故也。」自周荀卿〈禮賦〉、宋玉〈風賦〉至唐杜牧〈阿房宮賦〉，以及宋元明以下之文體賦皆屬此類。

「一曰騷賦體。夫子刪詩，楚獨無風。後數百年，屈子乃作〈離騷〉。騷者，詩之變，賦之祖也。後人尊之曰經，而效其體者，又未嘗不以爲賦。」從漢賈誼之〈旱雲賦〉至明陶望齡之〈述志賦〉、伍士隆之〈惜士不遇賦〉之類，皆屬此體。

「一曰駢賦體。駢四儷六之謂也。此格自屈、宋、相如，略開其端，後遂有全用比偶者。浸淫於六朝，絢爛極矣。唐人以後，聯四六，限八音，協韻諧聲，嚴於銖兩；比如畫家之有界畫勾拈，不得專取潑墨淡遠爲能品也。」從漢枚乘〈忘憂館柳賦〉、班婕妤〈擣素賦〉到唐李程〈日五色賦〉，直至陳子龍〈幽草賦〉之類，皆屬此體。

本書論賦體雖未明確地採用「律賦」的概念，但論及「唐人駢賦」與「古人駢賦」用韻之差別：「唐人駢賦，多以八韻解題；後之試賦，率用此式，或八韻，或六七韻，或四五韻，或以題爲韻，多寡不等；然有數韻，卻不能如律詩一韻到底也。古人駢賦，有全篇都用一韻者。」可見本書隱然以「唐人駢賦」之限韻者爲律賦。但是，本書首論古賦與律賦有別，謂「猶之今人以八股爲時文，以傳記爲古文之意也」；然而「駢賦」又是本書所論「古賦三體」之一。這在邏輯上便有不能自圓其說之處。雖然在表述上不夠清楚，但作者將律賦合於駢賦之中，其用意在於推尊其體，固其書討論之

重點是屬於駢賦體的清人館閣律賦。

其二、論賦之制作。本書對清代館閣律賦名家律賦作法作了精湛的研究，如第二卷第二條論「詮題」云：「賦題不難於旁喧四面，而難於力透中心。而名手偏能於題心人所難言之處，分出三層兩層意義，攻堅破硬，題蘊畢宣，乃稱神勇。」接著舉出鮑桂星〈夏日之陰賦〉等六篇賦作，以證「力透中心」之妙。

又如第三卷第一條論「押韻」云：「古詩古賦間有用過轉協韻者，有重沓韻者；律賦則不然，凡賦體所限官韻，或數字之中有一二韻相同者，挨次順押之中，上下雖同一韻，而前後不許重沓。此又不可不知也。」接著舉胡探源〈知人安民賦〉爲例，指出本題以「知人則哲，安民則惠」爲韻，兩「則」字相同，而前後押韻不重複。

再如卷四論「擬作」云：「賦家擬體，譬諸書家臨帖，正如雙鵠摩空，不必此鵠之貌似彼鵠也，而不能禁此鵠之神不似彼鵠也。故擬古之賦，有貌似者，有神似者，有神貌俱不似而以不似爲似者。唐賢以來多矣。而近時館閣之作，工擬體者亦復不少。」接著舉出吳其彥〈擬李程日五色賦〉等八篇賦作爲例，指出清人擬古之作的佳勝之處。

本書內容豐富，評論中涉及清代律賦凡二百三十餘首，並常常指出某篇爲某次館課試題，還討論及卦名賦、干支賦、數目字賦、禁體賦、回文賦等獨特樣式，並附載有結社作賦等賦家逸事，對清代律賦和科舉制度研究均有重要價值。

10.江含春《楞園賦說》一卷㊾

江含春（1804－1856？），字海平，自號楞園主人、龍箐山人、孝典堂主人等。江津（今屬四川）人。江含春少年以〈新月詩〉知名，頗受鄉黨推重。壯年屢試不第，遂慨然有出世之念。學仙道，著丹書，企圖平生「未竟之業，仙成後竟之」。著有《楞園仙書》，包括《金丹悟》一卷、《金丹疑》一卷、《步天歌圖注》一卷、《龍山紀載》四卷、《訓詁朱塵》二卷、《解眞篇》一卷、《試金石二十四詠》一卷、《楞園詩草》一卷、《楞園賦說》一卷。其人爲頗有造詣之道教學者，但對科舉試賦亦頗爲留意。

《楞園賦說》分成兩個部份：前面是一篇專論〈律賦說〉，後面是賦選，錄入〈樵夫笑士賦〉、〈駟不及舌賦〉、〈爲長者折枝賦〉等，附李春甫評論意見。

〈律賦說〉全文可分三段：起首一段總論律賦八段章法，主張賦家需要「統觀全局，布置要有一定」。中間一段分論律賦之「審題」、「選韻」、「煉句」、「構段」、「用典」諸法。結尾一段總結「作賦之妙，不外氣機」。所論諸法，大都常見，作者之特出見解主要見於論「氣機」一節，指出：「氣須清，又須盛。敘事有條不紊，淺深虛實，一線穿成，此氣清也；抑揚開合，提頓關鎖，一氣卷舒，篇如段，段如句，雖平仄有不調，對仗有不工，亦令閱者不覺，此氣盛也。」此以清、盛兩端論氣機，可與李元度《賦學正鵠》以句式論氣機互相補充。

㊾　江含春：《楞園賦說》，《中國叢書綜錄》著錄，僅存抄本，藏上海圖書館。

〈律賦說〉作爲律賦作法專論，與吳錫麒〈論律賦〉、侯心齋《律賦約言》、汪廷珍《作賦例言》等，爲性質相同的著作。

11.劉熙載《藝概·賦概》一卷[54]

劉熙載（1813-1881），字伯簡，號融齋，興化（今屬江蘇）人。道光二十四年（1844）進士。改翰林院庶吉士，散館授編修，入值上書房。官至詹事府左春坊左中允，廣東提學使。晚年主講上海龍門書院。著有《古桐書屋六種》、《續刻三種》。《清史稿》卷四百八十、《清史列傳》卷六十七有傳。生平事蹟詳見作者自撰〈寱崖子傳〉，載《昨非集》卷二；蕭穆撰〈別傳〉，載《敬乎類稿》卷一二；俞樾撰〈墓碑〉，載《春在堂雜文四編》卷三。

〈賦概〉載《藝概》卷三，全文凡一百三十七則，大抵以論述屈宋及漢魏六朝賦家爲主，偶爾涉及唐宋賦作名篇，於俳賦、律賦概未論及。作者思力深厚，於前人論述常能融會貫通生發出不少灼見特識。

其一、論賦之源起云：「詩爲賦心，賦爲詩體。詩言持，賦言鋪，持約而鋪博。古詩人本合二義爲一，自西漢以來，詩、賦始各有專家。」「賦起於情事雜沓，詩不能御，故爲賦以鋪陳之。斯於千態萬狀，層見迭出者，吐無不暢，暢無或竭。」這一論斷對漢以來「賦爲古詩之流」說作出新穎合理的解釋，常爲後人所引用。

其二、論人品與賦品之關係云：「古人一生之志往往於賦寓

---

54 劉熙載：《藝概》（同治十二年[1873]刻《古桐書屋六種》本；上海：上海古籍出版社，1978 年排印本；貴州：貴州人民出版社，王氣中箋注本，1986 年）。《清史稿·藝文志》著錄。

之。《史記》、《漢書》之例，賦可載入列傳，所以使讀其賦即知其人也。」不過賦如其人，有時亦不盡然，如：「禰正平賦鸚鵡於黃祖長子座上，蹙蹙焉有自憐依人之態，於平生志氣得無未稱？」指出人品與賦品一般來講是統一的，但是有時也有不一致的情況，立論比較全面。

其三、關於賦之本質，作者十分推崇李仲蒙「敍物以言情謂之賦」的定義，並引而申之云：「在外者物色，在我者生意，二者相摩相蕩而賦出焉。」又云：「賦與譜錄不同，譜錄惟取志物，而無情可言，無采可發。」「賦必有關著自己痛癢處。」這一觀點與浦銑「事與情相兼」相近，爲闡述辭賦本質理論的重要觀點。

其四、關於賦之作法，作者指出：「賦家主意定，則群意生。」「賦以象物，按實肖象易，憑虛構象難，能構象，象乃生生不窮。」「賦兼敍、列二義。列者，一左一右，橫義也；敍者，一前一後，豎義也。」「賦中駢偶處，語取蔚茂；單行處，語取清瘦。」凡此之類，皆有助於古賦之制作與賞析。

其五、關於騷體賦之平仄問題，作者指出：「騷調以虛字爲句腰，如『之、於、以、其、而、乎、夫』是也，腰上一字與句末一字，平仄異爲諧調，平仄同爲拗調。」前此賦論家所論平仄，多指律賦而言，作者論及騷體，可謂一大發現。

其六、關於賦之審美風格，作者指出：「屈子之纏綿，枚叔、長卿之巨麗，淵明之高逸，宇宙間賦，歸趣總不外此三種。」此前，余丙照《賦學指南》曾列「清秀、灑脫、莊雅、古致」四品。這兩種分品法，一則針對古賦而言，一則針對律賦而言，可以互相參證。

《藝概・賦概》與清前期程廷祚〈騷賦論〉後先輝映，值得研究古賦者特別重視。

12.戴綸喆《漢魏六朝賦摘艷譜說》四卷⑤

戴綸喆，字吉雙，綦江（今屬四川）人。少從吳松軒學賦，受知於綦江令田子實。繼而南遊黔，北遊京，山川跋涉，不廢著述。晚年返鄉，於光緒七年（1881）主瀛山書院講席。著有《聽鸝山館駢文》、《詩集》、《詩話》、《書記》、《瑣言》、《江漢歸船日記》、《觶觿雜記》數種，稿藏於家，多未刊行，惟本書傳世。生平略見本書序跋。

本書四卷，分兩個部份：前三卷取漢魏六朝賦句駢而雅者摘列為譜。以「鍊第一字句」、「鍊長句」、「鍊之字句」、「鍊以字句」、「鍊者字句」等為標目，各條下綴以解說，引唐宋及清朝律賦名家句法為證。涉及漢魏六朝賦家一百七十五人，賦作四百四十一篇，賦句一千五百餘聯。其用意在於以古證今，指導學者寫作律賦上探漢魏之源，做到古今結合，避免劃地為牢。

第二部份為〈餘說〉一卷，分總論、辨體、相題、布局、措辭五項，講解賦學理論及其律賦作法。作者識見頗高，具有全面觀照清朝賦學的總體眼光。

如其舉清朝論賦之書云：

「國朝著述則有李雨村之《賦話》，王念豐之《讀賦厄言》，吳穀人之《賦賦》、《賦論》，浦柳愚之《復小齋賦話》，侯心齋

---

⑤ 戴綸喆：《漢魏六朝賦摘艷譜說》（瀛山書院刻本，光緒七年[1881]）。書前有作者〈自序〉，書末有其任戴世懷〈跋〉。

之《律賦約言》，余紗山之《賦學指南》，不一而足。李書之精華
大備，王書體制悉明，吳、浦、侯諸書尚能明古，惜過略耳。若余
書雖句法、股法言之甚詳，而舍古求今，亦祇於初學是便。」

又如其論清朝律賦創作代表作家云：

「國朝賦學，自應以吳穀人、顧耕石爲一時瑜、亮，然顧固風
格遒上，足式浮囂；而吳更洋洋灑灑，一物難名，矩步繩趨，卻處
處不戾於古；其氣象非特蘭修館不可及也，即唐宋諸公亦應訝後生
可畏。」

再如其論辭賦選本云：

「近時選本以程祥棟《東湖草堂賦鈔》、李元度《賦學正鵠》
爲正宗。程選故更爲宏博，而初學津梁，又當以李選之批點爲足以
引人入勝。鮑桂星《賦則》，簡要有法。某氏《律賦彙海》，尚見
搜羅。」

以上這些論述表明，作者較好地把握了清代賦學發展狀況，因
而其書具有取徑獨特、條理明晰的特點，反映了清朝末年以古爲律
的發展趨勢。

(五) 以賦論賦的作品

「以賦論賦」是清代一種獨特的賦學批評方式。清代賦家或者
擬白居易〈賦賦〉，或者竟自以「賦賦」名篇，或者以前賢的論賦
名言命題，或者敷衍前賢作賦的文壇佳話，寫出不少作品，林林總
總，蔚爲大觀。本節只是提及作品名目，詳細內容和出處請參見後
章〈清代賦家「以賦論賦」作品探論〉。

1.擬白居易〈賦賦〉的作品

此類作品有施補華〈擬白香山賦賦〉，強調賦作需要恢復「諷託」的思想傳統。錢寀〈擬白居易賦賦〉，以討論「古賦」為主。

2.以「賦賦」為名稱的作品

此類作品有楊際春〈賦賦〉，比較「全面」地討論賦的歷史。金長福〈賦賦〉，批評「宋賦」的衰落現象。楊曾華〈賦賦〉，主張「潛心稽古」，並對揚雄「壯夫不為」之說提出批評。章秉〈賦賦〉，與金長福說立異，表彰「宋賦」具有創造性的特色。吳慶同〈賦賦〉，運用大量「成語」入賦，別見神采。另有吳錫麒〈賦賦〉和潘繼李〈賦賦〉是兩篇駢賦作品，吳賦檢閱賦史，贊美清賦中興，可以「承六經而郛眾說」，潘賦仿陸機〈文賦〉，辭理逼肖。

3.以「六義賦居一」為名稱的作品

此類作品有潘錫恩〈六義賦居一賦〉和程恩澤〈六義賦居一賦〉，這是兩篇散體大賦體裁的作品，相當全面地展示出賦史的宏偉面貌，林聯桂認為可作「古今賦序」。趙鏞〈六義賦居一賦〉，則詳細討論賦體「起源」，可備一說。

4.以「詩人之賦麗以則」為名稱的作品

周如蘭〈詩人之賦麗以則賦〉，充分闡釋揚雄提出的「麗則」之旨。

5.以「賦體物而瀏亮」為名稱的作品

有萬殊〈賦體物而瀏亮賦〉，主張充分發揮賦作「體物」的功能。

6.詠嘆賦家作賦的逸聞趣事的作品

在清人所編《律賦囊括》、《賦海大觀》等書中,還有〈八月枚乘筆賦〉、〈司馬相如作長門賦〉、〈司馬相如作大人賦〉、〈馬工枚速賦〉、〈研都鍊京賦〉、〈禰正平賦鸚鵡賦〉、〈駐馬書鞭賦〉、〈陳思王賦銅雀臺賦〉、〈左太沖作三都賦賦〉、〈洛陽紙貴賦〉、〈五經鼓吹賦〉、〈賦海遺鹽賦〉、〈宋廣平賦梅花賦〉、〈吳正儀事類賦賦〉之類,應當也是可以歸入「以賦論賦」類的作品。不過這類作品,重在詠嘆賦家作賦的逸聞趣事,較少涉及賦學理論。

(六) 賦選序跋、凡例、作法、評點

賦作入選的範圍和編排的方法,可以展現出賦論家的眼光,清代賦論家的賦學觀點,大多數也是通過總集(含選集)的形式體現出來的,因此,總集的研究也是賦論研究的一個重要方面。清代的賦選本有請他人作序跋的,也有自序自跋的,卷首多列有編選凡例,有的還專門寫有「作法」,所選諸賦,有的加上詳盡的注釋和評點,凡此種種,皆可列入賦學批評的範疇。本書後面有〈清代賦總集的編排方法〉和〈清代律賦的注釋評方法例析〉兩章,詳細論列有關問題。此節只是簡略地提到有關賦集和其中序跋、凡例、作法、評點的名目,選述二十種。

1.《御製歷代賦彙》

此集由康熙帝親自製〈序〉,署康熙四十五年(1706)三月二十日。編者陳元龍撰《歷代賦彙·凡例》、〈御定歷代賦彙告成進呈表〉,署康熙四十五年九月十二日。

2.《本朝館閣賦》

本集由葉方宣、程奐若合編，卷首有齊召南〈序〉、阮學濬〈序〉、程洵〈序〉、朱邦楷〈序〉和葉方宣（抱松）、程奐若（琰）〈自序〉。各序皆署乾隆二十九年（1764）。

3.《賦鈔箋略》

此集由雷琳、張杏濱編纂，卷首有沈德潛製〈序〉，署乾隆三十一年（1766）。卷尾有徐朝俊〈跋〉。

4.《律賦揀金錄》

此集由朱一飛編纂，卷首有朱琰製〈序〉，署乾隆丙申（四十一年，1776）。朱一飛自撰〈賦譜〉、〈例言〉。〈賦譜〉是一篇介紹律賦作法的重要文章。

5.《古文辭類纂》

姚鼐自撰《古文辭類纂·辭賦類序目》，署乾隆四十四年（1779）。

6.《七十家賦鈔》

張惠言自撰《七十家賦鈔·目錄序》，署乾隆五十七年（1792）。今存最早的刊本是道光元年（1821）合河康氏刊本，書前有康紹鏞所作〈序〉。

7.《律賦必以集》

此集由顧憼（字南雅）編纂。卷首選載湯稼堂《律賦衡裁·餘論》四十一則，顧氏加有少量批語；並有顧氏〈自序〉及〈例言〉二十二則，署嘉慶十八年（1813）。所選作品，顧氏加有少量圈點。〈例言〉主要有兩方面的內容：一方面簡要論及六朝賦、唐賦、宋賦特點，另一方面是講解律賦作法，包括分層次、用典、句

法、押韻、音節諸項。顧氏之賦論出於自得，非輾轉抄襲者可比，故頗受後人重視。潘遵祁《唐律賦抄》卷首所載〈論賦集抄〉，即選錄顧氏賦論十則。嘉慶二十五年（1820）廣東菊坡精舍重刻本，卷首有時任粤西布政使繼昌〈序〉。

8. 《古賦識小錄》

王芑孫於乾隆四十六年（1781）撰成《讀賦卮言》一書，時年二十七歲。晚年又編成《古賦識小錄》，其作於嘉慶二十一年（1816）的〈自序〉云：「予少作《讀賦卮言》，謂學賦可以從小賦始，及是老矣，復爲《古賦識小錄》。」可見其書編纂目的在於展示歷代賦家賦作的正變源流。

9. 《唐人賦鈔》

此集由邱士超編纂。書前載伊秉綬〈序〉、邱先德〈序〉。邱士超自撰〈總論〉（附〈凡例〉）一卷，凡二十六則，表述了他對唐賦的看法。

10. 《賦則》

鮑桂星所編，此集是一部通代小賦選集，凡四卷。鮑氏在本書〈自序〉和〈凡例〉中，表述了其認爲古賦與律賦關係密切的觀點。

11. 《賦學僊丹》

徐斗光所編《賦學僊丹》是一部律賦選評本，凡選賦十首。書前載道光四年（1824）涂一經〈序〉和作者〈自序〉，並載徐斗光撰〈律賦秘訣〉，分論體例、論層次、論相題、論押韻、論用典、論句法、論平仄、論抬頭、論儲材料等九個方面，詳盡闡釋律賦作法。所選賦，皆加以詳細注釋評點，以收舉一反三之效。

12.《唐律賦鈔》

本書由潘遵祁選輯,一卷,選擇唐人律賦「清麗有則,輕圓可誦」者二十四篇,加以注釋、評點,於道光二十八年(1848)刊刻行世。卷首所輯《論賦集抄》收湯稼堂《律賦衡裁·餘論》十則、顧南雅《律賦必以集》論賦十則、吳穀人《論律賦》、王藝齋《論律賦》等四種賦論。湯、顧、吳三人之書,前已論及;王氏之《論律賦》亦主律賦與八股文比附之論。

13.《賦法梯程》

本書由徐承垛選輯,四卷,選錄清代律賦名篇一百七十三首。卷首載作者同治六年(1867)〈自序〉和作者之師吳曉嵐(號香墅)撰〈論賦十四則〉,論及賦之體裁、律賦層次、段落、點題、句法、押韻等問題。其中論分析層次和押韻之法,頗見特識。

14.《東湖草堂賦鈔》

此書由程祥棟選輯,全書共四集。據程氏序跋,初集成於同治丙寅(1866),四集成於同治丁卯(1867)。程氏於同治丙寅(1866)自撰《東湖草堂賦鈔·序》,由此序可知其選賦之宗旨,一則在於幫助讀者明瞭賦之源流正變,二則在於推崇風格古峭生新的以吳錫麒、顧元熙為代表的清朝館閣律賦。除選賦之外,本書卷首尚選載四家賦論,一為湯稼堂《律賦衡裁》,二為吳錫麒《論律賦》,三為浦銑《復小齋賦話》,四為侯心齋《律賦約言》。

本書是一部著名的辭賦選評本,戴綸喆《漢魏六朝賦摘艷譜說》評云:「近時選本以程祥棟《東湖賦鈔》、李元度《賦學正鵠》為正宗。程選固更為宏博,而初學津梁又當以李選之批點為足以引人入勝。」

15.《賦學正鵠》

《賦學正鵠》是李元度同治十年（1871）「告養山居」時，爲指導生徒學賦而編選的教材。本著「循流以溯源」的原則，作者將所選賦分爲十類，並撰〈賦學正鵠序目〉對十類賦均有解說，頗有理論意義，尤其是列出「賦學指要」八條：「曰審題、曰辨體、曰煉局、曰取勢、曰用筆、曰修辭、曰選韻、曰儲材。」認爲學者「留意於斯八者，而就所分之十類熟讀而深思之」，則可以「樹幟騷壇，和聲以鳴國家之盛」。

本書是一部著名的賦選，唐文治《浣花廬賦鈔·跋》評云：「近李次青先生選《賦學正鵠》，分高古、神韻、氣勢、遒鍊各門類，蓋隱師師曾文正《古文四象》遺法，雖小道必有可觀。」

16.《四家賦鈔》

景其濬〈自序〉稱其曾於咸豐年間合刻吳錫麒、顧元熙二家賦稿，並在視學河南時，以此教導生員；同治年間視學安徽，又續刻鮑桂星、陳沆二家賦稿，合定爲《四家賦鈔》，以教皖士。景氏認爲，「非謂賦之美盡於四家，但學賦者讀漢魏六朝唐宋諸賦後，兼此四家以充其筆力，熟其機杼，則得吳之雄、鮑之厚、顧之超、陳之雋」。足見景氏主張的落腳點仍然在清代館閣名家賦。

17.《律賦評箋》

此集由黎翔鳳評點，黎榮桂箋注。黎翔鳳，字希范，號文卿，端州（今屬廣州）人。著有《四書萃精》及本書。其子黎榮桂作本書〈序〉署年「光緒庚辰」，因知本書於光緒六年（1880）已經編成。

18.《律賦囊括》

書前載修鳳樓主人〈自序〉和〈凡例〉，大贊清朝律賦云：「國朝右文稽古，凌漢轢唐。玉堂煥奎壁之光，詞臣抽秘；瓊島奉輶軒之使，多士翹楚。莫不闇誦靈光，蜚聲藝苑。所謂經國大業，不朽盛事，意在斯乎？」說明他編書的目的就在於囊括清朝各題名賦，以便學者觀摩效法。此書為彙輯清朝律賦最為集中的總集。此書有光緒十二年（1886）羊城味古書局石印本。

19.《賦海大觀》

此書由鴻寶齋主人會集名流編纂，為清代收賦最多的總集。沈祖燕《賦海大觀·序》云：「國家功令，除歲科兩試未嘗定制以取士，而詞苑名臣之養望木天者，館閣小課，月一再試之，誠以雍容揄揚華國之不可無才也。賦學關乎文運，詞章家所以雅重之也宜矣。近時選家輩出，日新月異。春江鴻寶齋書局以泰西印法鳴於時，其主人廬江太守公好文學，遍彙歷代賦鈔名家之作，成為是編。印既竣，披覽之餘，覺近來鉅選，此為獨出冠時。以之餉世，罕有與倫矣。」書前列有〈凡例〉十條。此書最早有光緒十四年（1888）鴻寶齋刊本。

20.《律賦三百首》

《律賦三百首》是朱永膺根據家中祖傳手抄本編成的一部律賦選本。書前載朱氏自撰〈律賦序〉。又載朱永膺撰〈律賦作法〉二十二條，大致一至十條是講律賦押韻的規定，十一至十七條講律賦琢句對偶構段的方法，第十八條至二十二條講平仄、鋪陳等有關律賦作法。此書有香港新雅印務公司1982年版排印手抄合印本。

(七) 書目提要

　　清朝從乾隆三十七年（1772）開始，用了十年的時間，集中大批人力物力，纂修成規模龐大的叢書《四庫全書》。纂修期間，對採入和未採入《四庫全書》的書籍，都曾分別編寫內容提要。後來由紀昀為主，將這些提要分類編排，彙成一書，名曰《四庫全書總目》❺❻，又稱《四庫全書總目提要》，簡稱《四庫提要》。其中對賦集的提要，也是賦學批評的重要資料。某些私家書目中也有賦集提要，尚待搜集。

1.《御定歷代賦彙提要》

　　四庫館臣認為：「賦雖古詩之流，然自屈宋以來，即與詩別體。自漢迄宋，文質遞變，格律日新，元祝堯作《古賦辨體》，於源流正變，言之詳矣。至於歷代鴻篇，則不能備載。明人作《賦苑》，今人作《賦格》，均千百之中，錄存十一，未能賅備無遺也。是編所錄，上起周末，下迄明季，……二千餘年體物之作，散在藝林者，耳目所及，亦約略備焉。」❺❼充分肯定了《歷代賦彙》彙聚明以前賦作資料的價值。

2.《歷朝賦格提要》

　　四庫館臣云：「是編彙選歷代之賦，分為三格，曰文賦、曰騷賦、曰駢賦。於三格之中，又各分為五類，曰天文、曰地理、曰人事、曰帝治、曰物類。起自荀卿、宋玉，下迄元明。每隔前有小引，皆其婿沈季友所作。騷賦之引，則為騷賦一篇；駢賦之引，則

---

❺❻　紀昀等：《四庫全書總目》（北京：中華書局，1981 年）。
❺❼　見《四庫全書總目》卷一九〇〈總集類五〉。

爲駢賦一篇。殊爲纖仄，古無是例也。」㊹

3.《鐵立文起提要》

四庫館臣云：「國朝王之績撰。之績字懋功，宣城人。是書皆論作文之法，鐵立，其齋名也。卷首曰『文體通論』；前編十二卷，自『序』至『七』凡九十三種；後編十卷，自『王言』至『論判』凡四十八種。大略採自《文章辨體》、《文體明辨》二書，而以己意參補之。然持論多偏，不能窺見要領。甚至以屠隆〈溟海波恬賦〉爲勝於木華、郭璞，尤倒置也。」㊺

(八) 其他專書中的賦論

此節收錄讀書筆記、學術著作中有關賦論的內容。擇要示例，不求詳備。

1.何焯《義門讀書記》中〈賦〉一卷、〈騷〉一卷㊻

何焯（1661－1722），初字潤千，號無勇；後字屺瞻，晚號茶仙。江南長洲（今江蘇蘇州）人。焯之先世在元代元統年間，曾以「義行」旌門，焯取「義門」名其書齋，故世稱義門先生。初師韓菼，後師李光地。康熙四十一年（1702），得李光地荐舉，以太學生入直南書房，次年賜舉人，復賜進士，改庶吉士，授編修，兼武英殿纂修。何焯長於校勘評點之學，經其校勘評點之書籍甚多，後人輯其評語爲《義門讀書記》。生平事蹟《清史稿》卷四八四、

㊹　見《四庫全書總目》卷一九四〈總集類存目四〉。

㊺　見《四庫全書總目》卷一九八〈詩文評類存目〉。

㊻　何焯著、崔高維點校：《義門讀書記》（北京：中華書局，1987年）。

《清史列傳》卷七一有傳。

　　《義門讀書記》五十八卷，卷一至卷十二評閱經書，卷十三至卷二十九評閱史書，卷三十至卷五十八評閱集部詩文集。其中第三十卷，有對韓愈賦的評點；第三十五卷，有對柳宗元賦的評點；最爲集中的評論辭賦意見，則是第四十五卷對《文選》賦的評點以及第四十八卷對《文選》騷的評點。

　　何焯之賦論有兩點特別值得注意：

　　一是對「麗則」之旨的理解。其評班固〈兩都賦〉云：「前篇極其眩曜，主於諷刺，所謂『抒下情而通諷喻』也。後篇折以法度，主於揄揚，所謂『宣上德而盡忠孝』也。二賦猶雅之正變，五詩則兼乎頌體矣。若乃能諷，斯麗者皆則；徒勸，斯麗者爲淫。祝堯《古賦辨體》謂：『先正而後葩，詩之所以爲詩；先麗而後則，此賦之所以爲賦。』蓋不過尋行數墨之見耳。」自揚雄提出「詩人之賦麗以則，辭人之賦麗以淫」以來，不少賦論家對麗與則、麗與淫之關係表達了自己的看法。在何焯看來，辭賦「則」或「淫」之決定因素，是辭賦思想內容上之「諷」與「勸」；而藝術形式上之「麗」只是次要的、從屬的因素。辭賦若能主於諷刺，那便符合「則」的要求；只勸不諷或者勸百諷一，那便墜入「淫」的境地。所以何焯認爲祝堯「先麗而後則」之說，是不明義理的講法；而班固〈兩都賦〉雖然「詞藻不如相如，其體制自足冠代」。

　　二是對賦、頌文體的辨析。其評潘岳〈籍田賦〉云：「祝氏云：『臧榮緒《晉書》以爲〈籍田賦〉，《文選》以爲〈籍田頌〉，要之，篇末雖是頌，而篇中純是賦，賦多頌少，當爲賦也。馬、揚之賦，終以諷，潘、班之賦，終以頌，非異也。田獵禘祀，

涉於淫殺，故不可以不諷；奠都籍田，國家大事，不可不頌：所施
各有當也。』按：祝說非也。古人賦、頌通爲一名。馬融〈廣成〉
所言田獵，然何嘗不題曰頌耶？陳思〈與楊書〉『豈以辭賦爲君
子』，蓋應上文『辭賦小道』之語❻。強生分別，即杜撰也。若曰
諷、頌異施，揚之〈羽獵〉，固亦有『遂作頌曰』之文。『不歌而
頌謂之賦』，故亦名頌。王褒〈洞簫〉，《漢書》亦謂之頌。」何
焯這段針對祝堯《古賦辨體》的辨析，曾引起四庫館臣的注意。
《四庫全書總目》卷一八八〈古賦辨體提要〉指出：「何焯《義門
讀書記》嘗譏其論潘岳〈籍田賦〉分別賦、頌之非，引馬融〈廣成
頌〉爲證，謂古人賦、頌通爲一名。然文體屢變，支派遂分，猶之
姓出一源，而氏殊百族。即云辨體，勢不得合而一之。焯之所言雖
有典據，但追溯本始，知其同出異名可矣，必謂堯強生分別，便是
杜撰，是亦非通方之論也。」四庫館臣承認何焯之言有典據，但也
批評何焯持論稍苛。其實何焯指出漢人賦、頌不分，自是正確的意
見，後來浦銑等人也有類似講法，不得以苛論斥之。

2.章學誠《校讎通義》卷三《漢志詩賦》❻

　　章學誠（1738－1802），字實齋，號少岩。浙江會稽（今紹興）
人。乾隆四十三（1778）進士。官國子監典籍，後入湖廣總督畢沅
幕府，主講定武、蓮池、文正書院，又客馮廷承署，與戴震、汪中
論學，互不相下，惟與邵晉雲、王念孫交善。倡導「校讎文史」之

---

❻　指曹植〈與楊德祖書〉，載《文選》卷四十二。
❻　章學誠：《校讎通義》（香港：香港浸會學院圖書館影印道光壬辰[1832]
　　刻本，1980 年）。

學，與戴震「經學訓詁」之學雙峰並峙。其論學傾向力主「六經皆史」、「道不離器」，即反對專事考據而不能貫通之學，又反對空談性靈流於浮華之弊，在乾嘉學術中獨樹一幟。所著《校讎通義》、《文史通義》為史學理論名著。後人合其遺書為《章氏遺書》刊行。生平事蹟見《清史稿》卷四八五、《清史列傳》卷七二、胡適《章實齋先生年譜》。

　　章學誠的賦論，主要見於所著《校讎通義・漢志詩賦第十五》以及《文史通義・詩教》。章氏論賦有兩點最為有名，一是關於賦之起源的見解：

> 古之賦家者流，原本詩騷，出入戰國諸子。假設問對，莊列寓言之遺也；恢廓聲勢，蘇張縱橫之體也；排比諧隱，韓非儲說之屬也；微材聚事，呂覽類輯之義也。雖其文逐聲韻，旨存比興，而深探本原，實能自成一子之學，與夫專門之書初無差別。

　　這段文字，與《文史通義・詩教上》「今即《文選》諸體，以徵戰國之賅備」以下一段論述相通，其要義在於補充賦之起源與戰國諸子的聯繫。章氏此說已被後來研究賦之起源的多數學者所接受。

　　二是關於《漢書・藝文志》詩賦分類義例的分析：

> 詩賦前三種之分家，不可考矣；其後二種之別類，甚曉然也。三種之賦，人自為篇，後世別集之體也；雜賦一種不列

專名，而類敘爲篇，後世總集之體也。歌詩一種，則詩之與賦固當分體者也。

這段論述與《文史通義・詩教下》「傳曰不歌而誦謂之賦」以下一段大旨略同❸。章氏的分析對後來的學者如劉師培等頗有啓發。

3.張之洞《輶軒語・語文・賦》❹

張之洞（1837－1909），字香濤，號廣雅。直隸南皮（今屬河北）人。同治二年（1863）進士。授編修，督湖北學政，歷充浙江、四川鄉試正副考官，督湖北學政、四川學政。光緒朝，歷官侍講、內閣學士、山西巡撫、兩廣總督、湖廣總督、兩江總督、協辦大學士、體仁閣大學士、軍機大臣。卒諡文襄。倡言「中學爲體，西學爲用」，爲洋務派代表人物。著有《廣雅堂詩集》、《勸學篇》、《輶軒語》等，後人合輯爲《張文襄公全集》。生平事蹟見《清史稿》卷四三七、《清史列傳》卷六四、許同莘《張文襄公年譜》。

《輶軒語》兩卷，載《張文襄公全集》卷二〇四至二〇五。全書分爲三篇：上篇〈語行〉、中篇〈語學〉、下篇〈語文〉。其賦論主要見於〈語文・賦〉，凡分八條：一、宜相題製體；二、宜讀古賦；三、名家賦宜善學；四、忌篇尾作歌；五、忌通篇四字句；

---

❸ 余英時〈章學誠文史校讎考論〉一文論證《校讎通義》成於《文史通義》之前，而《文史通義》正是建於《校讎通義》之上的七寶樓臺。見余英時：《論戴震與章學誠》（臺北：東大圖書公司，1996年）。

❹ 張之洞：《輶軒語》，《張文襄公全集》影印本（臺北：文海書局，1980年）。

六、忌濫效騷體；七、忌每段四六聯太多；八、附舉詩賦中習見易誤之字。

　　此書主要為參加科舉考試的士子而作，因而其賦論要點在於指導學賦門徑和介紹試場忌諱。如〈宜讀古賦〉條云：「《選》賦、六朝唐賦，皆必宜讀。律賦之有唐賦，猶時文之有明文也。坊行《律賦必以集》，簡約平正，宜於初學；國朝張惠言《七十家賦鈔》，古雅詳備，能讀更佳。」可見張氏所謂的「古賦」，是一個與「今賦」相對的時間性概念，既包括古體賦，也包括律體賦。又「名家賦宜善學」條云：「國朝賦家大手筆最多，才力實勝唐人，不善學者，恐致堆垛汎濫之病。吳祭酒（錫麒）賦，及鮑（桂星）顧（元熙）陳（沆）三家賦，皆為近時名家（京師有合刻本），可學。此外選本，不拘一格，但看其有書卷而不笨滯，格調整齊而押官韻穩者，即可學（如坊刻《插花窗少嚴賦》之類，不必學）。」張氏認為六朝唐賦，為律賦之所從出，必須學習，以正本清源；清人律賦名家才力勝過唐人，後學者應該善於學習，以潤活筆機而合於時令；但又要防止不善學習當朝名家賦而產生的堆垛弊端。

　　張氏的《輶軒語》和《書目答問》二書對近代學者影響頗大，其中的賦論也值得重視。

4.姚華《論文後編》[65]

　　姚華（1878－1930），字重光，號茫父。貴州息烽人。光緒甲辰（1904 年）進士，授工部虞衡司主事。旋赴日本留學。歸國後，曾

---

[65]　姚華：《論文後編》，載《弗堂類稿》（上海：中華書局聚珍仿宋版，1930 年）論著甲。

任郵傳部科長。辛亥革命後，曾經「四居議席」，終因無所施展，退而專心治學，並曾執教於朝陽大學等。姚華學識廣博，對戲曲、詩詞、書法、繪畫均有高深造詣。著有《菉漪室曲話》、《曲海一勺》、《論文後編》等，合輯為《弗堂類稿》三十一卷。

《論文後編》中有一大段文字論及賦之起源和流變：「賦有三本：其一承《詩》，其次擬荀，其次宗楚。」❻「《三百篇》之詩，言其敷陳，亦稱曰賦，然未嘗獨名一體。荀子〈賦篇〉，其始創矣；體制初成，演而未暢，此詩之廣也，故其規矩，不渝前則。」「屈原放逐，乃賦〈離騷〉；其心則《詩》，言則《莊》也。楚隔中原，未親風雅，故屈原之作，獨守鄉風，不受桎梏，自成閫肆，於詩為別調，於賦為濫觴。」「迨其徒宋玉之所為，則斟酌楚（屈原）、趙（荀卿），調和況（荀）、平（屈），所納較多，厥途遂廣，賦之文者也。」❼以下更由漢賦論及清賦的流變軌跡，條理頗為清晰。姚華對宋玉在賦史上承先啟後地位的認識，與王芑孫《讀賦巵言》相近。

5.劉師培《論文雜記》❽

劉師培（1884－1919），字申叔，號左庵。江蘇儀征人。光緒二十八年（1902）舉人。曾加入光復會、同盟會、籌安會，活躍於政界；後專心治學，受聘為北京大學教授。劉師培為著名經學家劉文

---

❻　以上《論文後編》目錄上第二。

❼　以上《論文後編》目錄上第三。

❽　劉師培：《論文雜記》（北京：人民文學出版社，1959 年）。按：此書原分載一九〇五年《國粹學報》，一九二八年樸社出版單行本，後收入《劉申叔先生遺書》。一九五九年排印校點本。

淇後裔，深得家傳，治學博綜經史，提倡駢儷，創見頗多。所著書七十四種，後人合爲《劉申叔先生遺書》刊行。生平事蹟見王森然《劉師培評傳》、錢玄同《左庵年表》。

清末以來，按照學者之治學路向，可分信古、疑古與釋古三派。釋古派主張既不盲目尊信古人，亦不輕易懷疑古人，而是依照古代學術事實與內在理路，作出是非判斷及合理解釋。劉師培作爲「釋古派」學者，思力深厚，於古人之成說，往往能作出比較合理的闡釋。

如《論文雜記》論賦體起源，以爲「詩篇以降，有屈宋《楚辭》，爲辭賦家鼻祖」。而「《楚辭》一編，隱含二體」，一爲抒情言志的詩篇之體，一爲記事辨物的史篇之體，所以賦體之中，亦有抒情、詠物二體，「非惟風雅之遺音，抑亦史篇之變體」。這就爲賦體「受命於詩人，拓宇於楚辭」之說，作了進一步細緻的闡述。又如論賦之作者，以爲「詩賦之學，亦出於行人之官」，「苟非登高能賦者，難期專對之能也」。「漢志所載詩賦，首列屈原，而唐勒、宋玉次之，其學皆源於古詩。雖體格與《三百篇》漸異，然屈原數人，皆長於辭令，有行人應對之才。西漢詩賦，其見於《漢志》者，如陸賈、嚴助之流，並以辯論見稱，受命出使。是詩賦雖別爲一體，不與縱橫同科，而夷考作者之生平，大抵曾任行人之職。」因此，「欲考詩賦之流別者，蓋溯源於縱橫家哉」。這就爲「登高能賦，可爲大夫」之說，以及章學誠辭賦出於縱橫家之說，尋求出堅實的證據。

再如論《漢志詩賦略》賦體分類義例云：「自吾觀之，客主賦以下十二家，皆漢代之總集類也，餘則皆爲分集。而分集之賦，復

分三類：有寫懷之賦（即所謂言深思遠，以達一己之中情者也），有騁辭之賦（即所謂縱筆所如，以才藻擅長者也），有闡理之賦（即所謂分析事物，以形容其精微者也）。寫懷之賦，屈原以下二十家是也；騁辭之賦，陸賈以下二十一家是也；闡理之賦，荀卿以下二十五家是也。寫懷之賦，其源出於《詩經》；騁辭之賦，其源出於縱橫家；闡理之賦，其源出於儒道兩家。」劉師培總集、分集之說本於章學誠，但章學誠曾嘆《漢志》前三種之分家義例「不可考」，劉師培則推論出一種相對合理的闡釋，可備一說。

6.章炳麟《國故論衡·辨詩》⑥⑨

章炳麟（1869－1936），字枚叔，號太炎。浙江餘杭人。少師從俞樾。戊戌政變，避地臺灣。光緒年間，在日本從事反清活動。辛亥革命後回國，任總統府樞密顧問。，晚年講學蘇州，創章氏國學會。爲近代著名學者。著有《章氏叢書》。生平事蹟見黃侃《太炎先生行事記》、湯志鈞《章太炎年譜長編》。

章炳麟的文學主張，主要見於《國故論衡》中卷〈文學總略〉和〈辨詩〉諸篇。〈辨詩〉篇通論歷代韻文的發展流變，其中也表露了章氏對賦體發展的看法。章氏之辭賦觀大致有三個要點：

一是對「登高能賦」的理解：「賦者，六義之一家。《毛詩傳》曰：『登高能賦，可以爲大夫。』登高孰謂？謂壇堂之上，揖讓之時。賦者孰謂？謂微言相感，歌詩必類。是故『九能』有賦無詩，明其互見。」按：「登高能賦」的出處見於三條材料：《詩經·鄘風·定之方中》毛傳謂大夫有九能，五曰「升高能賦」。班

---

⑥⑨　章炳麟：《國故論衡》，《章氏叢書》本（臺北：世界書局，1958 年）。

固《漢書·藝文志》:「傳日:不歌而誦謂之賦,登高能賦,可以
爲大夫。」又《韓詩外傳》卷七:「孔子遊於景山之上,子路、子
貢、顏淵從。孔子曰:『君子登高必賦,小子願者何?』」根據
《韓詩外傳》的材料,容易將「登高能賦」理解爲身登高處而作
賦,但據章氏之解釋,「登高能賦」實際是一種春秋列國大夫之間
的一種外交手段。應該說,章炳麟的解釋是符合《毛傳》原意的,
不過,後人受到《韓詩外傳》孔子之語的啓發,鼓勵登高之時,賦
物暢情,也可以視爲一種引申的用法。

　　二是對《漢書·藝文志》所錄四家賦義例的分析:「《七略》
次賦爲四家,一日屈原賦,二日陸賈賦,三日孫卿賦,四日雜賦。
屈原言情,孫卿賦物,陸賈賦不可見,其屬有朱建、嚴助、朱買臣
諸家,蓋縱橫之變也。」「雜賦有《隱書》者,傳日:『談言微
中,亦可以解紛。』與縱橫稍出入。」對《漢志詩賦略》分類義例
之分析,章學誠發其端,劉師培、章炳麟繼之,各有所得。

　　三是對賦體盛衰的看法:「自屈宋以至鮑謝,賦道既極。至於
江淹、沈約,稍近凡俗。庾信之作,去古愈遠,世多慕〈小園〉、
〈哀江南〉輩,若以上擬〈登樓〉、〈閑居〉〈秋興〉、〈蕪城〉
之儔,其靡已甚。賦亡蓋先於詩。繼隋以後,李白賦〈明堂〉,杜
甫賦〈三大禮〉,誠欲爲揚雄臺隸,猶幾不及,世無作者,二家亦
足以殿。自是賦遂泯絕。近世徒有張惠言,區區修〈黃山〉諸賦,
雖未至,庶幾李杜之倫;承千載之絕業,欲以一朝復之,固難能
也。然自詩賦道分,漢世爲賦者多無詩,自枚乘外,賈誼、相如、
揚雄諸公,不見樂府五言,其道與故訓相儷,故小學亡而賦不
作。」章氏之辭賦發展觀,僅僅重視古賦,完全忽視後起的駢賦、

律賦、文賦，與上至明人李夢陽，下至乾嘉張惠言的賦史觀遙相呼應。後來的文學史界多忽略研究唐以後賦，同章炳麟的學術觀點影響不無關係。

本章小結

根據清代賦學發展的實際狀況，可以將其分爲四期：第一期是從清初到康熙、雍正朝，這是清代賦學的萌生期。第二期是乾隆、嘉慶兩朝，這是清代賦學的全盛期。第三期是道光、咸豐兩朝，這是清代賦學的承轉期。第四期是同治、光緒以降，這是清代賦學的總結期。

按照清代賦論在文獻中的存在方式，可以將清代賦論分爲八類，以便盡可能全面地展示清代賦論的全貌。但賦論資料極其龐雜，難免有掛一漏萬之處。需要逐步補充，使其日臻完善。今後的打算，是將賦論資料加以細緻地整理編排，編成一部《清代賦論集成》，爲賦學研究提供一份詳細的資料。

前此，楊松年在其博士論文《中國文學評論史編寫問題論析》⑩中有感於文學批評界研究的對象過於狹隘，認爲應該擴大詩論作品的範圍。他主張將詩論作品分爲十類：⑴詩話。⑵詩選詩彙。⑶箋注批點。⑷詩人小傳。⑸序跋。⑹書信。⑺以詩論詩。⑻筆記小說。⑼提要、讀書記。⑽文集中論詩的單篇。本章分類與楊博士所

---

⑩　楊松年：《中國文學評論史編寫問題論析》（臺北：文史哲出版社，1988年）第二章〈詩論作品範圍之檢討〉。

列大同小異，只是研究之對象各有不同，一是賦，一是詩，故各有其特點。

　　清代賦論資料繁多，質量也參差不齊。從事研究的學者，對於原典的閱讀和賦論資料的鑒別，都要特別小心，避免導致對某些論著評價過高或過低的現象。清代賦論的古籍整理工作相當落後，迄今出版的少量賦論賦話整理著作，還有比較嚴重的斷句標點錯誤存在。這種狀況亟需改進，研究清代賦學，需要古籍整理工作先行。

第三章　清代賦總集及其編排方法

　　《四庫全書總目·總集類小序》說：「文籍日興，散無統紀，於是總集作焉。一則網羅放佚，使零章殘什，並有所歸；一則刪汰繁蕪，使莠稗咸除，菁華畢出。是固文章之衡鑒，著作之淵藪也。」❶這裏準確地指出了總集的兩種形式和兩個作用：即總集有彙集和選集兩種形式，有保存資料的作用和衡量鑒別的作用。一般來說，總集和選集這兩個名詞在某些情況下是可以互換的，本文所討論的賦集，大多數屬于選集，也有個別兼有彙集的功用，本文不再加以細緻的區分。清代賦論家的賦學觀點，大多數也是通過選集的形式體現出來的。賦作入選的範圍和編排的方法，可以展現出賦論家的眼光。因此，選本的研究也是賦論研究的一個重要方面。清人選輯歷代賦和本朝賦的選本很多，在研究清人賦選時，首先會遇到一個很大的困難，那就是目錄書著錄的清人賦選很少，比如《清史稿·藝文志》所著錄的賦總集便只有五部❷，而且賦選本的收藏

---

❶　紀昀等：《四庫全書總目》（北京：中華書局，1965 年）卷一八六。

❷　《清史稿·藝文志》著錄的五部賦選是：《歷代賦彙》正集一百四十卷，外集二十卷，逸句二卷，補遺二十二卷，康熙四十五年，陳元龍等奉敕編。《歷朝賦格》十五卷，陸葇編。《歷朝賦楷》九卷，王修玉編。《賦

情況極其分散，有些收藏在各地中小圖書館，有些則是抄本孤本
❸，若非親臨其地訪書，則無從得見。所以本文不可能全面論列清
代賦選，只能就知見所及者加以分析。

一、清初的賦選

本文所謂清初，指康熙朝之前。此期主要有三部賦選，都出現
在康熙中期以後。由此可見，清朝學者選賦的風氣，是從康熙十八
年（1679）召試博學鴻詞科之後逐漸走向興盛的。

(一) 陸葇編《歷朝賦格》十五卷

陸葇（1630－1699）字義山，平湖（今屬浙江）人。康熙六年
（1667）進士，授內閣典籍。康熙十八年（1679），召試博學宏辭，
改翰林院編修。官至內閣學士，兼禮部侍郎。著有《雅坪文稿》
等。

書前有查昇、陸葇、曹三才、戴彥鎔四篇序文和陸葇作〈賦格
凡例十三則〉。據戴序云：「是選也，始於甲子（1684），竣於丙
寅（1686）。主之者，義山陸先生；同事者，沈子客子（季友）、曹
子希文（三才）也。」可知此書有集體編撰的性質。

彙錄要箋略》十卷，吳光昭撰。《七十家賦鈔》五卷，張惠言編。

❸ 葉幼明：《辭賦通論》（湖南：湖南教育出版社，1991 年）提示了幾種
清抄本，如林佶《集英閣賦選》二卷，藏河北大學圖書館；汪憲《宋金元
明賦選》八卷，藏北京圖書館；謝傲《麗則堂歷朝賦選》，藏福建師大圖
書館；關槐《賦海類編》二十卷，原藏上海圖書館。見該書頁 161。

此書彙選歷代之賦，起自荀子、宋玉，下迄元明，先按照賦體總分爲三格：曰文賦、曰騷賦、曰駢賦。三格之中，又按照題材各分爲五類：曰天文、曰地理、曰人事、曰帝治、曰物類。每格之前有小引，爲陸氏之婿沈季友所作。騷賦之引爲騷賦一篇，駢賦之引則爲駢賦一篇。《四庫存目提要》批評其「殊爲孅仄，古無是例也」❹。陸氏將律賦合入駢賦的作法，對後來林聯桂《見星廬賦話》之賦體分類，頗有影響。所選作品附有評論，如評蘇軾〈前赤壁賦〉云：「通篇以水月爲主，襟期超曠，長在蒼崖碧渚間。浩浩乎數語，已伏下水月一段意思，特借孟德作波瀾，方不寂寂，此取勢之法。」開啓清人評賦之先河。

此書最早爲康熙二十五年（1686）刻本，後來翻刻本甚多，今通行者爲《四庫全書存目叢書》本。

(二) 王修玉編《歷朝賦楷》八卷

王修玉，字倩修，錢塘（今屬浙江）人。其於康熙二十五年（1686）輯成《歷朝賦楷》八卷。卷首有載王儒旦等人所輯〈論賦十二則〉，錄入司馬相如、揚雄、劉勰、祝堯、王世貞等五家論賦文字，開創了清代賦話卷首載賦論的先例。

《歷朝賦楷》是一部中型的歷朝賦選集，依時代順序，收錄宋玉〈風賦〉至清康熙中王修玉本人的〈弱柳鳴秋蟬賦〉等一百六十七篇賦作，各爲之注解。卷首有顧豹文〈序〉、王修玉〈自序〉和

---

❹　見《四庫全書總目》（北京：中華書局，1965 年）卷一九四《總集類存目四》。

〈選例九則〉，並載徐乾學、葉方藹等人的四篇欽定試賦。顧序稱
此書「大約寓法漢魏，取材三唐」，「凡載諸集者，一皆沈博巨
麗，清新俊逸之文」。可見此書漢、唐並重的選賦宗旨。王氏在
〈選例〉中認為「荀卿〈成相〉，其詞不馴；賈生〈鵩鳥〉，謀篇
未當」；「梁、陳諸人，辭氣多入纖靡；王、駱二傑，句調雜用七
言；孫樵〈大明宮〉，太近詭奇；坡公兩〈赤壁〉，宛同序記」；
凡此之類，皆不入選。可見此書重賦本色的批評標準。

　　《歷朝賦楷》的選賦標準對後來賦話家影響頗大。其卷首所載
賦論也被浦銑《歷代賦話》轉載。香港大學圖書館藏有此書之康熙
二十五年（1686）刻本。

㈢ 陳元龍編《御定歷代賦彙》一百八十四卷

　　陳元龍（1652-1736）字乾齋，海寧（今屬浙江）人。康熙二十四
年（1685）進士，授編修，擢廣西巡撫，官至文淵閣大學士，兼禮
部尚書。卒諡簡文。

　　康熙四十五年，陳元龍奉敕編成《御定歷代賦彙》一百八十四
卷，收羅先秦至明代的賦作四千一百六十一篇（含逸句）❺。全書分
三個部份：第一部份，列有關經濟學問敘事體物之賦為正集一百四
十卷，分天象、歲時、地理、都邑、治道、典禮、禎祥、臨幸、蒐
狩、文學、武功、性道、農桑、宮殿、室宇、器用、舟車、音樂、
玉帛、服飾、飲食、書畫、巧藝、仙釋、覽古、寓言、草木、花

---

❺　據日本中文出版社 1974 年影印清康熙四十五年（1706）刊本《歷代賦
　　彙》統計。

果、鳥獸、鱗蟲等三十類。第二部份，列有關觸景寄懷，哀怨窮愁，放言任達之作爲外集二十卷，分言志、懷思、行旅、曠達、美麗、諷喻、情感、人事等八類。第三部份，附「逸句」二卷。第四部份，列「補遺」二十二卷，仍按正集外集所有類目分類編輯，逸句則以類相從，不再另行分列。

《御定歷代賦彙》正集、外集之分，顯然是爲了表達一種崇正節偏的官方正統思想，客觀上則將敘事體物之賦與言志抒情之賦作了區分，這對於後人判別賦作的性質也是有其意義的。此集編成後，由康熙帝親自作序刊行。

乾隆初年，《御定歷代賦彙》頒行後不久，杭州人倪一擎就撰成《賦彙題解》十卷❻。乾隆中，吳光昭撰成《賦彙錄要箋略》❼。光緒年間，王曉岩撰成另一部題解，取名《新輯賦彙題注》❽。這些都是《歷代賦彙》的輔助讀本。

《御定歷代賦彙》主要有三種版本：清康熙四十五年（1706）揚州詩局刊本。日本中文出版社 1974 年影印康熙刊本，精裝四冊。日本學者稻田耕一郎有《歷代賦彙作者別作品索引》，日本早稻田大學 1979 年版（香港大學圖書館有藏）。江蘇古籍出版社與上海書店 1987 年聯合影印出版俞樾校本。

---

❻　倪一擎：《賦彙題解》（杭世駿審定本，乾隆二十三年[1785]刻），傳世較少。

❼　吳光昭：《賦彙錄要箋略》（清乾隆汲古齋刻本）。

❽　王曉岩：《新輯賦彙題注》（清華齋藏版，光緒六年[1880]刻），裝訂八冊。

二、乾嘉年間的賦選

本節選述乾隆至嘉慶年間的九部賦選。有的賦選名氣很大，但筆者尚未得見，故暫付闕如。如清朝館閣賦選本較多，最早應當是鍾岱峰編的《同館課藝》四集，所收爲順治三年（1646）至乾隆七年（1724）的賦作。其次則是葉抱崧、程琰編《本朝館閣賦》十二卷，所收爲清初至乾隆二十九年（1764）的賦作。其後最有名的是乾隆年間任國子監祭酒的法式善編成《同館賦鈔》二十二卷，收錄乾隆乙丑（十年，1745）至癸丑（五十八年，1793）共二十二科律賦，冠以御試卷，合成二十四卷。該書後來又擴充成《三十科同館賦鈔》三十二卷再版。其後更有徐桐編成《館閣賦續鈔》十八卷，收錄道光三十年庚戌（1850）至咸豐三年癸丑（1853）和同治十三年甲戌（1874）至光緒十五年己丑（1889）科館課賦作。由於筆者現時手邊僅有葉抱崧、程琰編《本朝館閣賦》一種，故先述於此，其他賦選待今後補入。

(一) 沈豐岐編《國朝律賦偶箋》四卷

沈豐岐，字大宗。生平不詳。此書前載沈氏〈自序〉，署乾隆戊寅年，即乾隆二十三年（1785），封面署乾隆己卯春鋟，即乾隆二十四年（1786）。筆者所見乾隆年間學者選刊本朝律賦，以此書爲最早❾。

---

❾　據俞士玲：〈論清代科舉與辭賦〉（見南京大學中文系編《第四屆國際辭賦學學術研討會論文集》頁 670）一文披露，沈德潛也在乾隆二十三年編成《國朝賦楷》。該書筆者未見。

沈氏〈自序〉聲稱:「儒者讀書服古,將蕲潤色鴻業,黼黻太平,振藻彩於書林,播芳蕤於藝苑,於以希蹤兩漢,追美六朝,未有不由時賦爲津逮也。」這是筆者所見清代學者中最早提出「時賦」的概念,而且主張學賦由「時賦」入手的意見。

此書卷一收入潘耒〈璿璣玉衡賦〉至李因培〈五位相得賦〉二十一首,卷二收入高士奇〈駕幸闕里賦〉至周孔從〈舉趾南畝賦〉二十二首,卷三收入張灝〈四時調玉燭賦〉至程浩〈海市蜃樓賦〉二十五首,卷四收入鄒一桂〈朱草合朔賦〉至江聲〈蟻穿九曲珠賦〉二十八首,合計收賦一百零一首。編者於各賦皆施以圈點、旁批、注典和尾評,是清人選清賦中早期格式完備的選本。編者將各賦限韻標注在卷首目錄處,這種情況在賦選中是比較特殊的。

此書有乾隆二十四年(1786)養素齋藏版,由香港浸會大學中文系鄺健行教授收藏。中國人民大學圖書館亦有藏本。

(二) 葉抱崧、程琰編《本朝館閣賦》十二卷

葉抱崧,字方宣。程琰,字奐若,爲乾隆四十五年(1780)進士。此書爲清朝館閣賦的選本,編選宗旨爲繼承《歷代賦彙》而來,其〈凡例〉云:「海昌陳文簡公奉敕編纂《賦彙》,自漢迄明,篇帙極勝,而唐賦居其半,蓋爲操觚家立之範。茲選竊秉斯意,以定取舍。所錄賦皆文質相宣,穠纖合度者。其有儲材繁富,稍乖雅飭之音;標韻鮮新,未協導揚之體,難以遵循,概從割愛。」此書的材料來源於前此的館閣賦選,〈凡例〉又云:「長興鍾岱峰先生有《同館課藝》四集,自順治丙戌(三年,1646)至乾隆壬戌(七年,1742)而止,彙羅極富,體格悉備。茲集義例稍嚴,指

歸有定，故祇錄其十之三四。要已薈其菁英，傾其瀝液矣。」此書
之體例遵循阮學洪、阮學濬所編選的《本朝館閣詩》❿，齊召南
〈序〉云：「淮南阮太史澂園先生偕令兄裴園先生甄選《本朝館閣
詩》爲藝林模範，余嘗序其書。竊嘆國家文治之盛，而爲人才之生
於今者慶。越數歲，澂園先生之門人程子奐若與諸同志仿《館閣
詩》例爲賦選，復介澂園以問序於余。」〈凡例〉又云：「《同館
課藝》及近日《和聲》、《琳琅》諸集，所選止於翰苑。茲集仿
《詩選》之舊，稍廣其例，名公之作，無不採錄；序次則亦仍《詩
選》例云。」

　　此書自施閏章〈南郊賦〉始，至祥慶〈鸞囀皇州賦〉止，共選
清朝館閣賦約二百五十篇。篇中有圈點，篇末有簡短評語。多數評
語乃泛言贊美，如卷十二陸錫熊〈射己之鵠賦〉尾評云：「端莊雜
流利，剛健含婀娜，不愧名士風流。」少量評語頗有理論意味，如
卷八程景伊〈密雨如散絲賦〉尾評云：「藻思綺合，麗彩雲浮，唐
人賦有此名雋，無此密緻。」這爲清代律賦較唐賦密緻之說，提供
了具體例證。

　　此書有乾隆甲申（二十九年，1764）困學齋刊本，香港中文大學
圖書館有藏。封面題天臺齊息園、山陽阮彊村兩先生鑒定，南匯葉
方宣、長洲程奐若同編。卷首有齊召南〈序〉、阮學濬〈序〉、程
洵〈序〉、葉抱崧〈序〉、朱邦楷〈序〉、程琰〈序〉。臺灣大學
圖書館藏有此書之後集，待訪。

---

❿　《清史稿·藝文志》載阮學洪編《本朝館閣詩》二十卷。

(三) 雷琳、張杏濱箋注《賦鈔箋略》十五卷

此書是一部周秦至清初賦選注本。雷琳字曉峰，張杏濱字香甫，二人皆爲沈德潛及門弟子。據沈德潛於乾隆三十一年所作《賦鈔箋略·序》，當時先有《歷朝賦鈔》一書，雷、張加以箋釋而成。全書選注宋玉至清初張映斗九十位作者賦作凡一百二十六首。此書一反詳古略今的選家傳統，注重選錄唐以後賦作，唐以前約占四分之一，唐以後約占四分之三。唐代入選二十七人，清代入選二十四人。箋注包括作者小傳、題解和作品箋釋三個部份。沈德潛〈序〉稱此書箋注「文則詁其義，事則詳其地，自經傳子史泊乎叢稗所載，罔不搜羅遍觀，根據確當」，評價頗高。

此書有乾隆三十二年（1767）刊本，嘉慶二十二年（1817）重校刊本，卷首載沈德潛〈序〉，卷尾有徐朝俊〈跋〉。

(四) 朱一飛編《律賦揀金錄》十二卷

朱一飛，字玉堂，海鹽（今屬浙江）人。據朱琰〈序〉稱，一飛以能賦名世，於乾隆丙申（1776）年間編成《律賦揀金錄》，以《歷代賦彙》爲例，精選清朝律賦，分門編纂，凡十二卷，又撰〈賦譜〉一篇，置於卷首。

此書採用分類編排的體例，分爲天文、歲時、地理、院宇、政治、禮樂、人事、文學、武功、珍玩、草木、花果、鳥獸、鱗蟲等十五類，選入清朝賦家沈士駿等律賦一〇六首，加以簡要的注釋和詳細的評點。

〈賦譜〉是一篇律賦格法專論，主要包括四個方面的內容：

第一是「律賦之法」，計有辨源、立格、協韻、遣辭、歸宿等五項法則。所謂「辨源」之法，是要明白「賦本於《三百篇》之一體，始於荀卿，盛於漢魏六朝。有騷體、有駢體。騷體者，詩之變，《離騷》之遺也；駢體則以字句比偶成文，麗才出焉」。所謂「立格」之法，是要善于相題立制，「如長題有截作法，有串作法，扇題有分疏法，有交互法」等等。所謂「協韻」之法，「不外平穩而已。今人窗下著作欲愜意，每以所限之韻前後調用；場中直以順押爲是，所限之字，尤須協得四平八穩」。所謂「遣辭」之法，「非塡寫之謂」，「一篇中堆垛枯滑，諸弊百出。古人作詩，嘆著眼之難，惟賦亦然。縱極四庫之富，需調度得宜，疏密相間，如兵家遣將，枝枝當緊要處，乃爲無弊」。所謂「歸宿」之法，「如八股之有照注照章旨節旨是也。」「賦無歸宿，則勾勒不醒」，「所以一題到手，無論長題短題，總有一眼目在內。作者著眼於此，無不清新緊醒也」。

第二是「四品」，指律賦所追求的「清、眞、雅、正」四項品位規格。「清以氣格言也，眞以典實言也，所謂詩人之賦麗以則，則者法之；煉字必取其雅，用意必歸於正，所謂詞人之賦麗以淫，淫者謹之」。

第三是「用工」，指律賦所採用的九種技法：一曰起接法、二曰轉折法、三曰烘襯法、四曰舖敘法、五曰琢煉法、六曰連綴法、七曰脫卸法、八曰交互法、九曰收束法。諸法運用的總體目的是傳達對象之神，「其致則一，曰傳神。神傳，蔑以加矣」。

第四是「六戒」，指律賦應避免的六種弊病：一曰戒復、二曰戒晦、三曰戒重頭、四曰戒軟腳、五曰戒衰颯、六曰戒拖沓。

　　朱氏對上述諸種格法都有簡要說明，其中比較特殊的有兩點：

　　其一、將律賦與八股文相比附。「唐始以駢賦取士，僅以四六，限以聲律，其法與今之八股文同。第一韻擒題，即小講也，二三韻漸次入題，即入手、提比也，四五韻舖敘正面，即中比也，六韻或總發、或互勘、或推原，七韻或旁面證佐、或題後敷衍，總之歸繳題旨爲正，即後比、結比也」。這是清代賦論中較早地把律賦與八股文掛鉤的講法。

　　其二、細緻區分字復、調復和意復。所謂「復」，不是指簡單地明犯字面，而是內在的重複。「如上聯用『日月星辰』起，下聯復用『風霜雨露』起；上聯用『朱綠玄黃』接，下聯復用『青紅黑白』接，此爲字復。上段用四起六起，中段下段仍用四起六起；上段用四六收，中段下段仍用四六收，此謂調復。上段用比喻交互等法作起結，下段仍用此法作起結，此謂意復」。這裏講避復，涉及字面類似、句法重疊、修辭手法重複等項細則，可以說講得相當深入透徹。

　　《律賦揀金錄》有乾隆丙申（四十一年，1776）初刻本，另有乾隆壬子（五十七年，1792）重刻本，改名《增訂律賦揀金錄初刻》。

㈤　姚鼐編《古文辭類纂·辭賦類》十一卷

　　姚鼐（1732－1812），字姬傳，號惜抱。安徽桐城人。乾隆二十八年（1763）進士。選庶吉士，散館授禮部主事，擢員外郎，歷任山東、湖南鄉試考官、會試同考官，歷刑部郎中，參預纂修《四庫全書》，書成，以御史記名，乞養歸。主梅花、鐘山等書院講席凡四十年。生平事蹟《清史稿》卷四八五、《清史列傳》卷七二有

傳。

姚鼐倡桐城古文之學，編選《古文辭類纂》七十五卷以明其宗旨。其中卷六十二至七十二爲〈辭賦類〉，凡十一卷。選錄戰國屈原、宋玉，漢代賈誼、枚乘、漢武帝、淮南小山、東方朔、司馬相如、揚雄、班固、傅毅、張衡、王延壽，三國王粲，兩晉張華、潘岳、劉伶、陶淵明，南宋鮑照，唐代韓愈，宋代蘇軾等二十二人辭賦五十五篇。

姚鼐自撰《古文辭類纂·辭賦類序目》云：「辭賦類者，風雅之變體也。楚人最工爲之，蓋非獨屈子而已。余嘗謂〈漁父〉及〈楚人以弋說襄王〉、〈宋玉對王問遺行者〉，皆設辭，無事實，皆辭賦類耳。太史公、劉子政不辨，而以事載之，蓋非是。辭賦固當有韻，然古人亦有無韻者，以意在託諷，亦謂之賦耳。漢世校書有〈辭賦略〉，其所列者甚當。昭明太子《文選》分體碎雜，其立名多可笑者。後之編集者或不知其陋而仍之。余今編辭賦，一以漢〈略〉爲法。古文不取六朝人，惡其靡也。獨辭賦則晉宋人猶有古人韻格存焉。惟齊梁以下，則辭益俳而氣益卑，故不錄耳。」由此可知，姚鼐的選擇標準是有「古人韻格」，故所入選者以漢賦爲主，唐宋以後，除韓、蘇二家外，皆摒棄不錄。其在〈辭賦類〉中選入《戰國策》的〈淳于髡諷齊威王〉一文，與章學誠《文史通義》「賦家者流，原本詩騷，出入戰國諸子」的觀點相呼應。這些是其文藝觀點的反映，見仁見智，無可厚非。但是，姚氏將《楚辭》中〈九歌〉、〈招魂〉、〈大招〉以及賈誼〈弔屈原賦〉、漢武帝〈悼李夫人賦〉等從「楚辭類」分離，而別入「哀祭類」，則未免爲例不純。

姚鼐自撰《古文辭類纂·辭賦類序目》，署乾隆四十四年（1779）。今存最早有嘉慶二十四年（1820）康紹鏞刊本，其次有道光五年（1825）吳啓昌刊本，光緒二十七年（1901）李承淵刊本等。

㈥ 張惠言編《七十家賦鈔》六卷

張惠言（1761－1802），字皋文，號茗柯。江蘇武進人。嘉慶四年（1799）進士，改庶吉士，散館授編修。《清史稿》卷四八二、《清史列傳》卷六九有傳。張惠言倡導古賦之學，所作〈黃山賦〉允稱名篇，又編選《七十家賦鈔》以標舉宗旨。

《七十家賦鈔》凡六卷，編選戰國至六朝七十位賦家的作品共二百零六篇。張氏所編目錄似有深意：第一部份列有屈原、宋玉、景差、賈誼、淮南小山、東方朔、莊忌、劉向、揚雄、枚乘、曹植、張協等十二家八十二篇，多數是楚辭或擬騷類作品；第二部份列有荀況、宋玉二家（重一家）十五篇；第三部份列有賈誼至班彪十六家（重三家）共二十九篇作品，這部份所收爲擬騷類和散體大賦類作品；第四部份列有梁鴻至禰衡等十四家共二十二篇，多數爲言志抒情的作品；第四部份列王粲至阮籍八家（重一家）十一篇，爲三國作品；第五部份列向秀至孫綽十一家二十二篇，爲兩晉作品；第六部份列傅亮至鮑照五家八篇，爲駢賦作品；第六部份列張融〈海賦〉一家一篇，爲大賦作品；第七部份列梁簡文帝至陸倕四家十一篇，多言情類作品；第八部份江總〈修心賦〉一家一篇，爲言志類作品；第九部份爲庾信一家四篇，爲駢賦作品。從上述編排來看，張惠言編賦既有按照賦體，又有按照時序的意圖，所以各部份所收作家不避重複，比如宋玉分屬第一第二兩部份，就表明了其

分承屈原、荀況賦學的特殊地位。張惠言在《七十家賦鈔目錄·
序》中聲稱「後之作者，蓋乎其未之或聞也」，對唐宋以後的賦作
不屑一顧，表明其賦學觀具有一種強烈的復古精神。

張惠言作《七十家賦鈔·目錄序》署乾隆五十七年（1792），
今存最早的刊本是道光元年（1821）合河康氏刊本，書前有康紹鏞
所作〈序〉。

㈦ 顧蒓編《律賦必以集》二卷

顧蒓（1765－1832），字希翰，又字吳羮，號南雅，吳縣（今屬
江蘇）人。嘉慶七年（1802）進士。改庶吉士，散館授編修。擢侍
讀，出任雲南學政。道光初，授侍講學士，官至通政司副使。顧氏
嘗從錢大昕遊，學有根柢，《清史列傳》稱其：「詩師大蘇，音格
高雅，賦騈體皆師唐宋。」著述有《思無邪室集》、《滇南采風
錄》、《律賦必以集》等。《清史稿》卷三七七、《清史列傳》卷
七三有傳。生平事蹟詳見程恩澤撰〈通政司副使顧公墓志銘〉。

《律賦必以集》二卷，乃顧氏任雲南學政時為指導諸生作賦而
編撰。上卷選漢班婕妤〈擣素賦〉至陳樵〈臥褥香爐賦〉凡二十四
首，下卷選李程〈日五色賦〉至宋秦觀〈郭子儀單騎見虜賦〉凡四
十九首。卷首有顧氏〈自序〉云：「我朝承前明之制，取士以制
義，而仍不廢詩賦，自庶吉士散館、翰詹大考、以及學政試生童，
俱用之。其體固不拘一格，而要之於律為宜。蓋律者，法也，有對
偶，有聲病，古賦可以偽為，而律非富於涉獵，揣摩有素者，不能
為也。」故其所選，以唐律賦為主，上選漢及六朝古賦俳賦數首以
溯其源，下選宋賦數首以觀其變。

　　本書卷首選載湯稼堂《律賦衡裁・餘論》四十一則,加有少量批語;並有顧氏自撰〈例言〉二十二則。〈例言〉主要有兩方面的內容:一方面簡要論及六朝賦、唐賦、宋賦特點,另一方面是講解律賦作法,包括分層次、用典、句法、押韻、音節諸項。顧氏之賦論出於自得,非輾轉抄襲者可比,故頗受後人重視。潘遵祁《唐律賦抄》卷首所載《論賦集抄》,即選錄顧氏賦論十則。

　　《律賦必以集》今知有三種刻本:嘉慶十八年(1813)雲南刻本,載顧氏〈自序〉;嘉慶二十五年(1820)廣東菊坡精舍重刻本,卷首有時任粵西布政使繼昌〈序〉,此本香港學海書樓有藏;光緒十五年(1889)成都尊經書局重刻本。

(八) 王芑孫編《古賦識小錄》八卷

　　王芑孫(1755-1817),字念豐,號鐵夫、惕甫、楞伽山人等,江蘇長洲(今吳縣)人。年二十一即補博士弟子員,但久試不第,客於京師,先後館於董誥、梁詩正、王傑、劉墉、彭元瑞諸大學士家,代諸人起草作文,聲譽鵲起。乾隆五十三年(1788)應天津召試,入一等,欽賜舉人,授咸安宮教習。遂與館閣之士遊,時與法式善、何道生、張問陶、楊芳燦等名士作詩酒高會。後除授華亭縣學教諭,繼任揚州樂儀書院山長。五十以後,閉戶著書以終。著述傳世者有《淵雅堂全集》、《碑版廣例》、《讀賦卮言》、《古賦識小錄》等。《清史列傳》卷七十二有傳,秦瀛撰〈王惕甫墓志銘〉,載《小峴山人文集補遺》。

　　王芑孫於乾隆四十六年(1781)時年二十七歲撰成《讀賦卮言》一書,晚年又編成《古賦識小錄》,其作於嘉慶二十一年

(1816) 的〈自序〉云:「予少作《讀賦卮言》,謂學賦可以從小賦始,及是老矣,復爲《古賦識小錄》。」其所謂「古賦」,是一個與清代「時賦」相對的概念;其所謂「小賦」,則是各體篇幅短小賦作的通稱,與王之績《鐵立文起》的「小賦」概念略同。其書所選,上起荀況、宋玉,下止明代夏完淳〈怨小月賦〉,共收各體小賦作品三百二十四篇。其〈自序〉言:「上溯周秦,從其朔也;特詳漢魏,端其本矣;六朝三唐無一不錄,侈其盛也;宋元以下略矣,有弗略者,通其變也。時代先後,不限一家,聽學者各得其性之所近也。」表明其書編纂大旨在於展示歷代賦家賦作的正變源流。

此書有嘉慶丙子 (1816) 姑蘇南倉橋愛蓮室刊本。

㈨ 邱士超編《唐人賦鈔》

邱士超,字與凡,廣東順德人。嘉慶年間在世。著有《信芳館律賦》,編有《倫常模楷》、《唐人賦鈔》等。

《唐人賦鈔》六卷,由邱士超在粵秀書院山長邱先德指導下編成。據邱先德〈序〉,此書係先由邱士超手錄三百餘篇,再由邱先德刪存其半,再由邱士超加以注釋評點而成。全書收唐賦一百七十篇。

《唐人賦鈔》卷首有邱士超撰〈總論〉(附〈凡例〉)一卷,凡二十六則,表述了他對唐賦的看法。邱氏認爲:「詩之道至唐而盛,而賦之爲體,亦莫備於唐。故古今流傳,唐賦居半。雖尚聲律而拘對偶,未免古賦少而律賦多,然朝廷以此掄才,雖韓柳大家,尚屈其高邁之才,以俯就繩尺。要其寓馳驟於繩檢之中,復騷漢於

俳律之外，縱橫變化，氣盛而高下皆宜。好古之儒，所宜奉爲不祧俎豆也。」又云：「江河日下之說，似是而非。漢不逮騷，六朝不逮漢，詩與文亦莫不然矣。至謂唐之詩賦不逮六朝，作者必悻然而不受。唐文振六代之衰，詩亦推古今極盛，而謂唐賦之矩度反不如六朝之淫靡也，其誰信之？」在此之前，王芑孫已有「詩莫盛於唐，賦亦莫盛於唐」之說，邱氏之論爲王說作了補充。

《唐人賦鈔》有嘉慶十八年（1813）刊本，同治壬戌（1862）年重刻本，同治丙寅（1866）重刻本（此本香港中文大學崇基圖書館有藏）。書前載伊秉綬〈序〉、邱先德〈序〉。

三、道咸年間的賦選

本節選述道光、咸豐年間的五部賦選，從這幾部賦選來看，此期賦選主要有三個特點：一是選擇比較精當，有「簡而有法」之譽；二是選家擅長將清賦與前代賦尤其是唐代律賦聯繫起來，作比較分析；三是既有全選古賦的集子，也有重點選律賦的集子。

(一) 鮑桂星編《賦則》四卷

鮑桂星（1764－1826），字雙五、覺生，號雙湖、琴舫，歙縣（今屬安徽）人。嘉慶四年（1799）進士，選庶吉士，散館授編修。遷中允，典試河南、江西，督湖北學政。嘉慶十九年（1814）官至工部右侍郎充武英殿總裁。因事落職。道光帝即位，復起爲編修，進侍講，官至詹事。鮑桂星詩古文師法桐城派，律賦爲嘉、道間名家。著述有《覺生詩抄》、《賦則》等。《清史稿》卷三七七、

《清史列傳》卷三二有傳，生平詳見《覺生自訂年譜》（附《覺生詩抄》），陳用光撰〈詹事鮑覺生先生墓志銘〉。

《賦則》是一部通代小賦選集，凡四卷，卷一收宋玉〈風賦〉至顏延之〈赭白馬賦〉，卷二收鮑照〈蕪城賦〉至庾信〈哀江南賦〉，卷三收唐太宗〈小山賦〉至明陳子龍〈別賦〉，卷四收清潘耒〈平易賦〉至程昌期〈惜分陰賦〉。所選簡明精當，在當時享有「簡要有法」的聲譽。鮑氏在本書〈自序〉和〈凡例〉中表述了其賦學思想：

〈自序〉論古賦與律賦之關係云：「夫賦有古有律，爲古而不求之古，無以爲法也；爲律而不求之古，猶以爲無法也。爲古而過從高簡，或矜衒奇奧，以自怡悅，則可；以之應試，僨矣；爲律而不求之古，徒事取青妃白弊，且至于龐雜窒塞，其於律何有焉？然則處今日而言賦，溯源於周漢，沿流於魏晉齊梁，律則以唐爲準繩，而集其成於昭代。庶幾其可乎！」前此賦論家或崇古貶律，或崇律貶古，各執一端，鮑氏這種古律結合的辭賦觀是比較通達的。

〈凡例〉評價明賦云：「明人號稱復古，前後七子雖有摹擬之跡，而才力富健，氣格蒼雄，與其詩皆不可廢也。」前此賦論家對明賦多數評價不高，鮑氏的觀點對于公正地評價明詩明賦是值得注意的。

本書《清史稿·藝文志補編》著錄，有道光二年（1822）鮑氏家刻本，道光十四年（1834）來鹿堂刻本。

(二) 徐斗光編《賦學儳丹》

徐斗光，字北城。生平事蹟不詳，生活年代在嘉慶、道光年

間。據作者〈自序〉稱「愧九年於幽壁，塵瑤半身」，涂一經〈序〉稱其爲「楚中之翹楚」，可知作者乃才秀人微，失意科場的士人。

《賦學僩丹》是一部律賦選評本，凡選賦十首。其中唐賦兩首：白敏中〈息夫人不言賦〉、宋言〈學雞鳴度關賦〉；清賦八首：李宗瀚〈柿葉肆書賦〉、徐文博〈紙鳶賦〉、申金榜〈深巷明朝賣杏花賦〉、平恕〈社燕賦〉、顧元熙〈明月前身賦〉、羅成域〈小桃源賦〉、浦曰楷〈豳風圖賦〉、李汝霖〈兒舩賦〉。編者對每篇賦作了三項工作：一、「注其典於各篇之後，以見典之如何運用」；二、「疏其詞於各段之上，以見詞之如何成解」；三、「批其法於各句之旁，以見法之如何布置」，即對賦篇作了詳盡的注釋、疏解和評點。這是用唐人治經的義疏方法來治賦，目的是讓學者熟精所選十賦，以便舉一反三，收到事半功倍之成效。

本書卷首載徐斗光撰〈律賦秘訣〉，分論體例、論層次、論相題、論押韻、論用典、論句法、論平仄、論抬頭、論儲材料等九個方面，詳盡闡釋律賦作法。

本書今傳道光四年（1824）徐斗光柳深處草堂家塾刻本，前載涂一經〈序〉和作者〈自序〉。

㈢ 張維城編《賦學雞跖集》三十卷

張維城編纂。張氏在寫於道光十一年（1831）的〈自序〉中說：「古稱善學者若齊王食雞，必求其跖數千乃足，讀賦者何獨不然？爰集近時名作，得二千餘首，類聚而群分之。中有錄其全篇者，所以備鑄局分段之法；有摘其佳句者，所以示揣聲設色之工。

務令鴛鴦繡出，轉益多師。學者誠優游而厭飫焉。」此書採用分類
編排體例，收錄清賦凡二千餘首。分類凡二十九門：天文、歲時、
地理、宮室、帝治、仕宦、性道、人品、文學、文具、武備、樂
制、農桑、技藝、人事、釋道、服用、器用、珍寶、飲饌、草、
木、花木、花草、果、鳥、獸、水族、蟲豸。各門下再分細目，共
一百五十餘目。此集所錄全是清賦，以律賦為主，兼及各體，並採
摘句，對清末《律賦囊括》和《賦海大觀》兩書之編纂很有影響。

此書初刻於道光十二年（1832），後有光緒六年（1880）新選粲
花吟館重刻本。

附：應心香等編有《雞跖賦續編》二十八卷、擬古二卷。為同
治甲戌（1874）蘭言齋刊本，署應心香等編，陸魚笙鑒定。藏香港
大學馮平山圖書館。該書未見國內其他圖書館著錄。

(四) 潘遵祁編《唐律賦鈔》

潘遵祁，字順之，號西圃，吳縣（今屬江蘇）人。道光二十年
（1840）進士。著述有《西圃集》、《唐律賦抄》等。

《唐律賦抄》一卷，選擇唐人律賦「清麗有則，輕圓可誦」者
二十四篇，加以注釋、評點，於道光二十八年（1848）刊刻行世。
卷首所輯《論賦集抄》收湯稼堂《律賦衡裁·餘論》十則、顧南雅
《律賦必以集》論賦十則、吳穀人《論律賦》、王藝齋《論律賦》
等四種賦論。湯、顧、吳三人之書，前已論及；王氏之《論律賦》
亦主律賦與八股文比附之論，其言曰：

「律賦第一段之第一聯猶制義之破題也，第二聯猶制義之承題
也。或兩聯破題，而以第三聯承題者，題有詳略，詞有繁簡也。第

一段籠起全題，尚留虛步，猶制義之起講也。第二段必敘明題之來歷，猶制義之下必承明上文也。第三段漸逼本位，而從前一層著筆，或用兩層夾出者，猶制義之起比也。第四段、第五段則實賦正面，猶制義之中比也。或將人物分賦者，則制義每股立柱法也。第六、第七段多用旁襯，或翻騰以醒題意，猶制義之後比也。第八段或詠嘆，或頌揚，或從題中翻進一層，猶制義之結穴也。」

前此，朱一飛〈賦譜〉、邱士超《唐人賦鈔·總論》亦曾用八股章法論賦，王氏之論則更爲詳盡。

《唐律賦鈔》有道光二十八年（1848）三松堂刊本。

(五) 姚椿《國朝文錄·賦類》四卷

姚椿（1777–1853）編《國朝文錄》全書八十二卷，卷七十二至七十五爲賦類，搜採清初黃宗羲〈避地賦〉至方履籛〈擬江淹江上之山賦〉等凡四十八篇賦作。姚椿之門人在《國朝文錄·述例》中說：「是錄依桐城姚先生《古文辭類纂》例，而卷之離合，序次之先後，微有不同。」又云：「錄中所選，〈自序〉已言其概：曰明道，曰紀事，曰考古有得，曰文章之美。有一於此，皆在所探。然既名《文錄》，則夫言理而涉語錄，述事而近稗官，與夫專尚考據，不復成篇者，不得入焉。故四者之中，又以辭美爲三者之權衡云。」由於此書本著桐城文派的選文標準，所以所錄之賦大多是古體賦，偶爾見少數駢體賦，律賦一篇未選。其優點在於選擇較精，乾隆以前著名古體賦名篇，如胡天游〈方竹杖賦〉、全祖望〈皇輿圖賦〉、紀昀〈平定西域賦〉、吳錫麒〈天象賦〉、張惠言〈黃山賦〉等，皆在選中。其缺點在於不選律體，未能反映乾隆以前賦壇

全貌。

此書編成於道光三十年（1850），今有上海掃葉山房光緒庚子
（1900）年刊本。

四、同光以降的賦選

同治、光緒年間，現存賦選非常豐富。本節選述十二部賦集，
其中較重要的可推四部：一是程祥棟《東湖草堂賦鈔》，享有選賦
「宏博」的聲譽；二是李元度《賦學正鵠》，其批點有「引人入
勝」之妙；三是修鳳樓主人編選《律賦囊括》，基本囊括了清代律
賦精華；四是鴻寶齋主人編選《賦海大觀》，爲現存清代收賦最多
的一部賦總集。

(一) 徐承垛編《賦法梯程》

徐承垛，號拙學老人，室名架瑚書屋。生平事蹟不詳，大約生
活於咸豐、同治年間。據作者〈自序〉，《賦法梯程》書成於同治
六年（1867）。

本書四卷，選錄清代律賦名篇一百七十三首（此係實數，〈自
序〉作「一百六十三首」），中有作者之師費焱夫、朱槐里、王心
蘭、吳香墅諸人賦作及作者本人賦作數首，並附詩序、記、啓等文
章四篇。可見作者生活在一個熱心講習賦學的環境之中，本書也具
有一種私塾課本的性質。本書的編撰目的在于誘導學者由近及遠、
由卑登高，進入賦學之門，故以「賦法梯程」爲名。所選各賦，徐
氏皆施以圈點、眉批和旁批，其要在于注明用典和揭示作賦方法。

　　本書卷首載作者之師吳曉嵐（號香墅）撰〈論賦十四則〉，論及賦之體裁、律賦層次、段落、點題、句法、押韻等問題。其中論分析層次和押韻之法，頗見特識。

　　本書今傳春暉草堂費氏抄本，藏上海圖書館。

(二) 程祥棟編《東湖草堂賦鈔》四集

　　初集卷首載程氏〈自序〉云：「咸豐庚申仲冬，余試吏繁江，民有訟田而願輸入官者，捐奉成之，得沃產四十八畝，增設書院膏火。時藝而外，月課古學。因爲指示程式，選古今賦三百五十餘首，釐分四集：初集起宋玉暨漢魏六朝唐宋元明，而唐賦居其大半，內黃文江、王輔文二家律賦最多。至國朝賦手，則更美不勝收矣。二集清輕麗則，步武唐賢。三集巨製宏篇，較唐賦而擴充之。四集散體單行，附擬古諸作之後，且由三唐而上追六代。總列名家賦論，俾知源流正變折衷於唐律者近是。或曰：賦者，敷陳其事而直言之，吾子獨有取於開闔動宕曲折頓挫，何邪？余曰：律賦肇自有唐，昭代斯稱極盛，久而必變，風氣使然。乾嘉以來，作者沈博絕麗矣。然自有正味齋、蘭修館兩先生賦出，風行海內，古峭生新，一洗從前平衍之習，非得爲開闔動宕者乎！詩至少陵，可謂沈鬱頓挫矣，而其言曰：老去漸於詩律細。蓋神明變化於律之中，非佝規錯矩於律之外。賦何獨不然？」由此序可知程氏選賦之宗旨，一則在於明瞭賦之源流正變，二則仍然在於推崇風格古峭生新的以吳錫麒、顧元熙爲代表的清朝館閣律賦。

　　四集卷尾載程氏跋云：「初《東湖草堂賦鈔》之刻，彙羅行篋，祇百餘篇。同鄉龔少蓮上舍借抄南中坊刻，得三十種，益以繆

仲英年丈家藏善本，合選三百五十七首。其爲余校字者，少蓮哲嗣
芸渠茂才之力居多。是書告成，各體犕備。顧江關之蕭瑟，歎師友
之凋零，儘有佳章，不無遺漏。倘荷郵筒寄示，當於續集補刊
也。」據程氏序、跋，《東湖草堂賦鈔》初集成於同治丙寅（五
年，1866），四集成於同治丁卯（六年，1867）。

　除選賦之外，本書卷首尙選載四家賦論，一爲湯稼堂《律賦衡
裁》，二爲吳錫麒《論律賦》，三爲浦銑《復小齋賦話》，四爲侯
心齋《律賦約言》。

　本書是一部著名的辭賦選評本，戴倫喆《漢魏六朝賦摘艷譜
說》評云：「近時選本以程祥棟《東湖賦鈔》、李元度《賦學正
鵠》爲正宗。程選固更爲宏博，而初學津梁又當以李選之批點爲足
以引人入勝。」

(三) 梁夔譜編《古賦首選》（兩家合選）

　梁夔譜，廣東順德人。其著《古賦首選·凡例》云：「于惺介
曰：『〈離騷〉爲辭賦之主，〈哀江南賦〉爲《文選》後鉅觀，俱
千古絕調，講聲韻之學者，宜首讀焉。』茲本其意將兩篇合刻，以
便觀覽。」故此書只是屈原〈離騷〉與庾信〈哀江南賦〉兩篇賦的
合注合刻。此書具有集注的性質，作者指出：「注〈騷〉者始於王
叔師，注〈哀江南賦〉者詳於倪魯玉，王倪之外，注者尙多，互有
異同，即互有得失。集諸狐腋，以成一裘，方得純美。間亦有參以
蠡見者。大抵專主一家與盡信古人，皆讀書之病。」此書之夾注與
附注皆頗有特色，作者指出：「〈離騷〉驟看似沒絲緒，其實沒字
句中皆有一股生意盤結，熟讀久之，每句縫中自然現出無限。夾注

到此，方知其妙處。爰將每句串解，添注腳下，以便初學。〈哀江南賦〉可作史看，賦中有未及者，並加附注，以資博識。」由上可見，此書不僅對於研讀這兩篇名作是有幫助的，而且對於研究古書注解也是有參考價值的。

此書有同治七年（1870）刻本，民國十二年、二十五年重校印本。香港中文大學、香港浸會大學圖書館皆有藏。

㈣ 馬傳庚編《選注六朝唐賦》二卷

馬傳庚，字虞颺，浙江會稽人。其撰《選注六朝唐賦·凡例》云：「六朝唐賦選本極多，卷帙浩繁，才力有限者豈能遍讀？鄉僻寒素又以力不能購是憾。惟錫山華氏選本最約而苦於無注。茲復刪去數十篇，增入數篇，勉加注釋，以為家塾讀本。」故其書又名《六朝唐賦讀本》。

此編選入齊謝朓〈高松賦〉至鄭轅〈指佞草賦〉等共三十餘位作者的四十餘篇賦作品。選入庾信賦達八篇之多。注解頗為詳善。

是書編成於同治七年戊辰（1868），至同治甲戌（1874）始得刊行。首版為甲戌春（十三年，1874）王月京都玉燕書巢馬氏開雕館閣諸人寫刊本，有同治七年李品芳序、杜聯序，同治十三年董洵序、章鏡清序（四川省圖書館有藏）。其後有光緒二年丙子（1876）京都松草齋刊本（香港中文大學崇基圖書館有藏），光緒十八年壬辰（1892）希樸齋刊本（香港大學馮平山圖書館有藏）等。

㈤ 李元度編《賦學正鵠》

李元度（1821－1887），字次清，一字笏庭，自號天岳山樵，晚

年號超然老人，平江（今屬湖南）人。道光二十三年（1843）舉人。
初官黔陽教諭。咸豐二十三年（1852）入曾國藩幕府。以軍功累官
至浙江溫處道，調皖南道，改防徽州。以徽州失守落職，告養山
居。後起復，官終貴州布政使。著述有《國朝先正事略》、《天岳
山館文集》、《賦學正鵠》等。《清史稿》卷四三二有傳。王先謙
爲撰〈神道碑〉，載《虛受堂集》卷八，又收入《續碑傳集》卷三
十九。

　　《賦學正鵠》一書是作者「告養山居」時，爲指導生徒學賦而
編選的教材。本著「循流以溯源」的原則，作者將所選賦分爲十
類：「曰層次、曰氣機，入門第一義也；曰風景、曰細切、曰莊
雅、曰沈雄、曰博大，皆應區之品目也；曰遒煉、曰神韻，則駸駸
乎進乎古賦；曰高古，則精擇古賦以爲極則，由六朝以上希兩漢，
其道一以貫之。」前九類皆選擇清代律賦，凡一百二十九首；第十
類則選擇唐宋璟〈梅花賦〉至漢班固〈東都賦〉，凡十八首；全書
共計一百七十四首。每賦皆有解題和評點，允爲初學賦者之津梁。

　　試看其對「氣機類」的解說：

　　「氣機類者，賦非第板分層次而已，必以行氣運機爲要。能行
氣則空靈，否則堆砌；能運機則活脫，否則平庸。譬之堪輿相地，
必於動處見精神，未有一望平衍而可加剪裁者。蓋賦之用排偶，猶
詩之有排律。杜工部長律，其對句必變化伸縮，出人意表。雖排比
千百言，而與〈北征〉諸古排偶與單行無異，所謂寓單行於排偶中
也。本此意以爲賦，則能以排山倒海之氣，運水流花放之機。或翻
空出奇，或逆折而入，或自難自解，或獨往獨來，每於路盡思窮
時，忽開異境。其筆力縱橫跌宕，頓挫淋漓，自有活虎生龍之妙。

文訣云:『不翻不緊,不跌不醒。』作賦何獨不然?陳秋航修撰天分最高,枯寂題能憑空起浪,尤於初學為宜,故首屈一指。餘皆操作自由,足藥平鈍。其尤矯變者,直如天仙化人,排風御氣,使人忘其為排偶之文矣。末附尤西堂諸作,參用古體,非試場所宜,以其得行氣運機之密鑰,故登之,以盡文心之變。」

行氣運機,賦論家大都強調,但如何把握施行,則每每語焉不詳。從李元度之論則可以體會到,行氣運機在文章中具體表現為用意之翻空出奇和句式之騰挪變化;加之可以從此類所選陳沆(秋航)、尤侗(西堂)賦作用心揣摩,學者於行氣運機之法定然所得不薄。

本書是一部著名的辭賦選評本,戴綸喆《漢魏六朝賦摘艷譜說》評云:「近時選本以程祥棟《東湖賦鈔》、李元度《賦學正鵠》為正宗。程選固更為宏博,而初學津梁又當以李選之批點為足以引人入勝。」唐文治《浣花廬賦鈔·跋》評云:「近李次青先生選《賦學正鵠》,分高古、神韻、氣勢、遒鍊各門類,蓋隱師曾文正《古文四象》遺法,雖小道必有可觀。」

本書最早有同治十年(1871)李氏爽谿家塾刻本,其後有光緒十六年(1890)經綸書局刻本、光緒二十二年(1896)京都琉璃廠刻本。另外有光緒八年(1882)廣州崇文堂刊成性根注本(此本香港中文大學崇基圖書館有藏),光緒二十年(1894)澹雅書局重刊成注本,皆名《賦學正鵠集釋》(此本香港中文大學新亞圖書館有藏)。又有光緒二十五年(1899)上海富文書局石印本,改名《賦學正鵠集釋初集》,後附《續集》、《三集》、《四集》,皆他人編選,與李氏原書無關。

附：《詳注賦學正鵠續集》，此集爲山東聊城葉祺昌編選，全集八卷，每卷選清代律賦十篇，共八十篇。書前有葉祺昌同治十年〈序〉，言其選擇標準云：「國初諸前輩鉅製鴻裁，超今越古，良足奉爲標準，嘉惠來學。奈各逞才華，競尚藻采，往往鴻文無範。不善學者，才淺學疏，未免望而卻步，且非時新花樣，亦難投無不利，是以概從割愛，獨取典顯輕靈，合於時尚者若干篇，以爲初學標準。」又言其評注體例云：「是編之選，先題解，以示作法揭宗旨；次句解，講明用意，俱切題詮發，反正離合，虛實淺深，或順或逆，要不使一語蒙混，一字含糊；篇後分疏每段大意，條分縷析，以見篇法；篇後又總評通篇佳處，務將作者布局命意運筆遣詞之苦心，抉發靡遺，而初學可奉爲準者，無不表而出之矣；而又恐初學見聞未廣，腹笥未充，因特詳爲注釋，以便翻閱。」〈序〉中稱其書「爰名之曰《標準》，非敢云操選政也，亦私心之所向往云爾。」可見此書或許原先名爲《律賦標準》，後來書賈將其與《賦學正鵠》合刻，遂改題今名。

《詳注賦學正鵠三集》，此集爲吳錫麒個人律賦作品之評注，凡二卷，卷各二十四篇，凡四十八篇。目錄下署：錢塘吳錫麒（穀人）著，鎮陽孫理（少初）評，太昌胡玉樹（小謝）編注。卷首有胡玉樹道光四年（1824）〈序〉云：「余自少受業孫少初先生，丙寅歲（嘉慶十一年，1806），先生以所輯之《律賦新機》授余編注，余受命，不敢懈怠，盡心詳釋，是年成帙，謬爲海內共珍。逮至癸未（道光三年，1823），余計偕北上，遇窗友周君敦伯，言吳穀人之賦，誠爲後世之模範。余取細閱之，玩其文麗美精華，讀之每至忘食，實獲我心也。是集爲穀人先生所著，約五十餘篇，彙成一帙，

詳加評釋，除《新機》註釋之外，盡家中之所藏，細心搜羅閱半載，共得四五萬言。既竣，謹呈少初師鑒定之，師亦擊節稱快。」就此序觀之，知此集成於道光四年（1824），早於李元度之書，書賈列其爲《賦學正鵠》三集，確實不妥；不過客觀上也起到了保存資料的作用。此集實際上可以列入道咸年間的賦選之中。

《詳注賦學正鵠四集》。此集所收爲咸豐癸丑（1853）至同治戊辰（1868）的各科館閣律賦，全集凡四卷，卷各選賦十二首，共收賦四十八首。目錄下署：聊城葉祺昌（吟舫）評選，受業劉子經（拜庚）、楊紹閔（諧庭）、高程基（福亭）、金榮綬（蘿溪）、弟祐昌（可亭）注釋。卷首有海鹽顏宗儀光緒乙亥年（1875）〈序〉。此集按照風格分類，卷一爲秀麗、典雅、流利三品，卷二爲圓潤、高華、琢鍊三品，卷三爲超渾、莊重、清新三品，卷四爲鮮妍、輕靈、俊逸三品。每品皆選賦四首。據顏宗儀〈序〉云：「國朝文治休茂，邁軼往代，凡散館大考鴻博特科皆試以賦，一時詞館之英景附興起，雍容揄揚，斐然述作。乾隆中法時帆祭酒始刊《同館賦鈔》，嗣後歷科皆有續輯。藝林快睹，咸資準則。比坊友輯近科館賦，自咸豐癸丑，迄同治戊辰，凡得若干首，將以付梓，而問序於余。」可知本集之編纂目的在於以館閣賦爲例，爲後學提供作賦準則。

㈥ 景其濬編《四家賦鈔》四卷

此集收錄清代四位著名律賦作家賦作一百〇八篇。包括吳錫麒〈伏波銅柱賦〉等二十六篇、顧元熙〈廣寒宮賦〉等三十五篇、鮑桂星〈樵夫笑士賦〉等十八篇、陳沆〈陶侃運甓賦〉等二十九篇。

景氏〈自序〉稱其曾於咸豐年間合刻吳、顧二家賦稿，並在視學河南時，以此教導生員；同治年間視學安徽，又續刻鮑、陳二家賦稿，合定爲《四家賦鈔》，以教皖士。景氏認爲，「非謂賦之美盡於四家，但學賦者讀漢魏六朝唐宋諸賦後，兼此四家以充其筆力，熟其機杼，則得吳之雄、鮑之厚、顧之超、陳之雋」。足見景氏主張的落腳點仍然在清代館閣賦。張之洞《輶軒語·語文·賦》曾介紹此書云：「國朝賦家大手筆最多，才力實勝唐人，不善學者，恐致堆垛汎濫之病。吳祭酒（錫麒）賦，及鮑（桂星）顧（元熙）陳（沆）三家賦，皆爲近時名家（京師有合刻本），可學。」

此書有同治年間董氏誦芬堂刊本。

(七) 黎翔鳳、黎榮桂《律賦評箋》二卷

黎翔鳳，字希范，號文卿，端州（今屬廣州）人。著有《四書萃精》及本書。其子黎榮桂本書〈序〉云：「有唐一代，以詩賦取士。國朝因前明制，試以制義，仍各繫以八韻詩一首，而學使之觀風者、庶吉士之散館者、翰詹之與大考者，則有賦有詩，則詩賦固若斯之重也。先君子好學深思，於此道尤篤好。讀書授徒以來，手不停披，嘗於《四書萃精》刊行之後，復彙律賦試帖數十篇，詳加評點，諸法略備，竊有以得作者之用心而爲初學之津逮也。同學中傳觀借錄，不能遍給。坊友力請付梓，並屬榮桂箋注。榮桂自顧何能箋注，亦惟將素所聞於先君子者，覼縷於篇；其未備者，復搜之往籍，質之知交，幾十得八九。因名曰《律賦評箋》❶，付諸剞

---

❶　原作《詩賦評箋》，據封面和卷首題名改。

剜，以便初學之觀覽焉。」由此序可知，本書之選評者爲黎翔鳳，箋注者爲其子黎榮桂。序末署年「光緒庚辰」，因知本書於光緒六年（1880）已經編成。

《律賦評箋》不分卷，分訂兩冊。上冊收宋言、黃滔、康僚等四首唐人律賦和清朝吳錫麒、顧元熙的九首律賦，下冊收顧元熙、張其維、譚瑩、邱對勤、陳作舟、胡海平、伍欽、廖覲光、饒際時等的十三首律賦。所選以吳錫麒、顧元熙兩家爲主，全書總共二十六首，吳、顧兩家即達十五首之多。

本書評點堪稱詳盡，有眉批，有旁批，有總評。總評者除了黎翔鳳之外，還有選青、孫少初、王惕甫、劉芙初、江鐵君、馮實庵、顧耕石等人，諸人評語疑非親評本書者，而是由黎氏父子採自它書。試以宋言〈學雞鳴度關賦〉的眉批和總評爲例：

眉批著重在分析層次：「首段籠題，『雞鳴、度關』對起，下只言『雞鳴』而意已足。次段原題，追出至關來歷，即激起下段。收用反跌，使文氣不平直，次段多如此。三段引題，陡落『學』字，先寫其言即止，留得虛步。『迥夜』句正見天未曙、雞未鳴，爲『學』字探源，莫空作夜景看過。四段五段詮題，上段詳寫『雞鳴』，下段直落『度關』，正位已完。說到『吏驚人起』，可以直寫『度關』，他偏咽住，最妙。六段七段衍題，從出關後君臣慶幸不噬於虎狼上寫，而收處不脫『雞鳴』，此爲法密。末段結題，重贊其志在酬恩，將全題塡入，自然完密。」

總評著重在賞析風格，先引選青評云：「剝膚存液，校練精工，更能於虛處傳神，眞有繪水繪聲之妙。」再引黎翔鳳評云：「如題舖敘，詞妙筆妙，形容盡致，神氣如生。馮魚山太史推爲唐

賦壓卷，信然。」

由上引評語可見本書作爲一種小型的律賦選評本，對于律賦的創作和欣賞都有其一定的價值。

《律賦評箋》光緒八年（1882）粵東省城儒林閣刻本，封面署《詳注律賦評箋》，香港市政局大會堂圖書館有藏。

(八) 繆裕紱《律賦準繩》二卷

本書由繆裕紱選評、佟炳章注釋。繆、佟二人生平事蹟不詳，生活年代大約在同治、光緒之間。

本書二卷，卷首載〈作賦要言〉十二則，分辨體、認題、立意、布局、協韻、行氣、運典、選言、煉筆、琢句、調味、博古等項，全面討論律賦作法，尤其是「調味」一項爲作者特識，他人罕有論及者。

其次分十六部四十八類，選評律賦名聯。分部計有才部、情部、骨部、氣部、意部、韻部、味部、神部、姿部、色部、機部、勢部、度部、影部、景部、境部。分類雖稍嫌瑣碎，然其對各部意蘊的闡釋頗有勝義，特別是味部和境部的設立，反映出編者在一定程度上已能從辭賦的審美角度著眼，對辭賦進行分類辨析。最後作者選載律賦全篇二十五首，以利學者由句到篇把握全局。本書的編選體例同余丙照《賦學指南》及李元度《賦學正鵠》相近，或許編選中曾受到兩書的影響。

本書有光緒十年（1884）華翰齋刻本。

㈨ 修鳳樓主人編印《律賦囊括》六冊

　　修鳳樓指修五鳳樓而言，五鳳樓在廣州，因知編者爲廣東人。此書收錄清代律賦近一萬篇。分二十九部編排：天文部、時令部、地理部、帝治部、仕進部、文學部、武備部、禮制部、音樂部、農桑部、人品部、人倫部、人事部、技藝部、釋道部、宮室部、服用部、器用部、珠寶部、飲食部、蔬茶部、草部、花部、果部、鳥部、獸部、鱗介部、蟲豸部、擬古部。各部之下再分若干細目。其分類大致是在《賦學雞跖集》基礎上改進而成。書前列有〈凡例〉七條云：

> 1. 坊本時賦，以《雞跖集》、《同館賦鈔》兩書爲最富。然《雞跖集》摘句過多，究非美備；《同館賦鈔》則賦多題少，又不分類，檢閱爲難。是書兼收博採，凡館賦窗課，及各省試牘，家集秘本，靡不搜羅。題過七千，賦幾萬篇。即不無掛漏，但較近時《雞跖》、《賦海》等集，則有過之而無不及也。
>
> 2. 歷朝古賦、律賦，與今體不同，概從割愛。
>
> 3. 坊間袖珍諸本，間附有摘句。雖零金碎玉，不無可採，究嫌瑣碎，概從割愛。
>
> 4. 是書於博採中仍主新穎，凡習見題，先選各家秘本，以避陳熟；其備題充數者，則以坊本補缺。
>
> 5. 同題異韻者及題稍別者，間登兩首，以備取材。
>
> 6. 是書不惜工夫，讎校無訛。仍仿袖珍式以便舟車，慎勿攜

入場屋。

7. 是書原本絕少題解，茲特延聘時賢，每題之下注明題解，
即極僻奧亦無不搜出。大可省臨時翻檢之勞，閱者審之。

此書的特點除〈凡例〉所述之外，是增編了一個〈目錄編韻類
檢〉，以方便讀者檢索。書前載修鳳樓主人〈自序〉，大贊清朝律
賦云：「國朝右文稽古，凌漢轢唐。玉堂煥奎壁之光，詞臣抽秘；
瓊島奉輶軒之使，多士翹楚。莫不闇誦靈光，蜚聲藝苑。所謂經國
大業，不朽盛事，意在斯乎？」他編書的目的就在於囊括清朝各題
名賦。

此書有光緒十二年（1886）羊城味古書局石印本，香港市政局
大會堂圖書館有藏。

㈩ 鴻寶齋主人編印《賦海大觀》三十二卷

沈祖燕《賦海大觀·序》云：「國家功令，除歲科兩試未嘗定
制以取士，而詞苑名臣之養望木天者，館閣小課，月一再試之，誠
以雍容揄揚華國之不可無才也。賦學關乎文運，詞章家所以雅重之
也宜矣。近時選家輩出，日新月異。春江鴻寶齋書局以泰西印法鳴
於時，其主人廬江太守公好文學，遍彙歷代賦鈔名家之作，成為是
編。印既竣，披覽之餘，覺近來鉅選，此為獨出冠時。以之餉世，
罕有與倫矣。」書前列有〈凡例〉十條云：

1. 是編延請文雅，博採廣搜，裒成巨集，成詞林之妙品，炳
賦學之鉅觀。出而問世，揣摩家當可奉為圭臬也。

2. 是編採摭甚富,自唐宋迄累朝諸大家,並近今各直省課藝試牘,無論已選未選,概行採入,以期美備。

3. 所選諸賦,題皆嶄新,詞尤典雅,兼收並蓄,無美不臻,有目者當自賞之。

4. 是編得賦二萬餘首,其有一題而至三五首或六七首者,其中命意遣詞,自為風氣,且五光十色,花樣各自翻新,故亦不嫌其凌雜。

5. 內分部目與各選家大略相同,而細編小類,較為詳明。計分三十二類,其中零目五百有奇。於每頁中標注明白,俾閱者可以一目了然。

6. 題注悉照原書錄寫,並不以詳見某注含糊了事。間有冗長者,略為刪節,以昭簡易。

7. 古賦有序者,悉尊原本,不敢妄刪,以仍其舊。

8. 所載摘句,其題雖同,惟賞其選辭典麗,押韻精工,故亦未忍割愛。

9. 編中詳校細勘,精益求精。雖帝虎魯魚,自知不免,而盡心從事,或可免於草率之譏。

10. 是編用西法縮成,取便舟車,幸弗攜帶入場。

　　由此〈凡例〉可知,《賦海大觀》與《律賦囊括》相比較,除了規模更大,收賦更多之外,主要有三點不同:一是《大觀》各代賦兼收,是一部通代選本;《囊括》只收清賦,是一部斷代選本。二是《大觀》古賦、律賦兼收,《囊括》則只收律賦;不過仔細考察,《大觀》所收清賦,仍然以律賦居多,而古體、文賦體則有不

少遺漏，並非將清賦包舉無餘。三是《大觀》兼收摘句，而《囊括》只收全篇。從校勘的角度來看，《囊括》相對嚴謹一些，《大觀》則失之粗疏。究其原因，可能是《囊括》的編者修鳳樓主人算得上是一位學有專攻的文學之士，而《大觀》的編者充其量只是一位愛好文學的書賈而已。

《賦海大觀》分卷總目如下：卷一天文類、卷二天象類、卷三地理類、卷四時令類、卷五君德類、卷六仕進類、卷七舉賢類、卷八典禮類、卷九樂律類、卷十文學類、卷十一武備類、卷十二人品類、卷十三性道類、卷十四仙釋類、卷十五人事類、卷十六婦女類、卷十七身體類、卷十八技藝類、卷十九農桑類、卷二十珍寶類、卷二十一宮室類、卷二十二器用類、卷二十三服飾類、卷二十四飲食類、卷二十五飛禽類、卷二十六走獸類、卷二十七水族類、卷二十八蟲豸類、卷二十九草類、卷三十花卉類、卷三十一樹木類、卷三十二果實類。〈凡例〉號稱得賦二萬餘首，實際收賦不足此數。

《賦海大觀》有光緒十四年（1888）鴻寶齋刊本，光緒十九年（1893）鴻寶齋三次重印本（此本香港中文大學崇基圖書館有藏）。

（土）蘇輿編《清代律賦類纂》

此書分七類選輯清代名家律賦：曰體物、曰述古、曰征文、曰明道、曰論治、曰獻頌、曰擬古。共選清賦作家一百八十二人，律賦作品三百七十二首。又遵循「因類以討義，循流而溯源」的原則，選錄六朝陶淵明〈閑情賦〉至明朝徐渭〈梅花賦〉等四十四篇賦作殿於卷末。顯然此書的選錄方法與李元度《賦學正鵠》近似。

書前有光緒二十六年（1900）編者〈自序〉。

(土) 朱永馨編《律賦三百首》

　　朱永馨（1912－？），名兆祥，廣東新會人，出生於香港。祖父箕孟，為知名華商。父親觀鎮，為知名中醫，曾任香港東華醫院、保良局總理。永馨少入成達書堂，專攻國學。及長入國民大學，主修政治經濟法律，獲學士銜。大學畢業後，繼承祖業朱有蘭商號，打點生意，游刃有餘。工餘之暇，喜愛剪報和收藏中國古籍。六十以後，功成身退，辭去商店職務，專心董理家中藏書，以校書編書自娛。

　　《律賦三百首》是朱永馨根據家中祖傳手抄本編成的一部律賦選本。書前載朱氏自撰〈律賦序〉，稱「我國文學，至賦可謂極矣」，「賦至律賦可謂極矣」，認為律賦是文學史上登峰造極之作；於是據家藏一部「原有三千餘首」的抄本，經過一番「去蕪存精」的功夫，編成一部大約三百首的律賦選本，以便觀賞。接著載袁國維撰〈朱永馨先生傳〉，對朱氏生平作了簡要介紹。第三載朱永馨撰〈律賦作法〉二十二條，大致一至十條是講律賦押韻的規定，十一至十七條講律賦琢句對偶構段的方法，第十八條至二十二條講平仄、鋪陳等有關律賦作法。全書按照分類編排，先列總類，總類之下再分細目，每目之下選擇一至二首律賦作為代表。總類有天文、時令、山、水、珍寶、宮室、家、服飾、器用、文房、武備、草、樹木、花卉、果實、水族、蟲豸、走獸、飛禽、農桑、飲食、典禮、技藝、人事、身體、婦女、武功、仕進、人品、君德、性道、仙釋、樂律、文學等共三十四類，其類目與《賦海大觀》、

《律賦囊括》等大致相近。據〈自序〉所稱：「查律賦創自唐朝，唐朝以詩賦取士，詩易作也，故作者多，而賦限嚴，故作者少。幸唐後歷朝，偶有作品，乃並收羅之。」仿佛是一部通代的律賦選本，其實細查書中所收賦，基本上是清代律賦，所以本書實際上可以稱之爲《清代律賦三百首》。書中所收各賦，皆加上新式標點，按照韻腳分段排列，極便閱讀。此書編者的生活時代儘管已入民國，但其人對律賦的認識仍然是傳統的，其書材料淵源有自，編排方法也與清人無異，故仍附列於此。

此書有作者之子朱嘉瑞贈送香港中文大學圖書館藏香港新雅印務公司 1982 年版排印手抄合印本。

本章小結

綜合上述近三十種清代律賦選本的選錄方法，可以得出以下幾點認識：

其一、清代賦選有通代、斷代和兩代選本之不同。所謂通代指歷代通選的本子，所謂斷代是只選一個朝代（或者是唐朝或者是清朝）的本子，所謂兩代一般是指選擇唐朝和清朝律賦的本子。另外還有一些作家合選的本子。形式多樣，與詩詞文選本相比，數量上固然不及，但質量上實不遑多讓。

其二、清賦選本選律賦者居多，選古賦者居少。專選古賦的本子，以姚鼐《古文辭類纂·辭賦類》和張惠言《七十家賦鈔》名氣較大，其他古賦選本則罕有所聞。這反映出清人追求科舉功名，因而特別重視律賦的風氣。乾隆初年及其以前，賦家一般以六朝駢賦

和唐代律賦爲作賦標準，到了乾隆中後期，翰林院試賦之風盛行，逐漸形成清代館閣律賦的格式風範。因而清人律賦的師法對象也逐漸地由師法六朝唐賦而轉向師法本朝館閣賦。隨之許多以清代本朝館閣律賦名作爲範本的律賦選本，應運而生。當然，沿流溯源，漢魏六朝唐賦亦未盡廢。

其三、清代賦選家的籍貫，初期以江浙一帶居多，後期以廣東一帶居多。這大概是因爲清代後期廣東一帶經濟發展較快，促進了文化中心的南移，也刺激了刻書印刷行業發展的緣故。職此之故，香港各家圖書館也得以珍藏不少賦學要集。

其四、清代賦的編排方法以分類爲主。就分類而言，又可以有兩種不同：一種是按照「天文、歲時、地理」等等題材分類，比如《御定歷代賦彙》、《律賦揀金錄》、《賦學雞跖集》，直到《律賦囊括》、《賦海大觀》都是採用這種分類方法。這種分類方法的優點是便於檢閱，其類目來源於《文苑英華》的分類和類書的分類。另一種是按照風格分類，比如《賦學正鵠》、《律賦準繩》等即是。這種分類方法的優點在於便於學者比較揣摩。前此有魏謙升《賦品》、余丙照《賦學指南》曾經論及賦之風格分類，如余氏將賦分爲「四品」云：「其一、清音嫋嫋，秀骨珊珊，名曰清秀品。此近時風尚者也。其一、靈活無比，圓轉自如，名曰灑脫品。此熟如彈丸者也。其一、端莊流利，蘊藉風流，名曰莊雅品。此骨肉亭勻者也。其一、古調獨彈，自饒豐致，名曰古致品。此不落恒蹊者也。」《賦學正鵠》等選本則提供了分品的實例，是研究律賦風格論的重要資料。

其五、宋人嚴羽曾經主張學詩「工夫須從上做下，不可從下做

上」❷，清代賦論家則反其道而行之，主張工夫可以由下做上。李元度在《賦學正鵠·序目》中闡述這個觀點說：「賦者，古詩之流，其體肇於荀卿、宋玉。自周秦漢魏之六朝，皆古賦也。唐以詩賦取士，始有律賦之目，古賦變爲律賦，猶古文變爲時文也。今功令以詩賦試士，館閣尤重之。試賦除擬古外，率以清醒流利輕靈典切爲宗，正合唐人律體。特唐律巧法未備，往往瑕瑜互見，宋元亦然。今賦則斟酌益臻完善耳。譬如八韻詩，唐賦則唐人試律也，今館閣諸賦，則國朝試帖也。學者就時彥中擇其最精者以爲鵠，即不啻瓣香唐賢，不必復陳大輅之椎輪矣。蓋嘗論賦學有源有流，漢魏六朝之古體，源也；唐宋及今之律體，流也。將握源而治，則必先學漢魏六朝，而後於律體；將循流以溯源，則由今賦之步武唐人者神而明之，以漸躋於六朝兩漢之韻味。二者其道一，而從入之途不同，然升高自下，陟遐自近，固當以循流溯源爲得其序也。」在李元度之前，王芑孫在《讀賦卮言》中曾經主張：「讀賦必從《文選》、《唐文粹》始，而作賦則當自律賦始。」在李元度之後，蘇興編《清代律賦類纂》，也採用「因類以討義，循流而溯源」的方法，足見由下做上的方法是清代不少賦論家的共識。

---

❷ 見嚴羽《滄浪詩話·詩辨》：「工夫須從上做下，不可從下做上。先須熟讀《楚辭》，朝夕諷詠以爲之本；及讀《古詩十九首》，樂府四篇，李陵、蘇武、漢魏五言，皆須熟讀，即以李、杜二集枕藉觀之，如今人之治經，然後博取盛唐名家，醞釀胸中，久之自然悟入。」郭紹虞：《滄浪詩話校釋》（臺北：里仁書局，1987 年），頁 1。

第四章　清代「八股文賦」論爭平議

一、當代研究者的兩種不同觀點

清代是否有過一種「八股文賦」（簡稱「股賦」）？清賦是否以「股賦」為其代表，是否可以稱之為「八股文賦時代」？這在學術界存在著兩種對立的觀點。日本學者鈴木虎雄在其所著《賦史大要》第七篇，特立「八股文賦（清賦）時代」一目，並說明道：「就清賦與前代賦之關係而觀，可由句法、股法、押韻，以及股法與押韻之相互關係等方面而為之。余始區別賦之時期，謂可以清賦看作八股文賦之時代。有謂特設此稱使之獨立為無必要者，顧余使之獨立，為有實際之便。故就清賦而統觀之，余前述各期所有形式無不具備；但僅具備所有形式，未有何者成為一己之所特有；勉強言之，其自身具備所有，不可不謂為其特色。然余於其具備所有者中，覺其所帶八股色彩顯然著明，故主此點，欲少有所記述。」❶其後，臺灣一些學者贊同鈴木虎雄的看法，張正體和李日剛即祖述

---

❶　鈴木虎雄著、殷石臞譯：《賦史大要》（臺北：正中書局，1976 年），頁 289。

其說。張正體在其《賦學》中列〈清代八股文賦概介〉一章，並說明道：「清代之股賦，其最大特色就是構篇的句法有濃厚的八股文色彩。蓋清代的文風趨向復古，駢文特別發達，兼之科舉取士以八股文爲工具，是以清世賦家的作品因之無法擺脫時尚也。」❷李日剛在《辭賦流變史》中列〈股賦（明清賦）〉一章，並說明道：「所謂股賦，乃『八股文賦』之簡稱，蓋由律賦與散賦兩者雜糅而成，於對偶中屬入八股文句法，寓駢於散，以俳爲偶之一種賦體也。發軔於明，盛行於清。就其與前代賦之關係而觀，可從句法、押韻、以及股法與押韻之相互關係方面別其研究。」❸與上述的贊同的觀點不同，內地一些學者反對鈴木虎雄的看法，葉幼明和何新文即持反對的意見。葉幼明在其所著《辭賦通論》中，從清賦與八股文關係、清賦的構篇造句方式、清賦的用韻情形等三個方面作了考察，認爲是賦影響了八股文而不是相反，因此斷言：八股文賦「是不存在於我國賦史的，八股文賦之說是不能成立的。」❹何新文在其著《中國賦論史稿》中批評張正體《賦學》「根據鈴木虎雄的意見將許多清代的賦稱爲股賦，理由尚不充足」❺。他的意見同葉幼明是一致的。

　　上述兩種意見針鋒相對，這在學術研究上是個好現象。常言道：眞理愈辯愈明，兼信則明，偏聽則暗。後續的研究者可以從前此不同的意見中吸取合理成分，豐富自己的思考，以得出自己認可

❷　張正體、張婷婷：《賦學》（臺北：臺灣學生書局，1982 年），頁 320。
❸　李曰剛：《辭賦流變史》（臺北：文津出版社，1987 年），頁 211。
❹　葉幼明：《辭賦通論》（湖南：教育出版社，1991 年），頁 125。
❺　何新文：《中國賦論史稿》（北京：開明出版社，1993 年），頁 210。

的結論。我在研讀清代賦學論著的過程之中，「股賦」的問題常常縈繞於心，發現不少清代賦論家對此問題有所論述，下面準備先談清代賦論家的意見，接著舉例將清賦與八股文作一次切實的比較，最後再小結我的粗淺看法，以供學術界作進一步的研究。

二、清代賦論家的有關論述

(一) 清人論八股破題股對出自律賦

明末清初顧炎武（1613－1682）《日知錄·試文格式》條云：「經義之文，流俗謂之八股，蓋始於成化以後。股者，對偶之名也。（中略）發端二句或三四句，謂之破題。大抵對句爲多，此宋人相傳之格。」（原注：本之唐人賦格。《集釋》引錢氏曰：宋季有魏天應《論學繩尺》一書，皆當時應舉文字，有破題、接題、小講、大講、入題、原題諸式，是論亦有破題。）❻顧氏之論，指出八股文之破題本之唐人賦格。他雖然未舉出具體實例，但是開啓了後人考證研究的大門，可謂功不可沒。

清初毛奇齡（1623－1716）有云：「天下無散文而復其句重其語，兩疊其語言作對待者。惟唐人試士，改漢魏散詩而限以比語，有破題，有承題，有領比，有腹比，有後比，而後結以收之。六韻之首尾，即起結也；其中四韻，即八比也。然則試文之八比，視此

---

❻　顧炎武著、黃汝成集釋、秦克誠點校：《日知錄集釋》（湖南：岳麓書社，1994 年）卷十六，頁 94。

也。」❼毛奇齡在這裏明確地指出，八股文的格式來源於唐人的六韻排律試帖詩。

　　毛奇齡的這個觀點在清代影響很大，其後乾隆年間的李調元（1734－1802）即本此立說而加以發揮。李調元在《雨村賦話》卷三中寫道：「唐李程〈金受礪賦〉，雙起雙收，通篇純以機致勝，骨節通靈，清氣如拭，在唐賦中又是一格。毛秋晴（奇齡字）太史謂『制義源於排律』，此種亦是濫觴。分合承接，蹊徑分明，穎悟人即可作制義讀。」❽李調元在毛奇齡的啓發下，進而指出唐人律賦也是八股文的濫觴。在評論白居易〈動靜交相養賦〉時，李調元也指出：「通篇句陣整齊，兩兩相比。此調自樂天創之，後來制義分股之法，實濫觴於此種。」❾股對是八股文的重要特徵之一，看來確實同律賦有淵源關係。

---

❼　毛奇齡語，見《西河集》（臺北：商務印書館影印《四庫全書》本）卷五二〈唐人試帖序〉。又見龔向農：《中國文學史略論》（成都：薛崇禮堂刻本，1945 年）附錄〈明清制義〉。

❽　參見詹杭倫、沈時蓉校證：《雨村賦話校證》（臺北：新文豐出版公司，1993 年）卷三第六條注。案：李程〈金受礪賦〉起句：「惟礪也，有克鋼之美；惟金也，有利用之功」，是爲雙起。結句「況今聖上欽明，英髦迭出。恭默思道，曷高宗之可侔；輔弼納忠，豈傅巖之攸匹。」是爲雙收。八股文中有「兩扇立格」之法（參見《日知錄·試文格式》），其格式可由李程此賦得到啓發，此蓋李調元立說之本意。

❾　參見《雨村賦話校證》卷二第十七條注。白居易〈動靜交相養賦〉之長對云：「所以動之爲用，在氣爲春，在鳥爲飛，在舟爲楫，在弩爲機，不有動也，靜將疇依？所以靜之爲用，在蟲爲蟄，在水爲止，在門爲鍵，在輪爲柅，不有靜也，動奚資始？」此種長對，與後來八股文的股對相似。

　　李調元的進士同年趙翼（1724－1814）在《陔餘叢考》❿中論證
「破題不始於八股文」云：「今八股起二句曰破題，然破題不始於
八股也。李肇《國史補》：李程試〈日五色賦〉，既出圍，楊於陵
見其破題云『德動天鑒，祥開日華』，許以必擢狀元。是唐人於作
賦起處已曰破題。《劉貢父詩話》：有閩士作〈清明象天賦〉破題
云：『天道如何，仰之彌高。』《瑩雪雜說》：俞陶作〈天之歷數
在舜躬賦〉，破題云：『神聖相授，天人會同。何謳歌不之堯子，
蓋歷數在於聖躬。』（中略）是皆賦之破題也。《六一詩話》謂梅
聖俞〈河豚詩〉開首『春洲生荻芽，春岸飛楊花』，只此破題，已
道盡河豚好處。《瑩雪叢說》：湯黃中試〈秋燕已如客〉詩，破題
云『近人方賀夏，如客已驚秋』，（中略）此又詩之破題也。《夷
堅志》：程覺改習《易經》，謁老儒張師韓傳《易》義，張教以預
擬題目，如『聖人作，萬物睹』之類，仍教以破題及主義，於是遂
捷。此則經義之破題也。」趙翼的考證闡明唐人詩賦和宋人經義中
早已採用「破題」的概念。

(二) 清人以八股文章法論律賦

　　乾隆年間，朱一飛編成《律賦揀金錄》⓫十二卷，並撰〈賦
譜〉一篇置於卷首，詳論律賦格法。其論及律賦與八股文之關係
云：「唐始以駢賦取士，儷以四六，限以聲律，其法與今之八股文

❿　趙翼著、欒保群等校點：《陔餘叢考》，（河北：河北人民出版社，1990
　　年）卷二十二，頁349。

⓫　朱一飛：《律賦揀金錄》，有乾隆丙申（1776）初刻本，乾隆壬子
　　（1792）增訂重刻本，本文所用為重刻本。

同。第一韻擒題，即小講也，二三韻漸次入題，即入手、提比也，四五韻舖敘正面，即中比也，六韻或摠發、或互勘、或推原，七韻或旁面證佐、或題後敷衍，總之歸繳題旨爲正，即後比、結比也。」這是清代賦論中從結構上把律賦與八股文掛鉤的講法。

嘉慶年間，邱士超編成《唐人賦鈔》❷六卷，並撰〈總論〉一篇置於卷首，表述他對律賦的看法。其論及律賦與八股文之關係云：「應制之體，以律賦爲正宗。詩之五排，賦之八韻，皆爲八股先聲。首一段籠題，前兩聯爲破承，後四句則小講也。次段原題。三段落題，即今之提比出題也。四韻五韻之力發正面，即今之中股中段也。六韻中，或合發，或小束，或詠嘆；七段或敷佐，或襯托，以歸落題旨，即後股末段也。末一韻或頌揚，或寓意，而總以映帶題義，收煞有力爲佳。」這是賡續朱一飛〈賦譜〉用八股章法論律賦，邱氏之見與朱氏大旨略同。

道光四年（1824），徐斗光編成《賦學僊丹》❸，卷首載〈賦學秘訣〉一卷。其論律賦層次云：「其層次，則有如八股時文。有以古題命題者爲古題，古題直起，亦用總冒，後即以敘事述事爲層次，事畢乃止也。他題首韻亦俱用總冒，如近日時文中小講擒題，轉不嫌全題說盡，但不致雜露題面之字，以便此段點醒也。必起得緊，起得超忽，以全力團練之，劈頭棒喝，乃令閱者一見神移。如所謂古題既直起，時題則陪起、頌揚起，各宜精神。次二三段，或

---

❷ 邱士超：《唐人賦鈔》，有嘉慶十八年（1813）初刻本，同治壬戌（1862）重刻本，本文所用爲重刻本。

❸ 徐斗光：《賦學僊丹》（柳深處葦堂家塾刻本），自序署道光四年（1824）。

敘題原委來歷，或爲展拓於題前，如文之前比也。四五段敘題之正面，如文之中比也。六段或總發，或互勘，或推原。七段或旁證，或題後敷衍，終必徹歸題因，如文之後比結比也。末段或頌揚，或寓意，俱宜倚傍題字，無泛套也。」由徐氏所論，可知律賦在破題和層次安排方面與八股文相當接近。

　　道光年間，潘遵祁編成《唐律賦抄》❶一卷，選擇唐人律賦「清麗有則，輕圓可誦」者二十四篇，加以注釋、評點，刊刻行世。卷首所輯《論賦集抄》收湯稼堂《律賦衡裁·餘論》十則、顧南雅《律賦必以集》論賦十則、吳穀人《論律賦》、王藝齋《論律賦》等四種賦論。王氏之《論律賦》亦主律賦與八股文比附之論，其言曰：「律賦第一段之第一聯猶制義之破題也，第二聯猶制義之承題也。或兩聯破題，而以第三聯承題者，題有詳略，詞有繁簡也。第一段籠起全題，尚留虛步，猶制義之起講也。第二段必敘明題之來歷，猶制義之下必承明上文也。第三段漸逼本位，而從前一層著筆，或用兩層夾出者，猶制義之起比也。第四段、第五段則實賦正面，猶制義之中比也。或將人物分賦者，則制義每股立柱法也。第六、第七段多用旁襯，或翻騰以醒題意，猶制義之後比也。第八段或詠嘆，或頌揚，或從題中翻進一層，猶制義之結穴也。」王氏用八股章法解析律賦，其論比朱一飛、邱士超、徐斗光更爲詳盡。

---

❶　潘遵祁：《唐律賦抄》（道光二十八年[1848]刊本）。案：潘遵祁，字順之，號西圃，吳縣（今屬江蘇）人。道光二十年（1840）進士。著述有《西圃集》、《唐律賦抄》等。

同治年間，徐承垛編成《賦法梯程》❶四卷，選錄清代律賦名篇一百七十三首，卷首載作者之師吳曉嵐（號香塱）撰〈論賦十四則〉，論及賦之體裁、律賦層次、段落、點題、句法、押韻等問題。其中論分析層次之法也以律賦與八股文同例：「作賦第一要訣，是分析層次，其法與時文、排律一例也。凡大題之本有事實情節者，固宜按之本事，挨次詳寫；即小題無甚節次，亦必想出前虛後實、前寬後緊、前淺後深之法；雖萬無層次可分者，亦必於每段起手之虛字文法上，分出次第，如次段以下，用『當夫、繼而、至於、遂乃、他如』之類。如此則一段有一段之意，不致後先凌躒。」這是講律賦構思時，需要像作八股文或排律那樣通盤考慮全篇的結構章法及其表述的先後次第。

檢閱以上清代賦論家對八股文與律賦關係的有關論述，可以清楚地看到：一方面清人明白八股文的破題股對等格式來源於律賦，和排律詩，另一方面清人又大量地用八股文章法來講解律賦的層次結構。由此我們可以得出三點認識：

第一、八股文是一種科舉文體，必然受到前此科舉文體的影響。前此的科舉文體有唐代產生的排律、律賦和宋代產生的經義等等，不妨說，典型的八股文是參照經義考試的內容和加上排律、律賦的格式而形成的一種科舉文體。當然，內容和形式是不能截然分開的，詩、賦考試中，也有經書義理的內容；經義文章中，也有某

---

❶ 徐承垛：《賦法梯程》，書成於同治六年（1867）。今存春暉草堂費氏抄本，藏上海圖書館。案：徐承垛，號拙學老人，室名架瑚書屋。生平事蹟不詳，大約生活於咸豐、同治年間。

些詩、賦的格式，這裏分開立論，只是便於強調八股文吸收前此科舉文體特點有所側重而已。

　　第二、八股文的主要格式如破題、股法、大結之類的確是由律賦發展而來。正如鄺健行先生在〈律賦與八股文〉❶一文中所得出的三條結論那樣：一、「八股文和律賦在體式上淵源較深，所以顧炎武特別提出八股文破題本之唐人賦格的說法。」二、「八股文的大結頗近唐人律賦的體裁。」三、「說八股文的長股對和唐代律賦有關係，自無不可，儘管不一定是直接的關係。」八股文與律賦在體式上的淵源關係是不容否認的。

　　第三、從文體發展順序的角度來看，自然如同葉幼明所說是律賦影響了八股文，而不是相反。但是考慮到清代律賦創作和評論的實際情況，如此眾多的賦論家用八股文法來講解律賦作法，這種現象說明了什麼呢？這說明在律賦和八股文之間存在著一種循環影響的關係：首先是律賦影響八股文，然後是八股文影響律賦。由於律賦在清代作為考試文體的重要性遠在八股文之下。再者，律賦這種考試文體自宋代以後，元明兩代都不時興，在清代方才死灰復燃。這就決定了士子對於律賦的熟悉程度遠遠不如八股文。因此賦論家在講解律賦時，喜歡採用士子熟悉的八股文的章法來加以說明。

　　要充分理解這種循環影響的特殊情況，需要從明清兩代實行的科舉制度來進行考察。明代考試開始用八股文，而清代的科舉大體沿襲明制。《清史·選舉志》記載：「古者取士之法，莫備於成

---

❶　鄺健行：〈律賦與八股文〉，載《詩賦與律調》（北京：中華書局，1994年），頁 169－178。

周,而得人之盛,亦以成周爲最。自唐以後,廢選舉之制,改用科目,歷代相沿。而明則專取《四子書》及《易》、《書》、《詩》、《春秋》、《禮記》五經命題試士,謂之制義。有清一沿明制,二百餘年,雖有以他途進者,終不得與科第出身者相比。康、乾兩朝,特開制科,博學鴻詞,號稱得人。所試者亦僅詩、賦、策論而已。」❼「有清科目取士,承明制用八股文,取《四子書》及《易》、《書》、《詩》、《春秋》、《禮記》五經命題,謂之制義。三年大比,試諸生於直省,曰鄉試,中式者爲舉人。次年試舉人於京師,曰會試,中式者爲貢士。天子親策於廷,曰殿試,名第分一、二、三甲。一甲三人,曰狀元、榜眼、探花,賜進士及第。二甲若干人,賜進士出身。三甲若干人,賜同進士出身。鄉試第一曰解元,會試第一曰會元,二甲第一曰傳臚。悉仍明舊稱也。」❽上述正史所載清代科舉考試層次只有鄉試、會試、殿試三級,並不完備。根據商衍鎏《清代科舉考試述錄》❾考證,在鄉試之前,還有各地學政主持的院試。但也可以看出清代科舉考試的主要文體是八股文。《清史稿·選舉志》只談到制科考試用律賦,除此之外,學政主持的院試⓴、翰林院翰詹大考、庶吉士月課、散館

❼　《清史稿》(北京:中華書局,1997 年)卷一百六〈選舉一·序言〉。

❽　《清史稿》卷一百八〈選舉三·文科〉。

❾　商衍鎏:《清代科舉考試述錄》(北京:生活、讀書、新知三聯書店,1958 年)。

⓴　如《童山文集》(《函海》本)卷一載李調元任廣東學政時試〈煙賦〉,即其例。

考試（結業考試）㉑、還有皇帝出巡的召試㉒，都有用律賦的。正如顧南雅《律賦必以集・序》所云：「我朝承前明之制，取士以制義，而仍不廢詩賦。自庶吉士散館、翰詹大考，以及學政試生童，俱用之。其體固不拘一格，而要之以律爲宜。蓋律者，法也。有對偶、有聲病。古賦可以僞爲，而律非富於涉獵揣摩有素者，不能爲也。」㉓又如陶福履《常談》所云：「國朝專爲翰林供奉文字、庶吉士月課散館、翰詹大考皆試賦，外如博學鴻詞及召試，亦試賦，而學政試生員亦用詩賦。」㉔不過無論如何，律賦在清代作爲考試文體的重要性遠在八股文之下。加之，律賦這種文體用於考試，自宋代以後，元明兩代都不採用，在清代方才部份恢復（仍未列入進士考試正場）。這就決定了士子對於律賦的熟悉程度遠遠不如八股文。因此賦論家在講解律賦時，喜歡採用士子熟悉的八股文的章法來加以說明。

㉑　參見林聯桂《見星盧賦話》（《高涼耆舊遺集》本，清光緒十八年[1892]刊）所載清代館閣賦。

㉒　清代賦論家浦銑、王芑孫均曾經參加乾隆出巡天津的召試。乾隆三十八年（1773）巡視天津，浦銑赴行在獻賦，蒙賞賚，從此益加肆力賦學。見《復小齋賦話・自序》（乾隆五十三年[1788]復小齋刊本，附《歷代賦話》之後，有浦銑〈自序〉和王敬禧〈跋〉）。王芑孫於乾隆五十三年（1788）應天津召試，入一等，欽賜舉人，授戍安宮教習。見王鎏撰〈族兄惕甫先生傳〉，載閔爾昌：《碑傳集補》（臺北：明文書局，1985年版《清代傳記叢刊》本）卷四七。

㉓　顧南雅：《律賦必以集》（廣東：菊坡精舍重刻本，清嘉慶二十五年[1820]）。

㉔　陶福履：《常談》，清光緒十六年（1890）刻本，《叢書集成初編》本（北京：中華書局，1985年）。

由此也就產生了一個問題：士子在用八股文法來寫作律賦時，有沒有可能寫出一種八股色彩比較濃厚的律賦來呢？下面，我們就來看一些實例。

三、清代八股文與律賦作品之比較

商衍鎏《清代科舉考試述錄》曾舉康熙年間的狀元韓菼（1637－1704）的《論語》題時文為例，以闡明八股文格式❷。為便於閱讀理解，特將商氏的解析稍加修飾，過錄於下。

(一) 八股文格式舉例釋義

〈子謂顏淵曰：用之則行，舍之則藏，惟我與爾有是乎〉

韓菼

聖人行藏之宜，俟能者而微示之也。

——以上破題二句。明破「行藏」，暗破「惟我與爾」。凡破題無論聖賢與何人之名，均須用代字，故以「能者」二字代顏淵。

蓋聖人之行藏，正不易窺，自顏子幾之，而始可與之言矣。

---

❷　見《清代科舉考試述錄》第七章，頁 255。該文原載方苞編《欽定本朝四書文》卷三。

——以上承題四句。三句五句皆可。承題諸人直稱名號，故稱顏子。破、承皆用作者之意，不入口氣。

故特謂之曰：畢生閱歷，祇一二途以聽人分取焉，而求可以不窮於其際者，往往而鮮也。迫於有可以自信之矣，而或獨得而無與共，獨處而無與言。此意其託之窳歌自適也耶，而吾今幸有以語爾也。

——以上起講十句。多少句數並無定法，可以任意伸縮。起處用若曰、意謂、且夫、今夫、嘗思等字皆可。「故特謂之曰」下，入孔子語氣對顏淵說，「畢生」四句正起，「迫於」三句反承，「此意」二句轉合。總籠全題，層次分明。起講以後，皆是孔子語氣。

回乎：人有積平生之得力，終不自明，而必俟其人發之者，情相待也，故意氣自廣，得一人焉，可以不孤矣；
人有積一生之靜觀，初無所試，而不知他人已識之者，神相告也，故學問誠深，有一候焉，不容中秘矣。

——以上為提比。只用「回乎」二字領起，以無上文，故直接入題。孔子對於弟子一律呼名，顏子名回，字子淵，所以不曰淵而曰回。八股文提比句數多少無定，中、後比亦然。只是提比不宜太長，以免占中、後比地位。本文起二比每比七句，用意在題前「我、爾」字盤旋，輕逗「用舍行藏」而不實作。

回乎，嘗試與爾仰參天時，俯查人事，而中度吾身，用耶舍
也，行也藏也？

——以上爲提比之後的出題，主要作用在開啓下文。仍用「回
乎」領起，將「用舍行藏我爾」字一起點出。此爲五句，但相題爲
之，句數可以伸縮。

汲於行者蹶，需於行者滯，有如不必於行，而用之則行者
乎，此其人非復功名中人也；
一於藏者緩，果於藏者殆，有如不必於藏，而舍之則藏者
乎，此其人非復泉石中人也。

——以上爲提比之後的兩小比（或稱虛比），點醒用舍行藏二
語，爲中二比預留地步。惟此兩小比，或有用於中、後比之下而稱
作束比者。位置倘或不同，則用意也隨之而改。

則嘗試擬而求之，意必詩書之內有其人焉，爰是流連以誌
之，然吾學之謂何，而此詣竟遙遙終古，則長自負也，竊念
自窮理觀化以來，屢以身涉用舍之交，而充然有餘以自處
者，此際亦差堪慰耳；
則又嘗身而試之，今者輾環之際有微擅焉，乃日周旋而忽
之，然與人同學之謂何，而此意竟寂寂人間，亦用自嘆矣，
而獨是晤對忘言之頃，曾不與我質行藏之疑，而淵然此中之
相發者，此際亦足共慰耳。

——以上爲二中比。抉發題中神理之所在，鎖上關下，輕緊鬆靈，向背開闔。可以參之議論，但仍然不宜盡用實筆實寫耳。

　　而吾因念乎我也，念乎我之與爾也。

——以上爲中比與後比之間的過接。由中比之用舍行藏之交過渡到題之末句「惟我與爾」，緊接後比。

　　惟我與爾攬事物之歸，而確有以自主，故一任乎人事之遷，
　　而祇自行其性分之素，此時我得其爲我，爾亦得其爲爾也，
　　用舍何與焉，我兩人常抱此至足者共千古而已矣；
　　惟我與爾參神明之變，而順應無方，故雖積乎道德之厚，而
　　總不爭乎氣數之先，此時我不執其爲我，爾亦不執其爲爾
　　也，行藏又何事焉，我兩人長留此不可知者予造物已矣。

——以上爲後比。實力發揮，用題「惟我與爾」末句，總起「用舍行藏」全題，氣勢暢達，意無餘蘊。後比每比八句，因其中比較長，若中比較短，則後比之文盡情馳騁，往往有長至十多二十句者。

　　有是乎，惟我與爾也夫。而斯時之回，亦怡然得默然解也。

——此爲全篇之收結。倘有下文，則收結改爲落下。
　　這是一篇典範的八股文，方苞《欽定本朝四書文》卷三曾有評云：「或謂上二句儘有理實可發揮，病此文太略。非也，一實發便

非此題。神理清深溫潤，正與語意相稱。」㉖凡破題、承題、起
講、領起、出題、過接、收結多用單句，凡提比、（虛比）、中
比、後比、（束比）則必須用對偶句。這是八股文的定體，其他相
題立制，各有變化，可以準此考查，舉一反三。

我們關心的是，是否存在與八股文體制相類似的律賦呢？下面
也舉一例來加以分析。

(二) 清代律賦舉例釋義

唐抄本《賦譜》曾劃分律賦的段落云：「至今新體分爲四段：
初三四對，約三十字爲頭；次三對，約四十對爲項；次二百餘字爲
腹；最後約四十字爲尾。就腹中更分爲五：初約四十字爲胸，次約
四十字爲上腹，次約四十字爲下腹，次約四十字爲腰。都八段，段
轉韻發語爲常體。」㉗清代道光年間，賦論家余丙照編成《賦學指
南》（一名《賦學入門》）㉘，卷末附載十篇唐代、二十篇清代律賦
作爲範式。我們據以選乾隆年間著名賦家顧元熙一篇律賦爲例，並
採用唐抄本《賦譜》所提供的段落名稱，同時摘錄黎翔鳳《律賦評
箋》㉙的眉批附後。

㉖ 方苞《欽定本朝四書文》，見《欽定四書文》（臺北：商務印書館影印
《欽定四庫全書》第 1451 冊）。

㉗ 唐抄本《賦譜》，日本東京五島美術館藏本。參見拙撰〈唐抄本《賦譜》
初探〉（《四川師範大學學報增刊》第七輯，1993 年）。

㉘ 徐丙照：《賦學入門》（臺北：廣文書局影印本，1979 年）。

㉙ 黎翔鳳、黎榮桂：《律賦評箋》（廣東：儒林閣刊本，光緒六年
[1880]）。

〈吳季子掛劍賦〉
以「我心許之，始終不渝」為韻
顧元熙

　　緊古之君子，立心必誠，致行必果。在久要而不忘，豈前盟之相左。縱責約已無他人，而食言仍知不可。曾經一喏，俾死者可以復生；倘吝千金，即斯人何以諒我。

　　——以上是「我」字韻第一段，為賦頭。首三句破題，點明古君子吳季子一諾千金之旨。後八句是承題，與八股文之承題相似。相當於當今新聞消息的一段導語，具有籠罩全題的作用。《律賦評箋》云：「首段籠題，渾括全題大意，清空近唐人。」

　　昔季子之出遊也，攜蓮鍔，佩霜鐔。辭吳都而奉使，向徐上以遙臨。觸徐君之癖好，對吳客而情深。方顧盼於腰間，連環月吐；遂摩挲於掌上，一匣風吟。雖未明言其欲，已為逐逐；概為暗許爾時，相印心心。

　　——以上是「心」字韻第二段，為賦項。此段在律賦為原題，闡明賦題的來歷。題出《史記·吳太伯世家》：「季札之初使，北過徐君。徐君好季札劍，口弗敢言。札心知之，為使上國，未獻。還至徐，徐君已死，於是乃解其寶劍，繫之徐君墓樹而去。從者曰：「徐君已死，尚誰予乎？」季子曰：「不然。始吾心已許之，豈以死倍（背）吾心哉！」本段就是根據史實敷衍而成。律賦之原

題與八股文的起講相近，但八股文起講爲散句，律賦已進入對偶。《律賦評箋》云：「此段原題。季子過徐，徐君好其劍而弗敢言，季子心許之。敘來歷歷如畫。」

> 價觖兼金，情豪投紵。以彼邂逅而愛茲，胡弗提攜而贈汝。蓋以吳鉤錦帶，藉光上國之遊；原非越鍔霜鋒，尚靳取懷而予。有如此劍，生平之知己無忘；曾幾何時，日月之寢馳如許。

——以上是「許」字韻第三段，爲賦胸。此段引入正題，猶如八股文之起比（提比）。《律賦評箋》云：「三段引題。緊承上段，申明許而未獻之故，收聯足上。」

> 人事難知，幽明路跂。迨還轅之止止，已新冢之纍纍。方思拂拭鵝膏，爲君起舞；豈料凄涼薤露，棄我如遺。公不予求，蓋毋奪人之好也；吾已子諾，夫豈其至今違之。

——以上是「之」字韻第四段，爲賦之上腹。此段正面鋪述季子心情。相當於八股文中比之出比。

> 公何往乎，劍猶在此。泣數行兮汍瀾，撫一樹兮徒倚。解時而素練光浮，掛處而涼飆聲起。未殉大王之葬，孤比雄風；藉明公子之忱，皎若秋水。蓋全一面之交者以是終，而慰九原之葬者又以是始也。

──以上為「始」字韻第五段，為賦之中腹。此段正面鋪述季
子掛劍之行動。相當於八股文中比之對比。《律賦評箋》云：
「四、五段詮題。上是未掛之前，寫其深情摯意；下是方掛之項，
寫其慷慨悲歌。兩邊分疏，彼此無憾，作一關鎖，筆大如椽，眼大
如箕。」

　　煙靄萬里，苔闃泉宮；縱橫狐兔，零落梧楓。閃三尺之芒
　　寒，漆燈晝黯；點七星之影亂，燐火宵紅。神其監諸，幸未
　　失同楚履；靈之來也，依然遺似軒弓。悵故人兮不見，指明
　　月以長終。

──以上為「終」字韻第六段，為賦之下腹。此段渲染掛劍之
後的情景。相當於八股文後比之出比。

　　是則言有踐而弗違，志有伸而不屈。託高義兮蒼茫，抒予懷
　　兮盤鬱。騰為虎氣，山中之群魅應驚；借作魚腸，地下之不
　　祥能祓。任爾化龍飛去，此別何如；憐余控馬孤還，懷歸豈
　　不。

──以上為「不」字韻第七段，為賦腰。此段想像離別後，寶
劍之神奇變化。相當於八股文後比之對比。《律賦評箋》云：
「六、七段衍題。此申足墓上之劍，寫得寶光閃爍，虎氣飛騰，洞
石破天驚之技。」

　　客有穿雲躡屐，冒雨提壺。登高群兮憑覽，問遺跡兮模糊。

　　秋墳闃寂，宿草荒蕪。恨古人吾未見，誰其丹青之弗渝。

　　——以上爲「渝」字韻第八段，爲賦尾。作者以感歎古人之高
風亮節難以再見作結。相當於八股文的大結。《律賦評箋》云：
「末段結題。只在後人懷古，一收慨然。」

　　將上面所舉八股文和律賦作一對比，可以看到兩者的相同處與
不同處。就相同處而觀之，主要有兩點近似：

　　一是破題的方法近似，兩者都要求破題揭示題目的主旨和深層
涵義，以便下文圍繞主旨作渲染與發揮。我們知道八股文的破題方
法源於律賦，而到了清代，律賦制作又收到八股文破題方法之影
響，這是不同文體在發展過程中相互回環影響的一個實例。

　　二是層次結構近似，律賦由於八韻的限制而分成八段，八股文
則由於八股之限制，分段大致略同。這一方面是由於考試文體內在
脈絡及其結構完整性的要求對兩種文體是一致的，另一方面則是由
於清代賦論家在傳授律賦技法時，不斷地用八股文的程式來講解律
賦章法的結果。要讓學生了解他們不太熟悉的律賦結構，最好的方
法當然是用他們非常熟悉的八股文章法來進行比附，想來這是在清
代律賦教學過程中合情合理、自然而然出現的情形。

　　但是，我們在比較八股文與律賦時，這兩者的差異也是非常明
顯的：

　　第一，律賦是韻文，講究聲律，讀起來聲調鏗鏘；❸而八股文

---

❸　　關於律賦之平仄聲律，可參考本書第八章〈清代律賦平仄論〉。

是散文，不需要押韻，讀起來語調平和委婉。

第二，八股文在題材上局限於在「四書五經」中出題，要求「入口氣」，代聖賢立言；而律賦的題材則比較廣泛，可以賦物、可以懷古、也可以抒情言志。有人認爲律賦也可以像八股文一樣「入口氣」，恐怕不是，如像上舉顧元熙〈吳季子掛劍賦〉第四段描述吳季子之心情，可以看成是一種心理描寫，而不好說成是代吳季子立言㉛。

第三，由於八股文本質上是散文，主體段落之間，往往需要「出題」、「過接」等段落作承接轉換；而律賦是韻文，它換韻便是轉段，或者只需要簡短的發語詞、轉折詞「若乃、且夫」之類，便能做到轉接自然，甚至也允許律賦如詩歌般段落間有某種程度的意念上的跳躍性。所以八股文之構段與律賦之構段也只是大致上的近似，不宜刻板地加以比附。

值得注意的是，律賦之雙關題（如前舉李程〈金受礪賦〉「金」與「礪」雙關）與八股文之兩扇題非常接近，在構段上也更爲相近。這一點得到清代賦論家更多的關注。清初顧炎武在《日知錄·試文格式》中即指出有一種八股文：「其兩扇立格（原注：謂題本兩對，

㉛　鄭獻甫：《制義雜話》（《補學軒文集續刻》（臺北：文海出版社，1975年）云：「（唐賦）中間不用論斷者，必順敘口氣，如王榮〈沛父老留漢高祖賦〉，即作父老語；宋言〈漁父辭劍賦〉，即作漁父語；即今用口氣所本也。」鄺健行先生在〈律賦與八股文〉中不同意這種講法，認爲「二賦和八股文的題目都包含著言語因素，那麼寫作時分別入口氣，自屬常情。二者之間雖有時代先後之不同，倒不是彼此非有牽連不可的。」本文贊同鄺先生的意見。

文亦兩大對），則每扇之中各有四股，其次第文法亦復如之。」其後，李調元《雨村賦話》亦指出：「唐李程〈金受礪賦〉，雙起雙收，通篇純以機致勝，骨節通靈，清氣如拭，在唐賦中又是一格。……分合承接，蹊徑分明，穎悟人即可作制義讀。」道光年間，林聯桂在《見星廬賦話》中對此舉出更詳細的例證，茲引錄如下：

㈢ 林聯桂論兩扇賦題示例

《見星廬賦話》卷二：「賦遇兩扇題，中間固宜兩平安置題位，然上下有交互之法，前後有合發之法，與八股作法無異也。所謂上下交互之法，如龍殿撰汝言〈大法小廉賦〉後段云：

> 夫以朝廷耳目，王國羽翼。曰明曰旦，有猷有為。在師保公孤之列，非與臺僕隸之司；苟傷廉而怨義，詎執法以無私。蓋非徒以曲謹小廉畢乃事也，斯舉世之頑廉懦立。
> 引而伸之，至若一官承乏，下品寒微。術必慎乎取舍，道亦判乎是非。既酌水以勵清，淆之不濁；倘破觚而改制，咎則安歸。為澄懷而寡欲，乃守法以無違。是知成憲當遵，令行偃草；不以富貴為樂，道勝則肥。

朱庶常德華〈大法小廉賦〉中段云：

> 且夫大臣之立朝也，正己所以勿欺，清心所以不擾。詎勵風憲之棱棱，或忘冰淵之嗷嗷。顧職佐九重，則功周億兆。何

以矢公矢愼，俾無愧於鼎司；當思之紀之綱，乃足稱乎師
表。知奉公惟期奉法，道在必伸；倘有守未能有爲，廉嫌其
小。

若夫小臣之稱職也，官司所守，矩矱宜遵。然而言高將以得
罪，位卑亦或爲貧。惟廉隅之宜勵，匪法度之難循。諒溫飽
之不存，有如白水；豈脂膏之自潤，至染纖塵。攜鶴歸來，
舟載鬱林之石；飛鳧遙至，珠回合浦之濱。此一時既傳乎廉
吏，而後世遂錄爲名臣。

讀此二作，可悟兩扇題上下交互之法。」

《見星廬賦話》卷四：「賦有兩扇題法，須以兩平還之，如八
股之兩扇題格。如甲戌散館，題爲『槃圓盂方』，此正兩扇題格。
其一等一名則爲吳太史慈鶴，其中二韻云：

若夫貯水之器，槃以圓呈，既貽經於內則，亦載掌於司盟。
當心屬盥五之清，執如玉重；擘掌受霄三之潤，采自珠生。
從知捧戒匜揮，長合圓靈之體；倘使汲添瓶智，自符圓折之
名。

爰有盂也，以方自持。固亦陶匏之是尚，試從埏埴以相資。
仰震賦形，挹方流之在抱；肖坤能載，配方大以含滋。是宜
勿破其觚，惕惕常勤惕若；更可受之以坎，淵淵斯曰淵其。

四名則爲黃侍御玉衡，其中二韻云：

觀夫槃之爲器也，平走珠圓，仰承露墜。月疑玉以頻呼，日
側金而欲熾。豈破甌捧，殊傷觶若。蓋圓之象乎天，若輪圓
之轉於地❷。商盤致儆，苟日新而又日新；周誠昭垂，勝者
敬而勝者義。

乃若盂之爲器也，水晶供玩，玉唾標名。類方壺之峭削，異
方鼎之高擎。宛宛印模，一痕乍露；棱棱圭角，四面環生。
覆去能安海流，安而俱納；仰來有象卦體，象而聿成。

其八名則爲蔣殿撰立鏞，其中兩韻云：

原夫槃也者，商湯名著，周武訓垂。術有關於注瓦，道無取
乎漏卮。金掌承來，沐浴特依日月；珠光照處，蟠騰隱有蛟
螭。潊水鏡以雙清，澄原可鑒；貯冰壺分一片，積而能施。

若夫盂也者，仰震呈爻，順坤取義。豈貽覆瓯之機，匪等擎
瓶之智。諧豚蹄而祝歲酒，或操於農人；伴菹本以當門水，
曾比於清吏。想中央之宛在，理悟印川；當四角之齊垂，安
同覆地。

此皆以兩扇還題，不分軒輊，可法也。」

上引林聯桂講解律賦兩扇題，認爲與八股文兩扇題章法無異，
下面我們就引一篇兩扇題格的八股文作具體比對。康熙己丑
（1709）進士徐用錫（1657－1736）有一篇名爲〈質勝文則野〉的八

---

❷　「圓」字當是衍文。

股文，題目出自《論語・雍也》：「子曰：質勝文則野，文勝質則
史，文質彬彬，然後君子。」作這個題，當然需要「文勝質」與
「質勝文」兩扇立格，我們來看徐用錫文章的中股：

> 於是有忠信而不學禮者，則質勝文也，當其純任自然，豈不
> 足以式學靡？而儀度之未嫻，即其所懷之質而有不能自遂
> 者，則野矣；
> 於是有講學而不修德者，則文勝質也，當其進退可觀，豈不
> 足以祛鄙漏？而情意之不摯，即其所致之義而有不能自愜
> 者，則史也。

　　就上例而觀之，可知八股文之股對要求兩股之間句式完全一
樣，轉折詞、連接詞等等都不避重複。但是律賦的兩韻之間，儘管
在意念上也是兩扇立格，而句式卻每每有所不同。造成這種差異的
原因在於清代律賦雖然在層次構段上受到八股文的影響，但是清代
律賦一般以唐代律賦爲最高典範㉝，而唐賦在句式上講究變換，以
錯綜爲美。唐抄本《賦譜》即說：「凡賦以隔（隔句對）爲身體，
緊（四字對句）爲耳目，長（五字至九字對句）爲手足，發（發語詞）爲

㉝　如王芑孫《讀賦卮言・審體》云：「詩莫盛於唐，賦亦莫盛於唐。」邱士
　　超《唐人賦鈔・總論》云：「詩之道至唐而盛，而賦之爲體亦莫備於唐。
　　故古今流傳，唐賦居半。雖尚聲律而拘對偶，未免古賦少而律賦多，然朝
　　廷以此掄才，雖韓柳大家，尚屈其高邁之才，以俯就繩尺。要其寓馳驟於
　　繩檢之中，復騷漢於排律之外，縱橫變化，氣盛而言宜，好古之士，所宜
　　奉爲不祧俎豆也。」

唇舌，壯（三字對句）爲粉黛，漫（不對散句）爲冠履。苟手足護其身，唇舌協其度，身體在中而肥健，耳目在上而清明，粉黛待其時而必施，冠履得其美而即用，則賦之神妙也。」這是要求各種賦句錯綜交織，位置得當，形成一個有機的整體，給人以暈澹相間、協調自然的美感。清代浦銑《復小齋賦話》也主張：「四六、六四等句法，須相間而行。」❸❹清代的律賦選本，大都列唐賦在前，列清賦於後。如余丙照《賦學指南》選唐賦十首，清賦二十首；徐斗光《賦學僊丹》選賦十首，其中唐賦兩首，清賦八首；黎翔鳳《律賦評箋》選唐賦四首，清賦二十三首；即是顯例。儘管唐賦中出現了如白居易〈動靜交相養賦〉那樣股對整齊的句式，但在唐代律賦中畢竟是少數，因此股對整齊的清代律賦也是少數，並不常見。

四、鈴木虎雄引股賦句例析論

當然，股對整齊的清賦是有的，但不是常見於律賦之中，而是見於散體大賦或文賦之中，觀察鈴木虎雄《賦史大要》所引股賦句例，便可明白。茲列《賦史大要》所舉清代股賦句例（僅列題目）如下：

　　1.陳兆崙〈聖駕南巡賦〉

　　2.洪亮吉〈萬壽無疆頌〉

　　3.徐文靖〈佛手柑賦〉

　　4.邵晉涵〈徵符〉

---

❸❹　浦銑：《復小齋賦話》（復小齋原刻本）卷上，頁2。

5. 張錦傳〈文讌賦〉

6. 張惠言〈黃山賦〉

7. 張惠言〈望江南花賦〉

8. 王宗炎〈聖駕六巡江浙恭紀釋義〉

9. 王祖庚〈大閱南苑賦〉

10. 胡天游〈秋霖賦〉

11. 胡天游〈笠山賦〉

12. 焦循〈招亡友賦〉

13. 劉星煒〈駕幸京口三山賦〉

14. 劉星煒〈駕幸鄧尉香雪海賦〉

15. 吳錫麒〈聖駕四詣盛京恭謁祖陵賦〉

16. 黃安濤〈水嬉賦〉

以上為鈴木虎雄《賦史大要·八股文賦〈清賦〉時代》所舉十六例,其後張正體《賦學》、李曰剛《辭賦流變史》等書所舉清代八股文賦句例,皆不出此範圍。觀察這些賦題,便可以看出一個有趣的現象,即鈴木虎雄所舉例基本上是屬於散體大賦(古賦)或文賦體裁,而很少是律賦(只有〈佛手柑賦〉和〈水嬉賦〉勉強可認作律賦題,但〈水嬉賦〉長達三千多句,且無限韻,也不能算成標準的律賦)。清代賦論家侯心齋曾說:「今之作者,遇大典禮或用古賦(指散體大賦),言情適志之作或雜用騷賦、文賦,考試所用皆律賦也。」❸這就揭示出一個事實:所謂清代八股文色彩濃厚的股賦,主要是指

---

❸ 侯心齋:《律賦約言》,載程祥棟編《東湖草堂賦鈔初集》(清同治丙寅 [1866]刻本)卷首。

某些散體大賦或文賦，而不是指用於考試的律賦。所謂股賦的股法實際上是與前代的文賦一脈相承的，讀鈴木虎雄《賦史大要》第六篇〈文賦時代〉，由唐末至宋金至元明再到清代，文賦股法演變之跡當一目了然。李曰剛《辭賦流變史》評價王宗炎〈釋義〉也說：「此文於三句、五句、六句各皆押韻。押韻如此之疏闊，與散賦無甚差異。股賦之由散賦蛻變而來，於此可見一端。」❸由此可以明瞭，清代部份散體賦（包括散體大賦和文賦）之所以具有比較濃厚的八股文色彩，一方面是受到前代文賦的影響，另一方面也受到八股文的影響。

鈴木虎雄、張正體、李曰剛等在分析上舉賦例時，曾指出八股文賦在用韻上獨具特色，因而形成一種獨特的體制。我們則看到清代律賦在用韻上與唐代律賦是相同的，多是兩句押韻或隔句押韻，而在限韻字的安排上，多特意布置在每段之尾，比唐宋律賦更加嚴格和整飭❸；而在散體大賦或文賦的用韻中的確存在著形式多樣，變化多端，用韻不規則的現象。不過這種不規則用韻正是前代散體大賦和文賦的用韻習慣，很難看成是清代八股文賦的獨有特色。

為什麼律賦之八股色彩不如某些散體賦那樣濃厚呢？我想大概有兩個主要原因：第一個原因就是上面已經指出的清代律賦以唐代律賦為典範，這就與八股文在文體的層面劃清了界限；第二個原因是清代賦論家繼承宋元賦論家的觀點，對文賦比較鄙視，認為文賦

---

❸　引文見李曰剛：《辭賦流變史》，頁 214。

❸　林聯桂：《見星廬賦話》卷二：「賦題所限官韻，近來館閣巨手固宜挨次順押，不許上下顛倒，而且順押之韻每韻俱押於每段收煞之句。此亦見巧爭奇之一法。」

非賦之正宗，不值得效法。李調元《雨村賦話》卷五云：「〈秋聲〉、〈赤壁〉，宋賦之最擅名者，其源出於〈阿房〉、〈華山〉諸篇，而奇變遠弗之逮。殊覺剗而不留。陳後山所謂『一片之文，押幾個韻者』耳。朱子亦云：『宋朝文章之盛前世，莫不推歐陽文忠公、南豐曾公、與眉山蘇公，相繼迭起，各以文擅名一世。獨於楚人之賦，有未數數然者。』蓋以文為賦，則去風雅日遠也。」❸邱士超《唐人賦鈔·總論》亦云：「夫以文體為四六，尚曰端莊，而以流利行之，其氣機足尚也；若以文體為賦，以一片之文，押韻幾個，於風雅其何有焉？」由此可見，以八股文句法作賦，尤其是作律賦，在清代是受到一般賦論家所反對的。這應當是清代律賦中少見股對的重要原因。

再從數量上來看，清賦存世之作到底有多少？目前尚無精確的統計。光緒十九年（1893）鴻寶齋主人所輯《賦海大觀》❸是今存收賦最多的辭賦總集，其書〈凡例〉號稱收賦二萬餘首，實際收賦要少一些。除去明代以前賦作五千餘篇，現存清賦的總數在一萬五千篇左右。據該書〈凡例〉聲稱：「是編采摭甚富，自唐宋及累朝諸大家並近年各直省課藝試牘，無論已選未選，概行采入，以期美備。」既然廣採清代課藝試牘，可知其中所收之賦，律賦占據相當大的比重。又光緒十二年（1886）修鳳樓主人所輯《增補律賦囊

---

❸ 案：此引陳後山語，不見《後山詩話》和《後山談叢》，惟見祝堯《古賦辨體》卷八「宋體」，疑是祝堯之語。引朱熹語，見《楚辭後語》卷一。參見詹杭倫、沈時蓉：《雨村賦話校證》卷五。

❸ 鴻寶齋主人：《賦海大觀》（鴻寶齋刊本，光緒癸巳[1893]），三十二卷。香港中文大學圖書館有藏。

括》⑩，其書〈凡例〉號稱：「題過七千，賦幾萬篇。」所收都是清代律賦。就上述兩種總集來看，現存清賦中以律賦的居多，數量在一萬篇以上，應該是沒有疑問的。既然清賦中以律賦居多，而律賦又不崇尚八股文句法，那麼，把清賦時代稱爲「八股文賦時代」是否恰當？就是一個值得考慮的問題了。

本章小結

本文首先舉出學術界有關清代「八股文賦」的對立意見，接著檢閱清代賦論家關於律賦與八股文關係的看法，然後舉出清代八股文與律賦的實例進行比較分析，並對鈴木虎雄所舉股賦之例作了判別，經過這樣一番調查研究，我們已經可以得出若干結論：

㈠律賦與八股文作爲兩種科舉文體，隨著科舉考試制度的變化，二者之間存在著一種回環影響的關係。即唐宋實行律賦考試（北宋王安石代之以經義考試，但時間短暫，不久就恢復了詩賦考試。根據黃書霖編《二十四史九通政典類要合編》⑪一書考證，自北宋神宗熙寧四年（1071）採納王安石建議，進士科罷除詩賦，改試經義策論，至哲宗元祐元年（1086）詔復試詩賦，其間廢棄詩賦凡十五年；自哲宗紹聖元年（1094）詔罷詩賦專用經義，至南宋高宗建炎二年（1128）詔復試詩賦，其間廢棄詩賦凡三十五年。除此兩段時間共計五十年不試詩賦之外，兩宋三百年天下，大部份時

---

⑩　修鳳樓主人：《律賦囊括》（羊城味古堂刊本，光緒十二年[1886]），六冊一函。香港學海書樓有藏。

⑪　黃書霖：《二十四史九通政典類要合編》（臺北：大通書局，1979年）。

間舉行的科舉考試都是要考試詩賦的。宋代試賦的體裁也是以律賦爲主的。）
元明廢除律賦考試，元代考古賦，明代考八股文。清代科舉考試仍
然以八股文爲主，但律賦恢復成爲考試文體之一。科舉制度的變遷
就決定了首先律賦影響八股文，然後八股文影響律賦這種相互影響
的格局。這種相互影響的文學現象在清代賦論中已經清楚地表述出
來，不承認律賦與八股文循環影響清賦的論斷是不恰當的。

　　㈡八股文既影響了清代律賦，也影響了散體大賦和文賦。八股
文對律賦的影響主要在破題和層次結構安排方面，這種影響是內在
的而不是外在的，由於清代律賦以唐代律賦爲典範及其自身的格式
特點所限制，所以清代律賦八股句法色彩其實並不顯著；八股文對
部份散體大賦（古賦）或文賦的影響相對較大，清代少量散體大賦
或文賦中確實存在著與八股文股法相似的股對，體現出較強的八股
色彩。

　　㈢清代律賦在用韻上與唐宋律賦是大體相同的，多是兩句押韻
或隔句押韻，而在限韻字的安排上，多特意布置在每段之尾，比唐
宋律賦更加嚴格和整飭；而在清代散體大賦或文賦的用韻中的確存
在著形式多樣，變化多端，用韻不規則的現象。不過這種不規則用
韻正是前代散體大賦和文賦的用韻習慣，很難看成是清代「八股文
賦」的獨有特色。

　　㈣鈴木虎雄首創「八股文賦」這一名詞，對於認識清賦受到八
股文影響這一文學現象，自有其價值和作用，可以有限制地繼續使
用；但是與此同時，應該考慮到八股色彩比較濃厚的賦作主要存在
於散體大賦和文賦之中，而不是主要存在於律賦之中的文學事實；
而且更爲重要的是，應該考慮到現存清賦之中，律賦在數量上占據

著主體地位，律賦不僅是清代士子在辭賦寫作之中最爲致力的賦體，而且是賦論家評述的主要對象；因此，所謂「八股文賦」並不能代表清賦的主要特色，將清賦時代稱爲「八股文賦時代」的提法，恐怕是不能成立的。

第五章 清代賦家「以賦論賦」作品探論

　　在中國文學批評史上，有一個強調評論家要精通文學創作的傳統。正如曹植所言：「有南威之容，乃可論其淑媛；有龍泉之利，乃可議其斷割。」❶儘管有的評論家其創作不及其評論，或者有的評論家並無文學作品傳世，但並不影響評論家重視創作的主體傾向。既然如此，那種既可視爲文學作品，又可視爲評論作品的藝術形式，如「以詩論詩」、「以賦論賦」之類，便愈來愈多地受到評論家的喜愛。自唐代杜甫〈戲爲六絕句〉之後，「以詩論詩」形成一種獨特的文學批評樣式。時賢對這種批評樣式已經多加關注，成績斐然❷。無獨有偶，自唐代白居易〈賦賦〉之後，「以賦論賦」在清代也蔚成風氣。清代賦家或者擬白居易〈賦賦〉，或者竟自以〈賦賦〉名篇，或者以前賢的論賦名言命題，或者敷衍前賢作賦的文壇佳話，寫出不少作品，林林總總，蔚爲大觀。這種頗有特色的文學批評現象，尚未引起文學批評界、賦學界的足夠重視。本文準備採用夾敘夾議的方法，對此作初步的探討。

---

❶　曹植〈與楊德祖書〉，載《曹子建集》（臺北：中華書局，1965 年）。
❷　僅據香港浸會大學圖書館藏書統計，以論詩絕句爲選注或研究對象的著作，就有十一種之多。

一、擬白居易〈賦賦〉的作品

白居易〈賦賦〉是唐代一篇重要的賦論作品，早就引起清代賦論家的重視。王芑孫（1755－1817）《讀賦卮言》❸之〈立意〉篇論賦的審題立意云：「白傅爲〈賦賦〉，以立意、能文並舉。夫文之能，能以意也，當以立意爲先。辭譎義貞，視其樞轄；意之不立，辭將安附？」其後，清人施補華、錢宷有兩篇專門摹擬白賦的作品。爲了便於比較，我們先將白居易的〈賦賦〉引錄於下：

白居易〈賦賦〉，以「賦者古詩之流」❹爲韻，賦云：

> 賦者，古詩之流也。始草創於荀宋，漸恢張於賈馬。冰生於水，初變本於典墳；青出於藍，復增華於風雅。而後諧四聲，去八病，信斯文之美者。
>
> 我國家恐文道寖衰，頌聲凌遲。乃舉多士，命有司。酌遺風於三代，明變雅於一時。全取其名，則號之爲賦；雜用其體，亦不違乎詩。四始盡在，六藝無遺。是謂藝文之警策，述作之元龜。
>
> 觀夫義類錯綜，詞彩分布。文諧宮律，言中章句。華而不艷，美而有度。雅音瀏亮，必先體物以成章；逸思飄飄，不獨登高而能賦。其工者，究精微，窮旨趣，何慚兩京於班

---

❸　王芑孫：《讀賦卮言》，《淵雅堂全集》本（清嘉慶九年[1804]刊）。

❹　《歷代賦彙》和《賦海大觀》都標注白居易此賦「以賦者古詩之風爲韻」，但是檢查賦中未見「風」字韻，當本《白居易集》（顧學頡校點本）作「以賦者古詩之流爲韻」。

固；

其妙者，抽秘思，騁妍詞，豈謝三都於左思。掩黃絹之麗
藻，吐白鳳之奇姿；振金聲於寰海，增紙價於京師。則長楊
羽獵之徒，胡可比也；景福靈光之作，未足多之。

所謂立意為先，能文為主。炳如績素，鏗若鐘鼓。郁郁哉，
溢目之黼黻；洋洋乎，盈耳之韶武。信可以凌轢風騷，超軼
今古者也。

今吾君網羅六藝，澄汰九流。微才無忽，片善是求。況賦
者，雅之列，頌之儔。可以潤色鴻業，可以發揮皇猷。客有
自謂握靈蛇之珠者，豈斯文而不收。

　　白氏此賦凡分六段，首段論述賦之起源，認為賦為古詩之流，
「始草創於荀宋，漸恢張於賈馬」。次段謂當時朝廷重視賦學，認
為賦為「藝文之警策，述作之元龜」。三四段論述律賦的特色和價
值，認為唐代律賦「義類錯綜，詞彩分布。文諧宮律，言中章句。
華而不艷，美而有度」，並對其工者妙者作了高度評價，以為成就
不減兩漢魏晉的名賦。第五段論述律賦的寫作要求，主張「立意為
先，能文為主」，既要有思想，又要有文采，且富於聲律音韻之
美。末段頌揚當時皇帝重視文學，認為士人生逢其時，應該在「潤
色鴻業，發揮皇猷」方面有所貢獻。此賦在構段和押韻上也頗有特
色，尤其是在三四段之間，設計一聯股對「其工者，究精微❺，窮
旨趣，何慚兩京於班固；其妙者，抽秘思，騁妍詞，豈謝三都於左

---

❺　「精微」，《白居易集》作「筆精」，此從《歷代賦彙》本。

思」，分押上下兩段之韻，承上啓下，鉤連緊密，這種方法似爲白氏的獨特創造。

不過，清代賦家在重視白氏此賦的同時，也有對此賦之立意不甚滿意的，於是入室操戈，寫出摹擬和翻案的作品。

施補華❻〈擬白香山賦賦〉，以「童子雕蟲篆刻」為韻。賦前有〈序〉云：

> 白樂天作〈賦賦〉，略引前代，而極於唐之體制。其言甚悉，然於古人作賦之旨，或未得焉。古人作賦，莫不有所諷託，言在此意在彼，似美而實刺，似奪而實予，故能爲《三百篇》之苗裔。屈原、宋玉、司馬相如、揚雄之徒，皆識此意。東京以降，競尚詞華而諷託少，齊梁之間，君臣上下，務爲側艷之體，其詞淫以哀，其志弛以肆，爲賦之大衰。才如庾蘭成，無以正之。唐以賦取士，其製日工而古人諷託之意，識之者蓋少。獨李白〈明堂賦〉，杜甫〈三大禮賦〉，韓愈〈感二鳥賦〉、〈復志賦〉，杜牧〈阿房宮賦〉等篇，爲得諷託之意。樂天尚見未及此焉。爰本斯旨，擬樂天之體以爲賦曰：

其賦云：

---

❻ 施補華（1835－1890），字均甫，烏程人。同治舉人，官山東補用道。著有《峴傭說詩》、《清雅堂文集》等。本文作家生卒年除另行註明者外，均參見梁廷燦編：《歷代名人生卒年表》（臺北：商務印書館，1979年）。

自風雅頌之既亡，而賦以始。託體於孫卿，導源於屈子。寄
哀怨之深心，託規諷之微旨。即所淺以形所深，言在彼而意
在此。傳其學則有勒有差，得其遺於爲興爲比。

漢文郁郁，其體愈工。前有賈誼，後有揚雄。長卿兼二賢之
妙，高文與六藝相通。莫不遠刺世事，近述己衷。才豐乎枚
叔，藻艷於終童。

兩都炫其文章，二京肆其才力。誠鬥靡而誇多，尚稱典而述
則。自茲以還，淫哇矜而雅音息。魏晉尚博麗之體，而未植
本根；梁陳爲側艷之文，而徒工雕刻。

巨唐受命，文治聿昭。試士以賦，選言有條。匪徒詡鳳吐，
誇龍雕。競藻采之美，求聲音之調。殆欲今制能合，古意未
消。法晚周之正體，追前漢之高標。

或因文而獻忠，或隨事而納善。或陳游獵之樂，或終以荒爲
懲。或形宮室之華，而卒以儉相勉。觀夫今世而寄其箴規，本
乎古調而曲爲推衍。以是爲賦者，猶青出於藍，而隸工於篆。
若夫駢章麗句，弄月吟風。目是媚而耳是悦，義則儉而辭則
豐。言勸易見其效，言諷難見其功。何異舍鸞吟鳳嘯之響，
而學夫唧唧之蟲。

　　施氏此賦，首段敘述賦之起源，二段三段講漢賦之成就和六朝
賦之積靡，四段講唐代以律賦試士，五段寫賦諷託之內容，末段批
評「義則儉而辭則豐」的弊端。全賦的確貫穿了〈序〉中所言「有
所諷託」的作賦意旨。但是此賦說教意味太重，而且句式有散文化
趨向，尤其五段連用五個「或」字開頭，讀來如誦韓愈〈南山

詩〉，與白居易原賦文體風格不類。

錢寀〈擬白居易賦賦〉，以「賦者古詩之流」為韻，賦云：

風雅遺音，宮商協度。六籍之華，九經之庫。或倚馬以成
篇，或雕龍而得句。荀卿則溯其開宗，宋玉則工於學步。羌
無故實，安能琢矩以為工；別有體裁，可許登高之能賦。

粵自頌獻康衢，樂陳王夏。復旦歌傳，陽春和寡。遂使派別
揚班，源通枚馬。揖賈傅而升堂，引張登而入社。數陳其
事，可以一言蔽之；歷數其人，誰是千秋作者。

不見乎陸海稱雄，潘江耀武。譽擅中郎，名標開府。狀大雀
而何奇，誚奔駝而奚取。風流江左，人稱南國之華；營建洛
陽，賓問東都之主。觀其繪巧而爭奇，盡是涵今而茹古。

矧夫鴟鵂託興，鸚鵡摛辭。斟酌長門之怨，披吟平樂之遺。
傺詞源之浩瀚，擷藻采之紛披。莫不規模騷選，刊落蕪枝。
為速為遲，十二家並登漢志；有原有本，三百篇上協風詩。
然使蹈輕淫之習，侈華靡之詞。受陸機之誚，貽劉畫之譏。
何以追蹤於唐勒，何以繼述於景差。何以參二體之功，比也
興也；何以鍊十年之作，周之密之。

是必構材宏傑，取法溫柔。孤鴻體仿，吐鳳才優。綜七林而
自協，溯六藝而窮搜。顯志則揄揚風化，思玄則寄託沈幽。
露筆非秋，嗣謝月宋風之響；濫觴有自，衍郭江木海之流。
如此鴻文，無慚魚雅。千軍之陣難攻，三峽之源可瀉。欲爭
長於騷雅，宜取材於廣廈。近法王楊，遠宗屈賈。賦甘棠而
微諷，其義則吾竊取之；賦樂觀以揚休，其事則直言之也。

　　此賦首段論述賦之起源與文體特色，謂賦與詩相比，別是一體。次段承上啟下，謂漢代賦家上承荀宋，下開千秋賦史。三段四段歷數魏晉六朝的著名賦家賦作，高度肯定其涵今茹古，上協風詩的成就。五段反說，批評部份賦家賦作「蹈輕淫之習，侈華靡之詞」。六段正面論述作賦要求「構材宏傑，取法溫柔」，即取材豐富，結構宏大，立意取儒家溫柔敦厚之旨。末段頌揚這樣的賦篇之力度和價值。

　　讀這篇賦，可以見到作者之論述範圍為唐代以前，大致不出張惠言《七十家賦鈔》。何以作者用律賦體裁來討論古賦？將其與白居易〈賦賦〉對讀便可明白，作者顯然是不滿白居易之作重點討論律賦，即如前引施補華〈賦序〉所說「略引前代，而極於唐之體制」，所以他有意論古賦而不及律賦，從另一個方面對白居易〈賦賦〉作了補充。

二、以「賦賦」為名稱的作品

　　以「賦賦」為名稱的作品，目前見到七篇。有兩篇是駢賦：一篇是乾隆年間吳錫麒所作，見於《有正味齋駢體文》❼；另一篇是同治年間廣東學者潘繼李作，見於《廣東文徵》❽。其餘五篇是律賦，見於清末鴻寶齋主人編刻《賦海大觀》卷十下〈文學類〉。茲

---

❼　吳錫麒：《有正味齋駢體文》（大達圖書供應處：民國二十五年[1936]版）卷上。

❽　吳道鎔等編：《廣東文徵》（香港：香港中文大學圖書館叢書第一集，1973年）。

分別論列於下。

吳錫麒（1746-1818）〈賦賦〉是篇駢賦，賦云：

> 馳華思於上林，叩元聲於中宇。情含風以拓今，韻激騷而流
> 古。殫密麗之鋪陳，暢菁英之詛吐。託附庸於六藝，徵密苑
> 於四部。齊陶冶於洪鑪，迺焜耀於文府。
>
> 溯荀況之五篇，奏唐勒之四藝。倣萌柢於周秦，繼浸淫於漢
> 魏。枚馬演其洪裁，班楊炳其巨製。氣深瑋而達情，辭豐贍
> 而析理。招雅頌之博徒，總華實之英鬱。鑽響則駭聲，送文
> 則飛滯。選和則懌懷，振銳則彊志。由千載而上窺，極斯藝
> 之能事。徒觀其主客附會，東西詆訾。藻飾相襲，權輿在
> 茲。將反覆以明趣，用紬繹以露詞。若夫敘川原，述京殿；
> 論游敁，紀享讌。其事甚大，厥風斯扇。於是紛縕發彩，莞
> 茂奮葩。五音絞槩，十色接挐。翼層樓而起鳳，冠中天而敞
> 霞。聚錦浪於一鏡，藏寶書於萬葦。窮其變則鬼神莫能喻，
> 播其精則金石無以加。迫曲終而奏雅，回侈心而已奢。
>
> 勢漸流於典午❾，才多蔚於東南。矢沖襟於巖戶，軫遏慕於
> 江潭。辰飆襲而靈條孕，晚靄滋而秀穎含。剖淵微之名理，
> 抒宴粵之玄談。鶡顏謝其能赴，席江鮑其並參。發情思之窈
> 窕，良有味而醰醰。至於庶物異名，萬匯殊族。刻畫情態，
> 發皇耳目。務纖密以爲巧，緣比擬而自足。表餘花之墜芬，

---

❾ 典午：晉朝的代稱。《北齊書·王琳傳》：「故典午將滅，徐廣爲晉家遺
老；當塗已謝，馬孚爲晉室遺老。」

丐香草之膌馥。諒無侃於小言，足取媚於幽獨。亦有別夕愁長，情年恨短。訣愛子之心摧，望美人而目斷。絲縈譴綣，緒結纏綿。箏催促柱，瑟改危弦。毫欲樓而泣露，墨未染而啼煙。雷歎頹息，魂傷黯然。又或花送春言，葉邀秋諾。蕊蕊紅迷，茸茸翠虐。郎調蛺蝶之歌，妾進鴛鴦之杓。鬥帳底之茱萸，販箱中之芍藥。眉築黛而粧輕，唇表朱而艷薄。懼綺麗之非珍，覘鄭衛之勿削。然而道由始盛，勢不中衰。奮摩天之羽翼，動行地之風雷。則有枯樹寓風煙之慨，江南寫身世之哀。鬱千端而波往，詭萬狀而雲來。將倒回乎弱水，可獨上乎強臺。

唐締初基，頗傳艷體。若太白之明堂，少陵之大禮。其樂帝之上鈞，饗姊之嘉禮乎？自制科之特重，比伶律而無差。齊尺度於毫楮，嗄宮商於齒牙。斂奇才而熅炬，相粹質而披沙。因題定色，即韻敷華。玄鍼度密，闊幅減奢。縱怛怳於鴻筆，難劇塞乎專家。原麗則之遺音，究敷陳之大義。能作者可以登高，善酬者可以見志。其託興也務遠，其練材也求備，其致飾也尚腴，其肖像也取致。類匠氏之構奇，與染人之襫異。賤外強而中乾，貴先純而後肆。在首尾之相銜，毋因濟而亂次。當中邊之盡徹，若入璧而立幟。歡仰昊而日晶，慘巡林而霜悴。閟蘭苕之金色，通參差之玉吹。俪先矩之匪遙，冀嗣音之勿替。

嗟宋元之遞降，遂頹靡之相因。或緣文而綴韻，或襲古而遺神。或虛詞之自鶩，或澀體之雜陳。攀情條而安附，屈意幹而莫伸。徒索途而擷埴，終涉水而迷津。

我朝揚洪謨，扇巍烈。鯨響鏗，韶音徹。軼楚艷而無朋，宏漢京而有截。龍蟄略於神淵，鳳迴翔於丹穴。磬名物之可形，籠造化而爲傑。豈徒三兩京而四三都，蓋將承六經而郭眾說也！

這是一篇形象化的賦史，按照內容大致可以分爲六段。首段籠題，概述賦之功能特徵。二段首先簡述賦之源起，然後詳細描狀漢魏賦作之盛況。三段講述兩晉南北朝賦作之多樣化，有褒有貶。四段贊美唐賦之興盛狀況，首先簡述李杜之賦作，然後詳細講述律賦之特點、作法及其審美要求，可以與吳氏另一篇賦論〈論律賦〉參互比觀。五段批評宋元以降賦學之衰落。末段稱頌清朝文運昌盛，賦學可以取得媲美漢唐，超越歷代的卓越成就。

　　潘繼李⑩〈賦賦〉也是一篇騈賦，賦長不錄，錄賦序如下：

余每讀荀宋之所作，竊有以慕其爲人。夫六義附庸，蔚成大國，匪伊人力，孰拓宇哉？每自操觚，欲與爭雄，輒苦翫浮於風，曲終不足。蓋體物非難，希古難也。爰自齊梁以溯漢魏之作者，備觀賦家得失之所由，擬陸君〈文賦〉而爲之賦。若其降至陳隋，雖作者代出，然而去古漸遠，良難以爲訓。蓋所論述者，主於《選》云。

---

⑩　潘繼李，字文彬，一字緒卿。習漢儒治經家法，兼工辭賦。道光初入學海堂，同治七年（1827）貢太學，後入山左督學幕。著有《求是齋集》。生平略見吳首鎔等編《廣東文徵》作者小傳。

就這篇賦序可以見出潘氏之賦論觀主於復古，因此他所討論的賦作限制在《文選》的範圍之內。就思想傾向而言，可以視爲張惠言《七十家賦鈔・序》的同調，但是潘氏作賦，擬陸機〈文賦〉亦步亦趨，結構用語俱力求相似，實不足爲訓。

楊際春〈賦賦〉，以「賦者古詩之流」爲韻，賦云：

> 將欲馳華思於石渠，叩元音於韶護。含今古於毫端，籠宇宙於指顧。手握珠璣之富，字錦而文珍；意同錘煉之精，經熔而史鑄。則必川嶽括其心胸，雲霞繪其章句。窺造化之端倪，通鬼神於感悟。思與物遊，神與天遇。紀朝廟之典章，誌名物之制度。闡揚懷舊之忱，發攄思古之慕。斯所謂植六藝之根柢，爲學士之文；萃百家之精英，成詩人之賦也。
>
> 夫賦者，體導源於荀宋，詞分流於枚馬。振緒於班揚，叩端於屈賈。其敍川原城郭也，廓乎若島嶼之縈迴；其紀田獵遊觀也，煥乎若河源之傾瀉。義切箴規，文追風雅。而凡摛藻之才，摹擬雖工，所見皆出其下也。逮流沿於齊梁，亦才蔚於華夏。江鮑則漸啓清腴，顏謝則不免摕撦。以刻畫爲精深，寓纖密於揮灑。求如三都兩京之壯闊者實難，甘泉上林之包括者蓋寡。然江南感生世而摛辭，華林景隆平而攄寫。大匠斧斤，良工陶冶。可稱當代宏篇，不愧古之作者。
>
> 攷著述於三唐，備秘藏於四部。大禮宏哲匠之篇，明堂拓詞人之宇。焜耀騷壇，輝煌藝圃。其西京之成規，東漢之遺矩乎。自制科之特開，嚴程式於去取。即韻經營，因題纂組。宮商則一字推敲，音節則片言含吐。雖鉅製之莫追，實專家

之足數。宋元相承，彌難接武。或貌襲而神遺，或論拘而意
腐。虛詞成綴韻之文，澀句昧體要之主。孰與頹挽流風，興
揚秘府。遠徵雅頌之遺，上契風騷之祖。復舊弗拘於時，不
懈而及於古。

且夫心精者力果，氣盛者言宜。源深則波瀾灝瀚，根固則枝
葉紛披。惟性情之悱惻，發藻采於言辭。故感則似秋霜之
肅，欣則比春日之怡，繁則若湧泉之水，簡則如老樹之枝。
迅行則奮地之霆速，停蓄則出岫之雲遲。眇眾慮於衷曲，匯
萬物於心思。鑒治忽於往代，閱榮悴於今時。感人事之遷
變，識天運之轉移。然後伸紙風疾，揮毫露滋。託諷喻於忠
愛，綜比興於風詩。

惟構思之當法，知正體之宜追。攬敷陳之大義，守麗則之前
規。其遣辭也戒泛，其命意也懲卑。其立格也有則，其取材
也無遺。其琢句也縝密以果，其鍊字也精粹無疵。其摹物
也，微妙微肖；其繪景也，弗即弗離。操寸心而經緯，本一
氣以網羅。由純而肆，寓正於奇。五音響送，十色光垂。類
亭臺之遠擴，慎堂室之始基。比行伍之成列，謹帷幄之主
持。緬大夫之能賦，詎壯夫之弗為。觀陳義之甚大，知立心
之不欺。懲諷一而勸百，戒居安而思危。隱隱乎，罄澄思而
往矣；洋洋乎，賅眾體而備之。

乃知學宜博取，法貴精求。驚華贍者骨乏，矜艷麗者體柔。
無紆徐之度則音促，無沈鬱之響則氣浮。或巨細之未辨，或
瑕瑜之併留。既語泛而寡要，即意晦而招尤。何關規諷，有
類俳優。若枝指與駢拇，為形神之贅疣。惟裕其中而外自

耀，立其幹而本先修。理精者辭贍，氣足者韻適。情文並
立，華實兼收。由徐庾而窺屈宋，即漢魏而溯秦周。洵詞壇
之皋朔，實藝苑之枚鄒。我朝扇巍烈，揚洪麻。鳳儀播音於
颺拜，鯨鏗振響於吟謳。宏漢京之正軌，妬虞陛之鳴球。孰
不仰聖學淵深，文明普被，天章炳煥，愷澤旁流也哉。

　　此賦六段，洋洋灑灑，以近一千二百字的篇幅論賦。首段籠
題，概述賦家之修養與賦作之功用。次段原題，敘述賦學源流，由
賦之起源講到六朝賦家賦作。三段講唐賦之盛並下及宋元賦之衰，
作者認為，唐賦「雖鉅製之莫追，實專家之足數」，評價比較公
允。四段講賦家之修養，認為賦家必須注重內外兩方面的修養，內
則需要「眇眾慮於衷曲，匯萬物於心思」；外則需要「鑒治忽於往
代，閱榮悴於今時。感人事之遷變，識天運之轉移」。五段講賦之
構思與寫作要求，主張「攬敷陳之大義，守麗則之前規」。六段講
賦之修飾與審美標準，認為作賦「學宜博取，法貴精求」，要求寫
出「理精辭贍，氣足韻適」的作品。此賦討論賦學比較全面，用詞
造句顯然受到陸機〈文賦〉和劉勰《文心雕龍》的影響。
　　金長福[11]〈賦賦〉，以「賦者古詩之流也」為韻，賦云：

昔白太傅著〈賦賦〉之篇，綜覽源流，敷陳章句。運載籍以
爐錘，示後賢以尺度。溯騷詞於蘅杜，風詩之變體斯微；考
駢語於雲甓，古賦之成規始具。六朝繼乎兩漢，代有鴻篇；

---

[11]　金長福（1797－1871），字雪舫。

四傑冠乎三唐，刱茲律賦。辨當家之體制，通材少姚鉉之精；取前說以引申，博採愧崇賢之注。

原夫賦之作也，十載論思，萬言競寫。義惟主乎鋪張，詞必歸於典雅。摭子史為藩籬，範性情於陶冶。才似水以瀾翻，筆非秋而珠瀉。網羅南國之才人，排比西京之作者。高文典冊，首推儷體於鄒枚；鉅製鴻裁，載溯英詞於賈馬。

蓋自炎劉以降，詞華以班氏為宗；魏晉以前，風骨以建安為主。陳思王瑰麗之作，軍容初變旌旗；陸士衡哀艷之篇，筆勢如驅風雨。顏謝組織乎風騷，張左研摩夫今古。訪天才於天監，名冠選樓；把麗製於湘東，望崇元圃。為詢雅音於正始，才調則首及江任；若論律體之先聲，詞藻則並稱徐庾。洎隋室開皇之歲，及太宗貞觀之時。士擅搜天之手筆，運承開國之初基。鎖苑掄英，燒三條之椽燭；省闈校士，穿百步之楊枝。明堂而賦就青蓮，規模閎敞；大體❶❷而獻由工部，典則昭垂。誦昌黎明水之篇，奇文共賞；論小杜阿房之製，逸響誰知。蓋體之主乎細陳也，比於頌；而律之嚴於分別也，同乎詩。此皆丈夫之能事，疇云壯夫而不為。

至如才工纂組，詞鎖葳蕤。鍊色則鸞儀鳳舞，選聲而羽換宮移。次韻者序而不雜，屬對者切而不支。王輔文麟角之編，短長中度；黃文江御使之集，高下咸宜。其餘王起李程，悉研詞於幅尺；宋言賈餗，皆爭勝於毫釐。含經緯而煥若，摻筆硯以從之。又如啟乙集於樊南，猶存古調；問叢書於笠

---

❶❷ 「大體」，當作「大禮」，指杜甫獻〈三大禮賦〉。

澤，兼仿騷辭。雖非制科之正軌，要能別調之堪師。

若夫趙宋之代，其體不侔。多瑕瑜之互見，少華實之兼優。或清而不綺，或麗而不遒。或才鴻而無範，或氣逸而難收。經術勝則詞章少掩，理學進則文彩弗修。及元明之代嬗，悵風雅之難求。工詞曲者徒矜浮艷，事帖括者自比清流。迴思荀況雅音，僅想椎輪之猶在。惟見香山舊製，曾偕彝鼎以常留。

士也幸際昇平，敬廣純嘏。名已列於瀛洲，書曾讀乎桂下。仰奎章之炳煥，賤循側理之絲；奉墨寶之紛縕，研拂未央之瓦。正律體之宮商，洗前朝之喬野。詞科謁選，搞毫則盡屬班張；召試掄才，獻冊而遠希屈賈。冠朱堂而樹華闕，鼓乎宣乎；蚩茂實而騰英聲，蔚也炳也。擬王子安九成作頌，願皇仁永錫詞垣；方成公六合謀篇，感聖澤長綿區夏。

這是一篇重點討論律賦的作品，其觀點與白居易〈賦賦〉一致。首段揭示白居易撰寫〈賦賦〉之旨，在於「示後賢以尺度」。二段、三段概括敘述漢魏六朝的賦家賦作。四段、五段著重表彰唐代的賦家賦作，尤其是第五段敘述中晚唐律賦名家，頗見特識。第六段則批評宋元明賦學衰退，其「經術勝則詞章少掩，理學進則文彩弗修」的講法，是批評宋賦的鞭辟入裏之論❸。末段表彰清代律

---

❸　李調元《雨村賦話》卷五評價宋賦云：「宋人律賦，大率以清便爲宗，流利有餘而琢鍊不足，故意致平淺，遠遜唐人。」指出了現象，本賦則深究其原因。

賦的「正律體之宮商，洗前朝之喬野」的傑出成就，以幸遇時代，
士人當奮發有為弘揚賦學而作結。

楊曾華〈賦賦〉，以「登高能賦可為大夫」為韻，賦云：

> 粵自孫卿初肇，唐勒繼興。屈宋以諷喻為體制，庾徐以風雅
> 為準繩。法必求其最細，律尤貴乎上乘。將欲鼓吹休明，孰
> 謂鴻文之無範；豈僅詞華爛漫，輒矜雲路之先登。

> 則有吟壇逸士，文苑俊髦，擬受命於詩國，思拓宇於楚騷。
> 爰折衷於館閣主人曰：先生聲名洋溢，氣象雄豪。吐納日
> 月，奔走風濤。當年賦作長門，贖曾艷千金之貴；此日賦傳
> 大禮，價宜增十倍之高。

> 然而道有從出，學有可徵。或為雲蔚，或為霞蒸。或以瀾翻
> 而推許，或以龍見而致稱。或詠物言情，辭達而理舉；或因
> 時託興，英蜚而實騰。伊浩繁之如許，問總括兮誰能。

> 矧夫周秦則別具體裁，漢魏則侈陳典故。六朝則倚麗而少端
> 莊，三唐則謹嚴而獨精法度。捷或八叉立就，群驚日下無
> 雙；遲即十載纔成，共羨雲間獨步。我不知憑何道以求之，
> 而始可登高而作賦也。

> 先生曰：噫！如子所言，抑何見之左乎？子第見乎蔡邕則輟
> 翰而不成，歐陽則置書而不果。升堂則何自而興，入室則何
> 由而坐。欲貌襲而懼其膚陳，欲神遺而恐其卑瑣。殊不知探
> 源於枚馬，以會而通之；亦取法於班揚，斯行無不可。

> 由是意不虞其雜亂，詞豈患其支離。既生新兮嘎嘎，亦入扣
> 兮絲絲。我竊嘆夫，摹仿家徒自苦耳；彼雕琢者，夫亦奚

爲。

至於韻可妬乎宮商，語適通乎天籟。意原得自寰中，神復遊乎象外。體物而瀏亮，羌不讓乎古人；鋪彩而鮮妍，自不虛乎良會。亦知夫雲雷筆走，必經賦讀千篇；而錦繡羅胸，乃可賦窮兩大乎。

子也誠能潛心稽古，篤志披圖。上下三千年，通賦彙而有典有則；縱橫一萬里，得賦心而亦步亦趨。將見擲地作金聲，孰是能希其傑構；佇看搜天傳石室，疇不共服壯夫哉！

　　這篇作品形式特殊之處在於運用漢代大賦主客問答的形式寫作律賦。首段概述賦之源流，表明以「諷喻」、「風雅」爲主的賦學宗旨。二、三、四段爲客人發問，希望知道「憑何道以求之，而始可登高而作賦」的方法。五、六、七、八段則爲主人之回答。主人開出的藥方是「探源於枚馬，取法於班揚」，「潛心稽古，篤志披圖」，即一方面要潛心向古人學習，另一方面要認準師法對象，從而寫出古氣盎然（或名「以古賦爲律賦」）的作品來。此賦以《漢書·藝文志》「登高能賦，可爲大夫」爲韻，結尾又稱賦學高明者，「疇不共服其壯夫哉」，其用意顯然對揚雄「雕蟲小技，壯夫不爲」之說不滿。結合上引楊際春〈賦賦〉「緬大夫之能賦，詎壯夫之弗爲」，金長福〈賦賦〉「此皆丈夫之能事，疇云壯夫而不爲」等論述加以考察，可以見出清人已經習用《漢志》之說來反對揚雄之說，這就爲「壯夫」作賦論賦立下堅實的理據。

章耒〈賦賦〉，以「賦者古詩之流也」為韻，賦云：

> 原夫賦之為體也，因物抒情，得天成趣。為藝苑之附庸，寓
> 詩家之法度。必求驅湧夫雲濤，豈貴雕鐫夫月露。賦宜諷
> 喻，寄逸思而遙深；賦尚鋪陳，逞雄才以馳騖。自昔鴻篇俱
> 在，拓古開今；後來蛙響爭鳴，締章織句。蓋惟胸羅星斗，
> 乃能擲地而成聲；倘能思動鬼神，漫說登高而作賦。
> 客有起而問曰：賦必經庫收羅，書倉掃撅。曷以析義於小
> 言，曷以扶輪於大雅。才葦踦啅，誰為獨角之麟；詞藻斑
> 斕，孰是千金之馬。披孝穆蘭成之作，無非極意描摹；讀揚
> 雄班固之篇，又似任情揮灑。謂仲宣為太弱，其有由乎；斥
> 劉晝為大愚，是奚為者。
> 騷壇主人揖客而進曰：賦有權衡，亦分門戶。唐勒四藝，得
> 四始之遺音；荀況五篇，受五經之法乳。前後漢英才蔚起，
> 玉綴珠聯；東西京大氣盤旋，筆歌墨舞。建安七子，宏章焜
> 耀於文囿；典舞諸賢，巨製輝煌於藝圃。莫謂新裁邱錦，體
> 異阮嵇；還看異樣江花，口口鮑庾。既著作之成林，亦規模
> 之近古。
> 自唐設制科以取士，斯賦懸格律以為規。黃滔賦江，嘎宮商
> 於寸楮；李程賦日，繩尺度於新詞。縱妙義之足取，究大才
> 之所嗤。惟是太白明堂，健骨在六朝以上；少陵大禮，宏謨
> 猶兩漢之遺。若夫宋代，寓單行於駢儷，易麗句為清奇。雖
> 軋茁之詞太拗，江湖之集或卑。然而赤壁兩篇，體自近於柳
> 泉韓海；秋聲一賦，格更高於任筆沈詩。

子亦知賦之剖名理而抒旨，游太虛而運思乎？微渲染於畫
家，宜鼓天機而寫意；譬經營於匠氏，先規地勢以爲基。恍
如樂奏九成，貫始終而不紊；合擬將兵萬對，銜首尾以相
隨。由是怒濤上激，奇雲下垂。浩氣則山川震撼，豪情則風
雨橫吹。專門名家，泂一代之作者；起衰振懦，障百川而東
之。

然其間或成爲館閣之製，或出於山林之疇。或借事物以寄
興，或因羈旅而寫憂。總之言泉欲湧，意蕊先抽。傳神阿堵
之中，有情畢露；擲筆太空之表，無跡可求。有時爲太沖之
賦都，揚芬鋪藻；有時爲文通之賦別，咽怨含愁。才可江而
可海，思忽春而忽秋。只嫌外強中乾，易一體而虛機是弄；
要使涵今茹古，試萬言而雅韻欲流。

客於是皇然退曰：今而知作賦者自判精粗，而論賦者尤嚴取
捨。極詞章之能事，意爲幹而情爲條；奏宇宙之元聲，文勝
史而質勝野。作拗體而失之澀，豈能象外超超；襲古貌而遺
厥神；尤屬文中下下。惟我聖朝兩設詞科，廣興文社。英才
如雲氣之騰，妙思似泉源之瀉。和其聲以鳴國家之盛，唐哉
皇哉；獻此文以近天子之光，炳也蔚也。

　　這篇賦也是採用主客問答的形式。首段論述賦的文體特徵「賦
宜諷喻」和「賦尙鋪陳」，接著聲稱「自昔鴻篇俱在，拓古開今；
後來蛙響爭鳴，緋章織句」，表明作者之賦史觀具有復古的傾向，
爲全篇之立論張本。二段擬客發問，提出賦史上一些令人疑惑的問
題。三段四段擬主答問，講述賦之源流派別，對唐代律賦頗有微

辭，認爲「縱妙義之足取，究大才之所啗」，對宋代歐陽修、蘇軾之文賦則極力表彰。在賦史上，朱熹、祝堯都對宋人文賦評價不高，甚至斥爲「一片之文，押幾個韻者」❹。本賦作者表彰文賦的觀點值得注意。五段六段講述賦之寫作和題材要求。末段頌揚，主張賦家「和其聲以鳴國家之盛」。用律賦之形式寫作贊美以「諷諫」與「鋪陳」爲主的古賦，而批評「懸格律以爲規」的律賦，是本賦的特色所在。

吳慶同〈賦賦〉（摘句）**云：**

> 原夫探源雅頌，拓宇風騷。法詳班固，體備枚皋。黼黻靈臺，或薦子雲學博；宣揚鴻業，允推司馬才豪。六朝則搜藻揚芬，蓬壺吮墨；三唐則秉經酌雅，棘院抽毫。伊源流之遞變，問格調兮誰高。
>
> 始焉布局遣辭，先偏後伍；繼則揣聲侔色，釋躁平矜。下筆有神，左宜右有；中權扼要，俯注仰承。別具會心，漵詞源之浩蕩；獨開生面，驚墨采之飛騰。
>
> 堪作五經鼓吹，鏗爾球鍠；足爲六籍笙簧，鏘然韶濩。敲金戛玉，響過行雲；協鳳諧鸞，韻饒風趣。或長門負債，誇妙手於朝端；或滕閣留題，聳吟肩於席左。或貯甲兵於武庫，陣極森嚴；或羅錦繡於文壇，詞無堆垛。
>
> 其擘理也，如剝層層之蕉葉；其研思也，如抽乙乙之繭絲。其疏密也，如峰連而雲斷；其曲折也，如湘轉而帆隨。其詞

---

❹　見祝堯《古賦辨體》卷八論「宋體」。

章之典雅也，如春華而秋實；其筆陣之縱橫也，如雨驟而風
馳。其穠纖之得中也，其枝葉之扶幹；其根株之孔固也，如
棟宇之植基。

《賦海大觀》僅僅摘錄了此賦的中間幾段，無從窺其全貌。不
過，僅從這幾段來看，也可見出此賦的特色：一是善於運用成語造
句，如「別具會心」、「獨開生面」等等，信手拈來，自然成對；
二是語氣流暢，如末段出句皆以「也」字煞尾，層層比喻，環環相
扣，愈出愈奇。

三、以「六義賦居一」為名稱的作品

以「六義賦居一賦」為名的作品，目前見到三篇，其中兩篇見
於《見星廬賦話》，一篇見於《賦海大觀》，茲論列於下。

林聯桂《見星廬賦話》卷八云：「余作賦話，擬作一序以弁其
首。然賦之源流派別，近人之賦言之詳矣。即以近人言賦之篇作拙
集賦話之序，可也。」於是舉潘錫恩、程恩澤二賦為例。

潘錫恩〈六義賦居一賦〉云：

> 掞華先生潛心縹簡，肆意芸編。假謳詠以自樂，藉丹墨以為
> 緣。詞騰芳而春艷，意垂實而秋堅。摹情繪性，積已有年。
> 客或詣而詢曰：蓋聞情感者聲發，意鬱鬱者筆宣。或促節於
> 短章，抑暢寫乎鉅篇。故登高貴乎有作，體物妙乎能傳。伊
> 厥體之所備，顧溯源以知始，亦沿流而得全。

先生乃正襟而告曰：夫練絲皜曜，經玄黃而成色；椎輪樸魯，緣金玉而增飾。若乃選藻麗聲，模形製式。要紹思索，紛紜雕刻。惟纂述之易窮，懼敷陳之不力。譬宮羽之應懸，若綺紈之就織。斯賦之爲象也，抑知夫賦之所緣起乎？

蓋自聲詠紹乎皇初，風謠溢乎列國。彰廢興於政治，昭形容於盛德。輶車有四方之采，太史則六詩是職。

辨其體，斯風雅頌之殊途；別其辭，乃賦比興之分域。爾其即遇程辭，附形效語。外有見而輒宣，中有懷而必抒。或狀飛躍於霄淵，或寫菀枯於節序。或細及日用飲食，動不越於戶庭；或鉅而制度禮儀，事必關乎朝寧。三百篇中，若斯之類未可以枚舉也。

厥體一變，創自荀卿。謀理必當，繪象斯呈。婉轉賦物，鋪張中情。沿華艷於楚才，擴宏鉅於漢京。石渠騁乎群彥，蘭臺鬱乎盛名。莫不有典有則，是經是程。其淵古則夏璉商鼎，嵯峨歔欹，臚清廟之兩楹也；其藻耀則霞建飆舉，紛綸爛朗，標灝宇之層城也。閱晉魏之世降，漸華縟之遞更。極變態於齊梁，唯追琢之務精。若瑤花之絢乎芳林，珊樹之挺乎巨瀛也。

沿及唐代，眾才是衡。又駢儷之取工，兼音韻之貴明。意傷巧而非病，語必妍而始營。然鴻才巨手，猶且沐六代之膏澤，擷兩漢之菁英。何橫流之莫底，爲宋代之滋萌。其華靡之力黜，遂議論之風生。雖襲乎鋪陳之體制，乃異乎往哲之品評。

原夫意感隨時，情生觸境。或陟峻而怨遙，或臨歧而傷永。

語悒鬱其誰舒，思縈迴而莫騁。聽候雁兮晨清，聆寒螿兮宵
冷。草薈靡兮瀕江，梧飄飀兮隨井。每託寓之無端，輒緬懷
而濡潁。窮物態之纖悉，極文詞之彪炳。若玩志於至微，實
藉端以自警。斯賦之具乎比興者也。

又況感均頑艷，致託纏綿。寫征夫之行色，緬怨女之哀弦。
傷重困兮苛斂，悵久戌之窮邊。述淫樂，則桑中失其幽艷；
狀慓狡，則並驅遜其輕翾。與夫唐勤魏徧，義相後先。所謂
言之者無罪，足令聞之者悚然。斯則賦也，近夫風焉。

至於揚醇風於莫外，屬盛烈之無前。詞源風涌，麗藻雲聯。
陳羽獵，則追車功馬同之盛；耀武烈，則方吉甫申伯之賢。
制禮興樂，則狗那清廟之繼軌；顯庸懿鑠，則閟宮泮水之比
肩。侈前聖之靡得而言，誇六籍之所不能談。追封禪之八
九，媲化理於五三。是則極揄揚之盛事，與雅頌而相參。

蓋泝乎賦之源，特居六義之一體；而窮乎賦之變，乃統六義
而俱函。是故訴懷述事，達幽隱昭顯赫，莫近於賦。斯好古
嗜博之士，靡不於此竭慮而思覃者也。

客乃悚然易容，邅延辭退。幸厥旨之昭昭，悟以往之憒憒。
敢遽薄乎雕蟲，願從事乎藻繢。鬢彪炳以摛辭，效賡颺於聖
代。

　　這是一篇古體賦，沒有限韻，轉韻隨意，句式以兩句平對爲
主，很少隔句對，還有一聯股對「其淵古則夏璉商鼎，嵯峨歆艷，
臚清廟之兩楹也；其藻耀則霞建飆舉，紛綸爛朗，標灝宇之層城
也」，與律賦之體裁不類。所以林聯桂評云：「斯篇摹古屬詞，而

賦家歷代之變，大致具於此矣。然簡古雄奇，又不若程太史恩澤之作爲尤勝也。」

程恩澤[15]〈六義賦居一賦〉云：

> 賦者，鋪也。鋪彩擒文，體理聯翩。詩有六義，二以賦詮。不歌而誦，釋之於元晏；古詩之流，解之於孟堅。登高九能得其一，歷樞五際含其全。慮質言之無文，故儷色以相宣。其在唐姚之世，覆燾明德。頌聲並作，皋夔在側。無風可采，無雅可飭。無以比星雲，無以興作息。取懷而予，賦之彌力。

> 周有太師，六詩是序。篇之異體貴乎綱，文之異辭主乎緒。宣聖合之，延陵莫能分；張逸欨之，通德莫能舉。紀其篇什，得詩人之制度；導其性情，悟詩人之機杼。總四始而兼包，恆意悦而情抒。

> 且夫方貌擬心，若拒若迎；環譬託諷，橫生側生。興隱於比，故述傳正其名；比隱於賦，故諸篇揭其精。莫多於賦，附物以切情；莫顯於賦，抗辭以揚聲。如彼絢采，喜素功之獨成；如彼合樂，許黃宮之特鳴。附庸於詩，拓疆以逞；濫觴於騷，導源以永。其心也，包宇宙而恢宏；其質也，蟠龍虎而彪炳。荀況蔚爲詞宗，禮智於焉似續；宋玉乖乎麗則，風釣幾於斥屏。研都與京，主文以譎諫；蒨雄似如，陳誼而猛醒。

---

[15] 程恩澤（1785-1837），字雲芬，號春海，安徽歙縣人。

是故存周後之十家，刪秦雜之九篇。圭陰七子之骨，江左六朝之妍。其間方聞之士，綴學之賢。稽歷太沖之十，讀過桓譚之千。謝羌爾而雕蟲，工形似而削鶯。必其思風言泉，悉無邪之旨；禽族草區，補多識之編。求之古人，蓋亦罕焉。故夫賦之敝，勸百而諷一；賦之源，牽兩而掣三。必比類以興物，斯言腴而味醰。罕譬倫品之繁，則命意也銳；託志風雲之會，則屬思也潭。美德容於三頌，紀王化於二南。大雅之音，不吳不敖；小雅之音，如怨如悐。樂心在周，得詞伯而可誦；香草在楚，合童蒙而共探。

緯以纂組，飾以鉛黛；貫以明珠，節以雜佩。結想涉於羲文，託體尊於恒岱。既上薄而下該，遂承流而津逮。博趣於申公魯齊，探妙於韓嬰內外。稽之周室，放之漢代。是則擷六義之精而傳其美者也。

　　這是一篇律賦，雖然隔句作對，音律鏗鏘，但並未嚴格限韻，讀來古氣盎然，力可扛鼎。故林聯桂評云：「斯篇撰意結響，直造古人，而古質生動之氣，沖和淵雅之度，韜鍊高遠之音，即移此賦作古今賦序可也。」

　　《賦海大觀》載趙鏞❶❻〈六義賦居一賦〉，以「詩人之賦麗以則」為韻，賦云：

　　蓋聞椎輪惟大輅之始，覆簣爲層臺之基。有開必先而導源，

---

❶❻　趙鏞（1792－1854），字笙南。

踵事增華而變滋。是以裁竹仿於伶倫，八音由是而繁會。垂裳肇於軒后，五色由是而彰施。曖辭賦之爲用，自楚漢而迄茲。體雖判而獨立，派實衍於風詩。

何者詩有三百，奧蹟紛綸。誦之以授政專對，讀之以論世知人。然而義爲辭彎，辭爲意輪。義析之有六，辭萬變而皆循。風雅頌爲經，體殊別而不相雜；賦比興爲緯，用參錯而還相因。侔色揣稱，兼資乎比興；指事微理，必在於敷陳。以宣士德於遐陬，則顓蒙共喻；以抒下情於黼座，則幽隱畢伸。

若夫清廟生民之製，六月采芑之辭。豐功駿烈，盛軌上儀。將告成於來者，乃據實而書之。肅穆整齊，高文典冊。鋪張揚厲，大筆淋漓。與金匱石室之篇，相爲表裏；俾光天化日之下，咸共聞知。

乃若空帷獨居，他鄉久戍。望遠懷歸，長吟永慕。情有激而乍鳴，意有隱而必吐。巴人下里，安知藻采之爲工；時鳥候蟲，但覺肝腸之可訴。或直致以達其言，或續廣以達其趣。總此數端，並歸於賦。

體制既開，風流下逮。荀宋張夫楚軍，揚馬盛夫漢世。連篇累牘，博辨縱橫；抽秘騁妍，飛騰綺麗。迨夫鮑庾之徒，奮出齊梁之際。極瑰麗之殊觀，擅精能而難繼。異軍特起，詩賦之號遂分；大國並吞，比興之門乃廢。

至於八韻之興，以之選士，創自唐年，沿於宋代。緣情體物，則黃王奏其能；馳騁抑揚，則歐蘇精其詣。均足以揚騷選之餘波，紹三百之遐軌。謂壯夫所不爲，吾不知其何以。

未若我國家人擅操觚，家工染墨。酌理審言，秉經製式。球鐘異器，宮商均協其音；杼軸殊工，黼黻並耀其色。與三代而同風，垂萬年而爲則。微臣幸廁清班，思宣帝德。揚鴻庥而鏤牒，愧無畫日之能；待螭殿而珥形，敢昧書雲之職。

這篇作品詳論賦之起源。首段點題，謂賦出於詩。二段講詩有六義，以「指事徵理，必在於敷陳」爲下文張本。三段、四段講賦之起源，先論詩中鋪陳其事的作品，次論直抒其情的作品，然後聲稱「總此數端，並歸於賦」。作者從題材與表達方式著眼，講解賦與詩之劃境，是很有見地的看法。後來劉熙載《藝概·賦概》所說「賦起源於情事雜沓，詩不能馭，故爲賦以鋪陳之」，當視爲本賦觀點之嗣響。五段簡述漢魏六朝賦作特徵。六段簡述唐宋律賦文賦特色，而對唐宋兩代賦作並無抑揚。末段描述清代賦學昌盛，以頌揚作結。

四、以「詩人之賦麗以則」為名稱的作品

揚雄在《法言·吾子》篇中曾說：「詩人之賦麗以則，辭人之賦麗以淫。如孔氏之門用賦也，則賈誼升堂，相如入室矣。」揚雄所謂「詩人之賦」，是指屈原、荀況賦那樣的的意存諷諫，合乎古詩之義的作品；所謂「辭人之賦」，是指景差、唐勒、宋玉、枚乘等人的作品；所謂「麗以則」和「麗以淫」的本意，可能是指「麗得有法度」和「麗得過度」的意思。後代有的賦論家在理解和運用揚雄理論之時，將「麗」歸於詞藻方面，將「則」和「淫」歸於立

意方面。主張賦作需要在保持詞藻博麗本色的同時，追求立意的典則正大而克服偏頗淫放。清代賦論家認為「麗則」是對賦作的總體要求，周如蘭作賦對此作了專門的探討。

周如蘭〈詩人之賦麗以則賦〉，以「賈誼升堂，相如入室」為韻，賦云：

> 將欲宣德雍容，抒情陶寫。掞藻天邊，擲金地下。則必茹古涵今，超心鍊冶。自出抒機，毋同捃摭。既鋪彩以摛文，尚秉經與酌雅。故法言稱麗則，太沖序亦引揚；而藝苑祖風騷，相如名還並賈也。
>
> 原夫六義徵詩，賦居於二。本三代之遺音，沿兩漢而漸備。或寫物而窮形，或指事而陳誼。雖百體其屢遷，皆合符而一致。模山範水，舞詠方滋；儷白妃青，性情斯寄。羨才華之富有，爛矣畢宣；須律度之中程，釐然就次。
>
> 其麗也，興高采烈，精耀光凝。清麗則芊眠共賞，典麗則喬皇是稱。流麗則鶯簧之婉轉，瑰麗則鳳彩之騫騰。薰香摘艷，鏤雪雕冰。魚明蜀錦，鶯疊吳綾。繁如紫姹紅嫣，助春光之濃冶；煥若雲蒸霞蔚，映朝旭之初升。
>
> 其則也，因心司契，秉度為章。意有則而非矜馳騖，辭有則而不事掞張。斂約於則之中，而範圍斯準，神明於則之內，而變化無方。隨時俯仰，合拍低昂。周規折矩，鼓宮應商。漫云無範鴻文，徒麟麟而炳炳；要識別裁偏體，自正正而堂堂。
>
> 想夫含毫宵眇，授簡徜徉。纏綿寄託，延佇凝望。意將迴而

復往，境隨過而不忘。情以深而若隱，理取譬而彌彰。繼虞歌魯頌而有作，合周情孔思而揄揚。莫不謹求履憲，高步詞場。普辭條與文律，儷玉質而金相。

故大則敷陳郊廟，小之摹繪蟲魚。皆選詞而秩若，斯製式以彬如。戛玉搊金，音原有節；就班按步，藻不妄抒。縱貴多而貴文，恆伐柯以取則。斯可弦而可頌，自合轍於造車。是知升高能賦，衷諸詩而比興該；言志爲詩，陳以賦而雅頌緝。蘄於古而爲歸，得其門而後入。

本典冊之長垂，非浮華之是急。元黃秩序，惟大雅爲不群；經緯分明，洵前賢之莫及。方今文治光昭，教思洋溢。研都鍊京之士，菱汁融箋；搖珠散玉之才，蓮輝耀筆。咸傾液以漱芳，盡銜華而佩實。豈事琢雕蔓藻，製惟寫彼風雲。還看䰩齚皇猷，言且滿夫堂室。

　　這篇賦體現了作者對揚雄「麗則」之旨的理解。首段點題，謂揚雄揭櫫「麗則」之旨。次段講解賦之起源與特徵，作者認爲賦體雖然有各種變化，但萬變不離其宗，即賦作之目的在於寫物窮形和指事陳情，賦體之風格在於展示富麗才華，但又必須遵守法則。第三段專門描述賦以「麗」爲其特徵，作者指出「清麗則芊眠共賞，典麗則禼皇是稱；流麗則鶯簧之婉轉，瑰麗則鳳彩之騫騰」，這就清楚地表明，「麗」不僅僅是詞藻的華麗，而是一種總體的風格。第四段專門講述「則」的要求，作者認爲「意有則而非矜馳鶩，辭有則而不事掞張」，這就明確地指出，「則」不僅僅是針對意旨而言，而是對思想內容和語言形式兩方面的總體要求。第五段和第六

段進而聲言作者在構思和落筆之際，無論是意境情理之安排，無論
是大題或小題，都要本著「以理節情」的原則，「縱貴多而貴文，
恒伐柯以取則」。末段頌揚當朝，希望文士幸生文教昌明之世，當
思奮發有爲，寫出銜華佩實的文章。周氏這篇賦代表了清代賦論家
對揚雄「麗則」之旨的深入而成熟的理解。

五、以「賦體物而瀏亮」爲名稱的作品

陸機〈文賦〉所提出「詩緣情而綺靡，賦體物而瀏亮」之說，
是對漢代以來詩、賦表現對象和藝術特點的總結概括。詩中固然也
要描繪事物形象，但以言志抒情爲主；賦中固然也不乏抒情成分，
但以繪形繪聲爲主。至於「瀏亮」一詞，則是在揚雄所謂「麗」的
基礎上，更增加了聲韻響亮的要求。清代有賦家作賦對此作了專門
探討。

有萬殊〈賦體物而瀏亮賦〉，以題爲韻，賦前有序云：

> 謹按陸機〈文賦〉云：「賦體物而瀏亮。」或謂當主文說，
> 應解如賦之體物，而得其瀏亮之致也。上句言詩，與下句碑
> 誄銘箴俱如此解，蓋承上所謂體連瑞瀛之言也。考黃氏崑圃
> 引《文心雕龍》云：「頌惟典雅，辭必清鑠。敷寫作賦，而
> 不入華侈之區；敬慎如銘，而異乎規戒之域。」似亦相似。
> 方伯海釋陸賦曰：「次段臚列諸體，見作文不論學力之淺
> 深，必於其中各有所長，似文該諸體而言也。據此立論，原
> 非創解。然吾謂不必泥是也，考白居易〈賦賦〉云：『雅音

瀏亮，必先體物以成章。』似賦專以體物爲工，士衡用以比
擬耳。」此說差是。大抵賦物各有不同，而統天地人物以並
論之，要必極瀏亮之致。不然，雖羅列諸書，徒工獺祭，亦
未免有博士書卷之病耳。僅體斯旨以爲賦。

其賦寫道：

伊騷選之奇才，本性靈爲鼓鑄。掃側艷之陳因，諧穌音於韶
濩。泊三代之踵華，與兩京而異趣。羌儷白以雕章，或妃青
而絺句。學沈謝之縟華，踰班揚之規度。雖工繪而曲摹，亦
蹈常而襲故。惟大雅之不群，卓千悟兮景騖。思滂沛以湧
泉，詞晶瑩而刻露。鏡華寫其空靈，水月資其神娛。清華學
士之辭，麗則詩人之賦。

仰造物於泰鴻，憑管見以測蠡。析渾儀於微芒，參立說於周
髀。羌希逸之賦月，濯冰壺以魄洗。誦陶拱之景星，互玉繩
而朗抵。談李程之日華，炫五色而畲啓。狀張環之明河，傍
九霄而清瀰。涵朗鑒於目前，運靈機於腕底。此仰觀夫太
穹，得其微於具體。

想育物於坤輿，羌悉呈乎芒芴。談玄虛之海兮，澄萬里而呵
欻；擬景純之江兮，互一色而電欻。仰興公之天臺，朗霞標
而高屹；記孟堅之終南，表雲物之奇崛。或摹泉石之清幽，
或繪林木之必芾。象爌郎而畢呈，光晶微而勿鬱。羌悉繪夫
形形，而不泥於物物。

若夫人靈於物，又意識之易使。託大人以隱諷，自洞達其靈

思；假豪士以寄意，亦朗邑而自期。羌宓妃之有感，傳明媚
之艷姿。或飾詞於神女，亦昭晰而勿疑。故繪聲與繪色，貴
纖悉而無遺。苟第得諸想像，笑爾思之遠而。

況植物之葳蕤，爲比興之所由。彼廣平之梅兮，寫骨幹之清
修；彼文通之蓮兮，何鮮潔之乍浮；彼襲美之桃兮，爛明霞
之艷流；彼歐陽之菊兮，寫清影之夷猶。羌玲瓏兮盡致，無
庵喝兮相摻。攬卉木以寄興，睹月色兮瀏瀏。

若動物之寓意，又殊形而異狀。如茂先之鷦鷯，本明假以自
況；如正平之鸚鵡，尤高潔而誰抗；如公孫之文鹿，見比擬
兮朗暢；如歐陽之天馬，亦詞旨之流邑。天雞辨爾雅之辭，
明駝搜山經之藏。罄澄心以凝思，涵萬象之清亮。

伊眾物之畢陳，貴曲體而勿誤。思蒙翳之全消，自清華之盡
吐，冰甌滌兮思清，夜光皎兮景亙。碧流芸藻之華，紅燦珊
瑚之樹。源徐庾之同清，派班張兮景附。劉畫則貽誚疥駝，
子安則警傳孤鶩。鬱藻采之紛綸，藉心香之靈炷。苟不失其
源流，要已識鋪之爲賦。

這篇賦以闡述賦體物的功能和瀏亮的特點爲其宗旨。首段講作
賦需要「奇才」，二段以下表彰賦史上能夠得天地之精英，狀萬物
之神形的名篇名作。二段寫天，三段寫地，四段寫人，五段寫植
物，六段寫動物，末段總結。作者對賦的體物功能描寫至矣盡矣，
但對賦的抒情功能強調不夠，當然這是由陸機〈文賦〉偏重一邊之
說所造成的。陸機之後的賦論家其實早已作出修正，如劉勰《文心
雕龍·詮賦》：「賦者，鋪也。鋪采摛文，體物寫志也。」紀昀評

云：「鋪采摛文，盡賦之體；體物寫志，盡賦之旨。」⑰意謂擅長鋪述和詞藻華美都是賦的藝術風格特點，描繪外物和抒發情感都是賦的寫作目的。這樣說就要全面一些。

本章小結

　　以上我們舉出白居易的〈賦賦〉和十四篇清人「以賦論賦」的作品，作了簡要的對比分析。需要說明的是，這十四篇賦並非清人「以賦論賦」的全部作品，在清人所編《律賦囊括》、《賦海大觀》等書中，還有〈八月枚乘筆賦〉、〈司馬相如作長門賦〉、〈司馬相如作大人賦〉、〈馬工枚速賦〉、〈研都鍊京賦〉、〈禰正平賦鸚鵡賦〉、〈駐馬書鞭賦〉、〈陳思王賦銅雀臺賦〉、〈左太沖作三都賦賦〉、〈洛陽紙貴賦〉、〈五經鼓吹賦〉、〈賦海遺鹽賦〉、〈宋廣平賦梅花賦〉、〈吳正儀事類賦賦〉之類，應當也是可以歸入「以賦論賦」類的作品。不過這類作品，重在詠嘆賦家作賦的逸聞趣事，較少涉及賦學理論，因此本文不再加以論列。僅就上述十四篇賦作來看，清人「以賦論賦」的作品內容已是相當豐富，歸納起來，呈現出以下幾個特點：

　　㈠清代「以賦論賦」的作品論及賦學問題各有側重，異彩紛呈。這些作品本身有古體有駢體有律體，部份作品具有「以古為律」的文體特徵和古氣盎然的審美風貌；討論涉及的對象有古賦有

---

⑰　見《紀曉嵐評文心雕龍》（江蘇：廣陵古籍刻印社影印道光十三年刊本，1997年）。

律賦，不過除了錢宗〈擬白居易賦賦〉、楊曾華〈賦賦〉、潘繼李〈賦賦〉主要討論古賦，主張潛心稽古之外，大多數作者討論的對象仍然以律賦為主體。

㈡清代「以賦論賦」的作品反對揚雄「雕蟲小技，壯夫不為」之說。比如楊曾華〈賦賦〉以《漢書・藝文志》「登高能賦，可為大夫」為韻，講賦家之修養，認為賦家必須注重內外兩方面的修養，內則需要「眇眾慮於衷曲，匯萬物於心思」；外則需要「鑒治忽於往代，閱榮悴於今時。感人事之遷變，識天運之轉移」。結尾又稱賦學高明者，「疇不共服其壯夫哉」？其用意顯然對揚雄「雕蟲小技，壯夫不為」之說不滿。結合上引楊際春〈賦賦〉「緬大夫之能賦，詎壯夫之弗為」，金長福〈賦賦〉「此皆丈夫之能事，疇云壯夫而不為」等論述加以考察，可以見出清人已經習用《漢志》「登高能賦，可為大夫」之說來反對揚雄之說，這就為「壯夫」作賦論賦立下理直氣壯的根據。早在北齊顏之推《顏氏家訓・文章篇》對揚雄「壯夫不為」之說已有非議，但顏氏之論主要從周公、孔子等晚年作詩、刪詩的事實來加以批駁，似不如清人批駁得直接有力。

㈢清代「以賦論賦」的作品在賦學理論上頗有建樹。比如論及賦之功用，施補華〈擬白香山賦賦〉本著「有所諷託」的作賦意旨，對白居易〈賦賦〉作了補充。又如研究賦之起源，趙鏞〈六義賦居一賦〉從題材與表達方式著眼，講解賦與詩之劃境，是很有見地的看法。後來劉熙載《藝概・賦概》所說「賦起源於情事雜沓，詩不能馭，故為賦以鋪陳之」，當視為此賦觀點之嗣響。又如對「麗則」之旨的理解，周如蘭〈詩人之賦麗以則賦〉認為，「麗」

不僅僅是詞藻的華麗，而是一種總體的風格；「則」不僅僅是針對意旨而言，而是對賦篇思想內容和語言形式兩方面的總體要求。

㈣清代「以賦論賦」的作品比較全面地描述賦之發展歷史，介紹了各種不同賦體的名家名作，林聯桂甚至認爲某些賦作可作「古今賦序」。但在具體觀點上，各家觀點頗有不同。比如對宋賦之評價，金長福〈賦賦〉批評道：「若夫趙宋之代，其體不侔。多瑕瑜之互見，少華實之兼優。或清而不綺，或麗而不遒。或才鴻而無範，或氣逸而難收。經術勝則詞章少掩，理學進則文彩弗修。」章袤〈賦賦〉則表彰道：「若夫宋代，寓單行於駢儷，易麗句爲清奇。雖軋茁之詞太拗，江湖之集或卑。然而赤壁兩篇，體自近於柳泉韓海；秋聲一賦，格更高於任筆沈詩。」這種相互對立的意見各有道理，能夠引發後來的學者對此作深入的思考。

㈤清代「以賦論賦」的作家大多名不見經傳，並非現行文學史、批評史上的知名學者。這就爲深入研究這些作家的生平與創作帶來很大的困難。同時，由於暫時不能確定這些賦篇中大部份作品的具體寫作年代，這就爲給這些作品在批評史上找到明確的定位造成很大的困惑。由於上述兩個原因，本文對清代「以賦論賦」作品的研究只能是初步的探索。相信讓這批作品曝光之後，有興趣的研究者會賡續作出更多更好的研究成果來。

第六章　清代律賦對科舉考試的黏附與偏離

　　律賦不僅僅是一種考試文體，同時也是一種文學體裁，所謂律賦與科舉考試的黏附與偏離，即指律賦既有適用科場考試的因素，又有獨立的言志抒情的文學因素。當代學者在研究唐代律賦時，已經明確地指出，唐代律賦與科舉考試之間存在著黏附與偏離的現象。日本學者吉川幸次郎在〈歷代賦彙影印本解說〉中指出：「『律賦』不僅作於考場，亦唐人文學形式之一種也。尤有趣者，晚唐「律賦」常以歷史故事爲題材。李觀〈高宗得說夢賦〉、白敏中〈息夫人不言賦〉、徐寅〈句踐進西施賦〉、浩虛舟〈陶母截髮賦〉等篇，皆見於《文苑英華》。至黃滔即此類賦之專家也，說見宋洪邁《容齋四筆》，其〈館娃宮賦〉、〈陳皇后因賦復寵賦〉、〈景陽井賦〉、〈魏侍中諫獵賦〉、〈明皇迴駕經馬嵬賦〉等篇，皆見《黃御史文集》。唐代『變文』是由俗人韻文化之故事，其由士人者爲『律賦』，二者皆次代講史小說之源流也。」❶吉川幸次郎主要從律賦題材演變的角度，論證律賦是當時的一種文學形式，

---

❶　見陳元龍編：《御定歷代賦彙》（日本：中文出版社影印清康熙刊本，1974 年）卷首。

並進而認定律賦同變文一樣，都是講史小說的源頭。鄺健行先生
〈唐代律賦對科舉考試的黏附與偏離〉❷一文，進而對唐代律賦對
科舉考試之黏附與偏離的過程，作出了歷史性的闡明和解釋。清代
是繼唐宋之後，又一個以律賦作為考試文體的朝代，同時也是一個
律賦創作非常興盛的朝代。本文準備以清代律賦為例，闡述清代律
賦與科舉之關係及其偏離科舉的文學表現。

一、帝王的推崇與試賦制度的確立

　　清代律賦的興盛與統治者的提倡有著密切的關係。康熙四十五
年，文淵閣大學士陳元龍奉命編成《歷代賦彙》，康熙帝親撰〈御
製歷代賦彙序〉云：「賦者，六義之一也。風雅頌興賦比六者，而
賦居興比之中，蓋其敷陳事理，抒寫物情，興比不得並焉，故賦之
於詩，功尤為獨多。由是以來，興比不得單行，而賦遂繼詩之後，
卓然自見於世，故曰：『賦者，古詩之流也。』班固又謂：『登高
能賦，可以為大夫。言感物造端，才智深美，可以與圖政事，故可
以為列大夫也。』是則賦之於詩，具其一體；及其閎肆漫衍，與詩
並行，而其事可通於用人。」❸康熙帝這番話講述兩個要旨：一是
在「興賦比」之中，賦可兼興比之義，而興比不可兼賦之義；賦在
「敷陳事理，抒寫物情」上的功用，超越興比；因而賦可以單行，

---

❷　鄺健行：《科舉考試文體論稿》（臺北：臺灣書店，1999 年），頁 135－
　　170。

❸　康熙帝：〈御製歷代賦彙序〉，見陳元龍編：《御定歷代賦彙》卷首。

而興比不能單行。這就為賦能繼詩之後，獨立成體，提供了內在的理路依據。二是能賦者才智深美，可以與圖政事，所以提倡賦學，是關乎用人的大事。宋人沈作喆《寓簡》❹引中書舍人孫何之論云：「惟詩賦之制，非學優才高，不能當也。……觀其命句，可以見學植之淺深；即其構思，可以覘器業之大小。」康熙帝的觀點與此略同。這就為實行考賦制度以選拔人才，提供了理論根據。康熙之後的歷朝君主，莫不以賦學為求才之道。上有所行，下必效之。正如沈德潛《賦鈔箋略·序》❺所云：「今天子雲漢作人化成之道，海內懷鉛之子，靡不銜華佩實，騰聲蜚文，以赴功名之會。」帝王的提倡，激起了清代作家極大的作賦熱情，試賦制度也逐漸推廣開來。

　　明代考試開始用八股文，而清代的科舉大體沿襲明制。《清史稿·選舉志》記載：「古者取士之法，莫備於成周，而得人之盛，亦以成周為最。自唐以後，廢選舉之制，改用科目，歷代相沿。而明則專取《四子書》及《易》、《書》、《詩》、《春秋》、《禮記》五經命題試士，謂之制義。有清一沿明制，二百餘年，雖有以他途進者，終不得與科第出身者相比。康、乾兩朝，特開制科，博學鴻詞，號稱得人。所試者亦僅詩、賦、策論而已。」❻「有清科目取士，承明制用八股文，取《四子書》及《易》、《書》、《詩》、《春秋》、《禮記》五經命題，謂之制義。三年大比，試

---

❹　《寓簡》（北京：中華書局《叢書集成初編》本第 296 冊，1985 年）。

❺　見雷琳、張杏濱注：《賦鈔箋略》（清乾隆三十一年刊本，1766 年）卷首。

❻　《清史稿》卷一百六〈選舉一·序言〉。

諸生於直省，曰鄉試，中式者為舉人。次年試舉人於京師，曰會試，中式者為貢士。天子親策於廷，曰殿試，名第分一、二、三甲。一甲三人，曰狀元、榜眼、探花，賜進士及第。二甲若干人，賜進士出身。三甲若干人，賜同進士出身。鄉試第一曰解元，會試第一曰會元，二甲第一曰傳臚。悉仍明舊稱也。」❼上述正史所載清代科舉考試層次只有鄉試、會試、殿試三級，並不完備。根據商衍鎏《清代科舉考試述錄》❽考證，在鄉試之前，還有各地學政主持的院試（包括學政試文童和生員）。清代科舉考試的主要文體是八股文，其次是試帖詩、律賦、策、論等。《清史稿·選舉志》只談到制科考試用律賦，除此之外，學政主持的院試、翰林院翰詹大考、庶吉士月課及散館考試（結業考試）、還有皇帝出巡的召試，都有用賦的。正如顧南雅《律賦必以集·序》所云：「我朝承前明之制，取士以制義，而仍不廢詩賦。自庶吉士散館、翰詹大考，以及學政試生童，俱用之。其體固不拘一格，而要之以律為宜。蓋律者，法也。有對偶、有聲病。古賦可以偽為，而律非富於涉獵揣摩有素者，不能為也。」❾又如陶福履《常談》所云：「國朝專為翰林供奉文字、庶吉士月課散館、翰詹大考皆試賦，外如博學鴻詞及召試，亦試賦，而學政試生員亦用詩賦。」❿因此，律賦作為考試

---

❼　《清史稿》卷一百八〈選舉三·文科〉。

❽　商衍鎏：《清代科舉考試述錄》（北京：三聯書店，1958年）。

❾　顧南雅：《律賦必以集》（清嘉慶二十五年[1820]廣東菊坡精舍重刻本）。

❿　陶福履：《常談》（清光緒十六年[1890]刻本，又臺北：商務印書館《叢書集成簡編》影印《豫章叢書》本）。

文體的重要性儘管在八股文之下，但也是重要的考試文體之一。茲將清代試賦的情況分述於下。

(一) 制科試賦

　　制科是皇帝特詔舉行的考試，包括博學鴻詞科、經濟特科、孝廉方正科等，而以博學鴻詞科爲主。據史料記載，清代試賦最早出現在制科。康熙帝在〈御製歷代賦彙序〉中曾歷數辭賦體裁的變遷說：「至於唐宋，變而爲律，又變而爲文。而唐宋則用以取士，其時名臣偉人往往多出其中。迨及元而始不列於科目。朕以其不可盡廢也，間嘗以是求天下之才。」這裏所說的「間嘗以是求天下之才」，便是指制科考試。茲將可考知的制科試賦情況臚列於下：

　　康熙十七年，詔開博學鴻詞科：「自古一代之興，必有博學鴻儒振起文運，闡發經史，潤色辭章，以備顧問著作之選。……我朝定鼎以來，崇儒重道，培養人才。四海之廣，豈無奇才碩彥，學問淵通，文藻瑰麗，可以追蹤前哲者？凡有學行兼優，文詞卓越之人，令在京三品以上及科道官員，在外督撫布按，各舉所知。朕將親試錄用。」⓫《清史稿》卷一○九〈選舉志〉四「制科」記載，十八年三月「召試體仁閣，凡百四十三人，賜燕，試賦一，詩一」。據《清聖祖實錄》記載，本次考試題爲〈璿璣玉衡賦〉一篇，〈省耕詩〉五言排律二十韻⓬。

　　雍正十一年擬議再開博學鴻詞科。十二年御使吳元安進言，薦

⓫　　《清聖祖實錄》（北京：中華書局，1986 年）卷七一，頁 910 上。

⓬　　《清聖祖實錄》卷八○，頁 1023 上。

舉博學鴻詞，原期得湛深經術，敦崇實學之儒，詩、賦雖取兼長，經史尤爲根柢。吏議定爲兩場，賦、詩之外，兼試論策⓭。

乾隆元年九月召試保和殿，凡一百七十六人，賜燕如例。欽命賦題爲〈五六天地之中和賦〉，以「敬授民時，聖人所先」爲韻；詩題爲〈賦得山雞舞鏡，得山字〉七言排律十二韻；文題爲〈黃鐘爲萬事根本論〉⓮。

乾隆二年七月，補試續到者於體仁閣。首場制策二，第二場賦、詩、論各一。賦題爲〈指佞草賦〉，以「生於堯階，有佞必指」爲韻；詩題爲〈賦得良玉比君子，得來字〉七言排律十二韻；文題爲〈復見天心論〉⓯。

(二) 召試試賦

康熙、乾隆、嘉慶三朝帝王都喜好巡幸，所到之處，屢有召試之舉。召試的程序是，先由本地官員將迎鑾獻冊之文士名單申報該省學政，其籍貫隸屬他省者，也準許取具同鄉正印官印結赴學政衙門呈明。然後由學政會同督撫組織考試。欽命題目一般是賦一、詩一、論一。由閱卷大臣統一評閱，分擬等第進呈，由皇上親自決定名次。取列一等者，一般授職內閣中書，遇缺即補；或欽賜舉人，準許參加會試。考入二等者，或派充各館任職謄錄，或賞賜緞匹以

⓭ 張壽鏞等：《皇朝掌故彙編》（臺北：文海出版社，1964 年），內編卷三七，頁 740。

⓮ 張壽鏞等：《皇朝掌故彙編》，頁 742 下。

⓯ 張壽鏞等：《皇朝掌故彙編》，頁 742 下。

示獎勵。據《欽定大清會典事例》⓰等史料記載三朝召試得人情況
如下：

　　康熙四十二年、四十四年南巡江浙，召試得吳士玉等七十三
人。吳士玉後中康熙四十五年進士，入翰林，官至禮部尚書。

　　乾隆六巡江浙，三幸山東，四幸天津，召試得王昶等八十五
人，初彭齡等十七人，姚文田等十六人。王昶後中乾隆十九年進
士，官至刑部侍郎。初彭齡後中乾隆四十五年進士，入翰林，官至
工部尚書。姚文田後中嘉慶四年進士，官至禮部尚書。清代賦論家
浦銑⓱、王芑孫⓲均曾經參加乾隆出巡天津的召試。徐珂《清稗類
鈔》載秦瀛參加高宗冬巡泰山召試，賦題為「東方三大賦」，先以
書法拙劣被斥，後得高宗御筆圈點，拔置第一⓳。足見試賦在召試
中有著重要的地位。

　　嘉慶十六年西巡五臺山，召試得龍汝言等九人。龍汝言後中嘉
慶十九年進士。

(三) 庶吉士試賦

　　翰林院庶吉士制度，始於明洪武十八年。清承明制，殿試傳臚

⓰　崑岡等：《欽定大清會典事例》（臺灣：中文書局，1963 年）。

⓱　乾隆三十八年（1773）巡視天津，浦銑赴行在獻賦，蒙賞賜，從此益加肆
　　力賦學。見《復小齋賦話‧自序》（乾隆五十三年[1788]復小齋刊本，附
　　《歷代賦話》之後，有浦銑〈自序〉和王敬禧〈跋〉）。

⓲　王芑孫於乾隆五十三年（1788）應天津召試，入一等，欽賜舉人，授咸安
　　宮教習。見王鏊撰〈族兄惕甫先生傳〉，載閔爾昌：《碑傳集補》（臺
　　北：明文書局，1985 年版《清代傳記叢刊》本）卷四七。

⓳　徐珂：《清稗類鈔》（北京：中華書局，1981 年），頁 714。

後三日，集進士於保和殿舉行專爲選庶吉士而設的朝考。考取前列者，由皇帝欽定爲翰林院庶吉士。頒內府經史詩文作教材，派大小教習教導之；由戶部月給廩餼，工部供給日用雜物；讓庶吉士安心肄業於翰林院庶常館中。三年之後，舉行散館考試。分別等第，一等一般翰林院留用，授編修、檢討；二等以下，或分派中央各部任職，或出爲外官。

朝考題目，雍正五年，定爲論、詔、奏議、詩四題❷。乾隆十六年，定爲論、奏議、詩、賦各一篇。湯對松於賦、論、議外，作試帖詩四首，取列第一。嘉慶二十年後，減去賦，只以論、疏、詩三項命題。光緒二十七年，再廢除試帖詩，僅考論、疏兩項。

散館考試題目，清初用五言排律一篇及論一篇，或時文一篇。雍正元年以後用時文、論、賦、詩四題。商衍鎏《清代科舉考試述錄》載郭石渠❷雍正八年散館試卷照片，時文題爲〈爲人由己而由人乎哉〉，論題爲〈敬而後能誠論〉，賦題爲〈謙受益賦〉，詩題爲〈賦得更爲四時聰〉五言排律八韻。

乾隆元年，尙書任蘭枝、侍郎方苞奏請專試一賦、一詩，後相沿爲例。徐珂《清稗類鈔》記載紀昀參加館閣試賦云：「乾隆某年，翰林館課題〈佝僂丈人承蜩賦〉，以『用志不分，乃凝於神』爲韻。時獻縣紀文達公昀方入詞垣，課作押『乃』字官韻云：『沈幾觀變，聳肩第覺其成山；定息凝神，拄杖休嘲其似乃。』。」❷

---

❷　《清世祖實錄》卷五七，頁868上。

❷　郭石渠，字文淵，號介友。貴州安化人。雍正五年進士，雍正八年散館，授翰林院檢討。

❷　徐珂：《清稗類鈔》，頁694。

李調元《童山自記》記載：「（乾隆三十一年）丙戌，是年四月初四日癸未，庶吉士散館。於正大光明殿欽命題〈十八瀛洲賦〉、〈麥浪詩〉。余考二等第六，引見，奉旨改吏部文選司主事。」❷❸

　　同治四年，散館試題曾一度改爲策、論。七年，恢復舊制，仍然考試詩賦。

(四) 翰詹大考試賦

　　清制大考是專爲翰林院和詹事府官員所設的考試。因爲詞臣在內需要嫻熟典故辭章，以備顧問編纂之用，在外常爲主持各省衡文試藝之考官，更需文學優長，方能不辱使命，所以每隔數年，便舉行大考，分別水準高下，予以升轉降黜。順治、康熙時期，吏部、禮部侍郎以及內閣學士、詹事府詹事，皆須與翰林院編修、檢討等一同參加考試。乾隆二年之後，始定位列三品以上的翰林官員免試，其他翰林院講讀學士至編修、檢討，以及詹事府少詹至中允贊善等官員，一律得參加考試。考試時間或春或夏，考試地點在太和門、暢春園、乾清門、圓明園、保和殿等等。考試題目，清初有論、疏、議、詩、賦等等。乾隆二年以後，以賦一、詩一爲主，加論或疏一篇。

　　試以阮元（1764-1849）參加大考情況爲例。據張鑑撰《阮元年譜》❷❹記載，乾隆五十六年辛亥（1791），阮元時任翰林院編修。

---

❷❸　參見拙撰：《李調元學譜》（成都：天地出版社，1997 年）上編〈紀年譜〉。

❷❹　張鑑著、黃愛平校點：《阮元年譜》（北京：中華書局，1995 年）。

「二月初十日，圓明園大考翰詹，欽命題爲〈擬張衡天象賦〉、
〈擬劉向請封陳湯甘延壽疏，並陳今日同不同〉、〈賦得眼鏡
詩〉。閱卷大臣見先生賦博雅，而不識賦中『㟧』字之音，置三
等；繼查字典，始置一等。封卷進呈御覽，次日奉諭：『第二名阮
元比第一名好，疏更好，是能作古文者。』親改擢爲一等第一名。
十三日，奉旨陞授詹事府少詹事。」阮元《揅經室集》㉕收有翰林
院課試〈炙輠賦〉，以「炙輠中膏其流無盡」爲韻；散館考試一等
第一名〈御試一目蘿賦〉，以題爲韻；大考翰詹一等第一名〈御試
擬張衡天象賦〉，以「奉三無以齊七政」爲韻。

徐珂《清稗類鈔》載「大考第一之賦」云：「道光朝，大考翰
詹，以〈遠佞賦〉爲題，押『厥』字韻。有一卷曰：『譬彼欲求至
寶，譁囂何取於沽諸；將植嘉禾，豐草必先於莠厥。』詞婉而諷，
能近取譬，獲首選。」㉖「光緖某年，大考翰詹，賦題爲〈水火金
木土穀〉。文道希（廷式）學士卷，閱卷大臣進呈時原列第三，德
宗拔置第一。及召見，親諭之曰：『汝卷乃朕所特取，汝知之
否？』文頓首謝。旋超擢翰林院侍讀學士。」㉗可見皇帝對官員大
考試賦非常關注。

(五) 學政考文童、生員試賦

清代士人參加鄉試之前，就得參加一系列的考試。包括進學考

㉕　阮元撰、鄧經元點校：《揅經室集》（北京：中華書局，1993 年）。

㉖　徐珂：《清稗類鈔》，頁 698–699。

㉗　徐珂：《清稗類鈔》，頁 700。

試、學校考課、歲試、科試等等。

　　首先是參加進學考試（又稱文童考試），包括由知縣主持的縣試、由知府主持的府試和由學政主持的院試。三級考試合格後，分別在本籍縣學註冊，特優生則分發府學註冊。在院試正場之前，學政通常舉行一場名曰「經古」的特考。這一場不考八股文，而以經解、史論、詩賦出題。例如，李調元在廣東學政任上便曾以賦題試士，其撰〈煙賦·序〉云：「煙，草名，即淡巴菇也。乾其葉而吸之有煙，故曰煙。余試粵惠州日，以此題出試。有柳生賦頗佳，而多出韻。問之，言藍本於楊孝廉潮觀而敷衍之。因嫌瑕瑜半掩，效昌黎玉川〈月蝕〉之例而刪節之，以示多士。」❸

　　進學之後，學校考課通常也要試賦。清代縣學、府學生員，平日以讀四書五經爲主，兼習史策、表判、詩賦。例如，李調元《雨村賦話·序》云：「予試學粵東，經藝之外與諸生講論，尤津津於聲律之學。凡歲試月課之餘，有兼工賦者，莫不擊節嘆賞，引而啓迪之。」明確聲明《賦話》一書是其「歲試月課」的副產品。

　　學政主持的主要考試爲歲試與科試。歲試是學政考查學校生員藝業的考試，科試是選拔生員參加鄉試的考試。學政三年一任，三年內歲、科兩考，一般是待歲試完畢始行科試，特殊情況準許歲、科試一併舉行。

　　歲、科試之題目，清初爲四書文二篇，經文一篇。雍正六年後，更定爲歲試四書文二篇、經文一篇，冬月日短則減去四書文一篇；科試四書文一篇，經文一篇，策一道，冬月減去經文。乾隆二

---

❸　李調元：〈煙賦〉並序，載《童山文集》（《函海》本）卷一。

十三年後，改爲歲試四書文一篇，經文一篇，五言八韻試帖詩一首，默寫《聖諭廣訓》一則；科試四書文一篇，策一道，五言八韻詩一首，默經一段，默《聖諭廣訓》一則。

歲試科試之正場是不試賦的，但是學政爲了考查生員才藝，往往在正場考試前加試「經古」一場。這一場的試題爲經解、史論、詩賦、算學、時務等等，生員可以各認一門報考，成績優秀者，歲科考試大半取在一等。

據俞士玲〈論清代科舉與辭賦〉❷一文引錄清抄本《海鹽士林錄》記載咸豐元年海鹽縣試題：

> 程邑尊（名文範，字酉山，舉人）主持縣試：二覆試〈捐金於山賦〉，以「金生於土捐之在山」爲韻。
>
> 鍾府尊（名裕，翰林）四月主持府試：二覆試〈綠天賦〉，以「綠陰生畫靜」爲韻。
>
> 吳大宗師（學政）五月主持院試：生古學，試〈識字耕田夫賦〉，以「吏民莫作客常看」爲韻；再試〈廣廈千萬間賦〉，以「天下寒士皆歡顏」爲韻。童古學，試「聖人孩之賦」，以「若保赤子惟民康乂」爲韻。

這些試題清楚地顯示出清代科舉院試以前試賦的情況，證明試賦在基層科舉考試是常常實行的。

---

❷　俞士玲：〈論清代科舉與辭賦〉，載《第四屆國際辭賦學學術研討會論文集》（南京：江蘇教育出版社，1999年），頁 665－683。

　　科舉考賦爲賦學之昌明奠定了雄厚的社會基礎，許多辭賦選本皆應運而生。如程祥棟編《東湖草堂賦鈔》，其〈自序〉云：「咸豐庚申仲冬，余試吏繁江，民有訟田而願輸入官者，捐奉成之，得沃產四十八畝，增設書院膏火。時藝而外，月課古學。因爲指示程式，選古今賦三百五十餘首，釐分四集。」沈祖燕《賦海大觀·序》云：「國家功令，除歲科兩試未嘗定制以取士，而詞苑名臣之養望木天者，館閣小課，月一再試之，誠以雍容揄揚華國之不可無才也。賦學關乎文運，詞章家所以雅重之也宜矣。」❸

　　上述材料可以證明，清代科舉考試中試賦的情況是非常普遍的。

二、律賦與科舉考試之偏離

　　以上我們論述清代帝王的推崇與試賦制度的確立，從而可以得知律賦作爲考試文體之一與科舉有著密切黏附的關係。不過，律賦作爲一種文學體裁，它也有著自身獨立的文學特質，從而與科舉考試產生偏離的現象。換句話說，有的作家寫作律賦主要是爲了言志抒情或詠物的需要，而不一定與科舉考試有著直接的關係。這種情況在唐代已經開始，到清代更加變本加厲，愈演愈烈。需要事先指出，論證律賦與科舉考試之偏離，並非說明考試時寫作律賦便沒有文學性方面的要求，反之，成功的考試賦作也有情韻盎然的佳作。論證清代律賦與科舉考試偏離的傾向的目的在於說明，作家寫作律

---

❸　載鴻寶齋：《賦海大觀》（光緒癸巳，1893 刊本）卷首。

賦也可以不是爲了考試的需要，而只是把律賦作爲一種言志抒情詠物的文學體裁。

(一) 賦總集「文學類」之比較

我們可以比較兩部賦總集「文學類」的收賦情況，以見出清賦較明以前賦文學色彩增強的情形。康熙四十五年，陳元龍所編輯的《歷代賦彙》是迄今收羅明以前賦最完備的總集，光緒十二年，修鳳樓主人編輯的《律賦囊括》是專門收集清代律賦的總集❸，正好作爲對比分析的材料。

《歷代賦彙》正集「文學類」收賦七十四篇，外集「文學類」收賦五篇，附逸句一篇。共計八十篇。

《律賦囊括》「文學部」下設若干小類，「文學類」收賦十五篇，「勤學類」收賦二十七篇，「博學類」收賦十篇，「書籍類」收賦三十篇，「經史類」收賦六十篇，「字學類」收賦十七篇，「文類」收賦六十篇，「賦類」收賦二十五篇，「詩類」收賦五十三篇，「書法類」收賦二十八篇，「碑帖類」收賦三十篇，「筆墨硯類」收賦三十一篇，「紙類」收賦九篇，「文具類」收賦三篇。總共三百九十八篇，大約相當於明以前「文學類」收賦總數的五倍。需要加以說明的是，第一，《律賦囊括》收賦是比較嚴格的，一般同題之賦收錄不超過兩首，因此這一統計並不完備。第二，按

---

❸ 《律賦囊括·凡例》云：「歷朝古賦、律賦與今體不同，概從割愛。」另有《賦海大觀》收賦雖然規模更大，但係歷代賦總集，非專收清賦，故本文選擇《律賦囊括》來作比較。

照《賦海大觀》收賦統計，明以前賦大約有五千篇，清賦總數大約有一萬五千篇，清賦在總數上大約是明以前賦的三倍。「文學類」之賦在比例上的增加也遠遠超過了其他種類。因此，儘管當時人所持的文學概念比較寬泛，與今人不同，不過這個數量對比至少能夠說明，清人對文學之事之重視超過了前代。

㈡ 強調抒情特質的賦論

文學的特質在於抒情，清代賦論家多闡述「賦以情為貴」的觀點。如浦銑《復小齋賦話》云：「文以有情為貴。」又引明興獻帝之言云：「夫事寓乎情，情溢於言，事之直而情之婉，雖不求其賦之工而自工矣。屈原〈離騷〉，歷千百年無有譏之者，直以事與情兼至耳。下逮相如、子雲之倫，賦〈上林〉、〈甘泉〉等篇，非不宏且麗，然多斷於詞，躓於事，而不足於情焉。此即卜子夏『在心為志，發言為詩』之義也。」此所謂「事」，即賦所描寫的事物；此所謂「情」，即作者所表達的感情。浦氏完全贊同作賦要以情感來推動描寫之觀點，因為這與「詩言志」的要求是一致的，所以他贊美：「王仲宣〈登樓賦〉，情真語至，使人讀之淚下，文之能動人如此！」「黃文江〈送君南浦賦〉、王輔文〈離人怨長夜賦〉，真深於情者！」

又如魏謙升《賦品》中「情韻」一品云：「纏綿結緒，繾綣縈絲。花光宜笑，水態含漪。青衫掩泣，紅豆相思。貽椒贈芍，送子河湄。閑情十韻，麗句妍辭。文心絕世，橫笛孤吹。」此品中所描寫的情景大致與《歷代賦彙·凡例》所云「外集」之選擇標準相似，都是「勞人思婦，觸景寄懷，哀怨窮愁，放言任達，辭有可

觀」的作品。

李調元《雨村賦話》曾說唐代用於考試的律賦，「命題皆冠冕正大」❸❷。清代考試律賦題目，也有同樣的要求。黃光亮《清代科舉制度之研究》曾揭示出題的要求說：「出題要明白正大，不要割裂文義以傷雅道，使老生能發明義理，展拓才思；不許拘於冠冕吉祥標題，以杜生員勦襲雷同之弊。」❸❸上述「勞人思婦，觸景寄懷，哀怨窮愁，放言任達，辭有可觀」的賦題，應該不會用作科舉考試的。

余丙照《賦學指南·論詮題》❸❹特設「寫情」和「情景兼到」兩類，其論「寫情」云：「詩發乎情，而賦者古詩之流也，則駢四儷六，亦宜隱寓深情。作者揮毫，務必寄情綿邈，令人一往情深，方得文生情，情生文之妙。觀江淹〈恨〉〈別〉二賦，可以悟矣。」並舉言情之賦句例云：

> 陸潤章〈臨邛酤酒賦〉：「劇憐抱甕而前，爲郎憔悴；莫謂遇人不淑，辱在泥塗。」
> 吳襄〈七夕賦〉：「不是情如秋薄，但許飄零；總教恨比河深，幾多慰恤。」

---

❸❷ 見《雨村賦話》（臺北：新文豐公司，1993 年）卷二。

❸❸ 黃光亮：《清代科舉制度之研究》（臺灣：嘉新水泥公司，1976 年），頁 95。

❸❹ 余丙照：《賦學指南》，道光七年（1827）初刊本。按：此書道光二十二年（1842）增注重刻本，改名《增注賦學指南》；又有臺北：廣文書局一九七九年影印本，改名《增注賦學入門》，並合爲二卷。

馮嘉穀〈吹簫乞食賦〉：「非關橋畔月明，聲何悲壯；不是樓頭人偉，氣更蕭條。」

盧熿〈織女懷牽牛賦〉：「怨人間薦果無期，黃姑信梗；問天上成橋何日，烏鵲音垂。」

金國瑩〈沛父老留漢高祖賦〉：「下別淚之雙行，百年故土；留大風之一曲，千古雄情。」

高登鷟〈馮煖彈鋏賦〉：「草草勸餐，笑起三千冷眼。瞿瞿故態，空懷一片熱腸。」

顧元熙〈吳季子掛劍賦〉：「未殉大王之葬，孤此雄風；藉明公子之忱，皎如秋水。」

其論「情景兼到」云：「情景二字，最難摹寫。況景中有情，情中有景，或二句景二句情，尤屬難工。要設身處地，即景生情，觸手成春，言情寓景，斯爲情景逼眞，不愧登高作賦。」並舉「情景兼到」賦句爲例云：

畢熙曾〈秋蓮賦〉：「情比波深，幾度相逢蓮子；人如花瘦，一年又值秋風。」

顧元熙〈明月前身賦〉：「今夕招來，對影猶言相識；幾時修到，舉頭如此分明。」

吳培孫〈涼夕援琴賦〉：「指宿鳥於寒林，軒開靜夜；聽吟蟲於古砌，人坐深宵。」

吳錫麒〈蘭亭集賦〉：「感概乎世殊事異，絕藝誰傳；流連乎天朗氣清，斜陽正永。」

陸潤章〈臨邛酤酒賦〉：「一帘寒食之風，關心客思；十里
鶯花之地，滿目春光。」

王元梅〈蛺蝶穿花賦〉：「隔叢飛至，引來一線香風；結伴
偕行，添得滿園春色。」

周召南〈釣使人恭賦〉：「晚唱數聲，紅蓼白蘋之地；漁歌
一曲，蒼煙黃霧之天。」

余丙照〈春晴賦〉：「一竿紅日，花聽賣去之聲；幾處青
帘，酒試沽來之味。」

余丙照所舉言情賦句例，的確情趣盎然，精彩紛呈。不過，僅
僅只看摘句，尚不足以見出賦篇文學色彩之全貌，下面我們還要舉
出一些完整的賦作來考察。

三、詠懷寫景律賦示例

要證明清人寫作律賦有時僅僅為著抒情言志或詠物，並不以科
舉考試為目的，最直接的方法莫過於觀察他們文集中的賦作。本節
準備以三部罕見的手寫本賦集為例，來對此加以說明。

㈠ 方濬頤《忍齋賦略》

方濬頤，號忍齋。臺北中央圖書館珍藏清人未刊稿本中，有
《方忍齋所著書》㉟，一九七六年由聯經出版事業公司影印出版，

㉟　方濬頤：《方忍齋所著書》（臺北：聯經出版事業公司，1976年影印本）。

精裝二十一冊，其中第六冊載《忍齋賦略》❸❻一種。凡收賦十首：
〈天寒有鶴守梅花賦〉、〈濠梁觀魚賦〉兩篇、〈淡雲微雨養花天
賦〉、〈登壇拜將賦〉、〈如皋射雉賦〉、〈齊羌醉遣晉公子
賦〉、〈一年明月今宵多賦〉、〈陳平分肉賦〉、〈春夜宴桃李園
賦〉。試引〈天寒有鶴守梅花賦〉（以題爲韻）如下：

　　香清絕俗，胎化眞仙。斜依竹綻，懶上松眠。果然雪魄冰
魂，探來無恙；怪底霜毛玉羽，放去仍旋。高隱如梅，閟孤
芳於山塢；多情是鶴，願相守於湖天。（眉批：清新俊逸，不著
塵氛。❸❼）
　　時則林枯雀凍，風烈雁寒。午猶擁被，曉莫憑欄。待訪國
枝，怯沿溪之滑滑；欲騎驢背，愁飛絮之漫漫。可知庾嶺先
開，忍叫春斷；若與支公同好，休遣雲盤。（眉批：翻空一
段，得展局法。）
　　夫以三疊通靈，五禽居首。麒驥堪儔，鳳鷥爲偶。嘲識字兮
非奇，鄙乘軒兮蔑有。方沖舉於煙霄，肯卑栖於岩藪。縱遊
塵市，偶臨江夏樓頭，詎入樊籠，添作山田鶴口。（眉批：入
「鶴」字，筆亦挺接。）
　　羌乃頓趾引吭，水邊籬落。忽東忽西，且前且卻。繽紛繞屋
之梅，眷戀在陰之鶴。信素素兮有緣，對珊珊而自若。曩時
警露，憐渠弄影翎張；此際沖寒，伴我巡簷笑索。（眉批：故

---

❸❻　《忍齋賦略》，封面書《夢圜賦概》，當即此書之別名。
❸❼　眉批作者未署名，按照字體辨認，當是賦後署「年愚侄拜讀」的楊豫泰。

作摹擬之神，總爲守梅蓄勢。）

雖復徑令三三，圖披九九。陣散烏鴉，歌停鸚鵡。而鶴則獨
悟冬藏，甘爲林守。豈是甤甤不舞，虛度春秋；料應攀折須
防，護持左右。（眉批：虛拍「守」字。實作「守」字。）

曰林處士，子鶴妻梅。仿鷺拳以瑟縮，傍蛟脊而氈毶。玉照
堂前，迎陽躑躅；紅羅亭畔，唳月徘徊。任他翠羽啾嘈，師
雄夢短；遲爾暗香浮動，姑射神來。（眉批：抱定「梅」字寫
「守」字，不同泛賦。）

蓋由青田產異，銅井韻賒。維鶴也，上供十玩；維梅也，預
占百花。傲鶯梭和燕翦，陋蝶板與蜂衙。本非世態周旋，問
幾生分得到；獨供臞仙繾綣，覺凡卉之難誇。（眉批：鶴梅互
寫，尤爲完密。）

用稽明遠之篇，載繹廣平之賦。爰設會於甂爐，好尋芳於圜
圃。九皋鳴罷，云何戢翼而歸；一月留將，或者銜珠以赴。
掩映玉麟之側，丹頂增輝；翩環縞袂之旁，鐵心回眄。（眉
批：去路悠然。）

　　這篇賦描寫天寒地凍之時，專心守護梅花的仙鶴，暗中寄寓著
作者隱士的情懷和高潔的操守。所以楊豫泰總評云：「瑩澈如琉璃
屏，圓活如水晶環，自是君身有仙骨。」吳丙湘評云：「清新如初
炙簧，圓轉如久調舌。是深得唐賢三昧者。」郭晉超評云：「仙骨
珊珊，天機自御，眞不食人間煙火人語。」這種賦，顯然是個人生
活情趣的描述，不可能是考場上的應景文章。

(二) 王寶庸《小竹里館律賦效顰》

　　王寶庸（1827－1887 以後），字時若，號伯平，又名灌，字瓚香，一字小崖。吳陵人。咸豐七年，應試不列，遂不再應考。同治元年，捐爲候選知府。生平事蹟詳見自撰《小竹里館浮生記》❸。著有《竹里全稿》❹，未刊稿本藏臺北中央圖書館。一九七六年由聯經出版事業公司影印出版，精裝十二冊。其中第十二冊收入《小竹里館律賦效顰》一種，共收入律賦五十一篇。書前載〈自序〉云：

> 　　夫詩言律而賦亦言律，天下無不律之文章也。然賦較易於試帖，試帖祇五言，實難以展手，每含意而莫伸。賦師駢體，旁通比譬，可以暢所欲言。然賦雖古詩，非時則不入穀。六朝多冷雋，至唐而漸露聲華。國初專講氣脈，如黃鐘大呂，天地元音，法律非所計也，故鴻博諸賦，對仗不工者有之，音調不諧者有之，且有三句連以仄住者，讀之每不上口。至今日而法愈密律欲嚴矣。無計館閣鴻才，實多佳製，即歲科小試，取詩古者皆以詞語新鮮，機調諧暢爲上，非此者不入選。甚矣，律賦不易言也。然能賦必先能文，文不佳者，詩古縱邀，一取正場，未必獲售。即如州府兩試，第三場必兼詩賦，招覆者豈皆賦手，而未輕錄取，逍遙於門外，未必無能賦之人。予嘗率以戒子弟。然因此而遂謂賦可不學，亦非

---

❸　《小竹里館浮生記》，載《竹里全稿》第十二冊。

❹　王寶庸：《竹里全稿》（臺北：聯經出版事業公司影印本，1976 年）。

也。近世入學與等第，試經古者多缺此一場，讓他人先占地步，全憑時文八比，而欲天外群頭，難乎不難。然文，本也；賦，末也。末固不可以先乎本，本亦必兼資乎末。相輔而行，實非幼學不可。予本不能賦，及從冶青徐先生遊，以賦請，且問從何入手。先生筆路甚高，不屑時賦，曰賦亦知其法律而已，陳賦俱在，爾取閱之可也。多讀奚為，故亦不盡所長，先生亦解館。復以賦質竹江先生，先生命讀《掃虹館賦約鈔》，亦不能髣彿萬一。予性粗豪，喜讀史及雜書，故書筆跳宕，而於法律一道，不耐揣摩，故能大而不能小，能粗而不能細，所作諸件，鬆活欠緊醒。一生受病，實在於此。此卷乃甲子年重輯兩先生改本，分為二卷，顏曰《效顰》，效西施之顰也。而以雜文附卷末。予迴首廿年，徒增感慨。聊陳顛末，示我子孫之能學賦者。光緒十四年戊子春三月立夏後二日，小崖王寶庸識，時宿雨猶迷濛也。

王氏在〈自序〉中，聲稱自己性情粗豪，對律賦之法律不耐揣摩，這雖然是自謙之詞，不過也可從一個側面見出，王氏之律賦並不適合考試的規定。他一生雖然精研律賦，但是科舉功名之途並不順暢，也說明其律賦有超出考試規程的格式。細檢其律賦格式，果然與眾不同。比如，〈踏青賦〉首段云：

江南春色年年好，滿地綠雲迷古道。多少遊人日往來，踏去青青堤上草。

又如〈蓮動下漁舟賦〉首段云:

> 瑟瑟金風漠漠煙,蓮花十里接湖田。蓮中人趁蓮舠下,不唱
> 漁歌唱採蓮。

這種用七言絕句（前一首爲古絕,後一首爲律絕）來作破題的格
式,在前此的律賦中非常少見,也不見賦論家提及。前此的律賦有
篇終作歌的,但常常遭到賦論家的批評。如王芑孫《讀賦卮言·審
題》說:「七言五言,最壞賦體,或諧或奧,皆難鬥接,用散用
對,悉礙經營。」張之洞《輶軒語·語文》「忌篇尾作歌」條云:
「六朝小賦間有之,場屋效顰,既爲不莊,又嫌率爾。《選》賦篇
尾或曰亂,或曰頌,各有體裁,不得藉口。」王寶庸作賦更在篇首
作歌,固然在形式上是一種新的創造,但如果用在試場上,那就肯
定不合考官的胃口了。

(三) 唐受祺《浣華盧賦鈔》

唐受祺（1841−1924）,字若欽,號恂叟。太倉人。爲晚清著名
文學家俞樾弟子。著有《浣華盧賦鈔》、《浣華盧詩鈔》等。生平
略見唐文治《浣華盧詩鈔·跋》。《浣華盧賦鈔》二卷㊷,收賦四
十二篇。其中部份是學校考課之作,比如〈帶牛佩犢賦〉（以賣劍
買牛賣刀買犢爲韻）自注云:「此戊子安道考列第二之作。原本前路

㊷　唐受祺:《浣華盧賦鈔》,載《太崑先哲遺書》（俞世德堂校印本,民國
　　十七年[1928 年]）。

暗切『劍刀』字，至四段尙未見『牛犢』字，作法殊疏。癸亥十一月中爲之刪改數處，稍見妥洽。」又如〈趙清獻一琴一鶴賦〉（以題爲韻）自注云：「此爲戊寅正誼書院課題。當時所作多空衍語，乙卯春刪改之，稍覺安適。」再如〈引鏡爲刀屈刀爲鏡賦〉（以積時不改指之復故爲韻）自注云：「此爲己卯年求志書院課。俞曲園院長評云：「大氣盤旋而仍細意熨貼，故佳。」另外一些賦，則似與科舉考試無關，比如〈餞春賦〉（以勸君更進一杯酒爲韻）云：

> 醉態酣情，離懷別恨。艷惜紅殘，香憐綠嫩。春來而脈脈含愁，春去而憮憮積悶。悵幽夢之難尋，聊擧杯而相勸。
>
> 猶憶紅飄杏雨，白釀梨雲。鶯聲屢囀，燕語頻聞。拾翠而春芳未老，踏青而春色平分。時則開宴徙倚，把酒殷勤。相對兮非朝非夕，相思兮維我與君。
>
> 未幾而慘綠蕭騷，亂紅磬淨。月缺侵簾，花殘對鏡。長吟添庾信之愁，消渴感相如之病。呼童掃徑而徑荒，擧酒消愁而愁更。
>
> 此去何之，離愁難忍。西馭將馳，東風漸緊。羌從紫陌而停驂，如向青郊而接軫。爰開祖餞之宴，怕唱思歸之引。頻把盞於臨歧，有餘情之未盡。
>
> 酬酢崇朝，沈酣竟日。抱覽情癡，飛觴興逸。問晤對之何時，惜挽留之無術。綰別緒之重重，訴離愁而一一。
>
> 幾度徘徊，驪歌又催。乍向玉樓送去，復從金谷邀來。且攜舊侶，重泛新醅。拚夜游而秉燭，就花徑兮樽開。莫負當頭之月，更啣鸚尾之杯。

歌曰：與君從此將分手，一曲陽關愁折柳。淪落天涯惆悵
多，何如且盡杯中酒。

　　這篇賦所寫情境讀來與柳永〈雨霖鈴〉相似，作者著力描寫一
個餞別的場面，珍惜眼前即將分手的甜蜜愛情，恐懼今後難以擔負
的相思之苦，沒有親身經歷和真摯感情是難以寫出這種以情動人的
篇章的。因而，這樣的賦篇絕不能產生在冷酷嚴肅的考場之上。
《浣華廬賦鈔》中還有一些賦篇，如〈名士如畫餅賦〉、〈稻田足
水慰農心賦〉、〈山水有清音賦〉之類，都是作者有感而發的作品
或生活情趣的表現。這一類作品與科舉考試的關係自然比較疏離。

本章小結

　　綜上所述，清代律賦與科舉之關係實際上是一種既依附黏連又
偏離超越的關係。一方面律賦借助科舉之力而得以發展和繁榮，因
而在內容旨意上向經學和現實政治需要靠攏；另一方面律賦畢竟屬
於文學範疇，從創作到批評都不能不受文學自身發展規律的支配和
賦家所處社會生活環境的影響，因而它仍然能夠保持其獨立的文學
品格而暢行於世。由此，我們可以對清代律賦與科舉考試黏附和偏
離的情況得出若干結論：
　　㈠清代科舉考試之鄉試、會試、殿試之正場一般是不考賦的，
除此之外的各類考試，包括制科、召試、庶吉士月課散館、翰詹大
考、學政考文童生員，以及書院考課，皆有考賦之事。由此看來，
儘管清代之考賦與唐代相比，沒有進入進士考試系列，沒有達到唐

代那樣憑藉一賦一詩取中高第的盛況；但是清代考賦之範圍已經相當廣大，由朝廷到地方，各級考試已經把賦尤其是律賦視爲一種正式合法的考試文體；其重要性大體可在八股文、試帖詩之後位居第三。

　　㈡清代科舉試賦的體裁雖然不拘一格，但以律賦爲主。侯心齋《律賦約言》論各種賦體之適用範圍云：「今之作者，遇大典禮或用古賦；言情適志之作或雜用騷賦、文賦；考試所用皆律賦也。」李元度《賦學正鵠・序目》云：「今功令以詩賦試士，館閣尤重之。試賦除擬古外，率以清醒流麗、輕靈典切爲宗，正合唐人律體。特唐律巧法未備，往往瑕瑜互見，宋元亦然，今賦則斟酌完善耳。」張之洞《輶軒語・語文》「賦，宜相題製體」條云：「或古或律，須視其題。擬古者，宜用古人原賦體；平正板重題，宜律；纖巧詠物題，可律體或擬六朝體；博大頌颺題及詠古有大議論題，可古可律。試場賦，於法得用古體。然古賦竟是博學人著作之事，應試者先求工於律賦，可耳。即間有合用古賦者，止可如作楷臨摹法帖，上者取其氣韻而合以規矩，下者摹其形模而去其嚇俗，較於應試爲宜。然此爲考試言，非爲著作學古者言。」❹諸家皆言律賦適應考試之需要，而古賦只是在遇到擬古題時偶爾用之。

　　㈢通過賦總集比較，可以見到清代賦總集中「文學類」收賦數量明顯增多，這表明清人非常重視文學之事。通過檢閱清代賦論家強調「言情」的賦論，可以知道清代賦家對賦之文學功能有著清醒

---

❹　張之洞：《輶軒語》（臺北：文海書局影印《張文襄公全集》本，1980年。）

的理論認識。

　　㈣清代（尤其是晚清）賦家創作了大量抒情言志寫景賦物的作品，這些作品脫離了科舉考場的束縛，思想格調和形式技巧方面比較自由活潑，追求文學作品的審美價值，顯示出清代律賦在與科舉考試緊密黏附的同時，也作爲一種疏離科場的獨立文學樣式活躍在文壇之上。

第七章　清代律賦的審題和結構分析

　　律賦是一種在我國的唐宋和清朝用於考試的文體。清朝的律賦按理來說，當然應當是以唐代律賦為範式的，「古題宗《選》，律體宗唐」，一般來說，也正是清代賦論家的共識。不過清代律賦製作非常興盛，在其自身的發展過程之中，逐漸形成了一些較唐代律賦更為嚴密的規範；因而，自乾隆中期之後，賦論家漸次主張律賦的師法對象由唐賦轉向清朝館閣賦。乾隆二十三年（1785），沈豐岐編成《國朝律賦偶箋》四卷。筆者所見乾隆年間學者選刊本朝律賦，以此書為最早。❶沈氏〈自序〉聲稱：「儒者讀書服古，將蘄潤色鴻業，黼黻太平，振藻彩於書林，播芳蕤於藝苑，於以希蹤兩漢，追美六朝，未有不由時賦為津逮也。」這是筆者所見清代學者中最早提出「時賦」的概念，而且主張學賦由「時賦」入手的意見。乾隆年間的賦論家侯心齋《律賦約言》云：「唐賦雖正格，但法疏而意薄，不必多讀。本朝館閣賦，略讀近科數十篇，以潤詞氣

---

❶　據俞士玲：〈論清代科舉與辭賦〉（南京大學中文系編：《第四屆國際辭賦學學術研討會論文集》，頁 670）一文披露，沈德潛也在乾隆二十三年編成《國朝賦楷》。該書筆者未見。

而活筆機，非謂取法在是也。」❷侯氏雖然主張多讀本朝賦而少讀唐賦，但猶抱琵琶半遮面，不好意思直接宣稱取法本朝賦。到了道咸年間，賦論家徐斗光《賦學僊丹·賦學秘訣》便直接宣稱捨唐而求清：「賦有古體、律體，古體宗《選》，律體宗唐。考試所用，皆律體也。然唐賦法疏意簡，時賦則細密華贍；其古今運會，蓋即與制藝墨裁相似；學賦者固宜去唐律而尚時趨也。」❸同治年間，賦論家李元度《賦學正鵠·序目》口氣婉轉地鼓吹：「唐以詩賦取士，始有律賦之目，古賦變爲律賦，猶古文變爲時文也。今功令以詩賦試士，館閣尤重之。試賦除擬古外，率以清醒流利輕靈典切爲宗，正合唐人律體。特唐律巧法未備，往往瑕瑜互見，宋元亦然。今賦則斟酌益臻完善耳。譬如八韻詩，唐賦則唐人試律也，今館閣諸賦，則國朝試帖也。學者就時彥中擇其最精者以爲鵠，即不啻瓣香唐賢，不必復陳大輅之椎輪矣。」❹光緒年間，修鳳樓主人編印《律賦囊括》，在〈凡例〉中斷然宣布：「歷朝古賦、律賦，與今體不同，概從割愛。」❺值得注意的是，上列賦論家論述了清代律賦超越唐賦律賦的特色——「唐賦雖正格，但法疏而意薄」、「唐賦法疏意簡，時賦則細密華贍」、「唐律巧法未備，往往瑕瑜互見，宋元亦然。今賦則斟酌益臻完善耳」。由此可見，清代律賦與

---

❷ 載程祥棟：《東湖草堂賦鈔》（抱朴山房藏版，清同治丁卯[1867]刊）卷首。

❸ 徐斗光：《賦學僊丹》（柳深處草堂家塾刻本，清道光四年[1824]刊）。

❹ 李元度：《賦學正鵠》（李氏爽谿家塾刻本，清同治十年[1871]刊）。

❺ 修鳳樓主人：《律賦囊括》（羊城：味古書局石印本，清光緒十二年[1886]刊）。

唐代律賦的差別是一種「青出于藍」的差別，主要體現在「意」與「法」兩個方面。律賦之「意」，主要涉及審題與構思問題；律賦之「法」，主要涉及層次結構和押韻等問題。關於「押韻」，擬另文討論，本文主要探討清代律賦的審題與結構特色，準備先行檢閱清代賦論家對律賦審題與層次有關論述，然後舉出同樣題目的唐賦與清賦進行比較分析。

一、清代賦論家論律賦的審題與層次檢閱

考試時寫作律賦，通常是採用考官出題、士子審題作文的形式；習慣成自然，即使不是在考試時，律賦作家一般也是採用限定題目，按題構思，結構成文的模式。因此之故，清代賦論家非常重視律賦的審題與結構分析。我們所說的「審題」，清代賦論家一般稱爲「認題」或「詮題」；我們所說的「結構」，清代賦論家一般稱爲「層次」。清代許多賦論家都將「認題」與「層次」列爲律賦作法的重要項目加以討論。

(一)李調元（1734－1802）《雨村賦話‧自序》❻聲稱賦話之目的在於揭示「作賦之法門」，所以其賦話中多處涉及審題與結構安排問題。

如卷四第十四則云：「作賦貴相題立制。」又第二十三則云：「辭尚體要，總貴稱題。」在審題時，要特別注意能夠反映題旨的

---

❻　詹杭倫、沈時蓉校證：《雨村賦話校證》（臺北：新文豐出版公司，1993年）。

「題眼」，如評喬潭〈秋晴曲江望太一納歸雲賦〉云：「妙於『納』字有洗發。」評關圖〈巨靈擘太華賦〉云：「從『擘』字著筆，虛實兼到，紙上有聲。」（卷一第四十一則）

論賦之結構安排，李調元指示了一種「循題布置」的方法，評陸贄〈冬至日陪位聽太和樂賦〉云：「先敘冬至，次敘陪位，然後敘作樂，末以聽字作收煞，循題布置，渾灝流轉，蓋題位使然，不必盡以雕鏤藻繢為工也。」（卷四第二則）

㈡浦銑《復小齋賦話》❼也多處論及作賦審題問題。如卷上云：「作小賦必先認題，如〈涼風至〉、〈小雪〉、〈握金鏡〉諸賦，須看其處處不脫『至』字、『小』字、『握』字；不然，便可移入〈涼風〉、〈雪〉、〈金鏡〉題去矣。」這裏指出認題的關鍵在於認清「題眼」，而題眼往往是題目中的動詞。

又卷下云：「作詠物題，須於小中見大。晉傅長虞〈鏡賦〉云：『不有心於好醜，而眾形其必詳；同實錄於良史，隨善惡而是彰。』六朝而下，唯知迴風卻月，垂龍倚鳳，更無此有斤兩句矣。」傅長虞〈櫛賦〉小中見大，寄托遙深，詠物之極則也。而其命意全在〈序〉中，余故謂〈序〉不可不看。」所謂小中見大，就是要從小事物中發掘出有利于社會人生的大道理，這為詠物題的寫作，指出了向上之路。

卷下又云：「題有不得不用哀艷者，如〈觀娃宮賦〉是也。黃御史更加以鍊句鍊字，便成千秋絕調。宋王阮〈觀娃宮賦〉，謂『子胥不見戮，夫差不可愚』，自是正論；至云『以生聚教訓之眾

---

❼　浦銑：《復小齋賦話》（復小齋刊本，清乾隆五十三年[1788]刊）。

戰，何伐不勝；何至假負薪之女為，是可恥之勝』。閱之不覺失笑，此則所謂頭巾氣矣。」這裏指出，作賦需要相題立制，〈觀娃宮賦〉應該具有哀艷的情調，唐人黃滔此題把握得很好，遂成千秋名作；而宋人王阮之作卻充滿道學迂腐之氣，遺人笑柄。

　　(三)王芑孫（1755－1817）《讀賦卮言》❽之〈立意〉篇論賦之審題立意云：「白傅為〈賦賦〉，以立意、能文並舉。夫文之能，能以意也，當以立意為先。辭謇義貞，視其樞轄；意之不立，辭將安附？有全篇之迴復，亦有逐段之貫輸。但使點睛有在，自知苶鄂相銜。若其呴歈不分，難云繡壤；井竈粿錯，是何傑構？能者必斟酌於語先，重徘徊於題外；既襟帶而鉤聯，又逆萌而追膝。務使枉矢不躍於壺，編鐘皆鏗於鈕。熊經鳥伸，常運旋於一氣，煙霏霧結，怳滅沒之萬端。此劉勰《雕龍》之辨，所由冠以『文心』；張文遠《龍鳳》之篇，竟乃題為『筋髓』者也。」王氏此書仿劉勰《文心雕龍》而作，劉勰曾作〈神思〉篇，專論臨文構思；王氏也認為「意之不立，辭將安附」，因此主張「必斟酌於語先，重徘徊於題外」，在行文之前，先作慎密地審題立意。

　　《讀賦卮言》又有〈謀篇〉一段，專論賦之謀篇構思云：「題所同也，篇所獨也。呈獨異於眾同之內，謀篇最要目巧，之室則有奧阼。謀於始也，東湖西浦，淵潭相接；晨鳧夕雁，汎濫其上；黛甲素鱗，潛躍其下。謀於中也，小積焉為邱，大積焉為嶽；常山之蛇，一擊應首；砥柱之浪，九派通臍；或止如槁木，或終接混茫。謀於終也，千畝胸中，一筆直下，工固足以擅長，拙猶取于速

---

❽　王芑孫：《讀賦卮言》（《淵雅堂全集》本，清嘉慶九年[1804]刊）。

辦。」這段論述，將謀篇構思的過程分爲三段，顯然有取於陸機〈文賦〉對構思過程之描述。

王氏又論賦之發端云：「賦最重發端。漢魏晉三朝，意思樸略，頗同軌轍齊梁間，始有標新立異者。至唐而百變具興，無體不備。其試賦則義當分晰，語多賅舉，或虛起，或實起。」論賦之結局云：「（劉勰）〈詮賦〉曰：『履端於唱敘，歸餘於總亂。』『亂以理篇，迭送文契。』蓋賦重發端，尤愼結局矣。行百里者，半九十里。言晚節末路之難也。遲聲以曼，鏗爾未希；明月夜珠，與詩同境。末篇多躓，減賦半德；卒讀稱善，完賦全功。」王氏所論賦之發端與結句，不僅僅局限在律賦，當然對律賦也是適用的。

㈣朱一飛《律賦揀金錄·賦譜》❾列「辨源」、「立格」、「協韻」、「遣辭」、「歸宿」五法，其中「立格」與「歸宿」兩法皆涉及律賦審題和結構問題。

其論「立格」云：「立格宜相題，無一定也。如長題有截做法，有串做法；扇題有分疏法，有交互法；古題有敘在題前法，有述在題後法；時題有因時制義法，有援古證今法；至短題則宜於中三韻另立柱頭，有溯古法，有寫景法；而題係比擬者，尤宜處處雙關夾寫，抉出題眼，才見本領。」由此可見，朱氏所謂「立格」，也就是「相題立制」，他舉出了長題、扇題、古題、時題、短題、比擬題等六種題型，並簡要地提示了寫作方法。

其論「歸宿」云：「歸宿如八股文之有照注，照章旨節旨是也。文無歸宿，則筋弛脈散；賦無歸宿，則勾勒不醒，轉落都浮，

---

❾　朱一飛：《律賦揀金錄》（清乾隆壬子[1792]重刻本）。

即使敷衍得天花亂落，要不過東塗西抹而已。所以一題到手，無論長題短題，總有一眼目在內。作者著眼於此，無不清新緊醒也。」此所謂歸宿，意謂結構之安排、章節之照應都要服從主旨表達的需要，反映主旨之題眼像一根紅線貫穿全篇，勾勒照應都必須緊緊圍繞題眼來進行；否則佳辭妙句便會像散落的珍珠一樣，散漫無歸。

　　㈤吳錫麒《論律賦》❿論律賦之「破題」云：「唐人起手最重制題，亦謂之破題。如李程〈日五色賦〉『德動天鑒，祥開日華』八字，最著人口；接云『首三光而效祉，彰五色而可嘉』，即將『五色』二字破出，此是定法。他如喻鍊〈仙掌賦〉云：『行盡煙蘿，仙峰隱嶙兮，高掌巍峨。』王棨〈涼風至賦〉云：『龍火西流，涼風報秋。』音節特異，亦破題也。宋人猶守之勿失，故陳元裕主文衡，出〈大椿八千歲爲春秋賦〉，滿場破題皆閣筆，遂自作云：『物數有極，椿齡獨長。以歲歷八千之久，成春秋二蓄之常。』一時稱誦。此如畫家點睛，意關飛動。若薈茲緣起，無復眉詮，則秦客之庾詞，齊贅之隱語矣。」吳氏對唐宋律賦破題方法的總結，對清代律賦之審題，當有不小的借鑒意義。

　　㈥侯心齋《律賦約言》⓫論律賦「貴鍊起手」云：「起手如文章之有起講，先輩起講貴虛步，近科文便不嫌一直說近矣。須用全力鍊此數句，使閱者一見刮目，如起講之擒題，不嫌說盡，但不得喊破題面耳。唐人唯李程〈日五色賦〉起句云『德動天鑒，祥開日華』，微得此意，餘不多見也。即如宋廣平〈梅花賦〉後幅云：

---

❿　　載程祥棟：《東湖草堂賦鈔》卷首。

⓫　　載程祥棟：《東湖草堂賦鈔》卷首。

『鶯語方澀，蜂房未暄；獨步早春，自全其天。』若截此十六字作起手，便較原本起筆『高齋寂闃，歲晏山深』二句，高出數層。無他，彼寬此緊，彼平漫此突兀也。又有雙擒直起法，如〈以德爲車賦〉：『德無遠而弗屆，車從適而皆通。』〈衢尊賦〉：『有盈者尊，有平者衢。』此式亦可用，餘俱寬而無當也。」侯氏不僅指出破題方法，而且具體講解首段句法云：「起用四字句作兩聯，首聯緊密者，次聯略用虛筆，使兩短聯中也有虛實相間之妙。得此兩聯，大勢已極聳拔，然後用一長聯以疏蕩其氣。再用六字空句一聯，入題最爲合式。不必過多，亦斷不可少。」

又論律賦「貴分層次」云：「首段既不嫌說盡矣，此段仍須分出層次：或敘題原委，還清來歷；或從題前展拓虛步，如時藝之起比。次賦正面，如中比。次題後，如後比。又有以古事命題者，即以敘事爲層次，事盡而止。然首段可用總冒，仍不妨說盡矣。」

又論律賦「貴清眉目」云：「每段首末，須用清老之筆點清層次及題中眼目。此等處切不可用濃重字，切不可用長聯，須用四字六字聯，不必對亦可。或題面有兩扇者，於句中頻頻分點，亦最易醒目。」侯氏所論律賦審題與結構諸法，切實可用，所以後來不少賦論家都加以引用。

㈦汪廷珍《作賦例言》❷論律賦審題與結構云：「作賦之法，首重認題。扭定題旨，則百變而不離其宗，俯仰向背襯托跌宕曲折，都非泛設；否則，信手亂填，氣局已散，斷不成文。次在布勢。題有層次，由淺入深，由虛入實，與時文無異。即無層次題，

---

❷　汪廷珍：《作賦例言》（《遜敏堂叢書》本）。

亦須以意分出來路正位去路，須相生而不相犯，一夾雜，即無序且氣亦不清矣。」汪氏將「認題」與「布勢」列爲其書之首兩條，足見其對審題與結構非常重視。

(八)顧南雅《律賦必以集·例言》❸論律賦層次云：「初學作賦，每苦無生發，以不講層次之故也。每一題到手，須將題之前後細想一番，分作數層，然後將所限之韻配合，某層宜押某韻，某韻宜用某字，或平敘或提頓，隨時變化，初無一定之質，惟期不凌躐，不重複而止。其有么麼小題，不能分層次者，即於用意之虛實淺深處分之，則無層次中亦有層次矣。蓋不分層次，則一題只是一題；既分層次，一題遂成數題。視爲一題，則生發少；視爲數題，則生發多：此理之必然者也。熟讀唐賦，自得其妙。」顧氏之說，是針對初學者思路不開展而言，自有其一定的道理；但是，「一題分成數題」之說，容易引起學者之誤會，從而妨礙主題的集中性，恐怕不應當提倡。

(九)魏謙升《賦品》❹分二十四品，其中有〈造端〉和〈結構〉兩品涉及審題構思和結構問題。〈造端〉云：「興酣落筆，超妙無倫。百思不到，得句如神。飛行絕跡，神馬尻輪。日明五色，歲首三春。奇情異采，窮力追新。日有密鑰，先聲奪人。」作者主要講了兩個道理，一是構思時要處理好苦思同靈感的關係，二是首段破題要取得先聲奪人的效果。

---

❸　顧南雅：《律賦必以集》（廣東：菊坡精舍重刻本，清嘉慶二十五年 [1820]刊）。

❹　魏謙升：《賦品》（何佩雄：《賦話六種》本，香港三聯書店，1982年）。

〈結構〉云：「大宗細角，必構眾材。茅檐廣廈，效伎呈才。匪徒目巧，亦持心裁。千門萬戶，炤爛崔嵬。如五鳳樓，如銅雀臺。風雨不動，實實枚枚。」作者雖然是用形象的詩句作描述，大致也能看出他對賦篇結構的要求，一是要多儲備材料，二是要善於加以剪裁，三是要結構細密，如千門萬戶鱗次櫛比，燦爛崔嵬，四是要結構穩當，風雨不動。

㈩邱士超《唐人賦鈔·總論》⓯云：「唐賦之長，在於命意用筆，而不在於遣詞。蓋首三段末兩段，少知用意者，亦不至淩亂，若中間正發處，則不能不複矣。唐人則即題之要義，就題之事實，截分數層，明如指掌。或逐字分疏，或兩義交互，或完題之後，別生議論，即援古以證今，必因端而竟委。總以段落清晰，義無重複爲指歸。至於小題，或即時地人中列爲柱意，以免重複反覆之病。務以正喻夾寫，渾括融洽，而題旨曉然，毫不蒙昧爲先。此唐賦之格律所以勝人也。」又云：「唐賦于題，必處處喚醒。或開或合，或襯或托，務使題旨曉然，全神活現，與六朝之尚敷衍者有殊。故題義所在，必于一兩段中，鉤勒以出之，反掉以醒之，烘托以明之。如驪龍抱珠，如雛雞顧母，不使浮詞麗藻，得混其眞。」邱氏對唐賦圍繞題旨生發鉤勒的描述，顯然也是針對清賦寫作提出的要求。

(十一)余丙照《賦學指南》⓰論「詮題」云：「賦貴審題。拈題後，不可輕易下筆。先看題中著眼在某字，然後握定驪珠，選詞命

⓯ 邱士超：《唐人賦鈔》（清嘉慶十八年[1813]刊）。

⓰ 余丙照：《賦學指南》（清道光二十二年[1842]增注重刻本）。

意，斯能掃淨浮詞，獨詮眞諦。如唐太宗〈小山賦〉，處處摹寫
『小』字。宋言〈學雞鳴度關賦〉，處處關合『雞鳴』。此風檐中
秘訣也。賦又貴肖題。如遇廊廟題，須說得落落大方，雜不得一山
林境況。遇山林題，須說得翩翩雅致，雜不得廊廟風光。題目甚
夥，舉可類推。苟一題到手，率而操觚，並不知題中眼目何在。如
題係山水，即泛作山水賦，敷衍成篇，有何意味？況乎手無線索，
定然雜亂無章，縱有新詞麗句，說得天花亂墜，終是隔靴爬癢，於
題何涉？然或知認題，而法未熟，並不論如何議論，如何刻畫，如
何串合，以及繪景、寫情、傳神諸法，全然不知，將見湊字湊句，
苦態不堪，又何能詮題也？」余氏所論「審題」，關鍵在認準題
眼；所論「肖題」，關鍵在把握住題目要求的風格情調特徵。認準
題目之後，還需要掌握各種各樣的表現方法，因此，徐氏列舉「繪
景、寫情、情景兼到、傳神、體物、刻畫、點醒、陪襯、烘托、比
例、雙關、串合、映帶、疑審、釋義議論、搓法、旋風筆、撞法、
算法、前後著想、題前翻跌、段後收束」等十五種詮題方法。

　　㈡林聯桂《見星廬賦話》❿對清代館閣律賦名家律賦作法作了
精湛的研究，如第二卷第二條論「詮題」云：「賦題不難於旁渲四
面，而難於力透中心。而名手偏能於題心人所難言之處，分出三層
兩層意義，攻堅破硬，題蘊畢宣，乃稱神勇。」接著舉出鮑桂星
〈夏日之陰賦〉、黃鉞〈秋水賦〉、奎耀〈擬潘安仁射雉賦〉、胡
達源〈探梅賦〉、裘元善〈秋海棠賦〉、蔣超曾〈瓜飲賦〉等六篇

---

❿　　林聯桂：《見星廬賦話》（《高涼耆舊遺集》本，清光緒十八年[1892]
　　刊）。

賦作，以證「力透中心」之妙。如鮑桂星〈夏日之陰賦〉，接連舉
出「巖谷之陰」、「林樾之陰」、「亭館之陰」，反覆渲染「夏日
之陰」的題旨意蘊。又如裘元善〈秋海棠賦〉，分寫「吟客幽
人」、「旅客獨居」、「深閨少婦」面對秋海棠時的不同感受，力
透題眼「秋」字。所以林聯桂總結道：「以上諸作，皆於題心生出
三兩層意義，使題局洞開者。」

　　第三條又云：「賦題字面固宜點綴清醒，而名手卻將題中要緊
之字層層點透，疊喚重呼，如徐熙畫梅，千瓣萬瓣，卻無一瓣重
複，令閱者目眩神奪。此訣近時館閣多用之。」接著舉出吳其彥
〈應天以實不以文賦〉、蔣立鏞〈甄陶在和賦〉、趙先雅〈五官牧
民賦〉、張日晸〈中者天下之大本賦〉、馬伯樂〈抱一為天下式
賦〉、楊峻〈修辭立其誠賦〉等賦，作點透題字之例。如馬伯樂
〈抱一為天下式賦〉云：「若一轂之運眾輻，若一源之匯百川。若
枝葉之根於一本，若輕重之定於一權。若眾星之紛羅，以一辰為拱
護；若四時之迭運，本一氣以周旋。」採用博喻之法，反覆點醒題
中「一」字。又如楊峻〈修辭立其誠賦〉云：「修以無方，立之有
所。修訓辭而誠，立於許謨；修文辭而誠，立於墨楮；修纂述之辭
而誠，立於考訂篇章；修應對之辭而誠，立於折衝樽俎。未修先求
其立，含章騰奕奕之光。」運用各種修辭之例，反覆點明題中之
「誠」字。

　　㈢徐斗光《賦學僊丹·律賦秘訣》❶有「論相題」和「論層
次」兩則論及律賦的審題和結構問題。「論相題」云：「凡賦認題

---

❶　徐斗光：〈律賦秘訣〉，載《賦學僊丹》卷首。

之法，在活字虛字上。如小賦係風月題，或〈吟風賦〉或〈弄月賦〉，須處處爲『吟』字作勢，爲『弄』字傳神。若虛字題，如〈首夏猶清和〉、〈秋燕已如客〉、〈寒梅著花未〉等賦，應在『猶』字、『已』字、『未』字設想盤旋也。通篇既有眼目，則鉤勒易醒，轉落不浮矣。或謂小賦使筆不妨纖巧，蓋非典禮正大題語必堂皇者例也。」徐氏所論認題中「虛字」之法，比前此諸家更爲細密。

「論層次」云：「凡賦鍊格以分層次，宜相題爲之。長題字多者，時或分作兩截做，時或推挽一串做。兩扇題，則其中有分疏法，有交互法。古題，或有敘事在題前者，或有述事在題後者。時題，或因時烘襯，或引古陪疏。若短題，則中數韻可另立柱意也。惟比擬題，處處宜雙關正喻夾寫。即非眞正比喻題，有應縮合兩項事物者，亦多宜夾寫爲之。廣證時賦，乃自知耳。其層次，則有如八股時文。有以古題命題者爲古題，古題直起，亦用總冒，後即以敘事述事羣層次，事畢乃止也。他題首韻亦俱用總冒，如近日時文中小講擒題，轉不嫌全題說盡，但不致雜露題面之字，以便此段點醒也。必起得緊，起得超忽，以全力團練之，劈頭棒喝，乃令閱者一見神移。如所謂古題既直起，時題則陪起、頌揚起，各宜精神。次二三段，或敘題原委來歷，或爲展拓于題前，如文之前比也。四五段敘題之正面，如文之中比也。六段或總發，或互勘，或推原。七段或旁證，或題後敷衍，終必徹歸題因，如文之後比結比也。末段或頌揚，或寓意，俱宜倚傍題字，無泛套也。」由徐氏所論，可知律賦在破題和層次安排方面與八股文相當接近。

㈤潘遵祁《唐律賦鈔》❶卷首所輯《論賦集抄》收湯稼堂《律賦衡裁·餘論》十則、顧南雅《律賦必以集》論賦十則、吳穀人《論律賦》、王藝齋《論律賦》等四種賦論。湯、顧、吳三人之書，前已論及；王氏之《論律賦》亦主律賦與八股文比附之論，其言曰：

「律賦第一段之第一聯猶制義之破題也，第二聯猶制義之承題也。或兩聯破題，而以第三聯承題者，題有詳略，詞有繁簡也。第一段籠起全題，尚留虛步，猶制義之起講也。第二段必敘明題之來歷，猶制義之下必承明上文也。第三段漸逼本位，而從前一層著筆，或用兩層夾出者，猶制義之起比也。第四段、第五段則實賦正面，猶制義之中比也。或將人物分賦者，則制義每股立柱法也。第六、第七段多用旁襯，或翻騰以醒題意，猶制義之後比也。第八段或詠嘆，或頌揚，或從題中翻進一層，猶制義之結穴也。」前此，朱一飛〈賦譜〉、邱士超《唐人賦鈔·總論》亦曾用八股章法論賦，王氏之論則更為詳盡。

㈥江含春《楞園賦說》❷論審題云：「得題後先須審題，看何字當著眼，何處當輕帶，何處當極力發揮，就題之曲折以作波瀾，則每段各有意義，必不重複，且得其扼要。則開乎數句，已全題在握，眉目了然。否則發揮處輕重未免倒置，或與題旨剌謬，亦不知。如〈布谷催耕賦〉，此題重在『催』字，其聲之急促可知。時賦中『不徐不疾，乍抑乍揚』句，是未著眼『催』字也。〈側理紙賦〉，此題重在『側』字，時賦中『或整或斜，或橫或直』句，是

---

❶　潘遵祁：《唐律賦鈔》（三松堂刊本，清道光二十八年[1848]）。
❷　江含春：《楞園賦說》（上海圖書館藏清抄本）。

未留心『側』字也。」

　　論層次云：「律賦首重層次。初學遇層次少者，每以為難，不知統觀全局，布置要有一定。場中賦題，限韻不過八段。首段渾籠，次段原題，末段頌揚，是八韻已得其三也。其中五韻，必有兩段鋪寫正面，如時文之中股。餘不過三段耳。此三段中或分或合，或翻或襯，或抑或揚，盡夠鋪述。章法不過如此。」

　　㈥徐承垿《賦法梯程》卷首載作者之師吳曉嵐（號香墅）撰〈論賦十四則〉，論及賦之體裁、律賦層次、段落、點題、句法、押韻等問題。其中論分析層次頗見特識：

　　「作賦第一要訣，是分析層次，其法與時文、排律一例也。凡大題之本有事實情節者，固宜按之本事，挨次詳寫；即小題無甚節次，亦必想出前虛後實、前寬後緊、前淺後深之法；雖萬無層次可分者，亦必於每段起手之虛字文法上，分出次第，如次段以下，用『當夫、繼而、至于、遂乃、他如』之類。如此則一段有一段之意，不致後先凌躐。且又通篇一氣相承，不至枝枝節節而為之矣。」這是講律賦構思時，需要首先通盤考慮表述的先後次第。

　　㈦李元度《賦學正鵠·序目》❹論審題云：「學者每得一題，先看題中著眼在何字，認定題珠，針針見血，乃能掃淨膚泛語。如〈小園賦〉之注定「小」字，〈枯樹賦〉之注定『枯』字，可類推也。即能認題，又貴肖題。須辨其孰為大賦題，孰為小賦題；孰為臺閣體，孰為山林體；孰宜用律體，孰宜用古體。如題係擬古，尤須識得當時作者本意。」

---

❹　李元度：《賦學正鵠》（李氏爽谿家塾刻本，清同治十年[1871]刊）。

論層次云：「層次類者，賦家不二法門也。作賦如作文，有前路，有中路，有後路，有翻面，有反面，有正面，有襯面，而皆可以層次括之。不特律賦不可無層次，即周秦漢魏諸古賦，莫不步驟井然，眉目朗然。雖寥寥短篇，層次自在，特神明於規矩之中，使人莫尋其跡耳。作賦而不講層次，猶航斷港絕潢，以蘄至於海也。學者每得一題，須得將題之前後路細想一番，分作數層，然後將官韻配合，某層宜押某韻，宜用某字，自有一定不易之節次。即題極枯窘，亦須於無層次中分出層次來。是故有敘事題之層次，詠物題之層次，言情題之層次，說理題之層次。初學必從敘事題入手，即以所敘之事爲層次，事盡而篇法已完。」

以上，我們已經檢閱了清代近二十位賦論家有關律賦審題構思和層次安排的有關論述，接下來，準備舉出寫作同樣題目的唐賦和清賦作比較分析，希望藉此明瞭清代律賦相對於唐代律賦而言，在審題和構思方面有哪些特點。

二、同樣題目的唐代律賦與清代律賦對比分析

清代律賦中有擬唐人之作者，如鮑桂星〈擬李程眾星拱北賦〉、〈擬宋廣平梅花賦〉之類即是，在《律賦囊括》中專設「擬古類」，收有許多這樣的作品。不過，擬作無論多麼成功，也難以見出創造性，充其量得到「入唐賦幾不可辨」、「古氣盎然」❷之

---

❷　此爲余丙照《賦學指南》評語。

類的評語。本節所舉之例，不是擬作，而是用唐人寫過的題目再寫一次而產生的作品。這樣寫的清代作者，敢于與唐人名作爭勝於尺幅之間，便於我們比較出兩代賦家賦作的不同特點。

(一) 王棨與顧元熙同題作品比較

首先看唐代賦家王棨和清代賦家顧元熙的同題作品〈沛父老留漢高祖賦〉❷。

這個題目是所謂的「古題」，本事出自《史記・高祖本紀》，其略曰：「高祖十二年，上擊黥布還，過沛，置酒沛宮。悉招故人父老子弟縱酒，以沛爲湯沐邑，復其民。十餘日，上欲去，沛父老因留，皆頓首曰：『沛幸得復，豐未復，惟陛下哀之。』乃並復豐，比沛。」

王棨之賦以「願止前驅，得申深意」爲韻，首段「前」字韻云：

> 漢祖還鄉兮，鑾駕將還。沛中父老兮，留戀潸然。憶故舊於干戈之後，敍綢繆于旌旆之前。白髮多傷鳳輦，願停於此日；翠華一去皇恩，再返于何年。

顧元熙之賦以「情深閭里，義重君臣」爲韻，首段「情」字韻云：

---

❷　王棨賦錄自《律賦必以集》，顧元熙賦錄自《律賦評箋》（粵東：儒林閣刻本，清光緒八年[1882]刊）。

昔漢祖之十有二年，黥布走，淮南平。回車駕，返神京。道由豐沛，命駐旗旌。王侯列侍，父老歡迎。擊筑三聲，猶戀故鄉之樂；停鑾十日，未伸下土之情。（《律賦評箋》眉批：「首段籠題。因征淮而駐沛，遂招故父老縱飲，逗起『留』字意。」）

王棨賦次段「止」字韻云：

昔以群盜並興，我皇斯起。英明天授其昌運，神武日聞於舊里。今則秦楚勢傾，鼓鼙聲止。聖代而陽和照物，元首明哉；暮年而蒲柳傷秋，老夫髦矣。

顧元熙賦次段「深」字韻云：

溯夫閭閻暄習，草澤浮沈。狎遊擊劍，酒壚酬金。自誅當道之蛇，神靈詡運；遂逐中原之鹿，豪傑歸心。關內新都，星辰彩聚；山東舊邑，雨露恩深。（《律賦評箋》眉批：「次段原題。直從漢祖起家於沛以至有天下而不忘沛處說起，收即逗起下文。」）

王棨賦三段「申」字韻云：

然而黃屋才降，丹誠未申。豈可風馳天使，雷動車輪。一則以情深閭里，一則以義重君臣。隆準龍顏，昔爲故鄉之子；捧觴獻壽，今爲率土之人。

顧元熙賦三段「閭」字韻云：

　　幸降乘輿，重迴故居。千旗綷縩，七校紆徐。才令菟屋同
歡，凫趨玉陛；又是翠華欲去，雲擁瓊琚。知我儕臥轍攀
轅，難羈天仗；恐此後堂高廉遠，莫慰窮閭。（《律賦評箋》
眉批：「三段引題，直接次段。過沛意見不能久駐，即爲『留』字張
本。」）

王棨賦四段「得」字韻云：

　　乃曰陛下創業定傾，順天立極。臣等犬馬難效，星霜屢逼。
窺泗水則淒若舊風，指芒碭則依然故邑。眷戀難盡，汎瀾易
得。昔日望雲之瑞，豈有明言；當時賈酒之家，堪驚默識。

顧元熙賦四段「里」字韻云：

　　所由策杖皆臻，褰裳戾止。謂屬車臨幸所經，乃王跡發祥之
始。龍飛此地，同瞻泗水波清；豹隱當年，先兆芒山雲紫。
雖曰庶邦首出，湛恩必普於寰瀛；然而我后後來，厚意尤殷
於故里。（《律賦評箋》眉批：「四五段詮題。用代字訣正還，上就沛
邑說要留，下就父老說要留，言皆愷切。五段進一層，實是跌醒父老
意。」）

王棨賦五段「深」字韻云：

帝乃駐天步，遂人心。戈矛山立，貔虎煙深。草澤初興，雲動而蛟龍奮翼；鄉園重到，煙空而鸞鶴歸林。

顧元熙賦五段「義」字韻云：

加以歲序如流，韶華頓異。雲泥境隔，尚憶前遊；犬馬年衰，纔瞻新治。願辭耕鑿，長依藻黼之光；奈迫桑榆，莫竭涓埃之義。

王棨賦六段「意」字韻云：

時也親友咸臻，少年並至。縱兆民如子，恩更洽於故人；雖四海爲家，情頗深於舊意。

顧元熙賦六段「重」字韻云：

請駐鑾軒，更邀天寵。念聖人以四海爲家，非百姓靳一人之奉。獨是食租衣稅，分沾舊日交遊；豈其佩璲壺漿，罔恤老臣頂踵。且櫛風沐雨，從王者子弟功多；而就日瞻雲望澤者，髦期情重。（《律賦評箋》眉批：「六七段衍題。申言父老望澤情殷，宜復豐比沛。此題後意。六段暗說，七段明說，見豐沛一體，不宜異同。」）

王棨賦七段「驅」字韻云：

往事如睹,流光如驅。望幸誠異,攀轅則殊。交遊既阻於秦
時,堪悲今昔;黎庶正欣於堯日,自恨桑榆。

顧元熙賦七段「君」字韻云:

願沛恩波之浩蕩,用伸獻曝之殷勤。蠲輸將於輈粟,免徭役
於從軍。微時同是釣遊,往來如昨;兩地俱為湯沐,彼此奚
分。無以逆命兼旬,記小嫌於雍齒;竊疑奉錢贏二,酬厚報
於蕭君。

王棨賦末段「願」字韻云:

已而雙淚盡垂,一言斯獻;請沛為湯沐之邑,實臣愜死生之
願。是使萬歲千秋,杳冥無恨。

顧元熙賦末段「臣」字韻云:

是則崛起等倫,周旋懿親。雖天子毋忘車笠,俾群黎咸荷陶
甄。於是沛父老拜手稽首而獻頌曰:聖德寬仁,如日如春。
願世世子孫兮,長為本朝率土之臣。(《律賦評箋》眉批:「末
段結題。歌功頌德出自父老口中,尤為古雅。」)

　　以上,我們對比閱讀了王棨和顧元熙的兩篇同題賦作。王棨之
賦本是名作,李調元《雨村賦話》卷三評云:「唐王棨〈沛父老留

漢高祖賦〉，以題之曲折爲文之波瀾，指點生動，不寂不喧。此妙
爲王郎中所獨擅，如〈四皓輔太子〉、〈西涼府觀燈〉等作，意匠
皆同。而此篇尤膾炙人口。」顧南雅《律賦必以集》認爲此賦虛字
用得好，並云：「文之有虛字，猶人之有血脈也。用得好，則骨節
玲瓏；用得不好，則皮肉鬆懈。」而顧元熙之賦乃清賦名作，黎榮
桂《律賦評箋》引李子仙評云：「秀韻遜唐人，而精彩過之。」又
載黎希范評云：「如題鋪敘，而局法一氣相生，而開闔頓挫，無一
平排呆衍之筆，學唐人而過於唐人。公全集類如此，學者所當奉爲
益智粽、換骨丹也。」

　　比較王、顧兩賦，並參考諸家評語，可以認爲，王賦之特色在
於結構有波瀾，善於運用虛字鉤勒，從而形成一種情韻搖曳的審美
風貌；但是與顧賦相比，其不足之處在於立意不夠深邃（強調「情
深閨里」多，闡發「君臣義重」少），敘事不夠完備（沒有強調賦題本事
中「復豐比沛」一節），章法不夠嚴密（結尾段只見請求，未見結局）。
顧賦的特色則在於立意嚴謹，敘事詳備，議論得體，句式凝煉整
飭；其缺點在於有少許雕琢之跡，不如王賦自然生動，情韻搖曳。
王賦自然生成，不假雕飾；顧賦精雕細刻，更上層樓。另外在押韻
和聲律方面，王賦較爲隨意，韻字任意顛倒使用；顧賦則聲韻鏗
鏘，韻字挨次使用，而且必定押在每段之末。無怪乎清人認爲顧賦
「學唐人而過於唐人」了。

(二) 浩虛舟與王祖培同題作品比較

　　其次看唐代賦家浩虛舟和清代賦家王祖培的〈行不由徑賦〉。
此賦的本事出自《論語‧雍也》：「子游爲武城宰。子曰：『女得

人焉耳乎？』曰：『有澹臺滅明者，行不由徑，非公事，未嘗至於偃之室也。』」這個故實的意思是說，孔子問子游在武城宰任上是否遇到過德行高超的人，子游回答有一位姓澹臺名滅明的人，如果不走大道，不爲公事，從來不到子游的私宅造訪。這個人正直方正，不走歪門邪道，的確是一位有德行的人。這是一個說理的題目，《歷代賦彙》按照內容性質選浩虛舟賦入卷六十七〈性道類〉，《賦學正鵠》則按照寫作方法選王祖培賦入〈氣機類〉❷。

浩虛舟賦以「處心行道，有如此焉」爲韻。首段「行」字韻寫道：

> 澹臺滅明，幽棲武城。感樸質之風散，惡奸邪之徑生。苟正其身，寧偏僻而是履；不以其道，故斯須而不行。

王祖培賦以「居仁由義，大人之事」爲韻。首段「居」字韻寫道：

> 澹臺子直方自懷，私曲全除。既存心之不苟，豈舉足而或疏。將示我以周行，見其進也；謂此中有捷徑，無乃過歟。有不爲而後有爲，漫云其細已甚；所弗履能知所履，奚煩相士所居。（《賦學正鵠》眉批：「直起。」）

---

❷　浩虛舟此賦、王祖培此賦，皆入《賦海大觀》（鴻寶齋刊本，光緒十四年[1888]刊）卷十三〈性道類〉。

浩虛舟賦次段「處」字韻寫道：

> 想乎塵滿荊扉，草迷荒野。追遊不慎其經歷，咫尺固難於出
> 處。鍾山石上，杖藜之意殊乖；蔣氏庭中，攜手之期頓阻。

王祖培賦次段「仁」字韻寫道：

> 懿彼康衢在望，周道堪循。形早歌夫砥矢，礙何有於荊榛。
> 四達八達之間，鼓能記里；五軌七軌九軌之外，孿不驚塵。
> 自有坦途，應協幽人之吉；從來正路，本同安宅之仁。
> （《賦學正鵠》眉批：「從大路說起，是題前翻入法。」）

浩虛舟賦三段「如」字韻寫道：

> 牢落幽居，交從日疏。顧履危之若是，將苟且其焉如。訪野
> 徑以閑遊，恐穿松竹；出衡門而獨步，不遠園廬。

王祖培賦三段「由」字韻寫道：

> 若夫柳邊陰靜，李下蹊留。用將成路，曲可通幽。樵蹤每過
> 蕪平，草淺牧豎曾游。彼何人斯，所在故應如是；非其道
> 也，詎言誰出不由。（《賦學正鵠》眉批：「轉到徑字上。」）

浩虛舟賦四段「有」字韻寫道：

嘉夫礪志草茅，規性吷歆。避幽隱以不到，視崎嶇而何有。
蕪城獨賞，寧遊舊井之間；山館時歸，肯逐樵人之後。

王祖培賦四段「義」字韻寫道：

夫何路有崎嶇，人誇便利；鬥捷程能，爭先逞智。謂兼程赴
而何嫌，亦捷足登而可試。儻獨行踽踽，將無不近人情；況
舉世悠悠，孰是尤存古意。蓋忘乎步有尺而趨有繩，奚計夫
門惟禮而路惟義。（《賦學正鵠》眉批：「反振一段，題蘊畢宣。」）

浩虛舟賦五段「心」字韻寫道：

至若草樹沈沈，幽芳阻尋。絡野之茅陰自合，緣溪之苔色空
深。以遨以游，見徇公滅私之志；一動一息，有去邪崇正之
心。

王祖培賦五段「大」字韻寫道：

乃子羽則正直不阿，周旋莫外。此心如止水平衡，其人則珏
冠博帶。豈必花蹊柳陌，輒見回車；要非驛路官橋，無從傾
蓋。步原是矩，心更範以馳驅；閑總不踰，德何分於小大。
（《賦學正鵠》眉批：「轉折清醒。」）

浩虛舟賦六段「道」字韻寫道：

是以蕭索鄉閭，虛閒襟抱。優游多轍之窮巷，來往疏槐之古道。花間絕跡，念蹊樹之徒芳；原上無人，惜皋蘭之暗老。

王祖培賦六段「人」字韻寫道：

論者謂徑非錯履，行異迷津。縱偶然而投足，豈遂等於辱身。然而持身必謹，矢志有真。品原嶽嶽，走異踆踆。縱使斜陽通巷，任他細草如茵。無言而桃李自成，相逢何處；在水之蒹葭試望，所謂伊人。（《賦學正鵠》眉批：「又用宕開之筆，總不肯一語平庸。」）

浩虛舟賦七段「焉」字韻寫道：

且尊道如砥，持心若弦。信無私以白首，將抱直以窮年。顏生負郭之田，有時窺矣；謝氏登山之屐，無所用焉。

王祖培賦七段「之」字韻寫道：

是蓋中懷有主，細行無虧。企賢關與聖域，必折矩而周規。巷有顏回，居原可陋；途來墨翟，路任多歧。宜乎邀名賢之亞賞，訂同德之相知。他年投璧斬蛟，猶斯意也。古人涉冰履虎，此爲近之。（《賦學正鵠》眉批：「推原所以不由之故。」）

浩虛舟賦八段「此」字韻寫道：

既而披蔓草之荒涼，見遊人之邐迤。方檢身於邪正，寧係懷於遠近。楊朱悲道，喪事亦如斯；阮籍哭途，窮意殊若此。當舉直以錯枉，冀風行而草靡。苟非賢智之為心，孰能若是。

王祖培賦八段「事」字韻寫道：

我皇上軌物垂型，步趨正宜。本德車樂御之精，懋輔相裁成之治。由斯道也，尊路則共履平平，行必著焉；覲鄉而咸知易易，所以世營。由庚之化骨，協於中土；端行己之功，無忘所事。（《賦學正鵠》眉批：「題之去路。」）

《賦學正鵠》總評王祖培賦云：「清空若水，圓轉如珠，自是唐律正軌。得勢在第四段反振，第六段又復宕開，解此則局勢自不平鈍矣。唐人有此題賦，佳處極多。此作實有突過前人處，蓋意境日闢而日新，錘煉愈精而愈密，此由時世風會為之。至法律之細，氣體之清，則又一本唐賢耳。」

比較浩虛舟和王祖培的這兩篇同題賦作，並參考清代賦論家的評語，可以看出二者之異同：從立意方面來看，浩虛舟賦和王祖培賦都塑造了一位正直無私的人物形象，不過浩賦的人物只是一位隱士，雖然形象生動，但與本事中的「公事」二字究竟有所不合；王賦中的人物則是一位忠臣的形象，更好地體現了本事的原意和主旨。所以《賦學正鵠》贊美王賦「意境日闢而日新」。從技法錘煉方面來看，浩賦和王賦的結構層次都非常清楚，但是處理的手法有

所不同。浩賦善於運用虛字鉤勒，每段的起手都用虛字領起，形成環環相扣，自然流走的語體風範；王賦則另闢蹊徑，採用第四段反振，第六段宕開的格局，形成全局波瀾起伏的氣勢和說理透闢完整的語言風格。所以《賦學正鵠》誇獎王賦「錘煉愈精而愈密」。

從上面所引兩例來看，清代律賦相較於唐代律賦，雖然各有特色，但清賦在構思之嚴密，章法之嚴謹，押韻之規範等方面，確實當得起「出藍」之譽。

本章小結

通過檢閱清代賦論家對律賦之審題與層次的有關論述，並比較同樣題目的唐代律賦和清代律賦，我們可以對清代律賦在審題與結構方面的特色有一些比較切近的認識和把握。試分述於下：

其一、清代律賦出自唐代律賦，而在題材之廣闊，立意之深邃、層次之綿密，押韻之規範等方面確有突過唐人之處，取得了「青出於藍而勝於藍」的文學成就，成爲一種更加規範、可操作性強的考試文體。

其二、清賦之審題包括認題和肖題兩個方面，就認題而言，主要強調認清題目中的題眼即重心所在，然後圍繞題眼作層層深入闡發或四面渲染烘托，力求說足說透，不留遺憾。就肖題而言，主要強調認清題目之類型，根據題目的不同類型採用不同的寫作格式和語體風格。

其三、清代律賦的層次結構逐漸定型，出現了某種程式化的結構傾向。如有的賦論家講律賦八段，首段破題，次段承題，三段引

題，末段頌揚，中間四段則兩段寫題之正面，兩段寫題之反面、側面或後面。這種程式化的格式自然便於初學者掌握，容易入手合式。至於老手賦家又可以在此基礎上加以變化，愈出愈奇，隨心所欲而不失規矩。

　　總之，清代律賦在審題與層次方面的創作經驗對當代作文教學肯定會有一定的啓迪和幫助作用。不過，清代律賦在立意方面的要求似乎比唐宋人更加強調要符合儒家的正統思想觀念，這恐怕影響了清代賦家發揮思想上的開拓精神，從而在賦作中體現出奇情壯彩。當然，這也可能是律賦作爲一種考試文體，它在立意上必須符合朝廷的旨意，難以在思想觀念方面有所突破，從而帶來其不可避免的天生的局限。

第八章　清代律賦平仄論
——兼論律詩平仄譜式之定型

　　律賦同律詩一樣是一種重視聲律的文體，要研究律賦的聲律或許可以先從律詩的聲律入手。鄺健行先生在〈唐代律賦與律〉❶一文中主要根據《冊府元龜》和《文鏡祕府論》的材料，詳細論證了唐代律賦同律詩一樣是一種重視聲律的文學體裁。本文擬在鄺先生研究的基礎之上向後推衍，首先論述明清之際律詩平仄譜之定型，並進而考查清代律賦的平仄規定。欲知賦律，先看詩律，讓我們先由律詩平仄譜式的發展說起。

一、律詩平仄譜式發展四階段考述

　　在律詩的聲調格律諸因素之中，平仄是最重要的因素。平仄是律詩中一句之內和兩句之間聲調高低長短交替關係以及聯與聯之間黏對關係的規定，其目的在於形成詩篇抑揚頓挫、和諧流暢的聲律之美。由六朝到清代，律詩平仄譜式的形成和完善大致經歷了四個

---

❶　鄺健行：〈唐代律賦與律〉，見《科舉考試文體論稿》（臺北：臺灣書店，1999 年），頁 1－31。

階段：

㈠ 南齊沈約、陸厥等人注意到一句之內和兩句之間的聲調交替關係

材料見於沈約《宋書·謝靈運傳論》：「夫五色相宣，八音協暢，由乎玄黃律呂，各適物宜。欲使宮羽相變，低昂互節，若前有浮聲，則後須切響。一簡之內，音韻盡殊；兩句之中，輕重悉異。妙達此旨，始可言文。」❷又見於《南史·陸厥傳》：「五字之中，音韻悉異；兩句之內，角徵不同。」❸觀此所論，知沈約等人已經弄清楚一聯之內的聲律調適問題，但尚未顧及通篇聲律的諧暢。

㈡ 初唐元兢等人完成了律詩換頭黏對的任務

材料見於《文鏡祕府論》天卷：「換頭者，若兢於〈蓬州野望〉詩……第一句頭兩字平，次句頭兩字去上入；次句（第三句）頭兩字去上入，次句（第四句）頭兩字平；次句（第五句）頭兩字又平，次句（第六句）頭兩字去上入；次句（第七句）頭兩字去上入，次句（第八句）頭兩字又平：如此輪轉，自初以終篇，名爲雙換頭，是最善也。」❹鄺健行先生認爲：「換頭的提出，標志著黏對

---

❷ 見《宋書》（北京：中華書局，1975 年）卷六七。

❸ 見《南史》（北京：中華書局，1975 年）卷四八。

❹ 見王利器：《文鏡祕府論校注》（北京：中國社會科學出版社，1983 年版），頁 55。

找到了正確的法則，也等於說律調自此完成。」❺

　　在律詩平仄格律完成之後，留下的問題還有兩項：一是需要利用簡明扼要的平仄譜形式，把律詩平仄規定標識出來，以利於初學者入手。二是需要進一步探討拗救等格律規範問題。

　　根據現在所能見到的材料，可以看到，唐末五代人已經採用「仄」（側）聲來代替「去上入」聲。《冊府元龜》載後唐明宗長興元年（930）中書門下覆核進士條奏云：「盧價賦內『薄伐』字合使平聲字，今使側聲字，犯格。」❻又《舊五代史》卷九十三〈盧質傳〉：「質以『后從諫則聖』為賦題，以『堯舜禹湯，傾心求過』為韻，舊例賦韻四平四側，質所出韻乃五平三側，由是大為識者所誚。」❼

　　只是這兩條材料見於五代，說明在中唐以前用仄聲（或用側字）來概括去上入三聲的作法可能尚未推廣。日僧了尊在其所著《悉曇輪略圖鈔》卷七中討論「文筆事」，全面沿用唐抄本《賦譜》的句式術語，但是將「去上入」三聲標識為「他」聲❽，這從側面證明「仄聲」用語在中唐以前尚未普及。目前所見到的資料，「平仄」（平側）一詞合用，既見於宋人論文章作法，陳鵠《西塘

---

❺　見郭健行：《詩賦與律調》（北京：中華書局，1994 年），頁 113。

❻　見《冊府元龜》（臺灣：中華書局，1967 年）卷六四二〈貢舉部·條制第四〉。

❼　按：此例又見《容齋四筆》（上海：上海古籍出版社，1978 年）卷六〈乾寧覆試進士〉條。

❽　見《大正新修大藏經》（臺北：新文豐出版公司，1973 年），第 84 冊，頁 692。

集耆舊續聞》卷四：「凡表啓之類，近代聲律尤嚴，或乖平仄，則謂之失黏。」❾又見於宋代科場對賦韻的規定，《宋史·選舉志》：「太宗即位，思振淹滯，謂侍臣曰：『朕欲博求俊彥於科場中，非敢望拔十得五，止得一二，亦可爲致治之具矣。』太平興國二年，御殿覆試，內出賦題，賦韻平側相間，依次而用。」❿王楙《燕翼詒謀錄》：「國初進士辭賦押韻不拘平仄次第，太平興國三年九月，始詔進士律賦平仄次第用韻；而考官所出，官韻必用四平四仄。辭賦自此齊整，讀之鏗鏘可聽矣。」⓫南宋的《詩人玉屑》中多採用「平起」、「仄起」的術語，說明宋人已習用「仄」來指代「上去入」三聲。而標識清晰的平仄譜則出現在明代。

(三) 明人製訂出簡明扼要的平仄譜式

據目下所見的資料，律詩平仄譜首見於明人朱之藩評定的《詩法要標》。

朱之藩字元介，號蘭嵎。荏平人，著籍金陵。工詩詞書畫。萬曆二十三年（1595）舉進士第一。萬曆三十四年（1606）出使朝鮮。仕至吏部侍郎，卒贈尚書。生平詳見《狀元圖考》⓬卷三。

《詩法要標》是朱之藩攜至朝鮮的一部書，抄本保存在韓國，

---

❾　陳鵠：《西塘集耆舊續聞》（《叢書集成初編》本）。

❿　《宋史》（北京：中華書局，1975 年）卷一五五〈選舉志〉。

⓫　王楙：《燕翼詒謀錄》（北京：中華書局《唐宋史料筆記叢刊》本，1981年）。

⓬　顧祖訓：《狀元圖考》（臺北：明文書局影印《明代傳記叢刊》本，1991年）。

中國已不存，近年由韓國趙鍾業教授影印刊入《韓國詩話叢編》卷十七。

　　《詩法要標》書前有朱之藩撰〈小序〉云：「自選、律分曹，而奏詩法之說遂持吟柄以鞭弭騷人久矣。玄心妙會者，不法法而法存；鬥巧炫華者，拘拘求合於法而法之意先亡矣。觀於吟詠❸，及睹諸名家詩法，每苦議論多而格式繁也。偶檢笥中二帙，得二曲王先生、無障吳太史彙諸言詩法，間出己意，刪定增損，議簡有確，尋繹有據，而更稱引合作者著爲式，苦心妙悟，俱見篇中。余校之本業，竊服其玄賞獨詣，可爲吟壇律令，一破拘攣，而頓望筌筏也。會有程山人者寄興風雅，見案牘是編，津津云：『斯帙雖譚及有法，而法無所法之旨耀然以呈。』因請以付剞劂，用公海內。而僭爲題其首簡云。」

　　卷尾有署新都人程逴〈跋〉云：「夫唐詩之工，非唐人所有式而能工也。蓋出於情成於才，隱隱然若有圓機，是以聲震金石，響中韶夏。今後生則不然，以雕琢爲巧，以尖新爲異，而泛泛然如水中之鷗，無所適從。故詩法之設也，欲初學俾一觸目，即會而通之，庶幾適從之的哉。若曰焉蘭嵎先生是選也，必欲後人宗其格而成詩，則大非先生詮次之初心也。惟因法無所法之旨，一遊自然之途，則庶有所託而傳焉。」

　　此書卷一目錄下題「無障吳默、二曲王檟選集，蘭嵎朱之藩評，山人程逴校」，可視爲一部集體著作。由朱〈序〉和程〈跋〉，可以見出他們編選是書的兩大宗旨：一是簡明扼要，有例

<hr>

❸　上六字影印本原缺，據韓國趙鍾業教授鶴山書室藏另一抄本校補。

有法，以便初學；二是由有法進入無法，而達到「法無所法」的自
然境地。茲錄其〈詩有平仄〉條如下：

平起七言全律式：

平平仄仄仄平平   平平仄仄平平仄
仄仄平平仄仄平   仄仄平平仄仄平
仄仄平平平仄仄   仄仄平平仄仄仄
平平仄仄仄平平   平平仄仄仄平平

仄起七言全律式：

仄仄平平仄仄平   仄仄平平仄仄平
平平仄仄仄平平   仄仄平平仄仄仄
平平仄仄平平仄   平平仄仄仄平平
平平仄仄平平仄   仄仄平平仄仄平

平起五言律式：

平平仄仄平   平平平仄仄
仄仄仄平平   仄仄仄平平
仄仄平平仄   仄仄平平仄
平平仄仄平   平平仄仄平

仄起五言律式：

仄仄仄平平   仄仄平平仄
平平仄仄平   平平仄仄平
平平平仄仄   平平仄仄平
仄仄仄平平   仄仄仄平平

　　《詩法要標》上述平仄譜式之後，錄有一首「平仄歌謠」：
「平對仄、仄對平，反切要分明。有無虛與實，死活重兼輕。上去
入音爲仄韻，東西南字是平聲。一三五不論，二四六分明。」❹

　　同樣的平仄譜式和歌謠也載於晚明人費經虞（1599－1671）《雅
倫》❺卷九。費氏注明這首「平仄歌謠」出自《詩法指南》，所引
文字與《詩法要標》稍有不同：「平對仄、仄對平，反切要精心。
有無虛與實，死活重兼輕。上去入聲皆仄韻，東西南字是平聲。一
三五不論，二四六分明。」這部《詩法指南》，或即《詩法要標》
之別名，或許也是《詩法要標》的材料來源之一。

　　另外，有一部署名譚有夏先生鑒定、游子六先生纂輯的《詩法
入門》❻，卷首〈詩法〉部份也列有平仄譜式和「平仄歌謠」，與
《詩法要標》文字全同。如果此書眞是經過譚元春（1586－1637）鑒
定，也是一部晚明刊本，不過出自書賈冒題的可能性較大，其書眞
實年代可能晚至清初。

---

❹　王力：《漢語詩律學》（香港：中華書局，1973 年）第一章第七節〈關
　　於一三五不論〉云：「這兩句口訣不知是誰造出來的，《切韻指南》後面
　　載有這個口訣。」按：查元劉鑑撰《經史正音切韻指南》（《四庫全書》
　　本），未見載有這個口訣，不知王力所據爲何書。

❺　費經虞：《雅倫》（清康熙四十九年[1710]刻本）。全書已收入吳文治主
　　編《明詩話全編》（江蘇：江蘇古籍出版社，1997 年）第九冊。案：
　　《雅倫》卷十五〈鍼砭〉引朱蘭嵎（當作蘭嵎）曰：「玄心妙會，不法法
　　而法存；鬥巧炫華，拘拘求合於法，而法之意先亡矣。」此乃《詩法要
　　標・序》中語，說明費氏得見朱氏《詩法要標》。

❻　游子六：《詩法入門》（金陵：白玉文德堂刊本，康熙五十四年[1715]。
　　上海：千頃堂石印本，民國三年[1914]仲冬月。臺灣新文豐出版公司影印
　　民國本，1974 年）。本文所用爲上海千頃堂石印本。

　　上述材料說明，明人已經標明平仄譜式的正格。不過，標明律詩的拗救變格則是由清人來完成的。

㈣ 清人標明律詩的拗救變格和四聲換用規則

　　首先看費經虞之孫費錫璜對其祖之說的補正。《詩法要標》和《雅倫》都對「一三五不論，二四六分明」有所解釋，費經虞云：「一三五不論，謂七言律詩第一字、第三字、第五字如當用平聲者可用仄，當用仄聲者可用平，又可平對平，仄對仄也。二四六分明者，謂第二字、第四字、第六字當用平者一定用平，當用仄者一定用仄，必不可移也。若五言律詩則一三不論，二四分明矣。此法要知。其間格律不同者，不過別調，不在此例。」費錫璜（1664－?）在此段話後加按語云：「一三五不論，固舉其大凡。然一三五正須細細調之，方協音調。凡上句第三字皆宜平聲，下句第一字皆宜仄聲，一定不移。又初唐音調最細，上去二聲，用之有別，陰平陽平，不可參錯，故韻致獨圓。中唐而後，此法漸疏矣。」祖、孫二人意見之不同，正顯示出清人對平仄聲律的描述，比明人更為細密。

　　其次看王士禎（1634－1711）的《律詩定體》「五言仄起不入韻」：

　　　　粉署依丹禁，城虛爽氣多。
　　　　仄仄平平仄　平平仄仄平（若單句「依」字拗用仄，則雙句「爽」
　　　　　　　　　　　　　　　　字必拗用平。）

　　　　好風天上至，涼雨曉來過。

平平平仄仄　仄仄仄平平（若「上」字拗用平，則第三字必用仄救
　　　　　　　　　　　　之。古人第三句拗用者多，若第四句則
　　　　　　　　　　　　不可。）

翠鳥浮香靄，瑤池瀉綠波。

仄仄平平仄　平平仄仄平

九重閑視草，時復幸鸞坡。（上句「九」字當平而仄，下句「時」
　　　　　　　　　　　　字當仄而平。）

平平平仄仄　仄仄仄平平

　　上述標著重句號的字，平仄可互換；標著重黑點的字，平仄一
般不可更換；若必不得以更換，必須採用單句自救（單拗法）或者
雙句互救（雙拗法）的方法。王士禎更聲明其把握的原則是：「五
律，凡雙句二四應平（而）仄者，第一字必用平，斷不可雜以仄聲；
以平平只有二字相連，不可令單也。其二四應仄（而）平者，第一字
平仄皆可用，以仄仄仄三字相連，換以平韻無妨也。大約仄可換
平，平斷不可換仄，第三字同此。若單句第一字，可勿論。」這是
指明了律詩防止「孤平」之法。郭紹虞在《清詩話·前言》中評價
《律詩定體》云：「此卷雖僅數頁，但論近體律詩，能概括地說明
唐人律格，以破除流俗『一三五不論』之說，甚有見地。《然燈記
聞》亦引王氏語，謂『律句只要辨一三五』，此卷可看作這句話的
具體說明。此後，李郁文之《律詩四辨》、日人谷立厪之《全唐聲
律論》，雖例證更多，要其大旨，未能外於王氏之說。」[17]
　　李重華（1682－1755）《貞一齋詩說》更提出律詩平聲分陰陽，

[17]　丁福保：《清詩話》（上海：上海古籍出版社，1999 年）。

仄聲分上去入換用之論：

> 律詩只論平仄，終身不得入門。既講律調同一仄聲，須細分
> 上去入。應入上聲者，不得誤入去聲，反此亦然。就平聲
> 中，又須審量陰陽清濁，仄聲亦復如是。**⑱**

以下舉杜甫〈獨酌成詩〉**⑲**爲例（平字上加著重點者爲陽平）：

燈花何太喜，	平平平去上
酒綠正相親。	上入去平平
醉裏從爲客，	去上平平入
詩成覺有神。	平平入上平̇
兵戈猶在眼，	平平平去上
儒術豈謀身。	平入上平平
苦被微官縛，	上去平平去（入）
低頭愧野人。	平平去上平̇

考察此詩句末用字，平聲韻腳「親、神、身、人」，作陰平、
陽平、陰平、陽平相間隔。單句末的仄聲字「喜、客、眼、縛（此
字有去聲、入聲兩讀）」，則呈現出上、入、上、去相間隔，或上、

---

⑱　《清詩話》本，引文見 934 頁第六十九條。

⑲　杜甫：〈獨酌成詩〉，見仇兆鰲：《杜詩詳注》（北京：中華書局，1979
　　年）卷五。

入、上、入相間隔⓴。至於一句之中用字，上去入聲也輪換使用，沒有出現重複的現象；平聲雖然有少量重複，但不在句末，應無大問題。在律詩聲調上如此細密的講究，唐人只是無意識地偶爾爲之；清人則加以總結分析，並有意識地運用在律詩創作之中，從而使得律詩之聲律規則更爲細緻嚴密了。

二、清代賦論家對律賦平仄的論述

以上，我們檢閱了律詩平仄譜式發展的四個階段，從中可以看到一個現象，即唐人律詩在創作方面平仄聲律已經發展成熟，但是卻未能用簡明扼要的譜式將其表述出來，當然，歷史上也許有過此類文獻，只是我們今天已經看不到而已，不過僅就現存的材料分析，理論的表述和格式的概括往往都是落後於創作的。這種情況在律賦的平仄聲律上表現得更爲明顯。鄺健行先生在〈唐代律賦與律〉一文中曾經慨嘆：「由於這類寫作指導的書籍失傳，唐人對律賦寫作的具體意見和方法，包括作爲律賦主要成份『聲律』的具體意見和方法，難以知悉。《賦譜》的傳回，在一定程度上增加了我們對這一問題的認識。遺憾的是，《賦譜》只論句式、對偶、段落、修辭、用韻、審題和用事，偏偏不涉及聲律。所以想了解唐人怎樣論律賦的聲律安排，仍然大有困難。」⓴宋代鄭起潛的《聲律

⓴　據《宋本廣韻》（臺北：藝文印書館影印澤存堂藏版，1991 年）注音，「縛」字有兩讀，一在去聲「過」韻，符臥切；一在入聲「藥」韻，符鑼切。

⓴　見鄺健行：《科舉考試文體論稿》，頁 15。

關鍵》❷是繼唐抄本《賦譜》之後一部專門討論律賦格法的著作，在卷首〈五訣・琢句〉條下鄭起潛聲稱：「賦謂之聲律，取其可歌，或有平側不協者又非也。」可惜《聲律關鍵》只是討論「認題」、「命意」、「擇事」、「琢句」、「壓韻」等等，也沒有具體論及律賦平仄聲律問題。元明時期，科舉考試廢棄律賦，自然沒有文論家來討論律賦平仄。值得慶幸的是，清代幾位賦論家曾經具體論及這一問題。

(一) 吳錫麒論律賦平仄

清代乾隆年間賦論家吳錫麒（1745－1817）寫有一篇唐代律賦專論〈論律賦〉❷，其論律賦之平仄云：「林滋〈小雪賦〉云：『眇若毫端，輕霏可觀。』第一句第一字不拘平仄，二字仄，三字平，四字韻。第二句一二字平，三字仄，四字協。此是一定之調。」律賦之所以稱爲「律」，除了押韻之外，賦句的平仄聲調應是重要之因素，然而賦論家言及平仄者殊少，本文之後，至顧南雅、徐斗光始詳論及之。可見本文之論，實有發覆之功。我們將吳氏所論標識如下（不拘平仄者用＋號表示）：

眇若毫端，輕霏可觀。
＋仄平平，平平仄平。

---

❷　鄭起潛：《聲律關鍵》（臺灣：商務印書館影印《宛委別藏》本）。
❷　載程祥棟《東湖草堂賦鈔》、潘遵祁《唐律賦鈔》卷首。

(二) 顧南雅論律賦平仄

　　嘉慶年間，顧南雅編成《律賦必以集》❷，卷首有〈例言〉一卷，詳論律賦作法，其論律賦聲調平仄云：

> 音節隨時各異，自漢至唐宋，隨取一兩句讀去，音節迥然不同。今則必須以諧和爲主，如四六：平（可平可仄）平（必須平）仄（可仄可平）仄（必須仄），平（可平可仄）平（必須平）仄（可仄可平）仄（必須仄）平平（此二字俱要平）；仄（可仄可平）仄（必須仄）平（尙可仄，究以平聲爲妙）平（必須平），仄（可仄可平）仄（必須仄）平（可平可仄）平（必須平）仄（可仄可平）仄（必須仄）。長短高下，以此類推。總要讀去響亮，不至棘口，則得矣。凡學古人文章，俱須變化。劉彥和云：「望古定法，參今制奇。」學者不可不知。

　　此前，吳錫麒〈論律賦〉曾言及四字句的平仄格律；顧氏所論，則以四六句爲例，對吳氏所論可謂重要補充。

　　顧氏在〈例言〉中還談到清人律賦與唐人律賦用韻方面的平仄差異：「唐人押仄韻，出句末往往亦用仄字；平韻，則出句末斷無用平字者，自有一定體例。今則當以平仄相間對，末字平聲，出句

❷　顧南雅：《律賦必以集》（嘉慶十八年[1813]雲南刻本，載顧氏〈自序〉；嘉慶二十五年（1820）廣東菊坡精舍重刻本，卷首有時任粵西布政使繼昌〈序〉，此本香港學海書樓有藏；光緒十五年[1889]成都尊經書局重刻本。），本文所用爲嘉慶重刻本。

固須用仄；即對句仄聲，出句亦須用平。」明確指出清人律賦出句
與對句的煞尾字平仄應該相反。

這裏按照顧氏所論，將律賦四六句平仄標識如下：

> 平平仄仄，平平仄仄平平；
> 仄仄平平，仄仄平平仄仄。

上面平仄譜式標有著重號者，是顧氏認為必須平或者必須仄的
地方，等一下我們可以舉例來加以檢驗。

（三）徐斗光論律賦平仄

其後，徐斗光在《賦學僊丹·律賦秘訣》❷中更為詳盡地論及
律賦之平仄問題，其文云：

> 凡律賦中所論平仄，則可於歇斷讀處調度。若果為字字論
> 之，〈滕王閣序〉，四六體也，其調協者，可一舉似之。如
> 句有上截兩字，下截兩字者，上兩字用平平，則下兩字用仄
> 仄；或上兩字用仄仄，則下兩字用平平。若「星分翼軫，地
> 接衡廬」是也。或上兩字平仄，下兩字仄平；上兩字仄平，
> 下兩字平仄。若「無路請纓，有懷投筆」是也。然四字猶
> 易，究不必拘拘若是之難，而至於概不能行也，要祇可於歇

---

❷　徐斗光：《賦學僊丹》（柳深處草堂家塾藏版，清道光四年[1824]刻），
　　前載涂一經〈序〉和作者〈自序〉。

斷處調之。如「層巒聳翠，上出重霄」固也，而「飛閣流丹，下臨無地」，有不必逐字因類細講者，但求「閣」字「丹」字、「臨」字「地」字，仄平、平仄相協耳。故句有上三字下三字爲兩截者，如「臨帝子之長洲，得仙人之舊館」，只講「子洲、人館」四字「仄平、平仄」相協。「撫凌雲而自惜，奏流水以何慚」，只講「雲惜、水慚」四字「平仄、仄平」相協。「地勢極而南溟深，天柱高而北辰遠」，只講「極深、高遠」四字「仄平、平仄」相協是也。句有上兩字中兩字下兩字分三停者，如「響窮彭蠡之濱，聲斷衡陽之浦」，只講「窮蠡濱、斷陽浦」六字「平仄平、仄平仄」相調。且如已塗去兩字之六實字句「落霞孤鶩齊飛，秋水長天一色」，只講「霞鶩飛、水天色」六字「平仄平、仄平仄」相調是也。句有上兩字，中三字，下兩字，亦三停者，如「龍光射牛斗之墟，徐孺下陳蕃之榻」，只講「光斗墟、孺蕃榻」六字「平仄平、仄平仄」相調是也。他或三字句，僅講尾字；五字短句，有上二下三、上三下二者；長句，又有上三中二下二者，有上二中二下三者，有夾有語助不算者，且更有腰折者，法亦殊難縷述。觀《儗丹》之十賦，自可反隅。

　　這一段論述之要旨在於闡明：律賦之調平仄與駢文乃至律詩之調平仄原則上是一致的，仍然遵循一句之中，平仄相間；兩句之內，平仄相對之常規。把握的要點在於認識賦句的「可歇斷讀處」，乃是賦句之音步節奏點；如四字句的第二字第四字，五字句

的上二下三式或上三下二式，六字句的兩截式或三停式等，都是協調平仄的關鍵之處，不得背反。更值得注意的是，徐斗光所指出的律賦句法節奏點，與律詩又是有所不同的。如五言律詩二二一句式，節奏點在二四五字之上，而律賦的五字句，則只有上二下三或上三下二兩種句式，節奏點在二五字或三五字上。掌握這一點，便可以根據句子的平仄聲調來區分何爲詩句，何爲賦句。

　　律賦是要講平仄格律的，但清以前賦家語焉不詳。在此之前，吳錫麒〈論律賦〉、顧南雅《律賦必以集》曾簡略地論及賦句平仄問題，本書則全面而深入地論及各種賦句的平仄格律，應該引起研治律賦者高度重視。徐斗光爲甚麼要利用一篇駢文來講解律賦的聲律？這是一個耐人尋味的問題。我設想可能有兩個理由：其一、唐代律賦四六隔句對偶形式受南朝駢文句式影響最大，這一點已由鄺健行先生在〈初唐題下限韻律賦形式的審查及引論〉❷❻一文加以證明。在徐斗光的心目中，也認爲四六駢文調平仄的方法與律賦無異。其二、當時的學者對駢文尤其是王勃的〈滕王閣序〉非常熟悉，用初學者熟悉的形式來引導他們掌握不大熟悉的律賦聲律，是一種比較好的教學方法。但是駢文畢竟不是律賦，清代律賦聲律究竟怎樣呢？下面，我們來看具體實例。

---

❷❻　　鄺健行：〈初唐題下限韻律賦形式的審查及引論〉，見《科舉考試文體論稿》頁 33—97。

三、清代律賦平仄格式舉例分析

　　清代律賦作家以吳錫麒和顧元熙爲其代表。吳錫麒（1745－1817），字聖徵，號穀人，錢塘（今浙江杭州）人。乾隆四十年進士。改庶吉士，散館，授編修。官至國子監祭酒。擅長駢體文。著有《有正味齋集》。《清史列傳》卷七十二有傳。戴綸詰《漢魏六朝賦摘艷譜說》❷⁷評云：「國朝賦學，自應以吳穀人、顧耕石爲一時瑜、亮，然顧固風格遒上，足式浮囂；而吳更洋洋灑灑，一物難名，矩步繩趨，卻處處不戾於古；其氣象非特蘭修館不可及也，即唐宋諸公亦應訝後生可畏。」吳錫麒的〈伏波銅柱賦〉，是一篇詠嘆後漢伏波將軍馬援「平交趾，立銅柱爲漢界」之功的作品，清人有「精金百鍊，寶光觸天」之評❷⁸，曾被選入多家清人律賦選本。茲據黎翔鳳編選、黎榮桂評注的《律賦評箋》❷⁹選錄此賦，並加以平仄句式分析。不計平仄字用＋號標誌。

　　吳錫麒〈伏波銅柱賦〉（以題爲韻）平仄分析：

　　　　高插天關，潛分地軸；以定中原，以威南服。

　　　　＋仄平平，平平仄仄；仄仄平平，＋平平仄。　（按：此爲兩
　　　　截二二句式，二字四字爲節奏點。）

---

❷⁷　　戴綸詰：《漢魏六朝賦摘艷譜說》（四川：瀛山書院刻本，光緒七年[1881]）。

❷⁸　　《賦學入門》（臺北：廣文書局影印本，1979 年），載孫少初評語。

❷⁹　　黎翔鳳、黎榮桂：《律賦評箋》（粵東：儒林閣刻本，光緒八年[1882]刊），封面署《詳注律賦評箋》，香港市政局大會堂圖書館有藏。

聳雙柱以虹伸，懾群蠻而蛾伏。

仄平仄仄平平，仄平平平平仄。 （按：此爲兩截三三句式，三字
　　六字爲節奏點。「伏」字爲限韻字。）

千年故蹟，迢迢駱越之鄉；幾處人家，落落馬流之俗。

平平仄仄，平平仄仄平平；仄仄平平，仄仄仄平平仄。

　　（按：此爲四六隔句對。上爲兩截二二句式，下爲三截二二二句式。
　　上以二四字，下以二四六字爲節奏點。）

念金甲班師之日，慷慨而盟；聽銀簪叩鼓之聲，摩挲而讀。

仄平仄平平平仄，仄仄平平；平平平仄仄平平，平平平仄。

　　（按：此爲七四隔句對。上爲四截一二二二句式，下爲二二句式。
　　「念」「聽」爲領字，一字一讀。領字的情況上述諸家皆未論及，就
　　此例分析，出句與對句平仄應該相反。）

　　——以上爲「伏」字韻第一段。《律賦評箋》云：「起用十六
字渾括全題，精練銳利無匹。以下從容停頓以足之。」

方其阻鳥道，阸鯨波。絕浪泊，抗邱蟠。

十十仄仄仄，仄平平。仄仄仄，仄平平。 （按：「方其」兩字
　　爲發語，不計平仄。其下爲三三句式，節奏點在第三字。三字句，唐
　　抄本《賦譜》稱爲緊句㉚。「波」字爲限韻字。）

女子維蛇而維虺，三軍爲鸛而爲鵝。

仄仄平平平平仄，平平平仄平平平。 （按：此爲三截二二三句

────────────

㉚　參見拙文：〈唐抄本《賦譜》初探〉（成都：《四川師大學報》增刊第七
　　期，1993 年 9 月）。

式，節奏點在二四七字上。）

帳外煙雲，聚米之山川無數；眼前潦霧，跕鳶之風景如何。

仄仄平平，仄仄＋平平平仄；仄平平仄，平平＋平仄平平。

　　（按：此為上四下七隔句對。上為兩截二二句式，節奏點在二四字；
　　　下為三截二三二句式，節奏點在二五七字。「之」字作為語助辭，不
　　　計平仄。）

既乃全吞渤澥，生矸蛟鼉。

＋＋平平仄仄，平仄平平。　　（按：「既乃」為轉折連辭，不計平
　　　仄。其下為兩截二二句式。）

漢將如飛，尅日而馳露布；南人不反，釃酒而唱鐃歌。

仄仄平平，仄仄平平平仄；平平仄仄，平<u>仄</u>平仄平平。

　　（按：此為四六隔句對。上為兩截二二句式，下為三截二二二句式。
　　　「酒」字不合平仄。）

歡呼君子之營，平生志壯；指點將軍之樹，此處恩多。

平平平仄平平，平平平仄仄；仄仄平平平仄，仄仄平平。

　　（按：此為六四隔句對。上為三截二二二句式，下為二二句式。）

用以表天朝之絕界，而特建夫銅柱之嵯峨。

仄仄仄平平平仄仄，平仄<u>仄</u>＋平仄平平平。　　（按：此為三截三
　　　二三句式，節奏點在三五八字上。下句「建」字當平而仄，故加一平
　　　聲「夫」字以調適語氣。）

　　──以上為「波」字韻第二段。《律賦評箋》云：「此段從題
前說入，先言南方險阻，次言平定成功，恰好落題。」

則見棲煙彩涌，脫鞴霞融。炎炎焱焱，冏冏熊熊。

十十平平仄仄，仄仄平平。平平仄仄，仄仄平平。（按：「則見」二字爲提引語，不計平仄。其下爲兩個四字對句，皆兩截二二句式。）

卓筆之峰千尺，倚天之劍半空。

仄仄平平平仄，仄平平仄仄平。（按：此爲三截二二二句式。）

羲輪反影以赬北，娥魄飛華而耀東。

平平仄仄仄平仄，平仄平平平仄平。（按：此爲三截二二三句式，與七言律詩句法「平平仄仄平平仄，仄仄平平仄仄平」略同，但不合七言賦句平仄格式常例。如果改成「反影羲輪以赬北，飛華娥魄而耀東」，則符合七言賦句二四七字爲節奏點的規律。）

雲皆捧柱，風不磨銅。

平平仄仄，平仄平平。（按：此爲兩截二二句式。「銅」字爲限韻字。）

百粵同瞻，識中華之氣紫；九霄迥立，連北斗之光紅。

仄仄平平，仄平平十仄仄；仄平平仄，平仄仄十平平。

（按：此爲上兩截二二，下三截一二二句式。「之」字爲語助辭，不計平仄。）

<u>高與熊耳山齊</u>，豈徒積甲有封。

平仄平仄平平，仄平仄仄仄平。（按：此爲二二二句式。上句平仄不合，上下兩句平仄也未能相對。蓋此「熊耳山」爲固定名詞，平仄不易調適之故也。）

狼居胥意，於此掛弓。

平平平仄，平仄仄平。（按：此爲二二句式。）

足以勝函谷九泥之策，足以掩雲臺列宿之功。

＋＋平平仄仄平平仄，＋＋仄平平仄仄平平。　　（按：此爲四
　　截一二二二句式。「足以」爲排比句式之提引語，不拘平仄。）

負出鰲身，顯功名於此地；迎來馬首，看夔鑠哉是翁。

仄仄平平，仄平平仄仄；平平仄仄，平平仄平仄平。
　　（按：此爲四六隔句對，上兩截二二，下三截一二三句式。）

　　──以上爲「銅」字韻第三段。《律賦評箋》云：「此段緊接
上銅柱，形容其壯觀，故曰題面。」

遂令赤腳黎丁，椎頭高戶。雜沓佇胎，盤桓奎踽。

＋＋仄仄平平，平平平仄。仄仄仄平，平平平仄。　（按：此爲
　　兩截二二句式。「遂令」二字爲提引辭，不拘平仄。）

奉之以鸚鵡之螺，進之以檳榔之脯。

＋＋＋平仄平平，＋＋＋平平仄。　（按：「奉之以」「進之
　　以」爲排比句式之提引語，不拘平仄。其下爲兩截二二句式。）

依漢如天，呼使爲父。

平仄平平，平仄平仄。　（按：此爲兩截二二句式，下句「使」字不合
　　平仄。）

於是誓眾合群，刑牲擊鼓。

＋＋仄仄仄平，平平仄仄。　（按：「於是」二字爲轉折連辭，不
　　拘平仄。其下爲兩截二二句式。）

指勃未爲大神，以幹威爲盟府。

仄仄仄平仄平，仄仄平平平仄。　（按：此爲兩截三三句式。）

文非詛楚，願永靖於干戈；書豈嚇蠻，慎自安其版宇。

平平仄仄，仄仄仄平平平；平仄仄平，仄仄平平仄仄。

　　（按：此爲四六隔句對，上兩截二二，下兩截三三句式。）

毋效貳負之尸，毋蹈刑天之舞。

平仄仄仄平平，平仄平平平仄。（按：此爲三截二二二句式，上句

　　「效」字不合平仄。）

毋狼喙之自觸乎威弧，毋螳臂之輕膏乎蕭斧。

平平仄＋仄仄＋平平，平平仄＋平平＋平仄。　　（按：此兩句

　　不計語助辭可視爲三二二的句式，聲調忤拗。以上四個「毋」字句，

　　借鑒散文句法，增強文章氣勢，蓋有意不合平仄。）

龍祠之闖幕無焚，休屠之金人不取。

平平＋仄仄平平，平平＋平平仄仄。（按：此爲三截二二二句

　　式。下句「屠」字當仄而平。蓋「休屠」乃地名，平仄不易調適之故

　　也。）

但負斯言，有如此柱。

仄仄平平，仄平仄仄。　　（按：此爲兩截二二句式。「柱」字是限韻

　　字。）

　　——以上爲「柱」字韻第四段。《律賦評箋》云：「此段在銅
柱對面著筆，深見南人悅服而樂立盟分界也。故曰題意。」又云：
「此段盟訓四疊「毋」字，戒其不可復叛也。」

　　爰乃定輿圖，通驛路。設郡縣，立租課。

　　＋＋仄平平，平仄仄。仄仄仄，仄平仄。（按：「爰乃」兩字是

提引語，不拘平仄。其下為三字緊句，後兩句聲律似未諧。蓋「縣」字雖有平仄兩聲，但用作平聲，是懸掛之義，此郡縣之縣，當是仄聲。又「課」字在「過」韻，而本段之韻腳「賦」字在「遇」韻，這種出韻的情況在用於考試的賦作中是一定不允許的。）

喜成功於一將，骨未全枯；笑聚鐵於九州，錯何煩鑄？

仄平平＋仄仄，仄仄平平；仄仄仄＋仄平，仄平平仄。

　　（按：上為三截一二二句式，下為兩截二二句式。「笑」字似可換為平聲字。）

美斯兀兀之觀，實致喁喁之慕。

仄平仄仄平平，仄仄平平平仄。（按：此為三截二二二句式。）

例之銅式，神光通金馬之門；比以銅船，陰雨截朱鳶之浦。

仄平平仄，平平平平平平；仄仄平平，平仄仄平平平仄。

　　（按：此為四七隔句對，上兩截二二，下三截三二二句式。）

然而水積水而更新，時閱時而非故；薏可變而成珠，鵲欲化而為鷿。

＋＋仄仄仄＋仄平，平仄平＋平仄；仄仄仄＋平平，仄仄仄＋平仄。（按：「然而」為轉折語，不拘平仄。其下為兩截三二句式，「化」字平仄似未合；《賦學指南》引此賦「化」字作「飛」，似可從。）

金石一編，滄桑幾度。

平仄仄平，平平仄仄。（按：此為兩截二二句式。）

癢揩病馬，苔花舊日之銘；角礪耕牛，木葉前朝之戌。

仄平仄仄，平平仄仄平平；仄仄平平，仄仄平平平仄。

　　（按：此為四六隔句對，上為兩截二二句式，下為三截二二二句式。）

而謂過象林者，能不慨想乎如畫之儀容，爲之流連而作賦。

＋＋＋＋＋仄，＋＋＋＋＋＋＋＋＋平，＋＋＋＋＋＋仄。

　　（按：此爲漫句結束語，雖然不拘平仄，但句末字也最好平仄協
　　調。）

　　——以上爲「賦」字韻第五段。《律賦評箋》云：「此段緊承
上段說下，慶幸功成，千秋不朽。人事有變，而名蹟不變也。是通
篇大結束。」黎翔鳳（希范）評云：「倜儻指揮天下事，才華驅使
古今書。熟於本傳，緯以諸史，縱橫排輦，仍不同霸才無主，律賦
中之大觀也。首段籠題。次段從未平交趾說到已平，段末剛落到銅
柱。三段緊接銅柱寫是題正面，四段寫南人之盟訓，是題中意。五
段乃題後意，末仍以弔古作收。而每段中又各具起承轉合，則鋪述
不爲呆衍，排比不傷冗長。凡限韻少而欲作暢滿者，不可不奉此爲
枕中祕也。」

本章小結

　　㈠根據上述賦論家的提示和通過檢驗清代律賦的實例，可列出
以下的律賦平仄格式譜（賦句例引自《律賦評箋》和《賦學指南》）：

　　1.三字句，只講尾字，可有下列兩種平仄譜式：

　　阻鳥道，陁鯨波；絕浪泊，抗邱皤。　（吳錫麒〈伏波銅柱賦〉）

　　＋＋仄　＋＋平　＋＋仄　＋＋平

　　定輿圖，通驛路；設郡縣，立租課。　（吳錫麒〈伏波銅柱賦〉）

　　＋＋平　＋＋仄　＋＋平　＋＋仄　（按：「縣」字姑且作平聲

用。）

2.四字兩截句，可有下列兩種平仄譜式：

無聲扇物，著意留人（汪彥博〈試燈風賦〉）

　＋平＋仄　＋仄＋平

春事興衰，夕陽今古（吳綺〈燕子賦〉）

　＋仄＋平　＋平＋仄

3.五字兩截句，可有下列兩種平仄譜式：

水積水(而)更新，時閱時(而)非故（吳錫麒〈伏波銅柱賦〉）

　＋＋仄(□)＋平　＋＋平(□)＋仄（按：此為三二兩截句，「而」

　字作為語助，不計平仄。）

茹古(者)其趣深，橫秋(者)其氣老（張鵬翼〈詞林有根柢賦〉）

　＋仄(□)＋＋平　＋平(□)＋＋仄（按：此為二三兩截句，「者」

　字不計平仄。）

4.五字三截句，可有下列平仄譜式：

識中華(之)氣紫，連北斗(之)光紅（吳錫麒〈伏波銅柱賦〉）

　仄＋平(□)＋仄　平＋仄(□)＋平（按：此為三截一二二句式，

　「識」「連」為領字，一字一讀。「之」字為語助，不計平仄。）

5.六字兩截句，可有下列兩種平仄譜式：

秋何月而不華，月何秋而不吐（鮑桂星〈流雲吐華月賦〉）

　＋＋仄＋＋平　＋＋平＋＋仄

望晴嵐兮處處，悵秋信兮年年（楊昌光〈生涯在釣船賦〉）

　＋＋平＋＋仄　＋＋仄＋＋平

6.六字三截句，可有下列兩種平仄譜式：

任他夢短夢長，那管花開花謝（陸潤章〈謝小娥受戒賦〉）

　　＋平＋仄＋平　　＋仄＋平＋仄

　　雅勝七華美麗，輕殊百寶鏤雕 (錢智林〈團扇賦〉)

　　＋仄＋平＋仄　　＋平＋仄＋平

7.七字三截句式，可有下列平仄譜式：

　　八年之霸業空圖，百戰之威名莫講 (馮嘉穀〈項羽垓下聞楚歌
　　賦〉)

　　＋平＋＋仄＋平　　＋仄＋＋平＋仄 (上二中三下二句式)

　　女子維蛇而維虺，三軍為鸛而為鵝 (吳錫麒〈伏波銅柱賦〉)

　　＋仄＋平＋＋仄　　＋平＋仄＋＋平 (上二中二下三句式)

　　昂藏不類乎紙貓，俊逸豈同乎芻狗 (周召南〈秧馬賦〉)

　　＋平＋仄＋＋平，＋仄＋平＋＋仄 (此亦上二中二下三句式)

　　念金甲班師之日，聽銀簪叩鼓之聲 (吳錫麒〈伏波銅柱賦〉)

　　仄＋仄＋平＋仄　　平＋平＋仄＋平 (此為上三中二下二的三截句
　　式，也可看成一二二二的四截句式，上下句首字平仄可以互換。)

8.四六隔句對，可有下列平仄譜式：

　　癢揩病馬，苔花舊日之銘；角礪耕牛，木葉前朝之戍 (吳錫
　　麒〈伏波銅柱賦〉)

　　＋平＋仄　　＋平＋仄平平　　＋仄＋平　　＋仄＋平＋仄 (按：
　　顧南雅認為出句末兩字「之銘」皆要平，其實「之」字不在音步節
　　奏點上，不必過分拘泥，清人律賦也有作「仄平」的，如《賦學指
　　南》載馮嘉穀〈角黍賦〉句：「色絲解罷，條條宛類繭抽；蘆葉披
　　殘，箇箇混同蕉剝。」「繭抽」即作「仄平」。)

　　晴開北岸之窗，何人對弈；夢入南柯之境，有客眠琴 (楊昌
　　光〈午陰賦〉)

　＋平＋仄＋平　＋平＋仄　＋仄＋平＋仄　＋仄＋平

　其他八字句九字句平仄，可根據上述譜式規律類推而得。

　㈡清代律賦中不講究平仄或平仄不合之處，主要有以下幾種情況：

　1.段落提引語、轉折語和結尾漫句不拘平仄，比如「方其」、「爰乃」、「然而」之類皆不拘平仄。

　2.折腰句中語助辭不拘平仄，比如「水積水(而)更新，時閱時(而)非故」句，其中「而」字不拘平仄便是這種情況。

　3.排比句的提引語不拘平仄，比如上引律賦中「奉之以」、「進之以」、「足以」之類皆不拘平仄。

　4.有些固定名詞難以協調平仄，可以放寬尺度，比如上引律賦中「高與熊耳山齊」句、「釃酒而唱鐃歌」句，「休屠之金人不取」句，其中的「熊耳山」「釃酒」「休屠」都是固定的名詞或詞組，所以即使未合平仄，也聽之任之。但是，律賦中某些可調而未能調適的地方，則應視爲聲律上的瑕疵；如果在考試之時，必然受到試官的挑剔。

　5.有時爲了內容表達和語氣的需要，可以有意識地借鑒散文句法，寫作一些不合平仄聲律的排比句，以便解除律賦聲律的束縛，讓辭氣更爲充沛，表達效果更爲圓滿。上引律賦中「毋效貳負之尸」等四個排比句便有這樣的作用。這種情況恐怕應該視爲清人律賦的一種創造性表現手法。

　㈢近體律詩五言七言句式的平仄節奏點與律賦是有所不同的。如五律之平平仄仄平，仄仄平平仄，其節奏點在二、四、五字之上；七律之平平仄仄平平仄，仄仄平平仄仄平，其節奏點在二、

四、六、七字之上。而賦句之五言兩截句，節奏點在二、五字上，或三、五字上；賦句之七言三截句，節奏點在二、五、七字或二、四、七字之上。因此，由句子之平仄節奏點差異，可以區分出何爲賦句何爲詩句。這應該就是徐斗光在《賦學僊丹・賦學秘訣》中「論句法」所說的：「凡五字七字句法，不可數成詩體。」同時，我們還聯想到王芑孫在《讀賦卮言・審體》中所說的「七言五言，最壞賦體」，在某種意義上恐怕也是告誡賦家不要用五、七言詩句的平仄格律破壞賦句的平仄格律。

　　㈣鄺健行先生在〈唐代律賦與律〉一文中，曾經論述唐代律賦在聲律上需要回避平頭（指出句與對句首二字同聲）、上尾（指出句與對句末尾字同聲）、蜂腰（指一句之中第二字與第五字同聲）、鶴膝（指相隔不押韻單句尾字同聲）四病❸。清代賦論家則一般不再沿用這些六朝和唐代的聲律術語，他們強調的是所謂兩截、三截處，即賦句音步重音落腳處，必須平仄協調，其他地方則可以適當放寬。這種律賦聲律簡化定型的趨勢同明清之際律詩聲律簡化定型的趨勢是一致的。

---

❸　參見遍照金剛撰、王利器校注：《文鏡祕府論》（北京：中國社會科學出版社，1983 年）西卷《文二十八種病》。

第九章　清代賦論家論律賦
用韻芻論

　　律賦是唐宋和清代科舉考試中使用的文體之一，其最顯著的特點就是題目之下加以限韻。清代賦論家王芑孫說：「官韻之設，所以注題目之解，示程式之意，杜抄襲之門，非以困人而束縛之也。」❶可見限韻的目的可以包括三個方面：一是解釋題目，二是立下行文的格式規範，三是爲了防止科場作弊和統一錄取標準。第一個方面不是必須的，因爲有的限韻有解題的作用，有的則與題目無關；第二、第三方面則是限韻應有的功用。由於韻腳的限制，考生必須戴著鐐銬跳舞，在有限的韻腳之下，盡量發揮才情，以營造出精緻遒美的篇章。唐代律賦的用韻情況，已有鄺健行先生〈唐代律賦用韻芻論〉❷一文予以闡明。唐代以後，賦論家對律賦押韻有何見解？律賦用韻的情況有何變化？清代律賦用韻有什麼特點？這就是本文準備進行探討的問題。飲水思源，讓我們先簡要地回顧一下唐宋賦論有關律賦押韻的論述。

---

❶　見王芑孫：《讀賦巵言》（《淵雅堂全集》本，嘉慶九年[1804]刊）〈官韻例〉。

❷　〈唐代律賦用韻芻論〉，載鄺健行《科舉考試文體論稿》（臺北：臺灣書店，1999 年），頁 99－133。

一、唐宋賦論家關於律賦押韻的論述

㈠ 唐抄本《賦譜》云：

「近來官韻多勒八字，而賦體八段，宜乎一韻管一段，則轉韻必待發語，遞相牽綴，實得其便，若〈木雞〉是也。」❸〈木雞賦〉是中唐浩虛舟登第的應試之作，其賦以「致此無敵，故能先鳴」為韻，闡述「以靜制動，以逸待勞」的道理，可視為唐代律賦押韻的正格。

㈡ 宋人吳曾《能改齋漫錄》卷二〈事始〉條：

「賦家者流，由漢晉歷隋唐之初，專以取士，止命以題，初無定韻。至開元二年，王邱員外知貢舉，試〈旗賦〉，始有八字韻腳，所謂『風日雲清、軍國清肅』。見偽蜀馮鑑所記《文體旨要》。」鄺健行先生認為，吳曾的說法並不準確，實際的情況是：「早在律賦始創的初唐，從現存的十三首作統計，八字韻腳的共十一首，當中包括劉知幾的試賦和可能模仿試賦的梁獻〈大閱賦〉。這麼看來，以八字為韻早就接近常態或者就是常態❹。」《舊五代史》卷九十三〈盧質傳〉：「質以『后從諫則聖』為賦題，以『堯舜禹湯，傾心求過』為韻，舊例賦韻四平四側，質所出韻乃五平三

---

❸ 參見拙作：〈唐抄本《賦譜》初探〉（《四川師範大學學報》增刊第七輯，1993 年 9 月）。

❹ 見鄺健行：〈初唐題下限韻律賦形式的審查及引論〉，載《科舉考試文體論稿》，頁 48。

側，由是大爲識者所誚。」按：此例又見《容齋四筆》卷六〈乾寧覆試進士〉條。

(三) 宋人洪邁的有關論述

《容齋續筆》卷十三〈試賦用韻〉條和《容齋四筆》卷六〈乾寧覆試進士〉條，詳述唐代律賦韻例，條理清晰，但仍有小誤。其後，彭叔夏《文苑英華辨證》卷一對洪邁之失誤有所糾正。比如洪邁云：「自（文宗）太和以後，始以八韻爲常。」彭叔夏即云：「按《登科記》，太和六年試〈君子之聽音賦〉，以『審音合志鏗鏘』爲韻，猶是六韻，第二、第三篇皆七韻。今云太和後八韻爲常，未必然也。」彭叔夏又云：「其八韻則有四平四側者，今爲定格。」說明自中唐之後，律賦限韻逐漸向四平四仄發展，至宋代成爲定格。參見拙撰《雨村賦話校證》❺卷二第四十三條注。

(四) 宋人王栐《燕翼詒謀錄》：

「國初進士辭賦押韻不拘平仄次第，太平興國三年九月，始詔進士律賦平仄次第用韻；而考官所出，官韻必用四平四仄。辭賦自此齊整，讀之鏗鏘可聽矣。」❻由此可見，宋代官方規定的律賦押韻規則比唐代更爲嚴整

---

❺　詹杭倫、沈時蓉校證：《雨村賦話校證》（臺北：新文豐出版公司，1993年）。

❻　王栐：《燕翼詒謀錄》（北京：中華書局《唐宋史料筆記叢刊》本，1981年）。

(五) 宋人鄭起潛《聲律關鍵》：

論押韻云：「何謂壓韻？前輩云如萬鈞之壓，言有力也。欲壓韻有力，須有來處，能賦者就韻生句，不能者，就句牽韻。如〈聖人被褐懷玉賦〉短句云：『寶蓄忠信，麗藏道德。』如〈文德王之利器〉長句云：『人兵不戰也，孰非屈堯舜之化；技擊雖銳也，不足敵湯武之義。』如〈命義天下大戒〉聯云：『雖扼口廷，終仗蘇君之節；儻逢畏道，願回玉氏之車。』如〈聖人以百姓心為心賦〉第八韻結句云：『推是心以往，又將以萬物之心為心；暨鳥獸魚鱉之咸若。』如此壓韻，不可移動，真可法也。」❼鄭氏所論壓韻強調有出處和穩當，這是在合格基礎上的進一步要求。

二、清代賦論家對唐宋律賦韻例的探究

清代賦家有一個鮮明的口號，叫作「古體宗〈選〉，律體宗唐」❽。因此，賦論家非常重視對唐宋律賦尤其是唐律賦韻例的研討。乾隆嘉慶年間，賦論家李調元、浦銑、王芑孫等人對唐宋律賦作了精湛的研究，使人們對唐宋律賦韻例有了比較清晰的了解。

---

❼ 鄭起潛：《聲律關鍵》（臺灣：商務印書館影印《宛委別藏》本，1981年）。

❽ 見徐斗光：《賦學僊丹·賦學秘訣》（柳深處草堂家塾刻本，道光四年[1824]刊）。

㈠ 李調元《雨村賦話》論律賦押韻主要有以下三個方面：

其一、論唐人律賦韻例。《雨村賦話》卷二：「唐人賦韻，有云『次用韻』者，始依次遞用；否則，任以己意行之。晚唐作者，取音節之諧暢，往往一平一仄相間而出。宋人則篇篇順敘，鮮有顛倒錯亂者矣。」《雨村賦話》卷四：「唐人限韻有云『以題為韻』者，則字字叶之；『以題中字為韻』者，則就中任用八字，不必字字盡叶也。唐鄭錫〈正月一日含元殿觀百獸率舞賦〉率用題字，而獨遺『月』字不叶，於兩者皆不合。」李氏指出唐人律賦押韻有通例有變例。

其二、論律賦押虛字韻。《雨村賦話》卷三：「唐無名氏〈鍊石補天賦〉云：『卿雲初觸，當碧落以麗乎；銀漢同流，激清霄而節彼。』押『彼』字，用歇後語。原本經籍，便不涉纖。崔損〈霜降賦〉『笳聲乍拂，怨楊柳之衰兮；劍鍔可封，發芙蓉之礪乃。』亦用此法。韋肇〈瓢賦〉云：『安貧所飲，顏生何愧於賢哉；不食而懸，孔父當嗟夫吾豈。』押『豈』字，更妙合自然。」按：「節彼」，語出《詩經·小雅·節南山》：「節彼南山。」「礪乃」，語出《尚書·費誓》：「鍛乃戈矛。礪乃鋒刃。」「吾豈」，語出《論語·陽貨》：「吾豈匏瓜也哉，安能繫而不食。」故李調元謂諸家押虛字原本經籍，妙合自然❾。李調元雖然未曾見到鄭起潛的

---

❾　參見《雨村賦話校證》卷三第三十一條注。

《聲律關鍵》❿，但他在律賦押虛字韻方面的意見同鄭起潛是一致的。

其三、論宋人律賦用韻之發展。《雨村賦話》卷五：「古人作賦，未有一韻到底，刱之自坡公始。〈老饕賦〉題涉於游戲，而篇幅不長，偶然弄筆成趣耳。元人於〈石鼓〉等作，動輒學步，刺刺數百言不休，直如跛鼈之追騏驥矣。」「宋李綱〈濁醪有妙理賦次東坡韻〉云：『醇德可美，頌瓢觚於劉子；醉鄉不遠，記風土於無功。』又云：『霞散冰肌，謝仙人之石髓；潮紅玉頰，殊北苑之雲腴。』」李氏論賦韻，具有歷史發展的眼光，可稱卓識。

㈡ 浦銑《復小齋賦話》論韻例主要有以下六個方面：

由於《復小齋賦話》的特點是「博綜諸體而歸於論律」❶，所以浦氏所論雖然以律賦用韻爲主，但也兼及古賦韻例。

其一、論唐賦「以題爲韻」和「以題中字爲韻」。《復小齋賦話》卷上：「唐賦限韻，有以題爲韻者，『賦』字或押或不押，姑舉一二：如元稹〈郊天日五色祥雲賦〉、郭適〈人不易知賦〉、劉珣〈渭水象天河賦〉，俱押賦字。王起〈元日觀上公獻壽賦〉、王棨〈聖人不貴難得之貨賦〉」、呂令問〈掌上蓮花賦〉，俱不押賦字。」又云：「有以題中八字爲韻者，如王棨〈詔遣軒轅先生歸羅

---

❿　《聲律關鍵》由阮元發掘出來，收入《宛委別藏》。李調元爲官的年代早於阮元，故謂其未見到《聲律關鍵》。

❶　見王敬禧：《復小齋賦話·跋》。

浮舊山賦〉，隨意檢八字用也。有截取題中上幾字者，如（王起）
〈漢武帝遊昆明池見魚銜珠賦〉，以題上七字為韻；（路季登）
〈皇帝冬狩一箭射雙兔賦〉，以題上六字為韻；（黃滔）〈曲直不
相入賦〉，以題中二字「曲直」為韻是也。有以題為韻次用者，如
陸贄〈聖人苑中射落飛雁賦〉是也。有限韻而依次用者，如（佚
名）〈審樂知政賦〉是也。有不限韻而注任用韻字者，如（沈朗）
〈霓裳羽衣曲賦〉是也。」浦氏從唐人賦題中歸納出用韻之例，可
與李調元《雨村賦話》所述互相證明。

　　其二、論唐賦「偷韻」之法。《復小齋賦話》卷上：「唐律賦
有偷一韻兩韻者，不可悉數。如王起〈披霧見青天賦〉，偷『可
不』兩韻；裴度〈二氣合景星賦〉，偷『有無』兩韻；周鍼〈羿射
九日賦〉，偷『控』字一韻；陸贄〈月臨鏡湖賦〉，偷『動』字一
韻是也。宋則絕無，唯范文正公〈任官惟賢材賦〉，以『分職求理
當任賢者』為韻，偷『任』字一韻耳。」有云：「偷韻之法，皆兩
句換韻（上句同韻，下句官韻）；或三句換韻，如關搆〈日載中賦〉
『時』字一韻，杜顏〈灞橋賦〉『輝』字一韻是也；或四句換韻，
則第三句不用韻，如楊系〈通天臺賦〉『在』字一韻是也。」⓬
按：此論「偷韻」之法，可以參見唐抄本《賦譜》論賦之解鐙，李
調元《雨村賦話》卷三第二十六條。

　　其三、論唐賦以四聲限韻。《復小齋賦話》卷上：「唐人賦以
平上去入限韻者，或直押本字，如平用庚，上用養，李子卿〈山公

⓬　此條僅見《復小齋賦話》原刻本，《檇李叢書》本、《賦話六種》本皆
　　缺。

啓事賦〉是也。或不押本字，隨意四聲中各用一字，閻伯璵〈都堂試才賦〉是也。」又云：「唐人限韻，有以四聲爲韻者，只用四聲也。有從入至平者，四聲倒用也。有平上去入周而復始者，四聲之後再用一平聲，共五韻也（如高郢〈吳公子聽樂賦〉）。或四聲之後又押平上二聲，共六韻也（如李雲卿、王顥〈京兆府獻三足烏賦〉）。有以兩遍用四聲爲韻者，則八韻也（如錢仲文〈豹鳥賦〉）。」

其四、論律賦押韻成功之例。《復小齋賦話》卷上：「律賦押官韻，最宜著意。如唐蔣防〈雪影透書帷賦〉押『閱』字云：『時觀謝賦，想犀廉之縈盈；載睹曹詩，嘆蜉蝣之掘閱。』崔損〈霜降賦〉押『乃』字云：『笳聲乍拂，怨楊柳之衰兮；劍鍔可封，發芙蓉之礪乃。』白行簡〈息夫人不言賦〉押『言』字云：『勢異絲羅，徒新婚而非偶；華如桃李，雖結子而無言。』眞令讀者叫絕！」按：「掘閱」語出《詩·曹風·蜉蝣》：「蜉蝣掘閱，麻衣如雪。」浦銑所欣賞者，也即李調元所謂「原本經籍，妙合自然」的韻例。

其五、論句句用韻和兩句重韻之特例。《復小齋賦話》卷下：「賦有句句用韻者，如詩之有柏梁體矣。曹子建〈愁思賦〉、趙子昂〈赤兔鶻賦〉是也。」又云：「結語有兩句重韻者，張燕公〈江上愁心賦〉云：『將有言兮是然，將無言兮是然。』趙多曦〈江上愁心賦〉云：『惡乎然，惡乎不然。』陳普〈無逸圖後賦〉：『悔不篤信兮文貞，嗟不復見兮文貞。』米元章〈天馬賦〉：『何所從而邇來，何所從而邇來。』何仲默〈渡瀘賦〉亦效之。」

其六、論通韻轉韻和一韻到底。《復小齋賦話》卷下：「有四字句法而通韻者，歐陽〈螟蛉賦〉也。有轉韻者，穎濱〈卜居賦〉

也。有一韻到底者，吳萊〈狙賦〉也。有兩韻一轉者，明唐肅〈石田賦〉也。」又云：「作賦一韻到底者，多用『魚虞』二韻。唐李文饒〈知止賦〉、元莊文昭〈蒲輪車賦〉、吳萊〈狙賦〉，皆可證也。」

(三) 王芑孫《讀賦卮言》論賦韻

《讀賦卮言》分十六節，其中三節專門論述賦韻問題：

其一、韻例

賦有一韻而止者：漢路橋如〈鶴賦〉、魏曹植〈槐樹賦〉、晉桓元〈鳳凰賦〉、宋傅亮〈登龍岡賦〉、齊謝朓〈野鶩賦〉、陳顧野王〈拂崖篠賦〉、歐陽詹〈將歸賦〉、宋黃庭堅〈放目亭賦〉、明胡居仁〈瑞梅賦〉，皆是短篇；有長篇而一韻者，晉傅咸之〈儀鳳賦〉、明唐寅之〈惜梅賦〉。

有兩韻而止者：漢公孫詭〈文鹿賦〉、魏王粲〈槐賦〉、晉歐陽建〈登櫓賦〉、齊王儉〈高松賦〉、梁王融〈桐樹賦〉，自唐而下，多不勝舉。

有名為兩韻而首二句不入韻者：如魏陳琳之〈瑪瑙勒賦〉是也。「托瑤漢之寶岸，臨赤水之姝波。爾乃他山為錯，荊和為理。制為寶勒，以御君子。」

有三韻者，自枚乘〈忘憂館柳賦〉以來，不勝舉。

其二、官韻例

官韻之設，所以注題目之解，示程式之意，杜抄襲之門，非以困人而束縛之也。唐二百餘年之作，所限官字，任士子顛倒叶之，其依次用者，十不得二焉；亦鮮有用所限字概壓末韻者，其壓為末

韻者，十不得一焉。具知斯體非當時所貴，無因難見巧之說。

有以題為韻者，此例甚多，不必舉。

有以題為韻而減其字者，如王棨〈詔軒轅先生歸羅浮舊山賦〉，以題中八字為韻。路季登〈皇帝冬狩一箭射中雙兔賦〉，以題上六字為韻。

有以題為韻而增其字者，如唐人〈花萼樓賦〉，下注「以花萼樓賦一首並序為韻」。唐人〈秦客相劍賦〉，下注「以決浮雲清絕域通題為韻」。

有以題為韻，而不限其何字及幾韻者，如周存〈太常新復樂歌懸冬日荐之圓邱賦〉，下但注「以題中字為韻」❸。

有限用題中何字者，如黃滔〈曲直不相入賦〉，下注「以題中『曲直』二字為韻」。官韻賦只限兩韻，亦此僅見。

其限字有即以疏解題意者，如〈濾水羅〉以「濾彼水蟲，疏而不漏」，〈衡誠懸〉以「不可欺以輕重」為韻之類。有與題意不相比附者，如〈日觀賦〉以「千載之統，平上去入」，〈鎮坐石獅子賦〉以「今日良宴會」，〈蚌鷸相持〉❹以「洛城風日」為韻之類。

有不著題並不著字而終限之者，如以四聲為韻之類。四聲為韻之中，又有四例焉：但曰四聲而已，則不用平上去入四本字；曰以平上去入為韻，則必押四本字；亦有復用四聲者，如錢起、謝良輔

---

❸　賦題「懸冬日」原作「冬至日」，據《文苑英華》（北京：中華書局，1966 年）卷三改正。「題中字」原脫「字」字，據《文苑英華》補足。

❹　賦題據《文苑英華》卷一四〇改正。

〈豹舄賦〉皆注明「兩遍用四聲爲韻；亦有倒用四聲者，如石洤〈海水不揚波賦〉注明「以平上去入倒用爲韻」。

有限字而所限之字作不完語者：如〈炙輠賦〉，以「才美潤身喻茲」；〈刻漏賦〉，以「叶心理馳箭」；〈象環賦〉，以「謙德無事循轉」；〈無聲樂〉，以「區宇輯寧時安」爲韻之類。

有任用韻者，如沈朗、陳毂諸人〈霓裳羽衣曲賦〉，下皆注「任用韻」之類。

有限作依次用者，如李彥方、羅讓、徐至、鄭方、劉積中、杜周士〈樂德教冑賦〉，以「育才訓人之本」爲韻，下注「依次用」。李程〈瓠賦〉、元稹、蔣防、張仲素〈鎮圭賦〉皆然。

有以題爲韻而限作依次用者，如陸宣公〈聖人苑中射落飛雁賦〉，注明「以題爲韻次用」之類。

有不限次用而亦次用者，如顏魯公〈象魏賦〉之類。

有限字甚難而遂假借押之者，如高郢〈獻凱樂賦〉以「獻茲大功，陳樂於祖」爲韻，「於」字借作「單於」之「於」。白居易〈君子不器賦〉，以「無施不可」爲韻；黃滔〈不貪爲寶賦〉，以「不驚他貨」爲韻，「不」字俱借作能否之「否」。

有限字甚難遂置不押者，王起〈履霜堅冰至賦〉以「君子之道，闇然而日章」爲韻，起用上下八字，獨置「而」字不押。

其三、押虛字例

限韻有虛字，亦不得不治想於圖空，憑虛而作勢，要有臨危據槁之形而已。

陳章〈水輪賦〉用「於」字云：「礐折而下，隨悐彼；盈持而上，善依於。」

獨孤申叔〈處囊錐〉用「必」字云：「既藏身於不固，甯脫穎之無必。」

柳子厚〈披沙揀金賦〉用「乎」字云：「用之則行，斯爲美矣；求而必得，不亦說乎。」

白行簡〈韞玉求價〉用「豈」字云：「韞藏之則爾能，求沽諸則吾豈。」

韋肇〈瓢賦〉用「豈」字云：「安貧所飲，顏生何愧於賢哉；不食而懸，孔父嘗嗟乎吾豈。」

盧肇〈鸜鴿舞〉用「若」字云：「且煌煌之奏未終，而泄泄之容自若。」

無名氏〈審樂知政〉用「其」字云：「卜商之告文侯，古則若此；端賜之問師乙，歌如何其。」

無名氏〈簫韶九成〉用「皆」字云：「既和且樂，亦孔之皆。」

白行簡〈瀘水羅〉用「而」字云：「功且知其密矣，用甯優於已而。」

王起〈洗乘石〉用「者」字云：「有扁斯石，見於王者。」

按：前此諸家論押虛字，主要從有出處和自然貼切著眼，王芑孫則論及憑虛構思的想像功力，且引例更爲豐富，頗有創見。

以上李、浦、王三家對唐宋律賦韻例之研究可謂相當詳盡，後人實在難以出其範圍。清代賦家在對唐賦的研究和律賦創作實踐中逐漸認識到一個道理，即唐賦固然是師法對象和律賦正宗，但是唐賦存在著「法疏而意薄」的弊病。所謂「法疏」僅從押韻來講，就是變例太多，沒有一定之規，難以把握與衡量；所謂「意薄」，即

是認爲唐賦多數用意不深厚，不專一。另一方面，清代本朝的律賦
創作在乾嘉時期已經達到相當高的水平，出現了一批可以與唐宋賦
家賦作媲美的名家名作。尤其是清廷翰林院館閣律賦創作蔚成風
氣，當時法式善即編成《三十科同館賦鈔》三十二卷，風靡一時。
吳錫麒、顧元熙等律賦名家也有專集行世。只有按照清代館閣律賦
名家的範式作賦，才能得到考官的首肯。這就決定了清代律賦的師
法對象由唐賦向本朝館閣賦（又稱時賦）的轉移。

三、清代律賦師法對象由唐賦轉向時賦

「時賦」指清朝以館閣賦爲代表「近時律賦」。此概念依筆者
所見，最早可能出自沈豐岐寫於乾隆二十三年（1785）的《國朝律
賦偶箋·序》：「歲方授徒家塾，詩文而外，兼課以近時律賦。亦
謂儒者讀書服古，將蘄潤色鴻業，黼黻太平，振藻彩於書林，播芳
蕤於藝苑，於以希蹤兩漢，追美六朝，未有不由時賦爲津逮也。」
⑮這是筆者所見清代學者中最早提出「時賦」的概念，而且主張學
賦由「時賦」入手的意見。其後，侯心齋《律賦約言》云：「今之
作者，遇大典禮或用古賦。言情適志之作，或雜用騷賦、文賦。考
試所用，皆律賦也。按其體格，與時藝中墨牘相似。雖託體非高，
而取法不可不正。當取《文選》〈雪〉〈月〉〈恨〉〈別〉四賦，
探其源；以庾《集》中〈春賦〉〈馬射〉〈小園〉等作，沿其流。
唐賦雖正格，但法疏而意薄，不必多讀。本朝館閣賦，略讀近科數

---

⑮　沈豐岐：《國朝律賦偶箋》四卷（養素齋藏版，乾隆二十四年[1786]刊）。

十篇，以潤詞氣而活筆機，非謂取法在是也。鍊意、鍊格、鍊調、鍊句、鍊字，皆須細研古人之法而運以新裁，豈可奉一二舊賦爲丹鼎乎？」由此可見，此前李調元、浦銑、王芑孫等人，著重研討唐賦的押韻規則；在侯心齋之後，研討的重點已經由唐賦轉向本朝館閣賦。雖然他們仍然尊稱唐賦爲正格，但鄙薄其法疏而意薄，將其束之高閣；雖然他們表面上不好說以本朝館閣賦爲法，其實認爲近科館閣賦可以潤詞氣而活筆機，暗中奉爲師法對象。這是清代律賦由師法唐賦向師法本朝館閣賦轉變的一大關捩。下面，讓我們來檢閱清代賦論家的有關論述：

(一) 侯心齋《律賦約言》特立「貴鍊韻脚」一目，大致可分爲四段：

其一、賦題所限韻，字字不可率意押過。易押之字，須力避平熟，務出新意，庶不致千手雷同；難押之字，人皆束手者，爭奇角勝，正在於此。一韻之巧，通篇生色。其萬無可押不得不然者，又不得過於鑿空，反歉大方。所限之韻，大約依次押去，押在每段之末爲正。或意有所便，又不必過拘。如無原限韻，便即以題爲韻。字少者，一字可分作兩段。題止一二字者不必拘。

其二、每段以四韻爲率，多不過十韻。原限韻外，所用散韻脚，須擇新麗流活之字，虛實相間押之，切不可押生澀字及陳腐字，尤不可湊押硬押。

其三、凡韻脚，須於平日留心，難韻及虛字韻可備押用者，隨手摘錄，雖欠大方，實便淺學。

其四、凡韻有字同而意異者，須細辨之，不得混押。寬韻窄

押，窄韻寬押；生韻熟押，熟韻生押，賦家之妙也。

按：侯氏之說對後來賦家影響頗大，我們在下面各家的論述中，常常可以看到侯氏論點的影子。

(二) 朱一飛《律賦揀金錄・賦譜》

朱一飛《律賦揀金錄》卷首載其所著〈賦譜〉一卷，其中論「叶韻之法」云：「叶韻之法，不外平穩而已。今人窗下著作，欲愜意，每以所限之韻，前後倒用；場中直以順押爲是；所限之字，尤需協得四平八穩。要知試官注意，全在此處。凡虛字、俗字、怪誕字、陳腐字，總以典切不浮者協之，已可冠領一場。」

按：朱氏揭示清朝試官批閱律賦試卷的著眼點全在押韻之處，故主張律賦押韻，一要順押，二要平穩。這是針對清代律賦押韻的具體要求，也是清代律賦師法對象由唐賦轉向本朝館閣賦的內在原因。

(三) 顧南雅《律賦必以集・例言》

其一、唐人於官韻，往往任意行之，後來取音節之諧，一平一仄間押，至宋人始依次遞用，然尚不能畫一。今則必須依次押去，不可錯亂。又唐宋人皆有兩韻並押者，尤不可學。

其二、唐人押仄韻，出句末往往亦用仄字；平韻，則出句末斷無用平字者，自有一定體例。今則當以平仄相間對，末字平聲，出句固須用仄；即對句仄聲，出句亦須用平。至於每段起處兩句俱用韻，收處或用單句，今亦不必效也。

其三、所限官韻有兩字同韻者，除押本字外，其餘不得重押；

凡遇以題爲韻者，須押賦字。

按：顧南雅用對比的方法，指出清朝律賦押韻在順序、平仄和重押等三方面與唐宋律賦有所不同，總的趨勢是由寬轉嚴了。

(四) 徐斗光《賦學僊丹·賦學秘訣》

其一、賦有古體、律體，古體宗《選》，律體宗唐。考試所用，皆律體也。然唐律法疏意簡，時賦則細密華贍；其古今運會，蓋即與制藝墨裁相似；學賦者固宜去唐律而尚時趨也。

其二、凡賦中所限官韻，宜順次押去，並押在每段之末爲佳，但不必過拘於段末也。若未限韻者，可因題字爲之，字少又不必拘也。惟官韻最宜著意，易押者，須避熟求新；難押者，又爭奇生色處也。若苦無所押，乃只求其穩穩平平。若所限有兩字同一韻者，或押作兩段，或押作一段，大抵限韻多則可作一段，少則各自爲段也。然即韻多，亦各自爲段爲正。又凡限韻中字見兩韻者，意義俱同，如「涯」字平韻且三見❻，須就其最前者押之。其字同音義異者，不得混押。類難枚舉，質疑辨同諸部可究心也。至難韻、虛字韻可備用押者，亦留心摘錄。如《新機》二集，侯心齋之所輯成，亦即爲一便。其餘所用散韻腳，須擇眼前新麗流活之字，虛實相間押之。要之每段以四韻爲率。

按：徐氏明確指出，唐賦法疏意薄，時賦則細密華贍，學賦者應該去唐律而尚時趨。因此《賦學僊丹》所選十賦中，時賦占八首，唐賦只占二首。

---

❻ 「涯」字見於上平聲四支、九佳、下平聲六麻。

(五) 江含春《楞園賦説・律賦説》

認題既眞，即須選韻。韻中數十字，必須全行審閱，看何韻與題相關，何韻當作短句，何韻當作長句。熟韻生用，生韻熟用，因韻生詞，不因詞覓韻，則押韻無不穩也。場中出色，押韻是一半功夫。押得自然，如韻脚皆爲我設，開卷即知爲賦手所作。否則似穩非穩，縱有佳句，終非奪目。官韻須押段尾，乃見整齊；又須以典出之，乃見新色。官韻難押者，更須留意，試官每於此處著眼，此處出色，則投無不利也。

按：江氏之說當是綜合侯心齋與朱一飛之說而立論。

(六) 徐承埰《賦法梯程》卷首載吳曉嵐〈論賦十四則〉

其一、試賦或以題爲韻，或另以成語爲韻。其韻字宜挨次順押，不可錯亂。每段做完，必須檢查本段韻字，不可遺漏。試中作賦，宜以所限之韻押於每段之末，以便閱者易查。窗下作賦，可不拘。

其二、限韻之字有香豔生新之字，固宜押出警色；即平淡至冷僻之韻，無可推敲，只求其穩而已。

其三、限韻之字數少者，段法宜長，或六七韻，或七八韻，段尾聯句，可用兩聯，否則篇幅太短矣。字數多者，段法宜短，或三四韻，或四五韻，段尾聯句，只用一聯，否則初學者詞意無多，非前後重複，即末路竭蹶也。

其三、押韻時，宜以意用韻，使韻來就意，不可因韻立意，去

就韻。其有意思已去，韻不湊巧者，略以意思遷就之可也。若不先立意思，只揀韻字，就韻字上相意思，則謂之趁韻，其詞意必不順色。此賦家之大忌也。

其四、賦中押韻，有假借押法，不可不知。如〈梅花賦〉，以「東閣官梅動詩興」為韻。首段已點過梅字矣，次段以下，已入過正面矣，至第四段重又正點梅字。押韻既犯重複，又無意味。故必須假借押之為是。他可類推。

其五、以題為韻者，賦字一韻，宜押於末段之末。

其六、試賦限韻有極少者，如〈鳳池賦〉以題為韻，通體只三韻耳。此非才氣充足，斷難勉強求長。法在分作六段：一送韻作二段，鳳字押於首段之末；四支韻亦作二段，池字押於第三段之末；七遇韻仍作二段，賦字押於末段之末。如此則段法不長，易於調氣，而篇幅亦不至太短矣。

其七、限韻末一字係平聲者，試卷中每以七言絕一首為歌，此濫調也，亦討巧之技也。果有名句，未為不可；如其不能見長，則不如不歌而賦。

按：吳氏論賦凡十四則，而論押韻者便有七則，足見其對押韻之重視。特別是論「以意用韻」一段，甚有見識。

(七) 李元度《賦學正鵠·序目》

至選韻之法，凡詩賦皆從韻生，必先因下句以求上句，因下聯以求上聯，庶無湊韻成聯之弊。大約押官韻宜新，押險韻宜穩，押生韻則熟，押熟韻則生，押多韻則少，押少韻則多。押韻有字同意異、義同而音異者，尤宜考辨精詳，不下混押。

按：李氏的《賦學正鵠》是著名選本，其論「因下求上」之法也切實可據。

(八) 朱永膺《律賦三百首・律賦作法》**⓱**

1. 律賦必有官韻，官韻是以一句詩或一句語爲賦之韻。

2. 官韻之意，一定與題目切合。

3. 官韻字數，由五個至八個；次焉者，可以少至四個，多至九個。

4. 官韻字之平仄，以相等爲原則，例如官韻有八個字，則以四平四仄爲最適合；次焉者，可作五與三之比。

5. 官韻有兩個字相同者，除押本字外，其餘不得重押。

6. 一字押兩次者，尤不可學。

7. 凡「以題爲韻」者，其題有賦字，須押「賦」字；但如寫「以題字爲韻」者，則不用。

8. 須依官韻先後次序而押。

9. 每段內，不只要用官韻之韻，且必有官韻之字。

10. 官韻之字，最合放該段之最末處，但可出入，或加一二個助語辭亦可。

按：朱氏的時代，已經不用律賦考試，其介紹律賦諸法，目的在於讓今人練習寫作律賦者，勿「出其規律」，以免「貽笑大方」

⓱ 朱永膺（1912－？），其人是現代學者，但此書是清代律賦選本，且其講律賦作法符合清代律賦押韻規範，故附列於此。

⓲。其講解押韻諸法，完全符合清代律賦慣例，尤其是第十條，謂韻字之後，可加一二助語辭。此則清代賦論家一般未予提及，然而考察清代律賦，確實存在這種情況。比如周如蘭〈詩人之賦麗以則賦〉，首段押「賈」字韻云：「相如名還並賈也。」韻字之後，多一個「也」字。又如楊際春〈賦賦〉押「流」字韻云：「天章炳煥，愷澤旁流也哉！」韻字後多「也哉」兩字。說明這種情況是律賦押韻規則所允許的。也可見朱氏對清賦押韻規則的觀察相當細緻。

四、清代律賦押韻示例

(一) 余丙照《賦學指南》引例

《賦學指南》論律賦押韻至爲詳盡，有總論，有分論，並舉清代律賦句例。總論云：

作賦先貴鍊韻。凡賦題所限之韻，字字不可率意押過。易押之字，須力避平熟，務出新意，庶不致千手雷同；難押之字，人皆束手者，爭奇角勝，正在於此。但不得過於鑿空，反歉大雅⓳。押官韻最宜著意，務要押得四平八穩。凡虛字、俗字、怪誕字、陳腐字，總以典切不浮者押之，要知試官注意，全在此處⓴。所限之

⓲　見朱永膺《律賦三百首・律賦作法》。

⓳　以上蓋採自侯心齋《律賦約言》。

⓴　以上一節蓋採自朱一飛〈賦譜〉。

字，大約依次押去，押在每段之末為正。或意有所便，亦不必過
拘。官韻外所用散韻，須擇新麗流活之字押之，切不可押生澀字及
陳腐字，尤不可湊押硬押㉑。凡字不典不顯，非限官韻，即可不必
押。通衢坦道，任人往來，何必自尋荊棘乎？遇險韻正須善押，不
以仄徑窘步，方可出色。用韻宜變押，如連押實字，連押虛字，或
連押同音字，賦家大忌也，須相間而用之。官韻中兩字同在一韻，
有押作一段者，有仍押兩段者。如唐時王起〈白玉琯賦〉「神、
人」二字並押；白居易〈賦賦〉「詩、之」二字分押。大約限韻多
者，則同韻可併，少者，則各自為段也。近來花樣，有兩字同在一
韻者，總以仍押兩段為是。韻中有字同意同者，如「寅」字在四
支，又在十一真。「涯」字在四支，又在九佳，又在六麻。意義雖
同，若限官韻，即宜遵在先者押之。韻中有字同意異者，如「逢」
字一東、二冬兼收；「馮」字一東、十蒸兼收；意義迥別，豈可假
借？須細辨之，不得混押。初學作賦，先求韻穩，句之工巧次之。
蓋押韻既穩，句雖平常，亦不刺目；韻一不穩，雖有佳句，卒難合
拍。故詳論押韻，特選數條，以為入門之路。

　　分論一：〈押虛字〉

　　押虛字最難穩貼，而又最易出色。若係官限，注意即在此處。
或順押，或倒押，或活押，或實押。總要俱有來歷，出於自然，不
得勉強湊合。

　　順押法例——唐肇垚〈王猛捫蝨賦〉：「嘆或撫髀，豈是因人
者也；瞭如指掌，尚須俟我乎而。」蔣詩〈去害馬賦〉：「應竹竿

㉑　以上一節蓋採自侯心齋《律賦約言》。

而吸筆，在其思乎；搓綿絮以纏頭，伊胡爲者。」

倒押法例──顧元熙〈吳季子掛劍賦〉：「任爾化龍飛去，此別何如；憐余跨馬孤還，懷歸豈不。」韋肇〈瓢嘆賦〉：「安貧而飲，顏生何愧於賢哉；不食而懸，孔父嘗嗟乎吾豈。」

活押法例──馮嘉穀〈項羽垓下聞楚歌〉：「恨不從示秧三番，而今已矣；誰御此埋兵十面，其奈之何。」唐肇垚〈王質觀棋〉：「落子丁丁，伐木之聲宛若；秤棋得得，積薪之勢何如。」

實押法例──熊大音〈聚頭扇賦〉：「有時同玉佩之投，贈吾良友；有時並詩囊之載，典自小奚。」伍長華〈貫月查賦〉：「看飛天鏡，便凌萬頃茫然；普奏霓裳，恰聽一聲欸乃。」

分論二：〈因韻法〉

天下好賦，皆自韻出；而因韻一法，最爲便學。蓋遇一典故，順押不得者，用倒押；整押不得者，用拆押，總要意靈筆活，就韻生情。然亦不可爲韻所拘，要有舒卷自如之致。

順押例──朱襄〈擊缽催詩賦〉：「巧借捶琴之妙，不暇停揮；定聞拍案之奇，有人叫絕。」唐肇垚〈周瑜縱火燒曹兵賦〉：「壯士盡波中突出，刀駭排山；將軍眞天上飛來，勢驚壓卯。」

倒押例──孫克佐〈吐白鳳賦賦〉：「譬生蓮於舌上，寐豈非眞，疑贈錦於燈闌，夢原不惡。」（粗字生色）朱士彥〈秋末晚松賦〉：「檢點三冬之蓄，漫侈薺甘；閑尋二膳之珍，寧資瓜苦。」

整押例──汪學金〈文陣賦〉：「扶輪大雅，指揮登將將之臺；借箸中權，結構布堂堂之陣。」華湛恩〈易水送荊卿賦〉：「拔劍斫地，居然蓋世英雄；噓氣成虹，儼爾無雙國士。」

拆押例──華湛恩〈聖言如水火賦〉：「旨以淡而彌濃，經原

可醉；味自無而之有，言豈名厄。」黃庭桂〈黃牡丹賦〉：「競誇天下無雙，魏應居後；誰占人間第一，姚合稱王。」

分論三：〈出色韻〉

押韻工穩，足為通篇生色。若干支、數目、顏色、方向、卦名等字，乃韻中之尤出色者。果能善於引用，工於對仗，押得極工極穩，實為有目共賞。

押干支例——平恕〈五丁開山賦〉：「記鎖支祈之怪，漫道庚辰；將通伯翳之邦，斜連子午。」又：「真形搜五岳之圖，風雲遁甲；鑄錯萃六州之鐵，雷電飛丁。」

押數目字例——陸長庚〈夢筆生花〉：「豈夜入題詩之路，徑本三三；倘朝思授官之人，仙疑七七。」韓潮〈潯陽琵琶賦〉：「嗟老大之無成，鬢將點白；嘆浮生之若夢，眼孰垂青。」

押顏色字例——吳錫麒〈春水綠波賦〉：「船真天上，捫星斗而皆青；人在鏡中，染鬚眉而盡綠。」

押方向字例——陶亮采〈池塘生春草賦〉：「逗出無邊綠意，春去春來；牽將一片紅情，江南江北。」徐軾〈東坡赤壁後遊賦〉：「薑粥芋羹，曾記身遊陝右；銅琶鐵板，儘教曲唱江東。」

押卦名例——談天成〈西王母獻益地圖賦〉：「厚德載物終有慶，取象乎坤；自上而下道大光，是名為益。」徐松〈律中仲呂〉：「合之夷則之宮，已盛於己；生自無益之母，相見乎離。」

分論四：〈押人名地名〉

押人名地名，最易起眼。要必先有其人其地來歷可以詮題者，敘之於上，然後以人名地名押之，方能工穩，令人豁目，不可憑空硬押。

押人名例——高登鰲〈馮煖彈鋏賦〉：「是誰肝膽，冀餐飯於王孫；綽有鬚眉，笑衣冠於優孟。」屈家蘅〈蝴蝶賦〉：「覺也蘧蘧，疑是夢回莊叟；飛兮冉冉，豈真魂返韓愈。」李維筠〈仙胎魚賦〉：「遊還策策，他年騎侍琴高；樂最洋洋，此處最知莊叟。」楊昌光〈碧筒杯賦〉：「何妨野飲花間，句膚蘇子；不是流觴水曲，勝紀羲之。」

押地名例——鮑桂星〈李愬雪夜入蔡州賦〉：「五十載封狼醜族，盡掃江淮；三百年汗馬勳名，必推唐鄧。」馮家榖〈吹簫乞食賦〉：「彈鋏歸來，恨難忘乎荊楚；枕戈待旦，心有望於勾吳。」李如筠〈雪夜入蔡州賦〉：「拜裴表於道左，請勒燕然；置元濟於檻車，遂收淮蔡。」佚名〈霜鐘賦〉：「落天外之宏聲，人驚遠塞；振瞻來之清響，市冷新豐。」

(二) 林聯桂《見星廬賦話》引例

第一、賦題所限官韻，近來館閣巨手固須挨次順押，不許上下顛倒，而且順押之韻，每韻俱押於每段收煞之句，此亦見巧爭奇之一法㉒。

例一、如蔣立鏞〈博選為本賦〉，以「知人則哲，惟帝其難」為韻。

其首段煞句則曰：「迫虜室之闔門，四目明而四聰達；仿周官之立政，三俊見而三宅知。」

㉒　林聯桂：《見星廬賦話》（《高涼耆舊遺集》本，清光緒十八年[1892]刊）卷二。

其二韻煞句則曰：「選於眾焉，漫誇門左千客，門右千客；拔其尤矣，方謂朝取一人，暮取一人。」

其三韻煞句則曰：「占拔茅於君子，當思連彙之貞；問求木於工師，焉取伐柯之則。」

其四韻煞句則曰：「自許荊山獻璞，碔砆不得混其光，不教赤水遺珠，象罔何必矜其哲。」

其五韻煞句則曰：「或行蹤緬以溯洄，詠蒹葭而人在；或形象通於寤寐，思麴蘗而爾惟。」

其六韻煞句則曰：「五百里有賢人聚，眾星拱以向辰；十六族而才子升，庶事康而熙帝。」

其七韻煞句則曰：「歌起鹿鳴，詠苹蒿而好我；**聲聽鶯喊，賦芹藻而采其。**」

其八韻煞句則曰：「九疇衍錫福之經，有猷有守；一德著官人之訓，其慎其難。」

例二、吳其濬〈雲無心以出岫賦〉，以「山川出雲，便雨天下」為韻。

其首韻煞句云：「敷大化於無心，津莖潤葉；驗休徵於有象，欸野歟山。」

其二韻煞句云：「鳥篆絲絲，披絪縕於翠巘；魚鱗隊隊，映澹蕩於清川。」

其三韻煞句云：「若層巒之韞玉，繡采中涵；如寶甕之嘘桐，清陰上出。」

其四韻煞句云：「列向窗中，望螺鬟於遠岫；飛依嶺表，睹綺縠於梢雲。」

其五韻煞句云：「山氣驗上升之候，計日以占；土膏符下尺之期，崇朝而遍。」

其六韻煞句云：「淋漓潤物，定知多稼之均霑；優渥興歌，豈僅公田之先雨。」

其七韻煞句云：「推妙化於機緘，友風子雨；契元功於橐籥，際地蟠天。」

其八韻煞句云：「陋陶令停雲之製，徒吟松菊園中；憶唐臣喜雨之篇，曾侍芙蓉闕下。」

例三、陳沆〈星宿海賦〉，以「桃花已後，遠水安流」為韻。

其首韻煞句云：「問津於鄯善營邊，碧駛陽侯之箭；尋脈於崑崙山外，紅流王母之桃。」

其二韻煞句云：「千絲泑澤之雲，波連瓜蔓；一片於闐之玉，浪靜菱花。」

其三韻煞句云：「雖河終入海，將渾渾以同歸；而海可名河，且滔滔其未已。」

其四韻煞句云：「玉繩欲動，正風生斷葦之時；冰鑒雙圓，剛月上牢蘭之後。」

其五韻煞句云：「朱宮貝闕，此中定亦相同；碧漢銀河，相去渾疑不遠。」

其六韻煞句云：「千行燦爛，搖開西極之天；萬點晶瑩，放作北條之水。」

其七韻煞句云：「宛委勤披，占五星之昴化；支祁效順，慶四海之盂安。」

其八韻煞句云：「亦既調其真脈，又何患乎下流。」

以上三作，皆研鍊精工，每韻俱押於煞句之末者也。如龍殿撰汝言〈三階平則風雨時賦〉，以題爲韻；蔡檢討如蘅〈星宿海賦〉，以「桃花已後，遠水安流」爲韻；法亦如之。而近來專集，如顧學使元熙《蘭修館賦》，更多用此法，閱者可由類推而得之。

第二、古詩古賦間有用過轉協韻者，有重沓韻者。律賦則不然，凡賦題所限官韻，或數字之中有一二韻相同者，挨次順押之中，上下雖同一韻，而前後不許重沓。此之不可不知也❷。

例一、胡達源〈知人安民賦〉，以「知人則哲，安民則惠」爲韻。官韻之限兩「則」字相同，而前後押韻不重。

其前一韻云：「豈不以人也者，楨幹之資，鈞衡是職。撫於五辰，行有九德。若予草木鳥獸，成允成功；作朕耳目股肱，汝明汝翼。二十人亮功並命，敷施者共贊宸謨；五十載庶績咸熙，協恭者式和民則。」

其後一韻云：「斯時也，左右宣其才，田疇盡其力。直而溫者簡而廉，出而作者入而息。濟濟在位，幸眾智之兼收；皞皞同遊，無一夫之不得。故日嚴祗敬，已極千古之隆；而風動時雍，允爲百王之則。」

例二、袁元淦〈百川學海賦〉，以「百川學海，而至於海」爲韻。官限之韻兩「海」字相同，而前後押韻不重。

其前一韻云：「然而川之流行於地上也，支派本自不同，會合因而不改。南條北條以之分，大川小川原相待。南華陰而東底柱，不勝迂迴往復之端，播九河而同逆河；終成灝瀚汪洋之匯。逝者無

___

❷　《見星廬賦話》卷三。

分於晝夜,波自生瀾;學焉而得其性情,蠡寧測海。」

其後一韻云:「聖天子德配乾元,恩深春海。雕題鑿齒,識波水而來歸;利用厚生,贊臣工而若采。行政令如流水,咸欽整肅之風;趨象魏以朝宗,共仰純一之宰。佩汪洋之聖學,淹貫乎經史而不遺;沛優渥之仁膏,普被乎埏垓而無不在者矣。」

他如朱學使階吉、李庶常鈞、陳庶常澐〈學然後知不足賦〉,皆以「山不讓塵,川不辭盈」為韻,官韻兩「不」字相同,而前後押韻不重沓也。李太常象嶧〈思艱圖易賦〉,以「為君難,為臣不易」為韻,官韻兩「為」字相同,而前後押韻不重沓也。時庶常式敷〈民得四生賦〉,以「所欲與聚,所惡勿施」為韻,官韻兩「所」字相同,而前後押韻不重沓也。慕庶常維德〈禮義為器賦〉,以「修禮以耕,陳義以種」為韻,官韻兩「以」字相同;李太史紹昉〈民生在勤賦〉,以「民生在勤,勤則不匱」為韻,官韻兩「勤」字相同;喻庶常元準〈冰寒於水賦〉,以「冰生於水而寒於水」為韻,官韻兩「於」字相同;宋庶常劭穀〈剔毛攬翮賦〉,以「建官惟賢,位事惟能」為韻,官韻兩「惟」字相同;廖太史文錦〈有文事必有武備賦〉,以題為韻,官韻兩「有」字相同;趙庶常先雅〈循名責實賦〉,以「任而弗詔,責而弗教」為韻,官韻兩「弗」字相同:而前後押韻皆不重沓也。是可以觀已。

第三、凡賦題所限之韻,有一二字相同者,前後固不許重沓;即韻字非相同,而一二字同出一韻者,挨次順押之處,前後亦不許重沓:此之又不可不知也。

例一、如岳鎮東〈支離為簡要賦〉,以「其支離所以為簡要」為韻,官韻雖字面不相同,而「其支離為」四字同在四支韻。四韻

中皆選韻於四支,而前後仍不重沓也。

其「其」字韻云:「揚子雲文壇馳譽,藝圃搜奇。闡法言於往古,示彝訓於來茲。窮委溯原,探六經之閫奧;由博返約,握眾論之綱維。切要可尋,允宜遵彼;指歸有定,庶或得其。」

其「支」字韻云:「懿夫秘開六畫,象著兩儀。典謨記於夏史,雅頌勒爲周詩。禮樂發中和之蘊,春秋標彰癉之辭。莫不發揮盡致,隱括靡遺。昭若常經,洵有典而有則;彙茲名理,亦不蔓而不支。」

其「離」字韻云:「爾其群言薈萃,載籍紛披。以多爲貴,有美在斯。支者枝也,振枝柯而綺靡。離者麗也,極附麗而葳蕤。訝萬象之紛呈,驚心蕃變;覽千編之殽列,滿目迷離。。」

其「爲」字韻云:「頭頭是道,乙乙如絲。既稗辭之胥蒐,亦大旨之畢垂。妙理紛綸,泉達火燃之後;眞機活潑,鳶飛魚躍之時。尋奧義於微言,惟精惟一;悟統宗於太極,無思無爲。」

例二、祁寯藻〈高山流水賦〉,以「伯牙鍾期,相遇知音」爲韻。官韻之字雖不同,而「期、知」二韻,皆在四支。挨次順押之處,雖同選韻於四支,而前後仍不重沓也。

其「期」字韻云:「俄而操纏綿於玉軫,託縹緲於冰絲。幾回蕩漾,一派淪漪。臨春波而送遠,隔秋水而相思。木葉下洞庭之浦,江皋凝斑竹之枝。聆斯聲者,又如身凌三島,目斷九嶷。簫吹鮫女,鼓擊馮夷。嗟湘靈之不見,指流水以爲期。」

其「知」字韻云:「既乃白露下,涼飆吹。松影在地,月華臨淮。七條不動,三疊漸遲。碧簟夜深之候,綠陰眠穩之時。心已遊於泂穆,理不滯於成虧。猶復餘音若續,遠響堪追。淵淳岳峙,神

動天隨。此則風簫之清聲所不能擬，而豈箏笛之俗耳所可與知哉！」

以上二作，皆二三字同在一韻，而前後押韻不重沓者。外如裘傳臚元善、伍探花長華、顧學使元熙、王太史炳瀛、王庶常丙〈金帶圍賦〉，皆以「有時而出，入相之兆」為韻，官韻「時、而、之」三韻皆在四支韻，而前後押韻不相重沓也。毛庶常樹棠、徐庶常培深、周庶常貽徽〈踴水機賦〉，皆以「踴水之機，激而常升」為韻，官韻「之而」二字皆在四支韻，而前後押韻不相重沓也。郎庶常葆辰〈蟋蟀賦〉，以「促織鳴，懶婦驚」為韻，官韻「鳴驚」二字同在八庚韻，而前後押韻不相重沓也。吳太史傑〈知白守黑賦〉，以「藏器於身，待時而動」為韻；李侍御德立〈百體從心賦〉，以「令行禁止，政之所期」為韻；周庶常師〈紙鳶賦〉，以「引絲而上，乘風為戲」為韻；官韻「時而」二字、「之期」二字、「絲而為」三字皆在四支韻，而前後押韻皆不相重沓也。諸賦俱在，可細閱而得之。

第四、乾隆十九年甲戌（1754）館閣賦押虛字例：

館閣之賦多限官韻，仿唐人八韻解題之例，然閑字韻限助語虛字最為棘手，而大家偏從此處因難見巧，意外出奇，令閱者幾忘其為虛字也㉔。

例一、如蔣立鏞〈博選為本賦〉，其中押「惟」字韻云：「或行蹤緬以溯洄，詠蒹葭而人在；或形象通乎寤寐，思麴糵而爾惟。」又押「其」字韻云：「歌起鹿鳴，詠苹藹而好我；聲聽鶯

㉔　《見星廬賦話》卷四。

噦，頌芹藻而采其。」又〈甄陶在和賦〉中押「其」字韻云：「定知苦窳形銷，化孚於過者存者；漫詡汗尊制舊，政在乎修其齊其。」又押「乎」子韻云：「運大鈞而開元模，徵諸悠也久也；雕唐文而樸皇質，治且巍乎煥乎。」

例二、龍汝言〈擊缽催詩賦〉中押「皆」字韻云：「譬如請處錐囊，脫穎而出；倘是罰依金谷，飲酒孔皆。」〈風行水上賦〉中押「也」字韻云：「虞弦拂處，大哉薰兮；列御行時，泠然善也。」〈大法小廉賦〉中押「之」韻云：「蓋非徒以曲謹小廉，畢乃事也；斯舉世之頑廉懦立，激而厲之。」押「也」字韻云：「惟仁育而義正，聖人孩之；宜鳳舞而麟游，天下肥也。」

例三、祝慶蕃〈蘭亭修禊賦〉中押「之」韻云：「畫圖省識，山陰流連。作者風景不殊，江左感慨繫之。」〈擊缽催詩賦〉中押「皆」字韻云：「當懷響而畢彈，紆徐不得；迨賞心而叫絕，佳妙並皆。」〈雲母屏風賦〉中押「其」字韻云：「播為美談，想淵懷之沖若；傳諸奕祀，緬雅度之溫其。」

例四、伍長華〈金帶圍賦〉中押「之」字韻云：「此時衣缽流傳蓉闕，則如相望也；回憶盤盂艷放蕪城，尚仿佛遇之。」〈農乃登麥賦〉中押「乃」字韻云：「此真富貴長饡，斯而粥斯；雖有肥磽亦裹，乃而積乃。」

例五、裘元善〈闔門左扉賦〉中押「其」字韻云：「權衡韻會而無殊，用昭欽若；範圍天地而不過，惡能出其。」

例六、祁寯藻〈洋表賦〉中押「之」字韻云：「鑿混沌兮初開，神乎技矣；遇離婁兮未識，睨而視之。」

例七、張玘鳩〈拙而安賦〉中押「之」字韻云：「緬彼窈尼，

將謂色斯舉矣；猥茲鳹鴞，可云取而代之。」

例八、陸以烔〈蘭亭修禊賦〉中押「之」字韻云：「顧此形骸，信死生亦大矣；取諸懷抱，任俯仰而得之。」〈不涸倉賦〉中押「不」字韻云：「倘非徂畛徂隰，千耦耘其；漫云乃積乃倉，三時害不。」

例九、王丙龍〈見而雩賦〉中押「而」字韻云：「誦南郊北郊之文，時惟奉若；奏雲平疈平之樂，俟其禋而。」〈金帶圍賦〉中押「之」字韻云：「數千年佳話長留，訊園官以開否；百五日祥光獨占，號花相而宜之。」

例十、端木杰〈魯風鞋賦〉押「之」字韻云：「想見鷺旟芹藻之邦，有聞風而起者；漫云闕里昌平之市，不知足而爲之。」押「也」字韻云：「信式儀之有準，左右而無不宜之；思率履之非難，先後則其揆一也。」

例十一、吳傑〈知白守黑賦〉押「而」字韻云：「白何慚乎洞若，黑無慮乎涅而。」

例十二、葉惟庚〈天積眾精以自剛賦〉中押「以」字韻云：「蓋剛健篤實，本植體之自然；而和德平威，識眞精之有以。」

例十三、徐銑〈月餅賦〉中押「乎」字韻云：「雜五俎以調和，餅之爲言并也；摹二儀之形似，亦取其圓乎。」

例十四、萬承宗〈執兩用中賦〉中押「其」字韻云：「兩利並存，或於彼而於此；中歸獨斷，由觀我而觀其。」又押「於」字韻云：「衍以洪範之疇，是其極之會有；推諸大學之義，爲至善而止於。」〈智燭信符賦〉中押「之」字韻云；「將剖誓於丹書，以爲寶也；倘質明於白水，實式憑之。」〈敧器賦〉中押「之」字韻

云：「技與道通，豈曰形而下者；水監是爲，智者創之。」又押
「焉」字韻云：「露甕呈符，既旨矣而有矣；衢尊飲化，任注焉而
酌焉。」

以上皆甲戌同館之賦，工於押虛字者也。

第五、乾隆二十二年丁丑（1757）館閣賦押虛字例：

丁丑館課工於押虛字所謂「課虛無而責有」者，亦多可採之
句。

例一、如朱階吉〈學然後知不足賦〉中押「不」字韻云：「虛
則欹滿則覆，悟妙理之如斯；精於勤荒於嬉，證前聞而豈不。」又
〈盤山賦〉中押「之」字韻云：「不事雕華，備皇質唐文之美矣；
獨標靜趣，合仁山智水而兼之。」又〈主善爲師賦〉中押「於」字
韻云：「豈以境遷，野則獲而邑則否；依然響應，前者喁而後者
於。」

例二、裕泰〈人情以爲田賦〉中押「者」字韻云：「懼鹵莽之
是報，如治田焉；嚴非種之必鋤，在長民者。」又押「也」字韻
云：「因斯人之利而利，雖小道無能名焉；用天下之心爲心，微聖
人誰與歸也。」

例三、徐培深〈踊水機賦〉中押「之」字韻云：「看奮迅以排
空，聚而上者；仍從容以就下，激而行之。」

例五、周貽徽〈踊水機賦〉中押「而」字韻云：「藉以委輸，
灌千畦皆遍矣；及其廣大，放四海以推而。」

例六、潘光岳〈五官牧民賦〉中押「以」字韻云：「寬猛相
濟，亦順導其自然；威德並行，究莫名其所以。」

例七、郎葆辰〈學然後知不足賦〉押「不」字韻云：「蘇玉局

千文讀罷,問拄腹以何如;朱紫陽五字吟成,念修身而豈不。」

例八、張日晸〈中者天下之大本賦〉中押「之」字韻云:「非天下之至神,孰能與於此。極天下之至大,可推而放之。」

例九、毛樹棠〈踚水機賦〉中押「而」字韻云:「好憑花徑暗流,潤春睦而沃若;直擬銀河倒注,添曉漲以漣而。」

例十、時式敷〈民得所生賦〉押「所」字韻云:「三時不害,應念民生之在勤;九敘爲歌,端由王敬之作所。」又〈無逸圖賦〉中押「於」字韻云:「如五采之彰施作會,資黼黻而宜之;如五事之敬用修身,備股肱而有以。」又押「其」字韻云:「蓋制治保邦在有官而敬爾,故陳殷置輔先以牧而建其。」〈盤山賦〉中押「之」字韻云:「圖畫天開,非一覽而盡也;樓臺地迴,請拾級以登之。」〈百穀權輿賦〉中押「之」韻云:「彼黍稷之懷新,拭目而俟矣;惟權輿之作始,可罕譬而喻之。」〈豳風圖賦〉中押「所」字韻云:「田畯至喜,看餉饁之相將;公子同歸,欣家室之得所。」〈無逸圖賦〉中押「其」字韻云:「況茲寫載殿廷,更小心而奉若;豈謂流連屏障,衹大意而觀其。」〈麥秋賦〉中押「乃」字韻云:「故即今適南畝,藝黍稷以勤斯;何異平秩西成,咨錢鎛而庤乃。」〈循名責實賦〉押「而」字韻云:「信爲梁棟之材,彼有取爾;謬託公輔之望,毋乃已而。」又云:「納腐鼠於懷中,何云璞也;畫神龍於壁上,誰作鱗而。」

例十一、岳鎮東〈支離爲簡要賦〉中押「其」字韻云:「切要可尋,允宜遵彼;指歸有定,庶或得其。」

例十二、祥寧農〈乃登麥賦〉中押「乃」字韻云:「怜屆令當朱火解阜,載詠薰兮;固將割盡黃雲錢鎛,時方庤乃。」

例十三、李鈞〈學然後知不足賦〉中押「不」字韻云：「萬卷盈鄴侯之架，卒業爲難；三年下董子之帷，窺園獨不。」

例十四、王金策〈菖蒲拜竹賦〉中押「此」字韻云：「數花餘暇，趁閒日以消閒；食肉何心，喜此君之在此。」

例十五、陳肇〈民得四生賦〉中押「所」字韻云：「必參相得，俾四方惟乃之休；胥匡以生，無一夫不得其所。」

例十六、陳澧〈學然後知不足賦〉中押「不」字韻云：「若語成人之美，亦視其志如何；毋辭遠道之難，而曰爾思豈不。」

例十七、陳功〈盤山賦〉中押「之」字韻云：「恍仙境之難留，不可階而升也；喜洞天之忽闢，得其門而入之。」

例十八、龐大奎〈龍見而雩賦〉中押「而」字韻云：「繞來馥馥祥煙，想見氣通於穆；灑到祁祁甘雨，定看鱗作之而。」

例十九、強望泰〈豳風圖賦〉中押「之」字韻云：「樂儉樸以終年，陳其風則茂矣美矣；保安閒於百世，享其利則舞之蹈之。」

此以上皆善押虛字韻。爲丁丑館課之最佳者。

本章小結

檢閱以上清代賦論家對律賦押韻的引例和分析，可以得出以下幾點明確的結論：

第一、清代賦家通過對唐宋律賦韻例和本朝律賦創作實踐的精湛研究，認識到唐賦雖然是律賦之正宗，但是存在著「法疏而意薄」的弊端，清朝「時賦」有意識地克服了這些弊端，形成了「細密而華贍」的特色，因此主張律賦的師法對象由唐賦轉向時賦（或

稱近時律賦、館閣賦、時藝賦）。這一轉變是在乾隆至道光年間完成的。

第二、清代律賦形成了一套嚴整的押韻規範。主要體現在：

1.選韻，要求通檢韻書韻字，選擇新麗流活的韻字；

2.順序，試官所定官韻，要求挨次順押，不得前後顛倒；

3.煞尾，官韻所定韻字，最好押在每段的末尾，不得漏韻出韻；但韻字之後，可加一二助語辭；

4.辨字，對同音異義、同形意異、同義異音等韻字，需要細緻辨析，不得混押；

5.重沓，限韻中同韻的字，前後分別選韻，不得重疊；

6.虛字，押虛字韻需要課虛無以責有，因難見巧，出自經典，得於自然；

7.典故，處理典故與韻字關係，用筆靈活，可有順押、倒押、拆押、因韻諸法；

8.以意用韻，韻來就意；生韻熟押，熟韻生押；穩如磐石，通篇生色。

第三、清代律賦在押韻方面之所以能夠超越唐賦形成一套自己的規範，大致有如下方面的一些原因：

1.科舉試賦的需要。正如顧南雅《律賦必以集·序》所云：「我朝承前明之制，取士以制義，而仍不廢詩賦。自庶吉士散館、翰詹大考，以及學政試生童，俱用之。其體固不拘一格，而要之以律爲宜。」不少賦論家都指出，試官閱卷的注意點集中在韻字之上，這就強迫賦作者必須在押韻方面用心用力。

2.音韻學的發展。清代音韻學自清初顧炎武之後，戴震、王念

孫、錢大昕、段玉裁等人都有許多創造性發現，這爲賦家審韻辨字提供了科學依據。清初至清中葉的皇帝都非常重視詩賦音韻之學。康熙年間，張玉書等奉敕編成《佩文韻府》，李光地等編成《欽定音韻闡微》；乾隆年間，又敕撰《欽定音韻述微》。這些書爲士子檢韻和試官閱卷都提供了可靠的依據。

　　3.類書的發展。清代重視學問，出現了大量的類書。僅就《清史稿·藝文志》統計，就有七十六部類書。其中如《淵鑒類函》四百五十卷，康熙四十九年，張英等奉敕撰。《駢字類編》二百四十卷，康熙五十八年，吳士玉等奉敕撰。《分類字錦》六十四卷，康熙六十年，何焯等奉敕撰。《子史精華》一百六卷，康熙六十年，吳士玉等奉敕撰。《古今圖書集成》一萬卷，雍正三年，蔣廷錫等奉敕撰等等，都是享有盛名的大型類書。袁枚在《歷代賦話·序》中曾說：「古無志書、又無類書，是以〈三都〉〈兩京〉欲敘風土物產之美，山則某某，水則某某，草木鳥獸則某某，必加窮搜博訪，精心致思之功。是以三年乃成，十年乃成。而一成之後，傳播遠近，至於紙貴洛陽。蓋不徒震其才藻之華，且藏之巾笥，作志書、類書讀故也。今志書、類書美矣備矣，使班、左生於今日，再作此賦，不過繙擷數日，立可成篇。」㉕可見類書給作賦的確帶來了極大的方便。

　　其他原因還可以舉出一些，上述原因應該是最主要的幾種。

㉕　載浦銑：《歷代賦話》（復小齋原刻本，清乾隆五十三年[1788]刻）卷首。

第十章　清代律賦的注解評方法例析

中國士人十分重視注解評點古書的工作。孔子提倡「述而不作」❶。劉勰認爲：「敷贊聖旨，莫如注經。」❷清人在注解評點古書方面更是殫心竭力，無論是經書、史書、子書，還是集部書都作出了斐然可觀的成績，梁啓超《中國近三百年學術史》❸論清代學者整理舊學之總成績，未論及集部。其實清人研究集部成績亦自不菲，今人也有總結其成績，借鑒其經驗之必要。集部書中尤其以杜詩的注解評點最爲豐富，比如仇兆鰲《杜詩詳注·凡例》❹即訂出「內注解意」、「外注引古」和「注外加評」的體例，因而著成一部集大成的杜詩注本。在《杜詩詳注》之後，楊倫的《杜詩鏡銓》是一部以簡明扼要著稱的杜詩注本。郭紹虞先生在總結《杜詩鏡銓》的特點時說：「昔人謂史家要有才學識三長，我以爲註家也是如此。我所謂注，是包括注和解和評三方面的。注以明其義，解

---

❶　見《論語·述而》。

❷　見《文心雕龍·序志》。

❸　梁啓超：《中國近三百年學術史》（北京：東方出版社《民國學術經典文庫》本，1996年）。

❹　仇兆鰲：《杜詩詳注》（北京：中華書局，1979年）。

以通其旨，評以闡其志和論其藝。所以注則重在學，解則重在才，而評則於才學之外更重在識。」❺郭先生指出《杜詩鏡銓》在注、解、評三方面都很有特色。由此，我們可以明白一個道理，古書的注、解、評三者是有機統一的，不可截然分開。今人把選輯注解古書叫作文獻整理，把評點古書叫作理論分析，這是當代學科分工的產物，卻不一定符合古代研究對象的實際情況。有鑒於此，本文試圖對律賦的注解和評點作綜合的舉例分析。鑒於律賦是清代科舉考試文體之一，具有重要的實用價值，因而清人對於律賦的注解和評點也花費了很大的精力，取得了豐厚的成果。考察和總結清人選輯和評注律賦的經驗，對於今人從事文學古籍的整理和評論，都必定是大有裨益的。

一、題解

作賦之際，首先需要明瞭題目的出處。如果出典不明，或者雖知出處，但不曉出典之義，可能導致不能下筆。宋朝葉紹翁《四朝聞見錄》曾經記載了一個故事：「本朝廷對取士用賦，而不示其所出。太宗以〈厄言日出〉試士於廷，孫何等不究其旨，賦莫能就。遂昧死攀殿陛，而上請所出與大意。太宗不以為罪，揭示所出及大意，謂厄，潤也。是歲以何為狀頭。其後諸生上請有司揭示，皆始

---

❺ 見《杜詩鏡銓・前言》（臺北：漢京文化公司翻印本，1983 年），書賈抹去了郭紹虞先生的名字。

於此。」❻這個故事說明宋朝試賦，原先是不示出處的。清朝考試律賦，試場規定較宋朝更爲嚴格。考官出題，或者就限韻略示出處，或者限韻同題目風馬牛而不相及。這就要靠士子平時勤於積累有關賦體的典故出處，以備考試之需。就賦選作題解的著作，就是爲了適應這種社會需要而產生的。

乾隆初年，《御定歷代賦彙》頒行後不久，杭州人倪一擎就撰成《賦彙題解》十卷❼。其書卷首載〈例言〉八則云：

1. 是編分類，悉以原集爲定。正外集統計得二千七百八十四題，今依次類列，按題綴解，慨不刪削，以期完備。

2. 用韻爲賦家眼目，固有同一題而意旨別出，則於拈韻辨之，所以識旨歸也。解下附錄限韻，亦於釋題不無小補；其有已見解者，則置不錄。

3. 題有彼此異說，引書箋釋未可兩存，則擇詳明綜覈者注之；雖隸事或不從先，總期以題義顯達爲主，或亦未恢數典不忘之訓也。

4. 題有二義可發，於本題正解後參錄附注，特用、附用又以別之，以備參定。

5. 題爲作者自撰，或寫實事，或寄幽情，非必原本經術，故寧取本賦自序節錄備考，若顛末隱奧，則即本賦以爲依

---

❻　葉紹翁：《四朝聞見錄》（北京：中華書局，1985 年）。

❼　倪一擎：《賦彙題解》（杭世駿審定本，乾隆二十三年[1785]刻），傳世較少。

據，不別引繁稱以致疑似。

6. 賦主於頌，游揚德業，襃贊成功，此應制、應教諸作所由
起也。其或規撫揣度，則稱曰擬，一人而重疊感賦，兩人
而酬唱發明，則又稱前後：皆與解題無關，不復備載，所
以尊題以便披閱也。

7. 題出《四書》及盡人通解者，祇錄載原題，不復贅解。

8. 題有重出互見及意同詞別者，則擇切要者箋之，餘直注明
見某類某題下、詳某類某題下等，庶便檢閱互證。

由此〈例言〉可知，本書乃體例嚴謹之著作，於閱讀《歷代賦
彙》有重要之參考價值。杭世駿撰〈序〉評價道：「同里倪子建
中，以能賦之才讀書考古，每手一編輒疏其題之所自，析而錄之。
今既粲然成編，授諸梓材，以傳當世。庶使學者開卷了若，識厥指
歸。」由於杭世駿是知名學者，而倪建中名聲不顯，所以後來有人
俓稱此書爲杭世駿所作。

光緒年間，王曉岩撰成另一部題解，取名《新輯賦彙題注》
❽。王之翰〈序〉介紹此書撰寫緣起及其體例云：「康熙中《御定
歷代賦彙》，正變兼陳，洪纖畢備，洵鉅觀也。顧全書卷帙繁重，
寒畯購置匪易。所錄至四千餘首之多，題目隱僻者，初學或未知所
出。杭大宗（世駿）先生有《賦彙題解》，未之見也。今坊肆通行
秀水吳翼心（光昭）《賦彙錄要箋略》，援據精博，惟於題目間有

---

❽　王曉岩：《新輯賦彙題注》（清華齋藏版，光緒六年[1880]刻），裝訂八
　　冊。

刪節，至一題作者數人，或只錄一二人，體例究未盡善。」以其未見原書，固不知此書之真正作者，無足怪也。王曉岩給諫《新輯賦彙題注》八卷，次第悉依原書，無一掛漏。只錄題目，而注釋精詳。並於人名下，標明各體。洵善本也。讀此一編，雖未見全書者，亦可略知其梗概。

此書並非《御定歷代賦彙》全部題解，而是起於晉朝成公綏〈天地賦〉，止於唐周繇〈夢舞鍾馗賦〉，可見作者題解的重點是駢賦和律賦。

二、圈點、旁批、眉批

葉德輝（1864－1927）《書林清話》卷二〈刻書有圈點之始〉條論圈點源流云：「刻本書之有圈點，始於宋中葉以後。岳珂《九經三傳沿革例》有圈點必校之語，此其明證也。孫《記》（孫星衍《孫氏祠堂書目》）宋版西山先生真文忠公《文章正宗》二十四卷，旁有句逗批點。瞿《目》（瞿鏞《鐵琴銅劍樓藏書目錄》）明刊本謝枋得《文章軌範》七卷，目錄後有門人王淵濟〈跋〉，謂此集惟〈送孟東野序〉、〈前赤壁賦〉係先生親筆批點，其他篇僅有圈點而無批注，若〈歸去來辭〉、〈出師表〉，並批點亦無之。森《志》（森立之《經籍訪古志》）、丁《志》（丁丙《善本書室藏書志》）、楊《志》（楊守敬《日本訪書志》）宋刻呂祖謙《古文關鍵》二卷、元刻謝枋得《文章軌範》七卷，又孫《記》元版增刊校正《王狀元集注分類東坡先生詩》二十五卷，廬陵須溪劉辰翁批點，皆有墨圈點注。劉辰翁，字會孟，一生評點之書甚多。同時方虛谷回，亦好評

點唐宋人說部詩集，坊賈刻以射利。士林靡然向風。有元以來，遂及經史。如繆《記》（繆荃孫《藝風堂藏書記》）元刻葉時《禮經會元》三十卷，有句讀圈點。大抵此風濫觴於南宋，流極於元明。」❾葉氏敘述圈點之源流頗爲詳盡。厲鶚《宋詩紀事》載南宋詩人危積有〈借詩話於應祥弟，有不許點抹之約，作詩戲之〉詩云：「我有讀書癖，每喜以筆界。抹黃飾句眼，施朱表事派。此手定權衡，眾理析眹澮。」❿可見南宋人已經習慣讀書用各種顏色之符號作出標誌。而孫德謙《古書讀法略例》卷四〈書用點讀例〉條更區分圈點有讀書之法和評點之法的不同，其言曰：「惟古書而用點讀，則非評點之法。蓋評點是論文，今之所謂點讀古書者，將以求其學也。經史諸子，學問之所從出。爲學問而讀其書，必須點讀一過，甚或數過而不憚其勞，與文章家之評點，其道則異也。」⓫按照孫氏的講法，大抵古書只有句讀者，可以視爲讀書之法；如果再加上旁點和旁圈的，就應當認爲是文章家的評點。至於圈點的作用，則以吳之振〈重刻律髓記言〉講得最好：「詩文之有圈點，始於南宋之際，而盛於元。雖曰一人之嗜憎未免有偏著，然當時評騭諸公，皆作家巨子，各具手眼，其所圈識，如與作者面稽印可，能使其精神面目，軒豁呈露於行墨之間，非若近世坊刻勉強支綴者比。學者且當從此領會參如，而後漸次展拓，即古全體之妙，不難盡得。」

---

❾　葉德輝：《書林清話》（北京：古籍出版社，1957 年），引文見該書頁 33－34。

❿　厲鶚：《宋詩紀事》（臺灣：商務印書館，1985 年）卷五十五。

⓫　孫德謙：《古書讀法略例》（臺灣：商務印書館，1974 年），頁 212。

⓬古書批點，有各種符號，比如程端禮的《程氏家塾分年讀書日程》⓭就有〈句讀例〉、〈點抹例〉，列有「黃旁抹」、「紅旁抹」、「紅點」、「黑抹」、「黑點」等各種批點的符號涵義。

　　清代律賦的評點本，所用符號似乎沒有如此複雜，目下所見，僅有圈、點和三角等符號⓮，一般包括圈點、眉批（天頭批）、旁批、尾評等各個部份，而詳略有所不同。請看如下兩書：

　　顧南雅《律賦必以集》⓯所選各賦皆施以圈點、旁批和尾評，無眉批。其圈、點的功用各有不同，如樊鑄〈明光殿粉壁賦〉（以「上春早朝，伏奏青蒲」為韻）首段云：

> 粉潔白兮壁宏壯，白者取潤色於明光，壯者取雄居於君上。
> 成圬人之手澤，起漢皇之心匠。凝雪彩，耀冰狀。宸旒居
> 際，謂分照於如日之君；冠劍朝時，欲和光於為鹽之相。

　　就這段賦文的圈點來看，加點在於提請讀者注意，作者意在分

⓬　吳之振：〈重刻律髓記言〉，見《紀批瀛奎律髓刊誤》（臺北：佩文書社，1950 年）。

⓭　程端禮：《程氏家塾分年讀書日程》（臺灣：商務印書館影印《四部叢刊廣編》本，1981 年）。

⓮　黃叔琳：《文心雕龍校本·例言》（載江蘇：古籍廣陵古籍刻印社影印道光刊本，[1997 年]卷首）云：「今於其論文大旨處，提要鈎玄用圈號，於其辭藻濃艷新雋處或全句或連字用點號，於其區別名目處用三角號，以誌精擇。」此與律賦批點用法大致略同。

⓯　顧南雅：《律賦必以集》（廣東：菊坡精舍重刻本，嘉慶二十五年[1820]刊）。

疏「粉」、「壁」二者；加圈則在於賞析佳句，故作者在加密圈句旁批云：「設色大方，乃與題稱。」

其旁批重在點醒層次，如秦觀〈郭子儀單騎見虜賦〉旁批「先點題」、「原題」、「題前作勢」、「入題」、「此段是正面」等等，皆有助於讀者逐步閱讀欣賞。

其尾評為精審凝煉的總結性意見，如評蘇軾〈明君可以為忠言賦〉云：「此直以論體作賦，痛快絕倫。第四段與六段、七段收處，皆以古作證。第四段『可不可』並說，第六段是『不可』，第七段是『可』。蘇長公文其妙全在反復曉暢，此賦亦然。唐人於換韻處，皆不用四六，其間有用者，兩句必皆押韻，取其轉捩靈動，眉目清楚也；宋人以大氣行之，故多不拘此，而筆仍流轉。然究非律賦所宜，學者不可不知。」這段尾評首先指出蘇軾此賦的特點是「論體」，其次點明此賦之妙處在「反復曉暢」，最後提醒宋賦與唐賦之不同點，以免學者誤入歧途。即此例，可見本書選評具有精到而實用的特點。

李元度《賦學正鵠》❶所選各賦皆施以圈點、眉批和尾評，無旁批。

其圈點分圈、點和三角形等三種，請看蔡殿齊〈山陰訪戴賦〉首二段之圈點：

> 凍雪初霽，寒溪欲冰。曠曠地白，皎皎波澄。有會稽之仙

---

❶ 李元度：《賦學正鵠》（廣州：崇文堂刊成性根注本，清光緒八年[1882]刊）。

吏，訪山陰之良朋。獨往獨來，遊興無嫌其潦草；若離芳合，行蹤空託乎溪藤。最憐湖畔月明，鷗頭穩放；卻異橋邊風緊，驢背難乘。

<u>方王子猷之借居山陰也</u>，氣概蕭閑，胸懷卓越。鏤玉爲心，鍊冰作骨。似曾相識，常訪竹以乘輿；未免有懷，每看山而挂芴。謂卜晝何如不夜，獨留世外高風；槳知人不復知心，空負山中明月。

　　從上引兩段賦文的圈點來看，加圈的句子是表示欣賞其構句精美。加點的句子是賞其筆法靈活，如「有會稽之仙吏」兩句，天頭有批語云：「不支。」意謂此兩句交代得簡捷明瞭，不支蔓，不拖泥帶水。加三角（引文中用底線代替）的句子，上有眉批云：「原題。」因知加三角號的句子是提醒賦段的層次變化。由此例可知，讀李元度《賦學正鵠》，應該圈點和眉批對照起來研究，方能見出李氏金針渡人的一片苦心。有些書商貪圖簡便，刪去圈點，「不特評者之苦心，因之埋沒；即作者之矩矱畦逕亦難尋矣」。**⓱**

　　眉批重在點醒層次並注明修辭方法，如評點李隆萼〈湘靈鼓瑟賦〉云：「帝子與騷人並提，題之源流乃醒。」「先提清湘靈當日情事，語似實而仍虛。」「次提清詠湘靈之屈子，上段挑起下段，一氣相銜。」「徐徐引入，題意極醒。」「將鼓一層。」「簫鼓歌笛是襯法。」「鼓瑟一層。」「鼓瑟時百靈忭舞一層。」「句法。」「又用展拓法。」「弔古作結。」上面這些天頭批語，使全

⓱　吳之振〈重刻律髓記言〉語，載《紀評瀛奎律髓刊誤》卷首。

賦層次一目了然，而「襯法」、「展拓法」之類特殊修辭方法，也賴批語而清晰可辨。

全賦結尾有次青總評云：「題面是湘靈鼓瑟，卻是屈子賦〈離騷〉時想像之辭，若拋卻此層，則題情不出，且涉呆詮。從前此題名作，均不能清晰若此。此作逐層跌醒朗若列眉，詞藻出入騷雅，尤妙在洗鍊不支，最易學步。」⓲這段尾評指出此賦的三個優點：一是點題透闢，二是層次清晰，三是詞藻洗鍊。借助天頭批和尾評來讀此賦，確實給人豁然開朗的感覺。所以戴倫喆《漢魏六朝賦摘艷譜說》⓳推崇李元度《賦學正鵠》為選本正宗。認為「初學津梁又當以李選之批點為足以引人入勝」。

三、注解評

山東聊城葉祺昌《律賦標準·序》言其評注體例云：「是編之選，先題解，以示作法揭宗旨；次句解，講明用意，俱切題詮發，反正離合，虛實淺深，或順或逆，要不使一語蒙混，一字含糊；段後分疏每段大意，條分縷析，以見篇法；篇後又總評通篇佳處，務將作者布局命意運筆遣詞之苦心，抉發靡遺，而初學可奉為準者，無不表而出之矣；而又恐初學見聞未廣，腹笥未充，因特詳為注

⓲　這是李元度的評語，次青為李元度之字。

⓳　戴倫喆：《漢魏六朝賦摘艷譜說》（瀛山書院刻本，光緒七年[1881]刊）。

釋，以便翻閱。」❷由此〈序〉可知，清代律賦注解評齊備的選本往往包括「題解」、「句解」、「段意串講」、「全篇總評」、「典故注釋」等各個部份。下面試舉《賦學僊丹》和《律賦評箋》兩部選本為例。

　　徐斗光《賦學僊丹》❷是一部注解評齊備的選本，此書所選只有清賦八首，唐賦二首，選賦雖少，但注解評卻非常詳盡。請看所選李宗瀚〈柿葉肄書賦〉（以題為韻）「柿」字韻首段：

　　【題解】：「柿，上聲。肄，習也。題有或可泛就時景寫者，即不做來歷，猶可寬也。若不可不就來歷做，此等題是。」

　　按：由於下文別有「注典」，所以此處題解主要講解認題方法，即區分時題或古題，並闡明兩種類型的題目，作法自不相同。

　　【正文與圈點、旁批】：箋制碧苔，帖傳青李。（旁批：二句言以紙臨帖則好，以碧苔青李，烘染柿葉。）練不題裙，裴寧書几。（旁批：二句言有紙可書，無用此種，反托肄書不必柿。）善其事必利其器，理固宜然；精於勤而荒於嬉，業何可已。（旁批：四句言寫好字必要紙好，又慮其業不可不精勤，而至於荒廢也。乃見出柿葉不可肄書，而書又不可不肄。即接出鄭虔來。）則有唐代通人，廣文博士，詩才偕摩詰以齊名，書聖接太師而擅美。（旁批：可看限韻少，即首段點出人來。史記鄭虔善山水，嘗自寫其詩並畫，以呈玄宗。帝署其尾曰：鄭虔三絕。此以善詩陪出善書，即文章賓主法。）誰贈雁頭百幅，名傳越剡之良；欲求鳳毛

---

❷　　□昌：《律賦□準·序》，載《賦學正鵠集釋續集》（上海：富文書局石印本，光緒二十五年[1899]）卷首。

❷　　徐斗光：《賦學僊丹》（柳深處草堂家塾刻本，道光四年[1824]刊）。

千番，價恐洛陽之比。（旁批：若此處即接末四語，則短促而見枯索。蓋上面文格係寬鬆活脫語，非味簡練者比。遽作收煞，則前所用轉接字面必露痕跡，惟就無紙時無人贈送，自己難辦，作騰挪法，其柿葉肆書之故亦敘清。而多襯數偶，體自豐盈。）簡雖刻竹，尚藉韋編；亭縱名蘭，仍須繭紙。乃燦生花於筆杪，不假編蒲；忽朵落葉於林間，恰宜書柿。

（旁批：竹簡四句，跌宕起題，竹與蘭映合柿字。一轉又跌兩語，作賓筆、翻筆、閑筆，且於賓見主，於翻見正，於閑見合之法，以生花編蒲字襯題，即以點題作收束。）

按照此段圈點分析，加點的字詞和句子，主要是爲了提請讀者注意，包括重點詞語如「碧苔」、「青李」，關鍵的動詞如「題」字「書」字，以及主角登場的句子「則有唐代同人，廣文博士」，這些字詞和句子加上著重點之後，便在全篇之中顯得更爲醒目。加圈的句子，都是結構精美，用典貼切的隔句對；這是作者竭力鍛鍊的警句，也是評者著力讚賞的佳句。

【眉批】：凡作文貴乎筆活，如此段首四句一解，「善其事」四句又一解，雖空衍而蟠題甚活。既出「鄭虔」四句，而曰「誰贈」、曰「欲求」，極頓挫抑揚之致。刻竹藉韋編，見書字終不如紙之宜，頓挫之頓挫，又極生動也。以一「乃」字滾落各各虛字，舉不見其痕，是所爲筆活。若徒爲空衍，則虛字俱著跡矣。故有筆先貴有書，而有書尤貴有筆，兼之則得之矣。

按：此節眉批講解何謂「筆活」，並論證「有書」（用典純熟）與「有筆」（筆法靈活）之間相輔相成的關係。

【串講】：大抵所製碧苔之箋，乃可以摹青李之帖，將不必寫以練裙，豈必寫之以棐几？蓋欲求其事之善，必求其器之利，一定

之理也。而業惟其勤謹則精，嬉戲則荒，何可以廢止也。則有唐代通達之人，爲廣文博士之官，其詩才與王維同聲名，而書法接著顏眞卿而專其美。欲寫無紙，是誰人贈以雁頭箋百章，如南越剡藤苔箋之好；欲自己辦來鳳尾箋千張，其價恐洛陽紙貴之例。雖古者竹簡可刻，猶賴韋以編之；而後來蘭亭所書，仍然靠繭爲紙。乃知鄭虔若於筆杪燦然生花，不用編蒲以寫，忽於林間採其落葉，方宜書柿之爲。

按：此段串講仍然置於天頭位置，只是比一般眉批高二格。串講的目的主要在於幫助初學者貫通文意，作法略仿經書的疏解。

尾評：鄭虔草書如風送雲收，霞催月上。斯賦結構之妙，正足當此。

按：由於本書旁批和天頭批都非常詳盡，所以尾評不再重複分析全賦層次，而是運用形象性的語句作賞評。

【注典】：柿葉肄書：《世說》：「鄭虔爲廣文博士，學書無紙。知慈恩寺有柿葉數屋，遂借僧房住止，日取柿葉肄書，歲久殆遍云。」

碧苔箋：張華《博物志》：「南越以海苔爲紙，其理斜側，故名側理紙。」《拾遺記》曰：「張華《博物志》成，晉武帝賜以麟角筆管，遼西所獻也；青鐵硯，用於闐所貢鐵爲之也；側理紙，萬番南越所貢也。側理，一名陟釐，又名陟理，海苔也。」

青李帖：《宣和書譜》：「王右軍行書，內府所藏四十一，內有〈快雪時晴帖〉、〈來禽青李帖〉。」

練裙書：《世說》：「羊欣，字敬元。其父不疑爲烏城令，欣時年十二，王獻之爲吳興守，甚知愛之。嘗夏月入縣，欣著新練裙

晝寢，獻之書數幅而去。欣本能書，因之彌精。」

　　裴几書：《圖書薈粹》：「王右軍嘗詣一門生家，設佳饌供給，意甚感之，欲以書相報。見一新裴几涓淨，因書之。草正相半，送王歸郡。比還家，其父已刮去之，驚懊累日。」

　　廣文博士：唐玄宗愛鄭虔之才，爲置廣文博士。後世言廣文博士，自鄭虔始。

　　摩詰：王維，字摩詰。

　　太師：賦中「太和」字疑「太師」字之誤。《書史》：「唐太師顏眞卿有『不審』、『乞米』二帖，宜推草聖。」

　　雁頭箋：《山堂肆考》：「羅隱喜畢工長鳳，語之曰：『筆，文章貨也，吾當助子取高價。』即以雁頭箋百幅爲贈。士大夫聞之，懷金問價。」

　　越剡：《國史補》云：「紙之妙者，則越之剡藤苔箋、蜀之麻面、薛骨、金花、魚子、十色堅也。」

　　鳳尾箋：陸龜蒙《叢書》：「鳳尾諾，自晉迄於梁陳以來，藩邸之書也。鳳尾，所諾之文也。諾，今之制誥也。」又《山堂肆考》：「鳳尾箋，番薄縷輕，製作精妙也。」

　　洛陽紙貴：《晉書》：「左思作〈三都賦〉，豪富之家，竟相傳寫，洛陽爲之紙貴。」

　　竹簡：《類書》：「古無書帙，以竹爲簡版書之，用韋皮編之。」

　　蘭亭、繭紙：《晉書》：「王羲之與孫統等四十一人，會於蘭亭，酒酣賦詩，製序用蠶繭紙、鼠鬚筆書之，凡二十八行，三百二十四字。」又戴良〈跋定武蘭亭肥瘦二帖〉：「〈蘭亭序〉古之刻

入石者非一，當以定武爲最。」

　　生花筆杪：《天寶遺事》：「李白少時夢筆頭生花，自是才思贍逸，名聞天下。」

　　編蒲：《漢書·路溫舒傳》：「溫舒取澤中蒲，截以爲牒，編用寫書。」

　　按：就本文注解來看，其優點是比較簡要，不支蔓。其缺點有三：一是引書名稱不全，如注明出於「類書」，讀者怎知是那種類書？其二、引書不注明篇卷，讀者難以核對原書。其三、有的典故未能注明最早出處，如「雁頭箋」注明出自《山堂肆考》，其實最早出處應是唐馮贄《雲仙雜記》卷三引《龍鬚志》：「羅隱喜畢工葚鳳，語之曰：『筆，文章貨也，吾以一物助子取高價。』即贈雁頭箋百幅。士大夫聞之，懷金問價，或以綵羅大組換之。」㉒據此，原注之「長鳳」應改爲「葚鳳」。

　　黎翔鳳選評、黎榮桂箋注的《律賦評箋》㉓是另外一部選注評齊備的選本，試以所選顧元熙〈吳越王射潮賦〉（以「銀山直擁，鐵弩齊飛」爲韻）首二段爲例：

　　【題解】《吳越備史》：「梁開平四年，錢武肅王鏐始築捍海塘在候潮通江門外。江濤晝夜衝擊江岸，版築不能就。因命強弩數百，以射濤頭。又祝胥山祠，仍爲詩一章，投致海門，既而潮頭遂

———————————

㉒　馮贄：《雲仙雜記》（北京：中華書局《叢書集成初編》本第 2836 冊，1985 年）。

㉓　黎翔鳳、黎榮桂：《律賦評箋》（粤東：省城儒林閣刻本，光緒八年[1882]刊）。

趨西。乃運巨石，盛以竹籠，植巨竹捍之，城基始定。其重壕疊
塹，通渠廣陌，亦由是成焉。」

【正文、圈點、旁批】錢塘霸主，天目眞人。於越故址，晚唐
舊臣。奉冠帶於帝室（旁批：足上。），作保障於吳民（旁批：起
下。）。至今耆老謳思郭外，堤完於鐵（旁批：今日安居。）；爲想君
主神武江邊，潮涌如銀（旁批：當時歷險。）。

【眉批】首段籠題，而末聯撫今追昔，是逆溯法。

【正文、圈點、旁批】不見夫潮之入龕赭（旁批：提起潮
字。），而達餘杭乎？始浮大地以奔騰，復束兩山之巀嶪。即蓄怒
於海門，乃伸威於澤國。浩無津涯，肆其雄力。概群姓兮其魚，睹
舊房兮漸蝕。竟欲涉吾土地，峽勢倒流（旁批：足上。）；誰能問諸
水濱，濤頭自直（旁批：反跌起下。）。王乃勃然，軍中令頒（旁批：
轉入吳越王。）。選徒旅，列部班（旁批：射之人。）；白羽嵸，雕弧
彎（旁批：射之具。）。請君白馬素車，詰朝相見（旁批：用代字訣寫
出不得不射之勢。）；奪我綺塍繡壤，壯士何顏。挽狂瀾兮孰砥柱，
憑盛氣兮作河山。

【眉批】次段原題，先敘明潮勢之猛，爲下「射」字張本。

按：以上兩段的圈點和旁批都在於幫助讀者理清文脈。眉批的
用意在於標明層次並提醒修辭方法。

【集評】王惕甫（芑孫）評：官韻賦不出二格：一方整，一流
邐。此作方整中出流邐，極爲合作。

黎翔鳳評：精警名貴，光焰動人，並能抉出題中至理，小儒何
足以窺此。首段從題後逆挽題前。次段緊承潮字，寫其勢之雄，禍
之烈，早爲射字作反跌。三段敘入吳越王之下令欲射。四段敘將射

時軍容肅厲，先聲奪人。五段實詮射字正位。六段敘潮退築堤事已畢。七段將全題推論，補發射潮而潮退之故，拈出承天爲民，故天人交助，如葛相八陣圖之不轉江流，光武昆陽障之誠動雷雨，勘斷精審，可以收束全篇矣。末段說到王之功廟食百世，是題後餘意，亦與首段神嬙氣合。

　　按：本賦集評所引王芑孫的評語，非常難得，王氏著有《讀賦卮言》，編有《古賦識小錄》，是乾嘉著名辭賦理論家，然而今傳《古賦識小錄》卻並無批語，故黎氏所引王氏批語彌足珍貴。

　　【注典】錢塘：《地輿部》：錢塘縣，屬浙江杭州府。

　　天目：天目山在臨安縣西北，《道書》第三十四洞天，上有兩峰，峰頂各一池，如左右目，故名。

　　冠帶：《國策》：「受冠帶，祠春秋。」

　　保障：《左傳》：「仲由墮三都公歛處，父曰：成孟氏之保障也。」

　　龕赭：《西溪叢話》：「夾岸有山，南曰龕，北曰赭。二山相對，謂之海門。」

　　崱屴：《正韻》：「崱屴，山高貌。」

　　其魚：《左傳》：「美哉，禹功明德遠矣，微禹吾其魚乎！」

　　吾地：《左傳》：「不虞君之涉吾地也何故。」

　　倒流：杜詩：「詞源倒流三江水。」

　　水濱：《左傳》：「昭王之不復，王其問諸水濱。」

　　濤頭：蘇詩：「海上濤頭一線來。」

　　白羽：〈上林賦〉：「彎蕃弱滿，白羽文穎。」注：「以白羽羽箭，故曰白羽也。」

白馬：《臨安志》：「子胥死，浮屍於江，因流揚波，依潮來往，蕩激堤岸，勢不可御。或有見其乘白馬素車立潮頭者，因為立廟。」

按：此書注釋的缺點與《賦學僊丹》大致相同，主要在於未能指明典故的原始出處。如「剫𡰪」條出處僅引《正韻》（當指明《洪武正韻》），其實出自《文選》王延壽〈魯靈光殿賦〉。注家之大忌就在於數典忘祖，清代律賦之注釋實在不能令人滿意。

四、注上加注

由於清賦注本在注釋方面大多不能令人滿意，有的讀者在閱讀之時，便自己考察，增加注釋。比如香港中文大學崇基圖書館藏有一部光緒八年版《賦學正鵠》，封面有「吳家灝」三字，疑是原藏書人姓名，也許就是書中加注之人。書中天頭位置加有不少注解，字體為端正流利行書，注典也頗具功力。試舉何杶〈南霽雲拔刀斷指賦〉天頭加注為例：

如「欲建中興之事業，奈孤掌之難鳴」句原文無注，加注云：「孤掌」，《韓非子》：「一手獨拍，雖疾無聲。」今按：此典源出《韓非子·功名》，加注準確。不過，《韓非子》只是「孤掌」之典源，而《水滸傳》卷四十九有「單絲不成線，孤掌豈能鳴」之語，足見在元明之後，「孤掌難鳴」已經成為民間習語。今之註家需要注出典故之遠源和近源，以助讀者全面理解。

又「不辭頓地者三，將借背城之一」句原文無注，加注云：「背城」，《左傳》成公二年：「請收合餘燼，背城之一。」晉與

齊章之戰，齊侯使賓媚人對晉人之辭。今按：加注準確，還可更引杜預注：「欲於城下，復借一戰。」

又「搜糧則鼠雀皆窮，待救則鸛鵝不至」句原文無注，加注云：「鸛鵝」，《左傳》昭公二十一年：「鄭翩願爲鸛，其御願爲鵝。」陣伍也。今按：杜預注：「鸛鵝皆陳（陣）名。」注者之解釋出於杜注。

又「染指何心，壯士胡能獨醉」句原文無注，加注云：「染指」，《左傳》宣公四年：「楚人獻黿於鄭靈公，公子宋（子公）與子家相見，子公之食指動，以示子家，曰：『他日我如此，必嘗異味。』……及食大夫黿，招子公而弗與也。子公怒，染指於鼎，嘗之而出。」

上述諸條加注，皆原原本本，有根有據，可見加注者是一位學問很好的專家。當然在李元度來說，這些典故出自經史，士人嫻熟，可能不必作注，他的書主要在於分析賦文脈絡層次，並不在於注典。不過，律賦加上比較詳盡的注解，對於初學者，尤其是對於今天已經不熟悉古典的學者，應該是很有必要的。

本章小結

通過對上述清代律賦注解評本作舉例分析，我們大致可以把握清代律賦評本的特點及其長處和缺陷，主要在以下幾個方面：

㈠清代律賦的評注本大致包括圈點、旁批、眉批、尾評、集評、串講、題解、注典等各個部份，較好地體現了注解評三結合整理古書模式。

㈡清代律賦評本的圈點，大致有加圈、加點和加三角等形式。加圈的句子主要是結構精美的隔句對，是賦篇為之生色的警句；加點的句子主要是賞析筆法或點醒層次；加三角形主要起提請注意的作用。今人強調印刷困難而刪削古書圈點的作法是令人遺憾的，應該盡量設法利用高科技保留古書圈點甚至不同的顏色。

㈢清代律賦評注本的旁批和眉批大致功用相仿，其主要功用一在點醒賦段的層次，二在標名賦句的修辭方法。閱讀旁批和眉批應該同賦句的圈點對照結合起來看，圈點與批語相得益彰，不可分割。

㈣清代律賦評注本的尾評有個人評和集評兩種，評者大多是文壇巨子，評語大多是總結性的賞評意見，或梳理全篇文氣脈絡，或重點賞析文體風格，皆要言不煩，發人深省。

㈤清代律賦評注本的段意串講是一種值得注意的形式，其淵源可能來自於唐人對經書的疏解，其近源可能來自於明清人對八股時文的疏解。這種全段串講的方式，對今人注解和翻譯古書無疑是很有參考價值的。

㈥清代律賦評注本的注典，其優點在於比較簡潔，其缺點一在未注明原書篇卷，不便於讀者覆查原書，二在往往未能指明典故最早的和最直接的出處。這是今人在整理這類古籍時需要花費大量功夫加以改進的地方。

㈦清代律賦評注本一般未能給入選作者撰寫小傳。與詩歌評注本相比較，注釋詩歌者往往遵循知人論世的優良傳統，為入選作者立下小傳，律賦評注本卻忽略了這個知人論世的傳統。作為清人評注清賦，如果能夠立下小傳，並加上一些作賦之本事，對後人讀賦

一定是很有用處的材料。清代律賦評注家未能注意及此，不能不說
是一個遺憾。

結　論

　　本書分成十章，從十個不同的側面對以清代賦論爲中心的有關
賦學問題作出了初步的探索。結論部份，準備對撰寫中得出的幾個
結論和發現的幾個帶規律性的理論現象，作出進一步的總結和分
析。

一、清代賦學的復興與帝王的作用

　　清代賦學復興首先要解決的問題是重新恢復賦學的獨特地位。
由於元代科舉考試廢棄律賦，明代更有李夢陽「唐無賦」之論❶，
賦學的地位相當衰落。清初的賦論家主要從兩個理論方面爲賦學正
名：一是論定「賦可以兼比興，而比興不可兼賦」。其間的理論脈
絡是首先認定班固之說「賦爲古詩之流」，接著體認「賦爲六義之
一」，然後由賦在「六義」中的獨特地位，推斷出賦可以由附庸蔚
爲大國，卓然獨立。這一論斷由朱鶴齡在〈讀文選諸賦〉❷一文中

---

❶　李夢陽：〈潛虯山人記〉，載《空同先生集》卷四七，《明代論著叢刊》
　　本（臺北：偉文圖書出版社，1976 年）。
❷　朱鶴齡：〈讀文選諸賦〉見《愚庵小集》（上海：上海古籍出版社，1979
　　年）卷一三。

發端，再由康熙帝在〈御製歷代賦彙序〉❸中加以首肯，從而一錘
定音，使賦學取得與詩學並列的獨特地位。二是論定「賦事可通於
用人」。這是論證賦學的功用問題。自漢魏以來，就有「辭賦小
道」之說❹，以爲賦學只是文人舞文弄墨之事，無關大體。康熙帝
則由認定班固「登高能賦，可以爲大夫」之說起始，進而思考到
「唐宋則用以取士，其時名臣偉人往往多出其中」。思得以賦學網
羅人才以服務於清朝，這就將賦學與經世致用結合起來，並爲重新
施行考賦制度開啓了大門。可以說，要恢復賦學的地位，不是需要
清代賦論家獨立發明的理論問題，而是需要對漢唐以來賦學思想發
展成果加以認定和發揮的問題，「認定和發揮」由愛好文學的帝王
來進行，其效果當然就非同一般。中國古代社會是高度中央集權的
金字塔形社會，作爲最高統治者的皇帝，他的公開好尚對整個社會
有著舉足輕重的影響力。郭預衡在《漢賦通論·序言》一文中，曾
論證「漢賦從『浮華之詞』、『不周於用』，到『辯麗可喜』、
『愉悅耳目』，再到『光揚大漢』、爲現實的政治服務，其發展變
化，是和武帝、宣帝、明帝這三個最高統治者關係不小的。」❺就
清代賦學發展的情況來觀察，康熙帝主持的博學鴻詞科考賦和他在
《歷代賦彙·序》中對賦學的推崇，對清代賦學的復興確實產生了
強有力的推動作用。

---

❸　康熙帝：〈御製歷代賦彙序〉，載陳元龍編：《歷代賦彙》卷首。

❹　曹植〈與楊德祖書〉：「辭賦小道，固未足以揄揚大義，彰示來世也。」
　　載《曹子建集》（臺北：中華書局，1965年）

❺　郭預衡：《漢賦通論·序言》，見萬光治：《漢賦通論》（成都：巴蜀書
　　社，1989年），頁1—5。

二、清代賦學發展史的分期

梁啓超在《清代學術概論》中曾說：「佛說一切流轉相，例分四期，曰：生、住、異、滅。思潮之流轉也正然，例分四期：一、啓蒙期（生），二、全盛期（住），三、蛻分期（異），四、衰落期（滅）。無論何國何時代之思潮，其發展變遷，多循斯軌。」❻梁啓超對清代學術的分期，主要是根據清代考據學的發展狀況作出的，不一定符合清代賦學發展的實際情況，因爲晚清的賦學頗盛，並不能用「衰落」來加以描狀。根據清代賦學發展的實際狀況，我以爲也可以將其分爲四期：第一期是從清初到康熙、雍正朝，這是清代賦學的萌生期。第二期是乾隆、嘉慶兩朝，這是清代賦學的全盛期。第三期是道光、咸豐兩朝，這是清代賦學的承轉期。第四期是同治、光緒以降，這是清代賦學的總結期。

清代賦學的發展與清代學術的變遷頗有聯繫。清初是賦學的萌生期，以顧炎武、黃宗羲、王夫之爲代表的學者提倡經世致用之學❼，影響深刻地波及賦學理論。朱鶴齡在〈讀文選諸賦〉中，納蘭性德在〈賦論〉中，康熙帝在《歷代賦彙・序》中都標舉賦學「致用」的宗旨，強調賦學可以爲政治統治服務。康熙朝出現了三部賦選：陸葇編《歷朝賦格》十五卷、王修玉編《歷朝賦楷》八卷、陳元龍奉敕編《御定歷代賦彙》一百八十四卷。如果說陳氏之選，體

---

❻　梁啓超：《清代學術概論》（上海：上海古籍出版社，1998 年）一〈論時代思潮〉，頁 2。

❼　參見馬積高：《清代學術思想的變遷與文學》（長沙：湖南出版社，1996年）第一章〈清初學術思想的變遷與詩文〉。

現了清人對前代賦作的全面總結，那麼王氏之選並載徐乾學、葉方藹等人的四篇欽定試賦，則標誌著清人選清賦的開始。清代賦學的復興，在此期已見端倪。

乾、嘉時期，是賦學的全盛期。義理之學、考據之學、辭章之學相繼興盛，晚清學者張祥河在《國朝文錄・序》中總結清初至乾隆末年的學術說：「國初諸老，才大學博，然踵明世餘習，有駁有醇，文不一律。洎乎康熙中葉，海內治安，士皆誦習經子，精研性理。望溪方氏出，而文章一軌於中正。自是以後，學者翕然有向，咸知韓李歐曾之義法。而辨博之家又病其平淡而無所見長也，於是詞章、訓詁之學起。自乾隆之末，而文體復歧出矣。」❽張氏之見，儘管局限在桐城古文一派的立場，但他對乾嘉年間性理、詞章、訓詁三派學術蔚起的分析，則大體是不錯的。據馬積高研究，清代理學與桐城派古文有關，清代考據學與駢文復興有關❾。至於詞章一派，則大約是指袁枚的性靈一派。另有章學誠的史學，則是由宋儒性理之學入手，進而在思想界別樹一幟。就此期賦學發展狀況來考察，崇尚古賦的理論家，大多是古文家；崇尚律賦的理論家，則大多是考據學家和駢文作家。古賦理論，以程廷祚〈騷賦論〉、姚鼐《古文辭類纂・辭賦類序目》和張惠言《七十家賦鈔・目錄序》為代表。律賦理論，以吳錫麒〈論律賦〉、侯心齋《律賦約言》、陳壽祺〈律賦選序〉，以及李調元《雨村賦話》、浦銑

---

❽　張祥河：《國朝文錄・序》，見姚椿編：《國朝文錄》（上海：掃葉山房，光緒庚子年[1900]刊本）卷首。

❾　參見馬積高：《清代學術思想的變遷與文學》第二章〈清代理學與桐城派〉、第三章〈清代考據學與駢文的復興〉。

《復小齋賦話》、王芑孫《讀賦卮言》、汪廷珍《作賦例言》、朱一飛《律賦揀金錄・賦譜》等為其代表。

道光、咸豐時期，是清代賦學的承轉期。歷史學家一般把道光二十年（1840）的鴉片戰爭作為中國近代史的開端，而把清朝分為前後兩截。這從社會歷史發展轉折的角度來看，是有其道理的，但從賦學發展的獨特角度來看，則似乎沒有作此劃分的必要。此期學術思想發展變化的表徵是由魏源（1794－1851）、龔自珍（1792－1821）為代表的今文經學的興起。梁啓超《中國近三百年學術史》認為，當時由公羊家（今文經學）與陽湖派（古文學）合二為一，「產生出一種新精神，就是想在乾嘉考證學的基礎上建設順康間『經世致用』之學」❿。考察此期賦學的發展狀況，似乎與社會政治與學術思想的急劇變化微有不同，道咸賦學以「承轉」為其特徵，就「承」而言，主要是承接乾嘉律賦和古賦理論的發展傳統。如余丙照《賦學指南》在乾嘉侯心齋《律賦約言》和朱一飛〈賦譜〉的基礎之上，構築了一個更為完備的律賦學體系。又如林聯桂《見星廬賦話》承接乾嘉的館閣賦選，對館閣試賦作了精湛的研究。姚椿編《國朝文錄・賦類》四卷，則明確聲明是繼承姚鼐《古文辭類纂》而作。就「轉」而言，是指不少賦論家極力主張將律賦師法對象由「唐賦」轉向本朝「時賦」。

同光以降，是清代賦學的總結期。此期就政治文化上看，先有康有為、梁啓超為代表的改良運動，後有孫中山為代表的資產階級革命。在文學上，有黃遵憲、譚嗣同倡導的「詩界革命」，有嚴復

---

❿　梁啓超：《中國近三百年學術史》（北京：中國書店，1985 年）。

的翻譯文學，「南社」的革命文學等等，形成聲勢強大的文化思潮，意圖全面摧毀古典文學賴以生存的文化基礎。賦體文學創作，面對這種大廈將傾的形勢，自然避免不了衰微的命運，只能呈現出一派晚晴暮彩。但賦學研究則不然，不少賦論家自覺或不自覺地總結和整理清代賦學成果，爲後人留下了寶貴的文化遺產。

就律賦學的總結而言，戴綸喆《漢魏六朝賦摘艷譜說》具有全面觀照清朝律賦學的總體眼光。如其論清朝論賦之書云：「國朝著述則有李雨村之《賦話》，王念豐之《讀賦卮言》，吳穀人之《賦賦》、《賦論》，浦柳愚之《復小齋賦話》，侯心齋之《律賦約言》，余紗山之《賦學指南》，不一而足。李書之精華大備，王書體制悉明，吳、浦、侯諸書尚能明古，惜過略耳。若余書雖句法、股法言之甚詳，而舍古求今，亦祇於初學是便。」又如其論清朝律賦創作代表作家云：「國朝賦學，自應以吳穀人、顧耕石爲一時瑜、亮，然顧固風格遒上，足式浮囂；而吳更洋洋灑灑，一物難名，矩步繩趨，卻處處不戾於古；其氣象非特蘭修館不可及也，即唐宋諸公亦應訝後生可畏。」再如其論辭賦選本云：「近時選本以程祥棟《東湖草堂賦鈔》、李元度《賦學正鵠》爲正宗。程選故更爲宏博，而初學津梁，又當以李選之批點爲足以引人入勝。鮑桂星《賦則》，簡要有法。某氏《律賦彙海》，尚見搜羅。」這些論述，爲我們研究清代律賦學指引了門徑。

就古賦學的總結而言，劉熙載的《藝概·賦概》與清前期程廷祚〈騷賦論〉後先輝映，值得研究古賦者特別重視。

特別值得提及的是，晚清出現了兩部規模極大的賦總集，一部是修鳳樓主人編輯《律賦囊括》，另一部是鴻寶齋主人編輯《賦海

大觀》。前者專收清代律賦近一萬篇，後者爲歷代賦總集，各體兼收，號稱「得賦二萬餘首」。兩書都用西法縮印而成，開創了用時新科技整理賦集的先河。

三、清代的賦體分類與賦論分類

清代賦體有六分法和三分法。六分法：清初王之績在《鐵立文起》中曾論及賦之體裁，王氏所論「大略採自《文章辨體》、《文體明辨》二書，而以己意參補之」**⓫**，如云：「賦有古、俳、文、律、大、小諸體之分。」「古賦，如漢司馬相如〈長門〉、班婕妤〈自悼〉、〈搗素〉、張衡〈思玄〉、晉潘岳〈秋興〉、唐柳宗元〈夢歸〉、漢禰衡〈鸚鵡〉、魏王粲〈登樓〉、晉孫綽〈遊天臺山〉、漢揚雄〈甘泉〉，以上正體；而俳體間出其中，宋蘇軾〈屈原廟〉，漢司馬相如〈子虛〉〈上林〉，班固〈兩都〉、晉潘岳〈籍田〉，以上變體而流入文賦之漸。俳賦，如晉陸機〈文賦〉、宋鮑照〈蕪城〉、謝惠連〈雪賦〉、謝莊〈月賦〉、鮑照〈野鵝〉、顏延之〈赭白馬〉、鮑照〈舞鶴〉。文賦，如漢朝揚雄〈長楊〉、唐杜牧〈阿房宮〉、宋蘇軾〈前赤壁〉。律賦，如韓愈〈明水〉、宋王曾〈有物混成〉、秦觀〈郭子儀單騎見虜〉之類是也。」王氏又云：「賦自古俳文律之外，又有大小之名，從何始耶？昔宋玉〈大言賦〉云：『方地爲車，圓天爲蓋。長劍耿介，倚乎天外。』〈小言賦〉云：『館於蠅鬚，宴於毫端。烹蝨腦，切蟣

⓫ 見《四庫全書總目》卷一九七〈詩文評類存目〉。

肝。』此特其所言者有大小之分耳。後人分賦大小，蓋分之於其題也。」「大賦如〈子虛〉〈兩京〉〈三都〉，郭璞〈江賦〉、盧肇〈海潮賦〉之類是也。學者博及群書，方得選材豪富；拓開萬古，方得標旨空曠；多設問難，方得變化開闔之法。」「小賦如賈誼〈弔屈原〉、〈鵬鳥賦〉、庾敳〈意賦〉、束皙〈風賦〉、王褒〈簫〉、〈笛〉諸賦，晉魏六朝後學即席就賦是也。機敏才捷，思巧文妍，擅譽席談矣。」就王氏所論來看，古賦、俳賦、律賦、文賦之分，是文體之分；而大賦、小賦之分，只是題材內容篇幅大小之分。從邏輯上看，後兩者實不能與前四者並列。但是，大賦、小賦之分，也是賦家習慣，如王芑孫《讀賦卮言》即專門列有〈小賦〉一節❷，並且編有《古賦識小錄》選本。因此，賦體除了按照體裁分類之外，還有大小之分，此又不可不知。

三分法：清初陸葇編《歷朝賦格》十五卷，彙選歷代之賦，起自荀子、宋玉，下迄元明，先按照賦體總分為三格：曰文賦、曰騷賦、曰駢賦。

林聯桂《見星廬賦話》繼承這種三分法❸。首先指出「古賦之名始於唐，所以別乎律也」，接著區分古賦之體為三種：

「一曰文賦體。以其句櫛字比，藻飾音諧，而疏古之氣一往而深，有近乎文故也。」自周荀卿〈禮賦〉、宋玉〈風賦〉至唐杜牧〈阿房宮賦〉，以及宋元明以下之文體賦皆屬此類。

---

❷　王芑孫：《讀賦卮言·小賦》云：「自唐以前，無古賦、俳賦、律賦、文賦之名，今既燦陳，不得不假此分目。賦者，用居光大，亦不可以小言；聊以小言，猶云短製。」

❸　林氏所論賦體用語，多出自陸葇《歷代賦格·凡例》。

「一曰騷賦體。夫子刪詩，楚獨無風。後數百年，屈子乃作〈離騷〉。騷者，詩之變，賦之祖也。後人尊之曰經，而效其體者，又未嘗不以爲賦。」從漢賈誼之〈旱雲賦〉至明陶望齡之〈述志賦〉、伍士隆之〈惜士不遇賦〉之類，皆屬此體。」

「一曰駢賦體。駢四儷六之謂也。此格自屈、宋、相如，略開其端，後遂有全用比偶者。浸淫於六朝，絢爛极矣。唐人以後，聯四六，限八音，協韻諧聲，嚴於銖兩；比如畫家之有界畫勾拈，不得專取潑墨淡遠爲能品也。」從漢枚乘〈忘憂館柳賦〉、班婕妤〈擣素賦〉到唐李程〈日五色賦〉，直至陳子龍〈幽草賦〉之類，皆屬此體。」

林書論賦體雖未明確地採用「律賦」的概念，但論及「唐人駢賦」與「古人駢賦」用韻之差別：「唐人駢賦，多以八韻解題；後之試賦，率用此式，或八韻，或六七韻，或四五韻，或以題爲韻，多寡不等；然有數韻，卻不能如律詩一韻到底也。古人駢賦，有全篇都用一韻者。」可見林書隱然以「唐人駢賦」之限韻者爲律賦。但是，林書首論古賦與律賦有別，謂「猶之今人以八股爲時文，以傳記爲古文之意也」；然而「駢賦」又是本書所論「古賦三體」之一。這在邏輯上便有不能自圓其說之處。雖然在表述上不夠清楚，但作者將律賦合於駢賦之中，其用意在於推尊其體，固其書討論之重點是屬於駢賦體的清人館閣律賦。

按照清代賦論在清代文獻中存在方式的不同，可以將清代賦論分爲八類，包括單篇賦論文章，詩話文話中的賦話，類書中的賦論賦話，賦話賦格專書，以賦論賦的作品，賦選序跋、凡例、作法、評點，書目提要和其他專書中的賦論。

四、清賦時代不能看成是八股文賦時代

本書第四章首先舉出學術界有關清代「八股文賦」的對立意見，接著檢閱清代賦論家關於律賦與八股文關係的看法，然後舉出清代八股文與律賦的實例進行比較分析，並對鈴木虎雄所舉股賦之例作了判別，經過這樣一番調查研究，已經可以得出若干結論：

律賦與八股文作爲兩種科舉文體，隨著科舉考試制度的變化，二者之間存在著一種回環影響的關係。即唐宋實行律賦考試（北宋王安石代之以經義考試，但時間短暫，不久就恢復了詩賦考試），元明廢除律賦考試，元代考古賦，明代考八股文。清代科舉考試仍然以八股文爲主，但律賦恢復成爲考試文體之一。科舉制度的變遷就決定了首先律賦影響八股文，然後八股文影響律賦這種相互影響的格局。這種相互影響的文學現象在清代賦論中已經清楚地表述出來，完全不承認八股文影響清賦的論斷是不恰當的。

八股文既影響了清代律賦，也影響了散體大賦和文賦。八股文對律賦的影響主要在破題和層次安排方面，這種影響是內在的而不是外在的，由於清代律賦以唐代律賦爲典範及其自身的格式特點所限制，所以清代律賦八股色彩其實並不十分顯著；八股文對部份散體大賦（古賦）或文賦的影響相對較大，清代少量散體大賦或文賦中確實存在著與八股文股法相似的股對，體現出較強的八股色彩。

清代律賦在用韻上與唐宋律賦是大體相同的，多是兩句押韻或隔句押韻，而在限韻字的安排上，多特意布置在每段之尾，比唐宋律賦更加嚴格和整飭；而在清代散體大賦或文賦的用韻中的確存在著形式多樣，變化多端，用韻不規則的現象。不過這種不規則用韻

正是前代散體大賦和文賦的用韻習慣，很難看成是清代「八股文賦」的獨有特色。

　　鈴木虎雄首創「八股文賦」這一名詞，對於認識清賦受到八股文影響這一文學現象，自有其價值和作用，可以有限制地繼續使用；但是與此同時，應該考慮到八股色彩比較濃厚的賦作主要存在於散體大賦和文賦之中，而不是主要存在於律賦之中的文學事實；而且更爲重要的是，應該考慮到現存清賦之中，律賦在數量上占據著主體地位，律賦不僅是清代士子在辭賦寫作之中最爲致力的賦體，而且是賦論家評述的主要對象；因此，將清賦時代稱爲「八股文賦時代」，恐怕是不大妥當的。

五、清代律賦對唐賦的繼承和超越

　　唐宋科舉實行律賦考試（宋代科舉約有五十年不試詩賦，其餘大部份時間都實行詩賦考試）。元明廢除律賦考試，元代考古賦，明代考八股文。清代科舉考試仍然以八股文爲主，但律賦恢復成爲考試文體之一。科舉試賦制度的變化決定著清代律賦對唐代律賦的越代繼承關係。

　　乾隆年間，吳錫麒在〈賦賦〉中主張對待唐律賦要做到：「俪先矩之匪遙，冀嗣音之勿替。」陳壽祺〈律賦選序〉也主張：「學者爲律賦，必於唐師焉。」但是隨著對唐律賦研究之深入和清自身律賦創作之長足進展，學者漸次萌生對唐律賦之不滿，轉而要求師法本朝館閣律賦。乾隆二十三年，沈豐岐編選《國朝律賦偶箋》首先提出「時賦」的概念，其後，賦論家侯心齋《律賦約言》揭示：

「唐賦雖正格,但法疏而意薄,不必多讀。本朝館閣賦,略讀近科數十篇,以潤詞氣而活筆機,非謂取法在是也。」⑭侯氏雖然主張多讀本朝賦而少讀唐賦,但猶抱琵琶半遮面,不好意思直接宣稱取法本朝賦。到了道咸年間,賦論家徐斗光《賦學僊丹·賦學秘訣》便直接宣稱捨唐而求清:「賦有古體、律體,古體宗《選》,律體宗唐。考試所用,皆律體也。然唐賦法疏意簡,時賦則細密華贍;其古今運會,蓋即與制藝墨裁相似;學賦者固宜去唐律而尚時趨也。」⑮同治年間,賦論家李元度《賦學正鵠·序目》口氣婉轉地鼓吹:「唐以詩賦取士,始有律賦之目,古賦變為律賦,猶古文變為時文也。今功令以詩賦試士,館閣尤重之。試賦除擬古外,率以清醒流利輕靈典切為宗,正合唐人律體。特唐律巧法未備,往往瑕瑜互見,宋元亦然。今賦則斟酌益臻完善耳。譬如八韻詩,唐賦則唐人試律也,今館閣諸賦,則國朝試帖也。學者就時彥中擇其最精者以為鵠,即不啻瓣香唐賢,不必復陳大輅之椎輪矣。」⑯光緒年間,修鳳樓主人編印《律賦囊括》,在〈凡例〉中斷然宣布:「歷朝古賦、律賦,與今體不同,概從割愛。」⑰值得注意的是,上列賦論家論述了清代律賦超越唐賦律賦的特色——「唐賦雖正格,但法疏而意薄」、「唐賦法疏意簡,時賦則細密華贍」、「唐律巧法

---

⑭ 載於程祥棟:《東湖草堂賦鈔》(抱朴山房藏版,同治丁卯[1867]刊)卷首。

⑮ 徐斗光:《賦學僊丹》(柳深處草堂家塾刻本,道光四年[1824]刊)。

⑯ 李元度:《賦學正鵠》(李氏爽谿家塾刻本,同治十年[1871]刊)。

⑰ 修鳳樓主人:《律賦囊括》(羊城:味古書局石印本,光緒十二年[1886]刊)。

未備，往往瑕瑜互見，宋元亦然。今賦則斟酌益臻完善耳」。由此可見，清代律賦與唐代律賦的差別是一種「青出於藍」的差別，主要體現在「意」與「法」兩個方面。這種師法對象轉移的趨勢，反映出清代賦論家增強了本朝意識和自信心。

　　清代律賦對唐代律賦的超越還體現在題材的擴充方面。黃承吉〈金雪舫文學賦鈔序〉⓲指出：「律賦之則，氣主條達，無象不呈；象屬高華，靡氣弗適。其畛域爲歷代所未備，至我朝而後能事必著，釐然燦然。」根據黃氏之說，並進而檢驗清代律賦之題材類別，可以看到清代律賦題材表現範圍確實較前代廣闊，幾乎做到了無事不可入，無境不可繪，無意不可通的境地，比較全面地體現了文學反映外部世界，表現內心情感的雙重功能。從《賦海大觀》和《律賦囊括》兩部總集所收賦來觀察，可以說凡文學中一切題材、主題、形象、意境，無不兼收並蓄，上至天文地理，下至一草一木，達到了無一事不可以入賦，無一物不可以作賦的境地。如《賦海大觀》卷二十二「器用類」所收〈眼鏡賦〉、〈洋表賦〉、〈自鳴鐘賦〉等，描寫外國新來的洋玩意兒；卷三十「花卉類」所收〈罌粟花賦〉、〈阿芙蓉賦〉等，則表現鴉片輸入中國的現實；卷三十二「果實類」所收〈哈密瓜賦〉、〈檳榔賦〉等，則欣賞邊疆地區的土特產。用古代名作家如李杜蘇黃詩句作賦，也是清人的一大喜好，據初步統計，清人與杜詩有關的律賦即有五十首以上⓳。

⓲　黃承吉：〈金雪舫文學賦鈔序〉，載《夢陔堂文集》（清咸豐元年[1851]刻本）卷六。

⓳　參見詹杭倫：〈清代與杜甫有關律賦十八首論列〉（成都：《杜甫研究學刊》2001 年 1 期，頁 39-54）。

這些賦作，正如劉熙載《藝概·賦概》所說：「賦家之心其小無內，其大無垠，故能隨其所值，賦象班形。」[20]賦家不僅關注天文地理，有窮高極遠的想像力，而且留意細小的生活情趣，捕捉一事一物、一情一景，或刻意描摹，或任意揮灑，造成清代律賦創作的極度繁榮。

清代律賦出自唐代律賦，而在題材之廣闊，立意之深邃、層次之綿密，押韻之規範等方面確有突過唐人之處，取得了「青出於藍而勝於藍」的文學成就，成為一種更加規範、可操作性強的文體。

清代律賦對唐賦的越代繼承，除了科舉考試的客觀需要之外，還應該看到，這是文學史上一種帶有規律性的藝術現象，是文學藝術發展辯證法的一種體現。文學思想是螺旋似地向前發展的，雖然總的說來，文學藝術發展的高級階段要勝過初級階段，但是前期往往會保存著某些在後期的發展過程中被忽略的東西。因此，當文藝向更高階段攀升的時候，往往會自覺或不自覺地回顧過去，試圖把那些被忽略的寶物再發掘出來，並且付予它新的價值。在文學復古運動中，需要秉持一個原則，即復古的目的是為了創新。如果對古代文學範式亦步亦趨，不敢越雷池半步，那就是純粹的復古主義；反之，如果吸取古代文學範式有益的營養，並且自覺地加以改進和創造，那就是以復古為革新。準此而論，清代賦家在師承唐賦的過程之中逐漸形成清賦自身特色的努力，是應該得到充分肯定的。

---

[20]　劉熙載：《藝概》（上海：上海古籍出版社，1978 年）。

六、清代律賦的押韻規範和平仄格式

㈠清代律賦形成了一套嚴整的押韻規範，主要體現在：

1. 選韻，要求通檢韻書韻字，選擇新麗流活的韻字；

2. 順序，試官所定官韻，要求挨次順押，不得前後顛倒；

3. 煞尾，官韻所定韻字，最好押在每段的末尾，不得漏韻出韻；但韻字之後，可加一二助語辭；

4. 辨字，對同音異義、同形意異、同義異音等韻字，需要細緻辨析，不得混押；

5. 重沓，限韻中同韻的字，前後分別選韻，不得重疊；

6. 虛字，押虛字韻需要課虛無以責有，因難見巧，出自經典，得於自然；

7. 典故，處理典故與韻字關係，用筆靈活，可有順押、倒押、拆押、因韻諸法；

8. 以意用韻，韻來就意；生韻熟押，熟韻生押；穩如磐石，通篇生色。

㈡根據清代賦論家的提示和通過檢驗清代律賦的實例，可列出以下的律賦平仄格式譜（賦句例引自《律賦評箋》和《賦學指南》）：

1. 三字句，只講尾字，可有下列兩種平仄譜式：

阻鳥道，阨鯨波；絕浪泊，抗邱嶓。（吳錫麒〈伏波銅柱賦〉）

＋＋仄　＋＋平　＋＋仄　＋＋平

定輿圖，通驛路；設郡縣，立租課。（吳錫麒〈伏波銅柱賦〉）

＋＋平　＋＋仄　＋＋平　＋＋仄　（按：「縣」字姑且作平聲用。）

2.四字兩截句，可有下列兩種平仄譜式：

無聲扇物，著意留人（汪彥博〈試燈風賦〉）

＋平＋仄　＋仄＋平

春事興衰，夕陽今古（吳綺〈燕子賦〉）

＋仄＋平　＋平＋仄

3.五字兩截句，可有下列兩種平仄譜式：

水積水（而）更新，時閱時（而）非故（吳錫麒〈伏波銅柱賦〉）

＋＋仄（□）＋平　＋＋平（□）＋仄（按：此爲三二兩截句，「而」

字作爲語助，不計平仄。）

茹古（者）其趣深，橫秋（者）其氣老（張鵬翼〈詞林有根柢賦〉）

＋仄（□）＋＋平　＋平（□）＋＋仄（按：此爲二三兩截句，「者」

字不計平仄。）

4.五字三截句，可有下列平仄譜式：

識中華（之）氣紫，連北斗（之）光紅（吳錫麒〈伏波銅柱賦〉）

仄＋平（□）＋仄　平＋仄（□）＋平（按：此爲三截一二二句式，

「識」「連」爲領字，一字一讀。「之」字爲語助，不計平仄。）

5.六字兩截句，可有下列兩種平仄譜式：

秋何月而不華，月何秋而不吐（鮑桂星〈流雲吐華月賦〉）

＋＋仄＋＋平　＋＋平＋＋仄

望晴嵐兮處處，悵秋信兮年年（楊昌光〈生涯在釣船賦〉）

＋＋平＋＋仄　＋＋仄＋＋平

6.六字三截句，可有下列兩種平仄譜式：

任他夢短夢長，那管花開花謝（陸潤章〈謝小娥受戒賦〉）

＋平＋仄＋平　＋仄＋平＋仄

雅勝七華美麗，輕殊百寶鏤雕 （錢智林〈團扇賦〉）

　＋仄＋平＋仄　＋平＋仄＋平

7. 七字三截句式，可有下列平仄譜式：

八年之霸業空圖，百戰之威名莫講 （馮嘉穀〈項羽垓下聞楚歌賦〉）

＋平＋＋仄＋平　＋仄＋＋平＋仄 （上二中三下二句式）

女子維蛇而維虺，三軍爲鸛而爲鵝 （吳錫麒〈伏波銅柱賦〉）

＋仄＋平＋＋仄　＋平＋仄＋＋平 （上二中二下三句式）

昂藏不類乎紙貓，俊逸豈同乎猘狗 （周召南〈秧馬賦〉）

＋平＋仄＋＋平，＋仄＋平＋＋仄 （此亦上二中二下三句式）

念金甲班師之日，聽銀簪叩鼓之聲 （吳錫麒〈伏波銅柱賦〉）

仄＋仄＋平＋仄　平＋平＋仄＋平 （此爲上三中二下二的三截句

　式，也可看成一二二二的四截句式，上下句首字平仄可以互換。）

8. 四六隔句對，可有下列平仄譜式：

癢揩病馬，苔花舊日之銘；角礪耕牛，木葉前朝之戍 　（吳錫

　麒〈伏波銅柱賦〉）

　＋平＋仄　＋平＋仄平平　＋仄＋平　＋仄＋平＋仄 　（按：

　顧南雅認爲出句末兩字「之銘」皆要平，其實「之」字不在音步節

　奏點上，不必過份拘泥，清人律賦也有作「仄平」的，如《賦學指

　南》載馮嘉穀〈角黍賦〉句：「色絲解罷，條條宛類繭抽；蘆葉披

　殘，箇箇混同蕉剝。」「繭抽」即作「仄平」。）

晴開北岸之窗，何人對弈；夢入南柯之境，有客眠琴 　（楊昌

　光〈午陰賦〉）

　＋平＋仄＋平　＋平＋仄　＋仄＋平＋仄　＋仄＋平

其他八字句九字句平仄，可根據上述譜式規律類推而得。

　　㈢近體律詩五言七言句式的平仄節奏點與律賦是有所不同的。如五律之平平仄仄平，仄仄平平仄，其節奏點在二、四、五字之上；七律之平平仄仄平平仄，仄仄平平仄仄平，其節奏點在二、四、六、七字之上。而賦句之五言兩截句，節奏點在二、五字上，或三、五字上；賦句之七言三截句，節奏點在二、五、七字或二、四、七字之上。因此，由句子之平仄節奏點差異，可以區分出何爲賦句何爲詩句。這應該就是徐斗光在《賦學僊丹‧賦學秘訣》中「論句法」所說的：「凡五字七字句法，不可數成詩體。」同時，我們還聯想到王芑孫在《讀賦卮言‧審體》中所說的「七言五言，最壞賦體」，在一定程度上恐怕也是告誡賦家不要用五、七言詩句的平仄格律破壞賦句的平仄格律。

七、清代律賦評注本的特點

　　清代律賦評本的特點及其長處和缺陷，主要在以下幾個方面：

　　㈠清代律賦的評注本大致包括圈點、旁批、眉批、尾評、集評、串講、題解、注典等各個部份，較好地體現了注解評三結合整理古書模式。

　　㈡清代律賦評本的圈點，大致有加圈、加點和加三角等形式。加圈的句子主要是結構精美的隔句對，是賦篇爲之生色的警句；加點的句子主要是賞析筆法或點醒層次；加三角形主要起提請注意的作用。強調印刷困難而刪削古書圈點的作法是令人遺憾的，應該盡量設法利用高科技保留古書圈點甚至不同的顏色。

　　㈢清代律賦評注本的旁批和眉批大致功用相仿，其主要功用一

在點醒賦段的層次，二在標名賦句的修辭方法。閱讀旁批和眉批應該同賦句的圈點對照結合起來看，圈點與批語相得益彰，不可分割。

㈣清代律賦評注本的尾評有個人評和集評兩種，評者大多是文壇巨子，評語大多是總結性的賞評意見，或梳理全篇文氣脈絡，或重點賞析文體風格，皆要言不煩，發人深省。

㈤清代律賦評注本的段意串講是一種值得注意的形式，其淵源可能來自於唐人對經書的疏解，其近源可能來自於明清人對八股時文的疏解。這種全段串講的方式，對今人注解和翻譯古書無疑是很有參考價值的。

㈥清代律賦評注本的注典，其優點在於比較簡潔，其缺點一在未注明原書篇卷，不便於讀者覆查原書，二在往往未能指明典故最早的和最直接的出處。這是今人在整理這類古籍時需要花費大量功夫加以改進的地方。

㈦清代律賦評注本一般未能給入選作者撰寫小傳。與詩歌評注本相比較，注釋詩歌者往往遵循知人論世的優良傳統，為入選作者立下小傳，律賦評注本卻忽略了這個知人論世的傳統。作為清人評注清賦，如果能夠立下小傳，並加上一些作賦之本事，對後人讀賦一定是很有用處的材料。清代律賦評注家未能注意及此，不能不說是一個遺憾。

八、清代律賦的審美風格論

律賦不僅僅是一種考試文體，同時也是一種文學體裁。清代律

賦與科舉之關係實際上是一種既依附黏連又偏離超越的關係。一方面律賦借助科舉之力而得以發展和繁榮，因而在內容旨意上向經學和現實政治需要靠攏；另一方面律賦畢竟屬於文學範疇，從創作到批評都不能不受文學自身發展規律的支配和賦家所處社會生活環境的影響，因而它仍然能夠保持其獨立的文學品格而暢行於世。清代（尤其是晚清）賦家創作了大量抒情言志寫景賦物的作品，這些作品脫離了科舉考場的束縛，思想格調和形式技巧方面比較自由活潑，追求文學作品的審美價值，顯示出清代律賦在與科舉考試緊密黏附的同時，也作為一種疏離科場的獨立文學樣式活躍在文壇之上。伴隨著律賦創作風格的多樣化，清代賦論家對律賦的審美風格理論作了精湛的研究。

朱一飛《律賦揀金錄·賦譜》提出「四品」，指律賦所追求的「清、真、雅、正」四項審美標準：「清以氣格言也，真以典實言也，所謂詩人之賦麗以則，則者法之；煉字必取其雅，用意必歸於正，所謂詞人之賦麗以淫，淫者謹之」。

魏謙升《賦品》仿《二十四詩品》體例，分為源流、結構、氣體、聲律、符采、情韻、造端、事類、應舉、程試、駢麗、散行、比附、諷喻、感興、研煉、雅贍、瀏亮、宏富、麗則、短峭、纖密、飛動、古奧等二十四品，每品為四言韻語十二句。大致可以分為兩個部份：從源流至研煉十六品，泛論賦之源流、體裁、創作技法等問題；從雅贍至古奧九品，採用比喻象徵手法論辭賦風格。

余丙照《賦學指南》也論及賦之風格分類，余氏將賦分為「四品」云：「其一、清音嫋嫋，秀骨珊珊，名曰清秀品。此近時風尚者也。其一、靈活無比，圓轉自如，名曰灑脫品。此熟如彈丸者

也。其一、端莊流利，蘊藉風流，名曰莊雅品。此骨肉亭勻者也。
其一、古調獨彈，自饒豐致，名曰古致品。此不落恒蹊者也。」

劉熙載《藝概·賦概》論及古賦的審美風格，作者指出：「屈
子之纏綿，枚叔、長卿之巨麗，淵明之高逸，宇宙間賦，歸趣總
外此三種。」此前，余丙照《賦學指南》曾列「清秀、灑脫、莊
雅、古致」四品。這兩種分品法，一則針對古賦而言，一則針對律
賦而言，可以互相參證。

清代還出現了一批按照風格分類的賦集，比如李元度《賦學正
鵠》、繆裕紱《律賦準繩》即是。李著本著「循流以溯源」的原
則，將所選賦分為十類：「曰層次、曰氣機，入門第一義也；曰風
景、曰細切、曰莊雅、曰沈雄、曰博大，皆應區之品目也；曰遒
煉、曰神韻，則駸駸乎進乎古賦；曰高古，則精擇古賦以為極則，
由六朝以上希兩漢，其道一以貫之。」這些選本提供了各種風格作
品的實例，是研究律賦審美風格論的重要資料。

值得注意的是，唐文治《浣花廬賦鈔·跋》❷評云：「近李次
青先生選《賦學正鵠》，分高古、神韻、氣勢、遒鍊各門類，蓋隱
師曾文正《古文四象》遺法，雖小道必有可觀。」據唐氏所言，李
元度師承曾國藩❷，而曾國藩是師承姚鼐的。姚鼐在〈覆魯絜非

---

❷ 唐文治：《浣花廬賦鈔·跋》，見唐受祺：《浣華廬賦鈔》（俞世德堂校
印本，民國十七年[1928年]）卷尾。

❷ 據尚小明：《學人遊幕與清代學術》（北京：社會科學文獻出版社，1999
年）一書考證，李元度於咸豐二年至四年（1852－1854）在曾國藩幕府之
中。

書〉中說：「文者，天地之精英，而陰陽剛柔之發也。」㉓這樣，
從姚鼐的「陰陽剛柔」之說，到曾國藩的「古文四象」之說，再到
李元度的十種風格分類，就存在著一脈相通的聯繫。

　　研究清代文學批評的學者，一般只注意到姚鼐對審美風格的論
述，未遑顧及其他。通過對清代律賦審美風格論的深入研究，相信
可以對清代文學審美風格論作出重要的貢獻。

㉓　姚鼐：〈覆魯絜非書〉，見《惜抱軒全集》（香港：廣智書局，1959
　　年）卷六。

參考書目舉要

（以作者筆劃爲序）

一、專書

1. 《大正新修大藏經》，臺北：新文豐出版公司，1973 年。

2. 《大清歷朝實錄》，臺北：華聯書局，1964 年。

3. 《中國大百科全書·中國文學卷》，北京：中國大百科全書出版社，1980 年。

4. 《清代傳記叢刊》，臺北：明文書局，1985 年。

5. 《論語》，《十三經注疏》本，臺北：大化書局，1982 年。

6. 丁福葆：《清詩話》，上海：上海古籍出版社，1999 年。

7. 仇兆鰲：《杜詩詳注》，北京：中華書局，1979 年。

8. 文天祥：《文文山全集》，臺北：世界書局，1979 年。

9. 方苞：《欽定本朝四書文》，見《欽定四書文》，臺灣：商務印書館影印《欽定四庫全書》第 1451 冊。

10. 方濬頤：《忍齋賦略》，見《方忍齋所著書》，臺北：聯經出版事業公司，1976 年影印本。

11. 王力：《漢語詩律學》，香港：中華書局，1973 年。

12. 王之績：《鐵立文起》，《四庫全書存目叢書》影印北京大學圖書館藏清康熙癸未(1703)刻本，臺南：莊嚴文化，1997 年。

13. 王文祿：《文脈》，北京：中華書局，1985 年。

14. 王世貞：《藝苑卮言》，《歷代詩話續編》本，北京：中華書局，1983 年。

15. 王利器：《文鏡祕府論校注》，北京：中國社會科學出版社，1983 年版。

16. 王芑孫：《讀賦卮言》，《淵雅堂全集》本，清嘉慶九年（1804）；上海淞隱閣印《國朝名人著述叢編》本，光緒五年（1879）；富順考雋堂刊本，光緒十一年（1885）；何沛雄編《賦話六種》本，香港：三聯書店，1982 年）案：今所傳四種版本，前三種書前有汪榮光〈序〉和作者〈自序〉，後一種只錄有正文。

17. 王禹偁：《小畜集》，《四部叢刊》影宋本。

18. 王欽若等：《冊府元龜》，臺灣：中華書局，1967 年。

19. 王嵩儒：《掌固零拾》，臺北：文海出版社，1967 年。

20. 王楙：《燕翼詒謀錄》，北京：中華書局《唐宋史料筆記叢刊》本，1981 年。

21. 王銍《四六話》，《叢書集成初編》本，北京：中華書局，1985 年。

22. 王曉岩：《新輯賦彙題注》，清華齋藏版，光緒六年（1880）刊。

23. 王寶庸：《竹里全稿》，臺北：聯經出版事業公司影印本，1976 年。

24. 王繼祖等：《直隸通州志》，臺北：臺灣學生書局，1968 年。

25. 令狐德棻：《周書》，北京：中華書局，1997 年。

26. 北京故宮博物院：《清代文字獄檔》，上海：上海書店，1986年。

27. 司馬遷：《史記》，北京：中華書局，1997 年。

28. 白居易著、顧學頡校點：《白居易集》，北京：中華書局，1979 年。

29. 朱一飛：《律賦揀金錄》，乾隆丙申（1776）初刻本，乾隆壬子（1792）增訂重刻本。

30. 朱之藩：《詩法要標》，趙鍾業編：《韓國詩話叢編》本。

31. 朱永脣：《律賦三百首》，香港：新雅印務公司，1982 年。

32. 朱崇才：《詞話學》，臺北：文津出版社，1995 年。

33. 朱熹：《楚辭集注》，上海：上海古籍出版社，1979 年。

34. 朱鶴齡：《愚庵小集》，上海：上海古籍出版社，1979 年。

35. 江含春：《楞園賦說》，上海圖書館藏清抄本。

36. 何沛雄：《賦話六種》（增訂本），香港：三聯書店，1982年。

37. 何焯：《義門讀書記》，北京：中華書局，1987 年。

38. 何新文：《中國賦論史稿》，北京：開明出版社，1993 年。

39. 何新文：《辭賦散論》，北京：東方出版社，2000 年。

40. 余丙照：《賦學指南》，道光七年（1827）初刊本。按：此書道光二十二年（1842）增注重刻本，改名《增注賦學指南》；又有臺北：廣文書局一九七九年影印本，改名《增注賦學入門》，並合為二卷。

41. 余英時：《論戴震與章學誠》，臺灣：東大圖書公司，1996

年。

42. 吳文治主編：《明詩話全編》，江蘇：江蘇古籍出版社，1997 年。

43. 吳光昭：《賦彙錄要箋略》，清乾隆汲古齋刻本。

44. 吳宏一：《清代文學批評論集》，臺北：聯經書局，1998 年。

45. 吳宏一：《清代詩學初探》，臺北：臺灣學生書局，1986 年。

46. 吳訥：《文章辨體序說》，北京：人民文學出版社，1998 年。

47. 吳景旭：《歷代詩話》，上海：中華書局上海編輯所，1958 年。

48. 吳道鎔等：《廣東文徵》，香港：香港中文大學圖書館叢書第 一集，1973 年。

49. 吳錫麒：《有正味齋駢體文》，大達圖書供應社，1936 年。

50. 宋元強：《清朝的狀元》，長春：吉林文史出版社，1992 年。

51. 李元度：《賦學正鵠》，李氏爽谿家塾刻本，同治十年 （1871）刊。廣州：崇文堂刊成性根注本，光緒八年（1882） 刊。

52. 李曰剛：《辭賦流變史》，臺北：文津出版社，1987 年。

53. 李成良：《阮元思想研究》，成都：四川人民出版社，1997 年。

54. 李延壽：《南史》，北京：中華書局，1975 年。

55. 李重華：《貞一齋詩說》，《清詩話》本，上海：上海古籍出版社，1999 年。

56. 李廌：《濟南先生師友談記》，《叢書集成初編》本，北京：中華書局，1985 年。

57. 李夢陽：《空同先生集》，《明代論著叢刊》本，臺北：偉文圖書出版社，1976 年。

58. 李調元：《雨村詩話》十六卷本，清嘉慶六年（1801）刊。

59. 李調元：《雨村賦話》，何沛雄校點本，香港：萬有圖書公司，1976 年；詹杭倫、沈時蓉校證本，臺北：新文豐公司，1993 年。案：《清朝續文獻通考》、《書目答問》著錄《雨村賦話》十二卷，《清史稿・藝文志》、《清史列傳》本傳著錄十卷。但十二卷本迄今尚未發現，今傳《函海》叢書本和光緒八年（1882）瀹雅齋刊單行本皆為十卷本。。

60. 李調元：《童山文集》，《函海》本，嘉慶十四年（1809）刊。

61. 沈作喆：《寓簡》，北京：中華書局，1985 年。

62. 沈約：《宋書》，北京：中華書局，1975 年。

63. 沈祖榮、吳穎炎：《賦考》，載《策學備纂》卷三〇。上海：點石齋，光緒十四年（1888）印本，光緒二十年（1894）袖海山房重印本，光緒二十三年（1897）、二十六年（1900）點石齋重印本。案：臺北：文史哲出版社 1978 年影印本，改題《國學備纂》。

64. 沈祖燕、吳穎炎：《賦學》，載《策學備纂》卷三一。

65. 沈豐岐：《國朝律賦偶箋》，乾隆二十四年（1786）養素齋藏

版。

66. 汪廷珍：《作賦例言》，《遜敏堂叢書》本。

67. 阮學洪：《本朝館閣詩》，《清史稿·藝文志》著錄。

68. 尚小明：《學人遊幕與清代學術》，北京：社會科學文獻出版社，1999 年。

69. 房玄齡等：《晉書》，北京：中華書局，1997 年。

70. 昌福公司：《康雍乾間文字之獄》，北京：北京古籍出版社，1999 年。

71. 林聯桂：《見星廬賦話》，《高涼耆舊遺集》本，清光緒十八年（1892）刊。

72. 武作成：《清史稿·藝文志補編》，北京：中華書局，1982 年。

73. 邱士超：《唐人賦鈔》，嘉慶十八年（1813）初刻本，同治壬戌（1862）重刻本。

74. 侯心齋：《律賦約言》，載程祥棟編《東湖草堂賦鈔初集》卷首，清同治六年（1867）刻本。

75. 姚華：《論文後編》，載《弗堂類稿》論著甲，上海：中華書局聚珍仿宋版，1930 年。

76. 姚鉉：《唐文粹》，臺灣：商務印書館，1967 年。

77. 姚椿：《國朝文錄》，臺北：大新書局影印清咸豐刊本，1965 年。又，上海：掃葉山房，光緒庚子年（1900）刊本。

78. 姚鼐：《古文辭類纂》，康紹鏞刊本，清嘉慶二十四年（1820）；吳啓昌刊本，道光五年（1825）；李承淵刊本，光緒二十七年（1901）。

79. 姚鼐：《惜抱軒全集》，香港：廣智書局，1959年。

80. 洪邁：《容齋四筆》，上海：上海古籍出版社，1978年。

81. 皇甫湜：《皇甫持正文集》，《四部叢刊初編》本。

82. 紀昀：《紀文達公遺集》，清刻本。

83. 紀昀：《紀曉嵐評文心雕龍》，江蘇：廣陵古籍刻印社影印道光刊本，1997年。

84. 紀昀等：《四庫全書總目》，北京：中華書局，1965年。

85. 胡應麟：《詩藪》，上海：上海古籍出版社，1979年。

86. 范仲淹：《范文正公集》，上海：商務印書館，1937年。

87. 修鳳樓主人：《律賦囊括》，羊城：味古書局石印本，光緒十二年（1886）。

88. 倪一擎：《賦彙題解》，杭世駿審定本，乾隆二十三年（1785）。

89. 唐受祺：《浣華廬賦鈔》，載《太崑先哲遺書》，俞世德堂校印本，民國十七年（1928年）。

90. 孫奎：《春暉園賦苑卮言》，嘉慶庚午（1810）廣東刻本，道光丙申（1836）書有堂刊本。案：《販書偶記》稱有「道光丙子孫長紀校刊本」，按道光無「丙子」，當是「丙申」之誤。

91. 孫梅：《四六叢話》，乾隆五十五年（1790）刊本，嘉慶三年（1798）刊本，光緒七年（1881）刊本，商務印書館《國學基本叢書》本。

92. 孫德謙：《古書讀法略例》，臺灣：商務印書館，1974年。

93. 徐斗光：《賦學僊丹》，柳深處草堂家塾刻本，道光四年（1824）刊。

94. 徐世昌：《晚晴簃詩彙》，北京：北京出版社，1996 年。

95. 徐志嘯：《歷代賦論輯要》，上海：復旦大學出版社，1991
年。

96. 徐承埰：《賦法梯程》，書成於同治六年（1867），今存春暉
草堂費氏抄本，藏上海圖書館。

97. 徐松等：《新疆四賦》，北京：中央民族學院出版社，1982
年。

98. 徐珂：《清稗類鈔》，北京：中華書局，1984 年。

99. 徐師曾：《文體明辨序說》，北京：人民文學出版社，1998
年。

100. 桓譚：《新論·道賦》，見嚴可均輯《全上古三代秦漢三國六
朝文全漢文》卷五二，北京：中華書局，1958 年。

101. 浦銑：《復小齋賦話》，乾隆五十三年（1788）復小齋刊本，
附《歷代賦話》之後，有浦銑〈自序〉和王敬禧〈跋〉；光緒
六年（1880）望雲仙館校刊《檇李遺書》本，有孫福清
〈跋〉；香港：三聯書店，1982 年排印何沛雄編《賦話六
種》本。案：後兩本皆有脫漏，以乾隆本為善。

102. 浦銑：《歷代賦話》，乾隆五十三年（1788）復小齋原刻本。

103. 班固：《漢書》，北京：中華書局，1997 年。

104. 祝堯：《古賦辨體》，今存最早者為明代成化二年（1466）金
守信刻本，有錢溥〈序〉，稱底本為祝堯家刻本。其後明嘉靖
十一年（1532）、十六年、二十一年續有刻本，皆出自金刻
本。嘉靖十六年刻本篇中有旁批圈點，卷尾有贛州知府康河
跋，稱該本首刻者為顧與新，未及完工，繼成者為吳子貞，並

得熊子修按蜀時所刻全本參校補正，是爲明刻中較善之本。
《四庫全書》抄本即以嘉靖補刻本爲底本，改正了一些錯字，
但刪去旁批，圈點，已非原本面貌。

105. 納蘭性德：《通志堂集》，康熙三十年（1691）原刻本；上
海：上海古籍影印本，1979 年）。

106. 袁黃：《群書備考》，按：《古今圖書集成》所引未載撰人姓
氏，陳去病《辭賦學綱要》引之，署袁黃作。

107. 郝經：《陵川集》，臺灣：商務印書館，1986 年。

108. 馬積高：《清代學術思想的變遷與文學》，長沙：湖南出版
社，1996 年。

109. 馬積高：《賦史》，上海：上海古籍出版社，1987 年。

110. 高光復：《賦史述略》，哈爾濱：東北師大出版社，1987
年。

111. 商衍鎏：《清代科舉考試述錄》，北京：三聯書店，1958
年。

112. 張之洞：《書目答問》，上海：商務印書館，1929 年。

113. 張之洞：《輶軒語》，《張文襄公全集》本，臺北：文海書局
影印本，1980 年。

114. 張正體、張婷婷：《賦學》，臺北：臺灣學生書局，1982
年。

115. 張伯偉：《全唐五代詩格校考》，陝西：人民教育出版社，
1996 年。

116. 張宏生：《清代詞學的建構》，南京：江蘇古籍出版社，1998
年。

117. 張英等：《淵鑒類函》，康熙四十九年（1710）內府刊本；乾隆四十三年（1748）武英殿刊袖珍本；北京：中國書店影印本，1985 年；臺北：新興書局影印本，1986 年。

118. 張壽鏞等：《皇朝掌故彙編》，臺北：文海出版社，1964年。

119. 張鑒著、黃愛平校點：《阮元年譜》，北京：中華書局，1995年。

120. 曹明綱：《賦學概論》，上海：上海古籍出版社，1998 年。

121. 梁方仲：《中國歷代戶口田地田賦統計》，上海：上海人民出版社，1980 年。

122. 梁啓超：《中國近三百年學術史》，北京：中國書店，1985年；北京：東方出版社《民國學術經典文庫》本，1996 年。

123. 梁啓超：《清代學術概論》，上海：上海古籍出版社，1998年。

124. 清世宗：《大義覺迷錄》，臺北：文海出版社，1985 年。

125. 脫脫等：《元史》，北京：中華書局，1997 年。

126. 脫脫等：《宋史》，北京：中華書局，1975 年。

127. 脫脫等：《金史》，北京：中華書局，1997 年。

128. 郭紹虞：《滄浪詩話校釋》，臺北：里仁書局，1987 年。

129. 郭維森、許結：《中國辭賦發展史》，南京：江蘇教育出版社，1996 年。

130. 陳元龍編：《御定歷代賦彙》，日本：中文出版社影印清康熙刊本，1974 年。

131. 陳去病：《辭賦學綱要》，上海：國光書局，1927 年；臺

灣：文海出版社，1971 年。

132. 陳永明：《中國文學散論》，臺北：書林出版社，1994 年。

133. 陳師道：《後山詩話》，丁福保輯《歷代詩話》本。

134. 陳師道：《後山談叢》，臺北：廣文書局，1970 年。

135. 陳康祺：《郎潛紀聞》，北京：中華書局，1984 年。

136. 陳彭年等：《大宋重修廣韻》，臺北：藝文印書館影印本，1991 年。

137. 陳夢雷等：《古今圖書集成》，清雍正六年（1728）銅活字印本；臺北：文星書局影印本，1964 年；北京：中華書局與巴蜀書社聯合影印本，1980 年。

138. 陳鵠：《西塘集耆舊續聞》，《叢書集成初編》本。

139. 陶福履：《常談》，清光緒十六年（1890）刻本。又，《叢書集成初編》本（北京：中華書局，1985 年）。臺灣：商務印書館《叢書集成簡編》影印《豫章叢書》本。

140. 章炳麟：《訄書·哀焚書》，上海：古典文學出版社，1958 年。

141. 章炳麟：《國故論衡》，《章氏叢書》本，臺北：世界書局，1958 年。

142. 章學誠：《校讎通義》，香港：香港浸會學院圖書館影印道光壬辰（1832）刻本，1980 年。

143. 彭元瑞：《宋四六話》，嘉慶八年（1803）刻本，《海山仙館叢書》本，《叢書集成初編》本。

144. 彭叔夏：《文苑英華辨證》，《四庫全書》本，臺灣：商務印書館，1986 年。

145. 揚雄：《法言》，成都：巴蜀書社，1988 年。

146. 曾棗莊等：《宋文紀事》，成都：四川大學出版社，1995 年。

147. 游子六：《詩法入門》，金陵：白玉文德堂刊本，康熙五十四年（1715）；上海：千頃堂石印本，民國三年（1914）；臺北：新文豐出版公司影印民國本，1974 年。

148. 程祥棟：《東湖草堂賦鈔》，清同治丁卯（1867）刻本。

149. 程章燦：《魏晉南北朝賦史》，南京：江蘇古籍出版社，1992 年。

150. 程端禮：《程氏家塾分年讀書日程》，臺灣：商務印書館影印《四部叢刊廣編》本，1981 年。

151. 費經虞：《雅倫》，清康熙四十九年（1710）刻本。案：《雅倫》全書已收入吳文治主編：《明詩話全編》，南京：江蘇古籍出版社，1997 年。

152. 黃光亮：《清代科舉制度之研究》，臺灣：嘉新水泥公司，1976 年。

153. 黃書霖：《二十四史九通政典類要合編》，臺北：大通書局，1979 年。

154. 楊松年：《中國文學評論史編寫問題論析》，臺北：文史哲出版社，1988 年。

155. 梁廷燦：《歷代名人生卒年表》，臺灣：商務印書館，1979 年。

156. 葉方宣、程奐若編：《本朝館閣賦》，困學齋刊本，乾隆二十九年（1764）刊。

157. 葉幼明：《辭賦通論》，湖南：教育出版社，1991 年。

158. 葉伯棠：《清代文官考選制度之研究》，臺灣：嘉新水泥公司，1977 年。

159. 葉紹翁：《四朝聞見錄》，北京：中華書局，1985 年。

160. 葉德輝：《書林清話》，北京：古籍出版社，1957 年。

161. 葛洪著，向新陽、劉克任校注：《西京雜記》，上海：上海古籍，1991 年。

162. 詹杭倫、沈時蓉校證：《雨村賦話校證》，臺北：新文豐出版公司，1993 年。

163. 詹杭倫：《李調元學譜》，成都：天地出版社，1997 年。

164. 鈴木虎雄著、殷石臞譯：《賦史大要》，臺北：正中書局，1942 年。

165. 雷琳、張杏濱注：《賦鈔箋略》，清乾隆三十一年（1766）刊。

166. 雷夢辰：《清代各省禁書彙考》，北京：北京圖書出版社，1989 年。

167. 趙爾巽等：《清史稿》，北京：中華書局，1997 年。

168. 趙翼著、欒保群等校點：《陔餘叢考》，河北：河北人民出版社，1990 年。

169. 劉師培：《論文雜記》，北京：人民文學出版社，1959 年。按：此書原分載一九〇五年《國粹學報》，一九二八年樸社出版單行本，後收入《劉申叔先生遺書》。

170. 劉肅：《大唐新語》，北京：中華書局，1984 年。

171. 劉義慶：《世說新語》，北京：文學古籍刊行社，1956 年。

172. 劉熙載：《藝概》，清同治十二年（1873）刻《古桐書屋六種》本；上海：上海古籍排印本，1978 年；貴州：貴州人民出版社，王氣中箋注本，1986 年。

173. 劉勰：《文心雕龍》，北京：人民文學出版社，1958 年。

174. 劉錦藻：《清朝續文獻通考》，上海：商務印書館，1936年。

175. 厲鶚：《宋詩紀事》，臺灣：商務印書館，1985 年。

176. 摯虞：《文章流別論》，見嚴可均輯《全晉文》卷七七。

177. 歐陽修：《歐陽文忠公全集》，臺灣：中華書局，1965 年。

178. 潘遵祁：《唐律賦鈔》，三松堂刊本，清道光二十八年（1848）。

179. 蔣良琪：《東華錄》，北京：中華書局，1980 年。

180. 蔡正楚：《詩話學》，長沙：湖南教育出版社，1990 年。

181. 鄭起潛：《聲律關鍵》，臺灣：商務印書館影印《宛委別藏》本，1981 年。

182. 鄭獻甫：《制義雜話》，《補學軒文集續刻》本，臺北：文海出版社，1975 年。

183. 鄧國光：《文原》，澳門：澳門大學出版中心，1997 年。

184. 鄧國光：《摯虞研究》，香港：學衡，1990 年。

185. 黎翔鳳、黎榮桂：《律賦評箋》，粵東：儒林閣刻本，光緒八年（1882）刊。案：封面署《詳注律賦評箋》。

186. 蕭一山：《清代通史》，臺灣：商務印書館，1963 年。

187. 遲文浚等主編：《歷代賦辭典》，瀋陽：遼寧人民出版社，1992 年。

188. 錢穆：《中國近三百年學術史》，臺北：商務印書館，1957年。

189. 霍松林主編：《辭賦大辭典》，南京：江蘇古籍出版社，1996年。

190. 戴綸喆：《漢魏六朝賦摘艷譜說》，四川：瀛山書院刻本，光緒七年（1881）。

191. 韓愈：《昌黎先生集》，《四部叢刊初編》本。

192. 鴻寶齋主人：《賦海大觀》，鴻寶齋刊本，光緒癸巳（1893）刊。

193. 簡宗梧：《賦與駢文》，臺北：臺灣書店，1998年。

194. 魏謙升：《賦品》，佚名：《詩賦詞曲品》本；何沛雄：《賦話六種》本，香港：三聯書店，1982年。

195. 鄺健行：《科舉考試文體論稿》，臺北：臺灣書店，1999年。

196. 鄺健行：《詩賦與律調》，北京：中華書局，1994年。

197. 顧炎武著、黃汝成集釋、秦克誠點校：《日知錄集釋》，湖南：岳麓書社，1994年。

198. 顧祖訓：《狀元圖考》，臺北：明文書局影印《明代傳記叢刊》本，1991年。

199. 顧蒓：《律賦必以集》，嘉慶十八年（1813）雲南刻本，載顧氏〈自序〉；嘉慶二十五年（1820）廣東菊坡精舍重刻本，卷首有時任粵西布政使繼昌〈序〉；光緒十五年（1889）成都尊經書局重刻本。

200. 龔向農：《中國文學史略論》，成都：薛崇禮堂刻本，1945年。

二、單篇文章

1. 王敬禧：《復小齋賦話·跋》，見《檇李叢書》本《復小齋賦話》卷尾。

2. 吳錫麒：〈論律賦〉，載程祥棟編：《東湖草堂賦鈔》卷首；亦見潘遵祁編：《唐律賦鈔》卷首。

3. 李文泰、吳宣崇：〈訪李惟實、林辛山遺集啓〉，載《見星廬賦話》卷末。

4. 李祖陶：〈與楊蓉諸明府書〉，載《邁堂文略》卷一，清刻本。

5. 阮元：《紀文達公集·序》，見《揅經室三集》卷五，北京：中華書局，1985 年。

6. 俞士玲：〈論清代科舉與辭賦〉，載南京大學中文系編：《第四屆國際辭賦學學術研討會論文集》，頁 665－683。

7. 柳冕：〈與滑州盧大夫論文書〉，載《全唐文》，臺北：華聯出版社，1965 年。

8. 張祥河：《國朝文錄·序》，見姚椿編：《國朝文錄》卷首，上海：掃葉山房，光緒庚子年（1900）刊本。

9. 曹植：〈與楊德祖書〉，載《曹子建集》，臺北：中華書局，1965 年；又載《昭明文選》卷四二。

10. 許結：〈清賦概論〉，廣州：《學術研究》，1993 年 3 期，頁 111－117。

11. 許結：〈論清代的賦學批評〉，北京：《文學評論》，1996 年 4 期，頁 28－38。

12. 郭紹虞：《杜詩鏡銓・前言》，臺北：漢京文化公司翻印本，1983 年。

13. 郭預衡：《漢賦通論・序言》，見萬光治：《漢賦通論》，成都：巴蜀書社，1989 年，頁 1－5。

14. 陳山毓：《賦略・緒言》，載《賦略》，明崇禎七年（1634）刻本卷首。

15. 陳山毓：《賦選・序》，載浦銑《歷代賦話續集》卷一三，乾隆五十三年（1788）復小齋原刻本。

16. 陳壽祺：〈律賦選序〉，載《左海文集》卷六，清三山陳氏刻本。

17. 程廷祚：〈騷賦論〉，見《清溪文集》卷三，《金陵叢書》本。郭紹虞曾將〈騷賦論〉摘出，收入《中國歷代文論選》第一冊，上海：中華書局，1962 年。

18. 程章燦：〈以六朝賦話爲中心的研究〉，見臺北政治大學主編：《第三屆國際辭賦學學術研討會論文集》，1996 年 12 月。

19. 黃仁生：〈論元代科舉與辭賦〉，載北京：《文學評論》，1995 年第 3 期，頁 109－121。

20. 黃百家：〈萬季野先生斯同墓誌銘〉，見《清碑傳集》卷一三一，臺北：明文書局，1985 年。

21. 黃叔琳：《文心雕龍校本・例言》，見江蘇：廣陵古籍刻印社影印道光刊本卷首，1997 年。

22. 黃承吉：〈金雪舫文學賦鈔序〉，載《夢陔堂文集》（清咸豐元年[1851]刻本）卷六。

23. 葉祺昌：《律賦標準・序》，載《賦學正鵠集釋續集》卷首，

上海：富文書局石印本，光緒二十五年（1899）。

24. 詹杭倫：〈王芑孫及其《讀賦卮言》敘論〉，載《第三屆國際賦學會議論文集》，臺灣：政治大學，1996 年。

25. 詹杭倫：〈李調元和他的《雨村賦話》〉，載《第二屆國際賦學會專輯》，香港：新亞學術集刊，1994 年。

26. 詹杭倫：〈唐抄本《賦譜》初探〉，成都：《四川師大學報增刊》第七期，1993 年。

27. 詹杭倫：〈浦銑《歷代賦話》收採漢賦資料介紹及其賦論辨析〉，載《第二屆漢代文學與思想學術研討會論文集》，臺灣：政治大學，1999 年。

28. 詹杭倫：〈揚雄賦論與清人的回應〉，載《第三屆漢代文學與思想學術研討會論文集》，臺灣：政治大學，2000 年。

29. 詹杭倫：〈清代與杜甫有關律賦十八首論列〉，成都：《杜甫研究學刊》，2001 年 1 期。

30. 劉承幹：《歷代詩話·跋》，見吳景旭：《歷代詩話》，頁1225。

31. 簡宗梧：〈1991～1995 年中外賦學研究述評〉，載南京大學中文系主編：《第四屆國際辭賦學學術研討會論文集》（南京：江蘇教育出版社，1999 年），頁 769－790。

32. 蘇軾：〈文說〉，見《東坡題跋》卷一，上海：上海遠東出版社，1996 年。

33. 吳之振：〈重刻律髓記言〉，見《紀批瀛奎律髓刊誤》卷首，臺灣：佩文書社，1950 年。

後 記

　　中國大陸的學術界，有著「三代人」的說法：一九四九年以前
的學者被稱爲「老一代」，五、六十年代大學畢業的學者被稱爲
「中一代」，一九七七年恢復高考後成長起來的學者被稱爲「新一
代」。「新一代」本來應該給人年輕有爲、朝氣蓬勃的印象，但是
像我這樣的「新一代」已經年近半百了，常年的書齋生活消磨了青
春的光澤，說得好聽點，是有了一些書卷氣；說得不好聽，那就只
能給人以老氣橫秋的印象了。不過從學術的年齡上講，我們正當學
術的盛年，這一份自信心還是應該具備的。

　　回顧我的學術生涯，其中有三個重要的時段：第一時段是在四
川師範大學中國古代文學研究所求學，在以屈守元教授爲首的導師
組指導下，我完成了碩士論文《方回詩論研究》，奠定了文獻學和
唐宋詩學的堅實基礎。第二時段是在天津南開大學中文系訪問進
修，在羅宗強教授指導下，我完成了訪問學者研究計劃《金代文學
思想史》，學得了文學創作與理論批評相結合的研究方法。第三時
段是在香港浸會大學中文系深造，一面協助鄺健行教授作「韓國詩
話中的中國資料收集與整理」研究工作，一面在鄺教授指導下撰寫
我的博士論文《清代賦論研究》。香港三年最大的收穫是開拓了學
術眼界，明白了我們的研究應該建立起國際漢學的視野，至少也應
該站在總覽兩岸三地學術成果的高度，方才不至於犯閉門造車、夜

郎自大的錯誤。

　　中國賦學的研究隨著四次國際性賦會的召開（第五次國際賦會也即將召開），已經從邊緣逐漸走向了學術研究的主流陣地，但從事賦論研究的學者一直不是很多，主要的原因還是在於掌握資料的限制。我收集和研究賦論是從九十年代初期開始的，一九九三年已經在臺灣出版了一部《雨村賦話校證》。收集賦論資料時，得到過北京、上海、重慶、湖南、湖北、香港、臺灣、美國等地許多學術界朋友的幫助。我去香港，是提著一箱賦論資料去的。香港的圖書資料很豐富，而且使用起來很方便，我又得以補充了許多賦論賦話和賦總集資料，順利地完成了博士論文。

　　這部書是在我的博士論文基礎上修訂而成的專著。在博士論文答辯會上，擔任校外評審專家的吳宏一教授等一方面高度肯定這篇論文「表現之成績在一般博士論文水平之上」，另一方面也提出了不少中肯的修改意見。這些意見對於我修訂本書起了很好的作用。由於目前清代賦論研究仍然處於拓荒性的基礎研究階段，所以本書的學術特色首先體現在準確系統詳贍地整理清代賦學文獻資料，其次在於依照清代賦學表現的事實和內在的理路，作出合情合理的理論闡釋與價值判斷。「用材料說話」是我秉承的傳統學術風格，如果本書能夠為賦學研究者提供清代賦學文獻上、理念上的一些幫助，那我就會感到欣慰了。

　　在南京召開的第四屆國際賦會上，賦學家簡宗梧教授發表〈1991～1995 年中外賦學研究述評〉一文，推許我為「當今賦學界耀眼新星」之一（見南京大學中文系主編：《第四屆國際辭賦學學術研討會論文集》，南京：江蘇教育出版社，1999 年，頁 785）。我固然不敢

當「新星」的頭銜，但一定把簡教授的鼓勵和鞭策化作動力，珍惜
年華和精力，在賦學研究方面，踏踏實實地努力，一步一個腳印地
前進，與賦學界的良師益友一道奮鬥，打造賦學研究萬紫千紅的新
局面。

　　值本書出版之際，我要向指導本書寫作的鄺健行教授、陳永明
教授、陳志誠教授致謝！向參與博士論文答辯的吳宏一教授、鄧仕
樑教授、周國正教授、劉楚華教授、韋金滿教授致謝！向為本書提
供資料的國內外師友致謝！向參與出版審定的簡宗梧教授、學生書
局鮑邦瑞總經理、前任游均晶編輯、繼任曾雅雯編輯致謝！

　　學者的一生就像一棵櫛風沐雨成長起來的樹，一部書的出版為
這棵樹增加了一圈年輪。這顯示著這棵樹充實了一圈，也意味著這
棵樹又老了一頭。願學者之樹，枝繁葉茂，青春長在！

　　　　　　　　　　　　　詹杭倫 記于北京西三旗育新花園寓所
　　　　　　　　　　　　　　　　　二〇〇一年八月

國家圖書館出版品預行編目資料

清代賦論研究

詹杭倫著. － 初版. － 臺北市：臺灣學生，
2002[民 91]
面；公分
參考書目：面

ISBN 957-15-1115-3 (精裝)
ISBN 957-15-1116-1 (平裝)

1. 辭賦 － 清(1644-1912) － 評論

822.87   91001655

清代賦論研究 （全一冊）

著　作　者：詹　　　　杭　　　　倫
出　版　者：臺　灣　學　生　書　局
發　行　人：孫　　　　善　　　　治
發　行　所：臺　灣　學　生　書　局
　　　　　　臺北市和平東路一段一九八號
　　　　　　郵政劃撥帳號：00024668
　　　　　　電　話：(02)23634156
　　　　　　傳　眞：(02)23636334
　　　　　　E-mail : student.book@msa.hinet.net
　　　　　　http://studentbook.web66.com.tw
本書局登
記證字號：行政院新聞局局版北市業字第玖捌壹號
印　刷　所：宏　輝　彩　色　印　刷　公　司
　　　　　　中和市永和路三六三巷四二號
　　　　　　電　話：(02)22268853

精裝新臺幣五○○元
定價：平裝新臺幣四三○元

西元二○○二年二月初版